biblioteca rao

MICHAEL CONNELLY

DOUĂ FELURI DE ADEVĂR

Traducere din limba engleză
GABRIEL STOIAN

Descrierea CIP a Bibliotecii Naţionale a României
CONNELLY, MICHAEL
Două feluri de adevăr / Michael Connelly ; trad. din lb. engleză: Gabriel Stoian. - Bucureşti : RAO Distribuţie, 2023

ISBN 978-606-006-883-9

I. Stoian, Gabriel (trad.)

821.111

RAO Distribuţie
Str. Bârgăului nr. 9-11, sect. 1, Bucureşti, România
www.raobooks.com
www.rao.ro

2023

ISBN 978-606-006-883-9

Pentru Heather Rizzo
Îţi mulţumesc pentru titlu şi pentru toate celelalte.

Partea întâi

PĂCĂLICII[1]

[1] În original, *cappers*, termen care înseamnă şi momeală, capcană diversiune, persoană implicată în activităţi ilegale.

1

Bosch era în celula 3 din fosta închisoare din San Fernando și cerceta dosare aflate în cutiile privind cazul Esme Tavares, moment în care pe telefon i-a apărut un mesaj de la Bella Lourdes, care se găsea în biroul detectivilor.

> DEPARTAMENTUL DE POLIȚIE LOS ANGELES și PROCURORUL DISTRICTUAL se îndreaptă spre tine. Trevino le-a spus unde te pot găsi.

Bosch stătea în acel loc aproape la fiecare început de săptămână: la biroul lui improvizat, mai precis, o ușă din lemn pe care o împrumutase de la depozitul celor de la Domeniul Public, pe care o așezase peste două mormane alcătuite din cutii pline cu dosare. După ce i-a transmis lui Lourdes un mesaj de mulțumire, a deschis aplicația memo de pe telefon și a pornit înregistrarea vocală. A așezat telefonul cu fața în jos pe biroul improvizat și l-a acoperit parțial cu un dosar din cutia care purta eticheta Tavares. Asta era ca să-și asigure spatele, pentru orice eventualitate. Nu avea habar de ce oamenii de la Biroul Procurorului Districtual și de la departamentul de poliție voiau să îl vadă la primele ore ale zilei de luni. Nu primise niciun apel care să îl avertizeze în legătură cu o asemenea vizită, deşi, cu toată sinceritatea, reţeaua telefonului mobil, mai ales între barele de oţel ale celulei, era aproape inexistentă. Cu toate acestea, ştia că vizita-surpriză era deseori o mişcare tactică. După pensionarea forţată din urmă cu trei ani, relaţiile lui Bosch cu departamentul de poliţie fuseseră cel mult încordate, iar avocatul lui îl sfătuise insistent să se protejeze, documentându-şi toate interacţiunile cu acel departament.

Cât i-a aşteptat, a revenit la dosarul pe care tocmai îl deschisese. A citit declaraţiile luate în cursul săptămânilor de după dispariţia lui Tavares. Le mai citise, dar era încredinţat că dosarele conţineau deseori secretul care putea contribui la rezolvarea cazului. Acel amănunt esenţial se afla acolo, asta dacă reuşeai să-l descoperi. O discrepanţă logică, un indiciu ascuns, o declaraţie contradictorie, o însemnare scrisă de mână de un investigator pe marginea unui raport – toate acestea îl ajutaseră pe Bosch să descâlcească multe cazuri, în cursul unei cariere de peste patru decenii.

În cazul Tavares existau trei cutii cu dosare. Oficial, era vorba de un caz de dispariţie a unei persoane, însă dosarele acumulate în cincisprezece ani se înălţau la aproape un metru, iar asta deoarece cazul fusese clasat, pentru că până atunci nu se descoperise cadavrul.

Când ajunsese la Departamentul de Poliţie San Fernando, Bosch se oferise să îşi folosească aptitudinile pentru a examina dosarele de cazuri nesoluţionate şi îl întrebase pe şeful său de unde să pornească. Acesta, care lucra în departament de douăzeci şi cinci de ani, i-a sugerat să înceapă cu Esmeralda Tavares. Era cazul care îl chinuise zi şi noapte pe Valdes pe vremea când era anchetator, însă, ca şef al poliţiei locale, nu putuse să îi acorde suficient timp.

În cei doi ani cât lucrase în San Fernando cu jumătate de normă, Bosch redeschisese câteva cazuri şi închisese aproape douăsprezece – între acestea numărându-se violuri în grup şi crime. Cu toate acestea, revenea la Esme Tavares ori de câte ori avea ceva timp liber, pentru a scotoci prin cutiile cu dosare. În același timp, începuse să îl bântuie și pe el. O mamă tânără care dispăruse fără urmă, lăsând un bebeluș adormit în pătuț. Acest caz putea fi clasificat drept unul de dispariție, însă Bosch nu trebuia să citească atent nici măcar dosarele din prima cutie ca să afle ceea ce bănuiau deja șeful de poliție și ceilalți anchetatori. Cel mai probabil era vorba de un act criminal. Esme Tavares nu doar dispăruse. Murise.

Bosch a auzit zăngănitul unei uși metalice laterale deschizându-se, după care au urmat sunete de pași pe podeaua din beton, aflată în fața celor trei celule destinate grupurilor. A ridicat ochii și, printre barele de fier, a rămas surprins când a văzut pe cine avea în față.

– Bună, Harry.

Era fosta lui parteneră, Lucia Soto, însoțită de doi bărbați purtând costume, pe care el nu i-a recunoscut. Faptul că Soto nu îl înștiințase de acea vizită l-a făcut să intre în alertă. Atât de la sediul Departamentului de Poliție Los Angeles, cât și de la cel al procurorului districtual, deplasarea până aici dura doar patruzeci de minute. Asta i-ar fi oferit timp din belșug Luciei ca să-i transmită un mesaj text, în care i se spună: „Harry, venim spre tine". Însă nu se întâmplase așa ceva, de aceea, el a presupus că bărbații pe care nu îi cunoștea o luaseră pe Soto pe nepregătite.

– Lucia, de când nu ne-am văzut... a spus Bosch. Ce mai faci, partenera mea?

Era clar că niciunul dintre cei trei nu avea chef să pătrundă în celula lui Bosch, cu toate că aceasta fusese renovată, pentru a sluji altui scop. S-a ridicat, înșfăcându-și cu pricepere telefonul de sub maldărul de dosare de pe masa improvizată și trecându-l într-un buzunar al cămășii, cu ecranul spre corp. Apoi s-a apropiat de gratii și a trecut mâinile printre ele. Deși discutase cu Soto telefonic destul de rar, dar și prin mesaje în ultimii doi ani, Bosch nu o revăzuse. Înfățișarea ei nu se schimbase. Pierduse în greutate și părea slăbită și ostenită, însă ochii ei negri l-au făcut să se simtă îngrijorat. În loc să-i scuture mâna, ea a preferat să i-o strângă. Strânsoarea mâinii ei a fost puternică, iar el a interpretat asta drept un mesaj. Așadar, trebuia să fie precaut.

Lui Bosch i-a fost ușor să își dea seama cine era persoana mai importantă dintre cei doi bărbați. Amândoi aveau puțin peste treizeci de ani și purtau costume care, cel mai probabil, proveneau de la magazinul de fițe Men's Wearhouse. Însă haina unuia dintre ei evidenția o oarecare uzură pe interior, în partea stângă. Asta însemna, și-a dat seama Bosch, că bărbatul purta un pistol pe sub haină, iar marginile rigide ale armei rodeau țesătura. În mai puțin de șase luni, acel costum va fi bun de aruncat la gunoi.

– Bob Tapscott, s-a prezentat bărbatul. Acum, eu sunt partenerul lui Lucky Lucy.

Tapscott era afro-american, Bosch întrebându-se dacă era rudă cu Horace Tapscott, regretatul muzician din Los Angeles, care avusese un rol vital în conservarea identității comunității interpreților de jazz.

– Eu sunt Alex Kennedy, adjunctul procurorului districtual, s-a prezentat cel de-al doilea bărbat. Am dori să discutăm cu dumneavoastră, dacă ne acordați câteva minute.

– A, bineînțeles, a spus Bosch. Poftiți în biroul meu.

A făcut un semn cu mâna spre interiorul fostei celule, care acum era dotată cu rafturi din oțel, pe care se aflau dosare de cazuri. În celulă mai exista și o bancă simplă, reminiscență a existenței anterioare a acelui spațiu care slujise la găzduirea arestaților beți. Bosch aliniase pe acea bancă dosarele pe care dorea să le analizeze. S-a apucat să le stivuiască pentru a le oferi vizitatorilor suficient loc să se așeze, cu toate că era convins că ei nu vor face asta.

– De fapt, am discutat cu căpitanul Trevino, care ne-a spus că putem folosi sala de analiză a situațiilor din agenția detectivilor, a spus Tapscott. Ne vom simți mai comod acolo. Vă deranjează?

– Dacă pe căpitan nu-l deranjează, nici pe mine nu mă deranjează, a răspuns Bosch. În orice caz, despre ce e vorba?

– Preston Borders, a spus Soto.

Bosch tocmai se îndrepta spre ușa deschisă a celulei. Rostirea acelui nume l-a făcut să își încetinească pașii.

– Să așteptăm până ajungem în sala de analiză a situațiilor, s-a grăbit Kennedy să precizeze. Apoi vom discuta.

Soto i-a aruncat lui Bosch o privire care părea să îi transmită mesajul că, în situația de față, ea era la mâna procurorului districtual. Bosch a ridicat lacătul și cheile de pe birou, a ieșit din celulă, apoi a tras ușa metalică pe șină, închizând-o cu un zăngănit răsunător. Cheia de la ușa celulei dispăruse de multă vreme, de aceea, Bosch a petrecut un lanț de bicicletă în jurul gratiilor și a încuiat lacătul.

Au ieșit din fosta închisoare și au mers prin curtea, întesată de echipamente, a celor de la Lucrări Publice, ajungând în First Street. Cât au așteptat ca traficul să se mai domolească, cu un gest degajat, Bosch și-a scos telefonul din buzunar și a verificat dacă avea mesaje noi. Nu primise nimic de la Soto și nici de la altcineva înainte de sosirea celor doi bărbați. A lăsat telefonul să funcționeze ca și până atunci, apoi l-a vârât înapoi în buzunar.

Soto a deschis discuția, dar nu despre cazul care o adusese la San Fernando.

– Harry, acela chiar e biroul tău? l-a întrebat ea. Cum să zic, te-au trimis într-o celulă de închisoare?

– Exact, a spus Bosch. Acolo erau ținuți bețivii, și, câteodată, dimineața, când deschid ușa, am impresia că încă simt duhoarea vărsăturilor petrecute de-a lungul anilor. Presupun că locul acela e bântuit. Însă acolo sunt păstrate dosarele nerezolvate, așa că acela e locul în care îmi fac treaba. În celelalte două celule sunt ținute cutiile cu probe, astfel că am acces nestingherit peste tot. Și, de regulă, nu apare nimeni care să mă tulbure.

A spus asta sperând că sugestia conținută de ultimele cuvinte va suna limpede în urechile vizitatorilor lui.

– Deci nu au o închisoare? l-a întrebat Soto. Trebuie să aducă arestații până la Van Nuys?

Bosch a arătat cu degetul spre secția de poliție de peste drum, către care mergeau.

– Doar femeile sunt duse la Van Nuys, a spus Bosch. Aici avem o închisoare pentru bărbați. În secție. Celule de o persoană, foarte moderne. Am dormit și eu acolo în câteva rânduri. E mult mai bine decât la clădirea administrativă a poliției, unde toată lumea sforăie.

Soto i-a aruncat o privire prin care ar fi vrut să-i spună că el se schimbase mult dacă era dispus să doarmă într-o celulă. Bosch i-a făcut cu ochiul.

– Sunt în stare să lucrez oriunde, a spus el. Și pot dormi oriunde.

După ce traficul s-a eliberat, au traversat strada și au intrat în secția de poliție, ajungând în holul principal. Ușa de la biroul detectivilor era în dreapta lor. Bosch a deblocat-o cu cartela electronică și a ținut-o deschisă cât ceilalți au intrat.

Sala nu era mai spațioasă decât un garaj pentru o singură mașină. În mijlocul ei se aflau trei stații de lucru, așezate una lângă alta, într-un singur modul. Aparțineau celor trei detectivi cu normă întreagă ai secției de poliție: Danny Sisto, unui polițist promovat recent la gradul de detectiv, pe nume Oscar Luzon, și Bellei Lourdes, care revenise de două luni după un concediu medical îndelungat ca urmare a unor răni căpătate în cursul unei misiuni. De-a lungul pereților erau dulapuri cu dosare, încărcătoare pentru aparatele de radiorecepție, o masă cu o cafetieră și cu toate ustensilele necesare, iar o imprimantă se afla sub câteva aviziere înțesate de programări și anunțuri departamentale. Tot acolo erau prinse afișe cu Persoane Căutate și Persoane Dispărute, inclusiv fotografii cu Esme Tavares, care fuseseră difuzate de-a lungul unei perioade de cincisprezece ani.

Sus, pe un perete, era un afiș prezentând rațele emblematice lansate de studiourile Walt Disney: Huey, Dewey și Louie, care erau poreclele cu care se mândreau cei trei detectivi care lucrau la acele computere. Biroul căpitanului Trevino se afla în dreapta, iar camera de analiză a situațiilor, în stânga. O a treia încăpere era subînchiriată

Biroului Medicului Legist și folosită de doi legiști, care se ocupau de toate cazurile din San Fernando Valley și din alte localități din nord.

Cei trei detectivi erau acolo, fiecare la locul său de muncă. Recent, ei rezolvaseră un caz important de furturi de mașini, în care fusese implicată o rețea din afara orașului, iar un avocat al unuia dintre suspecți se referise la ei drept Huey, Dewey și Louie. Așa se face că cei trei adoptaseră poreclele și se simțeau onorați.

Bosch a văzut-o pe Lourdes uitându-se peste peretele despărțitor al partiției sale. A dat din cap în semn de mulțumire pentru acel gest de recunoaștere. În același timp, era și un semn că totul era în regulă.

Bosch i-a condus pe vizitatori în sala de analiză. Era o încăpere izolată fonic, având pe pereți table de scris și monitoare cu ecranul plat. În mijloc se găsea o masă de ședințe cu opt scaune în jurul ei. Încăperea fusese gândită pentru a deveni centrul de comandă în cazul unor investigații criminale majore, al unor operațiuni de intervenție și pentru coordonarea acțiunilor în situații de urgențe publice, precum cutremure sau manifestații turbulente. Adevărul era că asemenea incidente apăreau rareori, astfel că încăperea era folosită, în principal, ca sală de mese, întrucât masa mare și scaunele confortabile erau perfecte pentru a mânca în grup. În aer predomina mirosul specific de mâncare mexicană. Proprietarul de la Magaly Tamales, de pe Maclay Avenue, specializată în tamale[1], obișnuia să ofere gratuit mâncare pentru polițiști, care o devorau de obicei în sala de analize.

– Luați loc, i-a invitat Bosch.

Tapscott și Soto s-au așezat de o parte a mesei, în vreme ce Kennedy a ocolit-o și s-a așezat față în față cu ei. Bosch a ocupat un scaun de la capătul mesei, astfel încât să poată avea o privire de ansamblu asupra celor trei vizitatori.

– Bine, despre ce e vorba? a întrebat el.

---

[1] Tamale – plăcintă cu carne de vită, specialitate mexicană.

– Ei bine, să ne prezentăm cum se cuvine, a spus Kennedy. Sunt sigur că o cunoaşteţi pe detectivul Soto, pentru că aţi lucrat împreună la serviciul de cazuri nesoluţionate. Iar acum îl cunoaşteţi pe detectivul Tapscott. Ei au lucrat alături de mine la analizarea unui caz de omor de care v-aţi ocupat în urmă cu aproape treizeci de ani.

– Preston Borders, a spus Bosch. Cum o mai duce Preston? Ultima oară când m-am interesat de el, era tot pe lista condamnaţilor la moarte neexecutaţi.

– Tot acolo e.

– Şi atunci, de ce vă ocupaţi de cazul lui?

Kennedy îşi trăsese scaunul mai aproape de masă şi îşi ţinea mâinile împreunate, cu coatele sprijinite de masă. Bătea darabana cu degetele mâinii stângi, semn că se gândea ce să răspundă la întrebarea lui Bosch, cu toate că era limpede că tot ce ţinea de acea vizită-surpriză fusese repetat cu minuţiozitate.

– Lucrez la Serviciul de Verificare a Integrităţii Condamnărilor, a spus Kennedy. Sunt sigur că aţi auzit de el. I-am folosit pe detectivii Tapscott şi Soto în unele dintre cazurile de care m-am ocupat, datorită priceperii lor în analizarea cazurilor nesoluţionate.

Bosch ştia că acel serviciu era nou şi că fusese înfiinţat după ce el se retrăsese din poliţie. Înfiinţarea lui reprezenta îndeplinirea unei promisiuni făcute de cineva în cursul unei înfierbântate campanii electorale, în cadrul căreia ideea de a controla poliţia fusese un subiect disputat cu străşnicie. Nou alesul procuror districtual – Tako Kobayashi – promisese că va crea un serviciu care să reacţioneze la numărul crescând de cazuri în care noile tehnologii medico-legale şi de investigaţie duseseră la sute de achitări ale unor oameni întemniţaţi în întreaga ţară. Nu numai că noile tehnologii se aflau în frunte, ci vechile metode, socotite cândva inatacabile în privinţa probelor, erau discreditate, lucru care deschidea larg porţile închisorilor pentru cei care erau nevinovaţi.

Imediat ce Kennedy a menţionat funcţia pe care o avea, Bosch a pus lucrurile cap la cap, dându-şi seama ce se întâmpla. Borders, omul despre care se credea că ucisese trei femei și fusese condamnat doar pentru o crimă, făcea un ultim efort disperat să fie eliberat, asta după ce petrecuse aproape treizeci de ani pe lista celor care urmau să fie executați.

– Cred că glumiți, am dreptate? a spus Bosch. Borders? Chiar așa? Analizați, pe bune, acest caz?

Și-a mutat ochii de la Kennedy la Soto, fosta lui parteneră.

S-a simțit trădat cu desăvârșire.

– Lucia, cum stă treaba? a întrebat el.

– Harry, i-a răspuns ea. Fă bine și ascultă.

2

Bosch avea senzația că pereții sălii de analize îl strivesc. În mintea lui, dar și în realitate, el îl trimisese pe Borders pentru vecie la închisoare și la moarte. Nu era ca și cum se aștepta ca ucigașul sexual sadic să primească injecția letală așa de curând, însă înscrierea pe lista celor condamnați la moarte oferea un iad aparte, unul care era mai nemilos decât orice sentință care îl excludea pe un om din viața reală, în general. Izolarea aceasta era ceea ce merita Borders. Ajunsese în închisoarea San Quentin când avea doar douăzeci și șase de ani. După Bosch, asta însemna că Borders avea de îndurat cel puțin încă cincizeci de ani de izolare. Mai puțin, dacă omul avea noroc. În California, mureau mai mulți deținuți prin sinucidere, din cauza izolării, decât în urma injecției letale.

– Nu e chiar atât de simplu precum vă închipuiți, a spus Kennedy.

– Zău? a făcut Bosch. Spuneți-mi de ce.

– Serviciul de Verificare a Integrității Condamnărilor are obligația de a analiza toate petițiile care i se prezintă. Procesul nostru de verificare reprezintă prima etapă, iar asta se întâmplă în interior, înainta ca respectivul caz să ajungă la Departamentul de Poliție Los Angeles sau la alt organ de aplicare a legii. Dacă un caz prezintă un anumit grad de îngrijorare, trecem la următoarea etapă și apelăm la organele competente care pot desfășura o investigație denumită verificare prealabilă.

– Și, bineînțeles, toată lumea jură să păstreze secretul în această etapă.

Când a rostit aceste cuvinte, Bosch s-a uitat spre Soto. Ea și-a mutat privirea în altă parte.

– Evident, a confirmat Kennedy.

– Nu am cunoștință de probele pe care vi le-a prezentat avocatul lui Borders, însă ele sunt niște prostii, a spus Bosch. El a ucis-o pe Danielle Skyler, iar restul este o escrocherie.

Kennedy nu a reacționat, însă, judecând atitudinea lui, Bosch și-a dat seama că acesta era surprins pentru că el încă ținea minte numele victimei.

– Da, îmi amintesc numele ei și după treizeci de ani, a spus Bosch. Încă îmi amintesc de Donna Timmons și de Vicki Novotney, cele două victime pentru care biroul dumneavoastră a afirmat că nu aveam suficiente probe ca să facem dosarul să meargă mai departe. Astea au făcut parte din această verificare preliminară pe care ați desfășurat-o?

– Harry, a spus Soto, străduindu-se să îl calmeze.

– Borders nu a prezentat nicio probă nouă, a spus Kennedy. Ea exista deja în dosar.

Asta l-a lovit pe Bosch drept în plex. A înțeles că, acum, Kennedy se referea la probele fizice din cadrul cazului. Sugestia era că existau probe de la locul crimei sau din ale locuri care îl dezvinovățeau pe Borders de comiterea crimei. Implicația era de incompetență sau, mult mai grav, de rea intenție – faptul că lui Bosch îi scăpaseră anumite probe, ori că le ignorase cu bună știință.

– Despre ce vorbim aici? a întrebat el.

– Despre ADN, a spus Kennedy. În optzeci și opt, când s-a judecat cazul, nu putea fi vorba de așa ceva. Cazul a fost judecat înainte ca analiza ADN să fie permisă în cazuri de crimă în California. Nu a fost introdusă sau acceptată de niciun tribunal din Ventura vreme de încă un an. În comitatul Los Angeles, asta s-a întâmplat chiar cu un an după asta.

– Nu am avut nevoie de ADN, a spus Bosch. Am descoperit bunuri ale victimei în apartamentul lui Borders.

Kennedy a dat din cap către Soto.

– Am mers la arhivele de probe și am scos cutia, a spus ea. Cunoști care este procedura. Am preluat articole de îmbrăcăminte provenite de la victimă și le-am predat celor de la laborator, care le-au supus unui protocol serologic.

– Au făcut asta acum treizeci de ani, a spus Bosch. Însă, pe vremea aceea, au căutat markeri genetici ai grupei sangvine în locul ADN-ului. Și nu au descoperit nimic. Vreți cumva să-mi spuneți că...?

– Au descoperit și spermă, a spus Kennedy. A fost vorba de o cantitate neînsemnată, dar de data asta au descoperit-o. Procedura a fost ceva mai complicată, evident, având în vedere data morții. Și ceea ce au descoperit nu provenea de la Borders.

Bosch a clătinat din cap.

– De acord, înghit asta, a spus el. A cui era sperma?

– A unui violator pe nume Lucas John Olmer, a spus Soto.

Bosch nu auzise niciodată de acel Olmer. Mintea lui a trecut la treabă, căutând escrocheria, aranjamentul, dar fără să se gândească la faptul că se înșelase când îi pusese cătușele la mâini lui Borders.

– Olmer e la San Quentin, așa e? a spus el. Și toată tărășenia este...

– Ba nu, nu e acolo, a spus Tapscott. A murit.

– Harry, acordă-ne puțin credit, a intervenit Soto. Nu e vorba că noi am fi vrut ca lucrurile să arate în felul ăsta. Olmer nu a ajuns niciodată la San Quentin. A murit la Corcoran în 2015 și nu l-a cunoscut pe Borders.

– Începând de duminică, am verificat în șase moduri, a ținut să precizeze Tapscott. Închisorile se află la o mie opt sute kilometri depărtare una de alta, şi cei doi nu se cunoşteau şi nici nu comunicau unul cu celălalt. Deci nu asta e treaba.

A existat un aer de aroganță în felul în care s-a exprimat Tapscott, sugerând *te-am prins.* Asta l-a făcut pe Bosch să se simtă îndemnat să îi dea un dos de palmă peste gură. Soto ştia ce îl stârnea la culme pe fostul ei partener, de aceea a întins o mână, pe care a aşezat-o peste cea a lui Bosch.

– Harry, nu a fost greşeala ta, a spus ea. Asta vine de la analizele de laborator. Rapoartele există la dosar. Ai avut dreptate – nu au descoperit nimic anapoda. La vremea aceea, le-a scăpat un amănunt.

Bosch s-a uitat la ea, apoi şi-a retras mâna.

– Chiar credeți asta? a întrebat el. Pentru că eu nu cred. Aşa e Borders. El se află în spatele tuturor lucrurilor – într-un fel sau altul. Sunt convins de asta.

– Cum asta, Harry? Am căutat aranjamentul în treaba asta.

– Cine a apărut în boxă după proces?

– Nimeni. De fapt, ultimul care a apărut în boxă ai fost tu. Sigiliile originale erau neatinse, având semnătura ta şi data înscrisă chiar în partea de sus. Arată-i filmul.

Soto a făcut un semn din cap spre Tapscott, care şi-a scos telefonul şi a pornit un filmuleț. Apoi a întors telefonul cu ecranul spre Bosch.

– Aici vorbim de Piper Tech[1], a spus el.

Piper Tech era un complex masiv din centrul oraşului, unde era situat şi Serviciul de Control al Probelor, împreună cu Serviciul de Identificare a Amprentelor şi cu escadrila aeriană – care folosea ca loc de aterizare un spațiu de dimensiunile unui teren de fotbal american. Bosch ştia că protocolul de verificare a integrității serviciului de arhivă era la un nivel deosebit de pretențios. Ofițerii trebuiau să îşi prezinte cărțile de identitate departamentale, precum şi amprentele digitale pentru a extrage probe de la un caz sau altul. Cutiile

[1] Companie care asigură soluții privind infrastructura de internet şi alte servicii conexe.

puteau fi deschise într-o zonă de examinare, fiind supravegheate permanent de camere video. Însă acel filmuleț era făcut doar de Tapscott, înregistrat pe propriul telefon.

– Aceasta nu a fost prima noastră confruntare cu Serviciul de Investigații Criminale, de aceea avem și noi propriul protocol, a spus Tapscott. Unul dintre noi deschide cutia, iar cealaltă persoană înregistrează totul. N-are nicio importanță că acolo există camere de supraveghere. Și, după cum puteți vedea, nu se rupe niciun sigiliu, și nici nu există vreo intervenție ilegală.

Filmul o înfățișa pe Soto arătând cutia în fața camerei de filmat și răsucind-o pentru a demonstra că toate laturile și muchiile sunt intacte. Muchiile fuseseră acoperite cu benzi adezive vechi, din acelea folosite în anii optzeci. În ultimele două decenii, departamentul folosise bandă adezivă de culoare roșie care crăpa și se exfolia dacă cineva încerca să o îndepărteze. În 1988, pentru sigilarea cutiilor se foloseau autocolante de formă rectangulară pe care scria PROBE ANALIZATE DE DEPARTAMENTUL DE POLIȚIE LOS ANGELES, la care se adăugau o semnătură și o dată. Soto a manevrat cutia cu un aer plictisit, astfel că Bosch și-a dat seama că ea credea că își pierdeau timpul cu acea demonstrație. Bosch a socotit că ea era de partea lui, cel puțin până în acel punct.

Tapscott a filmat de aproape sigiliile folosite pe partea de sus a cutiei. Bosch și-a putut vedea propria semnătură pe autocolantul din centru, precum și data: 9 septembrie 1988. Știa că data evidenția faptul că acea cutie fusese sigilată după încheierea procesului. Bosch predase probele, sigilase cutia, apoi o depozitase sub control pentru situația în care un recurs făcut de condamnat ar fi schimbat verdictul și cazul trebuia să fie rejudecat. Nu s-a întâmplat asta în cazul lui Borders, astfel încât cutia rămăsese în conservare pe vreun raft, evitând orice distrugere de probe vechi, deoarece el scrisese clar pe ea un număr „187" – numărul articolului pentru crimă, folosit în California –, lucru care, în limbajul celor care se ocupau de păstrarea probelor, însemna „A nu se arunca".

În imaginile filmate de Tapscott, Bosch și-a recunoscut propriul stil de folosire a sigiliilor pe canturile cutiei, inclusiv pe fundul acesteia. Întotdeauna procedase în același fel, asta până când se trecuse la folosirea benzilor adezive de culoare roșie.

– Dați filmul înapoi, a spus Bosch. Vreau să mai văd o dată semnătura mea.

Tapscott a retras telefonul, a dat filmul înapoi, după care a făcut ca imaginea să rămână nemișcată, prezentând de aproape sigiliul pe care îl semnase Bosch. A apropiat telefonul de Bosch, care s-a aplecat puțin pentru a examina imaginea de pe ecran. Semnătura era pe jumătate estompată, și greu de citit, dar părea autentică.

– În regulă, a spus Bosch.

Tapscott a repornit filmul. Bosch a văzut pe ecran cum Soto a folosit un cuțit pentru tăiat carton, care era legat cu o sârmă de masa de examinare, și a secționat autocolantele pentru a deschide cutia. Începând să extragă obiectele din cutie, inclusiv hainele victimei și un plic în care se aflau fragmente din unghiile acesteia, Soto a numit fiecare articol, astfel ca totul să fie înregistrat în mod corespunzător. Între obiecte, a menționat un pandantiv de forma unui căluț-de-mare, care constituise proba-cheie împotriva lui Borders.

Înainte ca filmul să se termine, cu un aer precipitat, Tapscott a retras telefonul și a oprit filmul. Apoi a băgat telefonul în buzunar.

– Și așa mai departe, a spus el. Harry, nimeni n-a umblat la cutia aceea. Toate lucrurile din ea au rămas neatinse din ziua în care le-ai sigilat după proces.

Bosch s-a simțit iritat că nu putuse să vadă filmul până la capăt. Ceva anume, legat de acest Tapscott – pentru el un necunoscut –, care i se adresase pe numele mic, îl deranjase și mai mult. Și-a reprimat resentimentele și a rămas tăcut timp îndelungat, gândindu-se pentru prima oară că, vreme de treizeci de ani, convingerea lui că eliminase din societate un ucigaș sadic fusese deșartă.

– Unde au găsit asta? a întrebat el într-un târziu.

– Ce anume? a întrebat Kennedy.

– ADN-ul, a spus Bosch.

– Pe un micro-punct de pe turul pantalonilor de pijama ai victimei, a zis Kennedy.

– Era ușor să fi scăpat un asemenea amănunt în optzeci și șapte, a precizat Soto. Probabil că pe vremea aceea se folosea doar lumina ultravioletă.

Bosch a dat aprobator din cap.

– Și-acum ce se va întâmpla? a întrebat el.

Soto s-a uitat la Kennedy. El trebuia să răspundă la acea întrebare.

– Urmează o audiere în baza unei moțiuni de habeas corpus[1], programată la Departamentul 107, de miercuri într-o săptămână, a spus procurorul. Ne vom alătura avocaților lui Borders și îi vom cere judecătorului Houghton să anuleze sentința și să îl scoată de pe lista celor condamnați la moarte.

– Isuse Hristoase, a exclamat Bosch.

– Pe de altă parte, avocatul lui a înștiințat municipalitatea că va cere despăgubiri, a urmat Kennedy. Am luat legătura cu Biroul Procurorului Municipal, iar cei de acolo speră să se ajungă la o înțelegere. Va fi vorba, probabil, de o sumă care va depăși milionul.

Bosch și-a coborât privirea spre masă. Nu s-a simțit în stare să privească pe nimeni în ochi.

– Și trebuie să te avertizez, a spus Kennedy. Dacă nu se ajunge la o înțelegere, iar Borders face o reclamație la un tribunal federal, s-ar putea să te atace personal.

Bosch a dat din cap în semn că a înțeles. Știa deja asta. O reclamație privind drepturile civile, prezentată de Borders, îl va face pe Bosch răspunzător pentru daunele provocate, asta dacă municipalitatea hotăra să nu îl protejeze. Și cum, în urmă cu doi ani, Bosch intentase o acțiune în instanță pentru a primi pensie integrală, era

[1] Habeas corpus – recurs făcut de o persoană care reclamă reținerea sau detenția fără temei legal.

cu totul improbabil că el va găsi măcar un singur suflet de la Biroul Avocaților Municipali care să manifeste vreun interes pentru a-l pune la adăpost de daunele pe care le solicita Borders. Singurul gând care răzbătea din acea realitate era cel față de fiica lui. Era posibil ca el să nu rămână cu nimic altceva decât cu polița lui de asigurare de viață care îi revenea ei, după dispariția lui.

– Îmi pare rău, a spus Soto. Dacă ar mai fi altă...

Nu și-a încheiat vorbele, astfel că Bosch a ridicat încet ochii spre ea.

– Nouă zile, a spus el.

– Ce vrei să zici? l-a întrebat ea.

– Audierea e peste nouă zile. Până atunci trebuie ca eu să îmi dau seama cum a procedat el.

– Harry, noi am lucrat la asta vreme de cinci săptămâni. Nu există nimic. Asta s-a întâmplat înainte ca Olmer să fi apărut în vizorul cuiva. Tot ce știm este că nu se afla în închisoare la acea dată, și era la Los Angeles – am descoperit evidențe de la locul lui de muncă. Însă ADN-ul rămâne ADN. Pe hainele în care ea dormea noaptea, ADN pentru care a fost ulterior condamnat pentru multiple violuri cu răpire. Toate cazurile fiind intruziuni în case – ceea ce seamănă foarte mult cu cazul Skyler. Însă fără suprimare. Uite ce vreau să zic, să analizăm faptele. Niciun procuror din lume nu s-ar atinge de așa ceva și nici n-ar ignora lucrurile.

Kennedy și-a dres glasul.

– Am venit astăzi aici din respect pentru tine, domnule detectiv, și pentru toate cazurile pe care le-ai soluționat de-a lungul vremii. Nu ne dorim să ne situăm pe poziții adverse privind chestiunea asta. Așa ceva nu ți-ar prii.

– Și nu crezi că fiecare dintre acele cazuri rezolvate de mine va fi afectat de acesta de acum? a întrebat Bosch. Îi deschideți ușa acestui individ, și după aceea o deschideți pentru toți cei pe care i-am trimis la închisoare. Dacă puneți asta pe seama analizelor de laborator, e același lucru. Totul este murdar.

După aceea, Bosch s-a rezemat de spătarul scaunului și s-a uitat aprig la fosta lui parteneră. La un moment dat, îi fusese mentor. Probabil că ea știa acum ce însemna această situație pentru el.

– Asta e situația, a spus Kennedy. Avem obligații. E preferabil ca o sută de vinovați să rămână în libertate decât ca un nevinovat să fie întemnițat.

– Scutește-mă de prostia asta rostită de Benjamin Franklin, a spus Bosch. Noi am descoperit probe care îl legau pe Borders de dispariția celor trei femei, iar biroul vostru le-a ignorat pe două dintre ele, asta pentru că nu știu care procuror care abia învățase să se șteargă la nas spusese că probele nu erau suficiente. Asta nu se leagă deloc. Am nevoie de cele nouă zile ca să fac propria mea investigație, și de aceea va trebui să am acces la tot ce dețineți și la tot ce ați făcut până acum.

În timp ce a rostit acele cuvinte, s-a uitat la Soto, însă răspunsul l-a primit de la Kennedy:

– N-o să se întâmple așa ceva, domnule detectiv. După cum am spus, am venit aici din pură curtoazie. Nu vă mai ocupați nicidecum de acest caz.

Înainte ca Bosch să apuce să răspundă, s-a auzit o bătaie puternică în ușă, care s-a și întredeschis după aceea. În pragul ei era Bella Lourdes, care i-a făcut semn cu mâna lui Bosch să se ridice de pe scaun.

– Harry, a spus ea. Trebuie să discutăm chiar acum.

În glasul ei apăruse o nuanță de urgență pe care nu putea să o ignore. A întors ochii spre ceilalți, care stăteau la masă și dădeau să se ridice.

– Mai stați puțin, a zis el. Încă n-am terminat.

S-a ridicat în picioare și s-a dus spre ușă. Lourdes i-a făcut semn să iasă afară din sală. Apoi a închis ușa în urma lui. Bosch a observat că încăperea echipei era acum pustie – nimeni nu se afla la module, ușa de la biroul căpitanului era deschisă, și pe scaunul de la biroul acestuia nu stătea nimeni.

Pe de altă parte, Lourdes era deosebit de agitată. S-a slujit de ambele mâini pentru a-și aranja părul, și așa scurt, pe după urechi, un obicei ce trăda anxietatea, pe care Bosch îl remarcase la micuța și îndesata femeie-detectiv după ce revenise la muncă.

– Care-i treaba?

– Avem doi morți într-un jaf petrecut la o farmacie din mall.

– Doi, ce? Polițiști?

– Nu, doi oameni care vindeau medicamente. Care se aflau la tejghea. E vorba de 187[1]. Șeful are nevoie de toți oamenii pentru a interveni. Ești pregătit pentru asta? Vrei să mergi cu mine?

Bosch s-a uitat spre ușa închisă a sălii de analize și s-a gândit la ceea ce se discutase acolo până în acel moment. Ce trebuia să facă? Cum avea să rezolve o asemenea situație?

– Haide, Harry, că trebuie să plec. Vii sau nu?

Bosch a măsurat-o din ochi.

– Bine, hai să mergem.

S-au deplasat cu repeziciune spre ieșirea care i-a dus direct spre o latură a clădirii, unde își parcau mașinile persoanele din conducerea instituției. Și-a scos telefonul din buzunar și a anulat aplicația de înregistrare.

– Și cu ăia ce se întâmplă? a întrebat Lourdes.

– Nu contează, i-a răspuns Bosch. O să-și dea singuri seama.

---

[1] Este vorba de articolul 187 din Codul Penal din California privind crimele.

3

San Fernando era un orășel cu o suprafață de cel mult șaizeci de kilometri pătrați, fiind înglobat cu totul de megaorașul Los Angeles. Pentru Harry Bosch, el reprezenta proverbialul ac în carul cu fân, un loc minuscul și o slujbă neînsemnată, pe care le găsise când își încheiase cariera de la departamentul de poliție din Los Angeles, când încă mai credea că mai avea multe lucruri de oferit, precum și o misiune de îndeplinit, și, cu toate acestea, nu avea încotro să se îndrepte. Zguduit de lipsurile bugetare din anii care urmaseră recesiunii din 2008, și după ce disponibilizase un sfert dintre cei patruzeci de ofițeri, departamentul de poliție a susținut în mod insistent crearea unui corp de voluntari, alcătuit din polițiști pensionați, pentru a lucra în orice secție a departamentului, începând de la echipele de patrulare și până la partea de comunicații și chiar în calitate de detectivi.

Atunci când șeriful Valdez i se adresase lui Bosch și îi spusese că avea o celulă din fosta închisoare plină de dosare nesoluționate, la care nimeni nu voia să lucreze, asta păruse ca un colac de salvare care i se aruncase unuia pe cale să se înece. Bosch rămăsese singur și, cu siguranță debusolat, mai ales după ce părăsise, cu totul nepoliticos, departamentul pe care îl slujise vreme de aproape patruzeci de ani, în momentul în care fiica lui plecase de acasă pentru a urma colegiul. Mai presus de orice, oferta venise într-un moment în care el simțise că nu dăduse totul. După atât de mulți ani în serviciu, nu se așteptase să fie dat afară pe ușa din spate a departamentului de poliție din Los Angeles și să nu i se îngăduie să revină.

Într-o perioadă a vieții în care majoritatea bărbaților se apucau de golf sau își cumpărau o barcă cu motor, Bosch se simțea un ratat fără egal. Simțea nevoia de a lucra la diverse cazuri și să înființeze un birou privat de investigații sau să devină un anchetator al apărării, lucruri care, în cele din urmă, nu aveau cum să îl satisfacă. Așa se face că a acceptat oferta șefului, și, curând, a dovedit că își încheiase socotelile cu poliția din Los Angeles. Și astfel a trecut rapid de la analizarea cazurilor nesoluționate, la care lucra nenormat, până la sfătuirea tuturor celor din biroul detectivilor. Huey, Dewey și Louie erau detectivi buni și sârguincioși, însă aveau împreună o experiență de mai puțin de zece ani. Până și șeriful era ofițer cu jumătate de normă în acea instituție, și el răspundea atât de controlul unității de comunicații, cât și de închisoare. Prin urmare, lui Bosch îi revenea sarcina de a le încredința acea misiune lui Lourdes, Sisto și Luzon.

Centrul comercial se întindea de-a lungul a două intersecții, pe San Fernando Avenue, care trecea prin mijlocul orașului și era mărginită de mici magazine, firme, baruri și restaurante. Toate acestea se găseau într-o parte istorică a orașului, la capătul căruia trona un mare magazin care se închisese și rămăsese gol vreme de câtiva ani, dar pe fațada căruia rămăsese înscris numele firmei, JC Penney. Mai toate celelalte semne erau în spaniolă, iar magazinele se adresau majorității latino, cele mai multe fiind destinate mariajelor și saloanelor pentru *quinceañera*[1], iar altele erau magazine second-hand sau care vindeau produse din Mexic.

Deplasarea de la secția de poliție până la scena crimei dura trei minute cu mașina. Lourdes a parcurs acea distanță în mașina

---

[1] Adolescenți.

personală, fără însemnele poliției. Bosch a depus toate eforturile pentru a face uitate cazul Borders și cele discutate în sala de analize, asta pentru a se putea concentra asupra situației care apăruse acum.

– Bun, ce știm în acest moment? a întrebat el.

– Doi morți la Farmacia Familia, i-a spus Lourdes. Informația vine de la un client care a intrat acolo și a văzut una dintre victime. Oamenii din patrulă au descoperit cea de-a doua victimă în partea din spate a farmaciei. Ambii erau angajați. Din câte se pare, erau tatăl și fiul.

– Și fiul era adult?

– Da.

– Făceau parte dintr-o bandă?

– Nu am o asemenea informație.

– Și altceva?

– Cam asta-i tot. Gooden și Sanders au plecat imediat acolo, după ce am primit apelul. Iar Șeriful i-a chemat imediat pe cei de la medico-legal.

Gooden și Sanders erau cei doi medici legiști care lucrau în biroul subînchiriat din sediul detectivilor. Din fericire, aceștia se aflaseră foarte aproape. Bosch și-a adus aminte că uneori aștepta chiar și o oră sau mai mult până primea știri de la medicul legist.

Cu toate că Bosch rezolvase trei cazuri de crimă rămase nesoluționate timp de mai mulți ani, de când ce începuse să lucreze pentru cei de la San Fernardo, practic, aceasta avea să fie prima investigație adevărată a unei crime. Asta însemna că va fi vorba de o scenă reală a crimei, în care victimele aveau să se afle pe podea, nu doar în fotografii, pe care să le studieze. Protocolul și ritmul vor fi diferite, desigur, iar aceste lucruri l-au revigorat, în ciuda iritării pe care o trăise după întâlnirea de la care tocmai scăpase.

În timp ce Lourdes pătrundea în mall, Bosch s-a uitat în față și și-a dat seama că investigația pornise deja în sens greșit. Trei mașini de patrulare erau parcate exact în fața farmaciei, adică prea aproape de ea. Traficul pe strada cu două benzi nu fusese oprit, iar mașinile treceau încet prin dreptul farmaciei, sperând să-și facă măcar o idee despre ceea ce declanșase agitația poliției.

– Oprește aici, a spus el. Mașinile acelea sunt prea aproape, și am de gând să le îndepărtez și să blochez strada.

Lourdes i-a respectat ordinele, astfel că a parcat mașina în fața unui bar care se numea Tres Reyes, și în spatele unei mulțimi crescânde de privitori care se strânsese în apropierea magazinului.

Bosch și Lourdes au coborât imediat din mașină și s-au furișat prin mulțime. Între mașinile de patrulare ale poliției fuseseră întinse benzi galbene care interziceau trecerea, iar doi polițiști discutau în apropierea portbagajului uneia dintre mașini, în vreme ce altul stătea cu mâinile lipite de centură, poziție obișnuită pentru un polițist de patrulă, care se uita drept spre ușa de intrare în farmacie.

Bosch a văzut că ușa din față a magazinului care constituia locul crimei era ținută deschisă cu ajutorul unui sac cu nisip, care probabil fusese scos din portbagajul uneia dintre mașinile de poliție. Nu l-a zărit pe șeriful Valdez sau pe vreunul dintre ceilalți anchetatori, de aceea a socotit că asta însemna că toți erau înăuntru.

– Fir-ar să fie, a spus el, în timp ce se apropia de ușă.

– Ce-ai spus? l-a întrebat Lourdes.

– Că prea multe moașe lasă copilul cu buricul netăiat, a spus Bosch. Așteaptă aici câteva momente.

Bosch a intrat în farmacie, lăsând-o pe Lourdes afară. Era o afacere măruntă, având doar câteva alei cu produse care duceau spre tejghea, unde era, de fapt, plasată farmacia în sine. L-a văzut pe Valdez stând alături de Sisto și Luzon înapoia tejghelei. Priveau în jos, spre ceea ce Bosch a bănuit că era unul dintre cadavre. Nici urmă de Trevino.

Bosch a scos un șuierat scurt, pe o notă joasă, care le-a atras atenția celorlalți, după care le-a făcut semn să vină în partea din față a farmaciei. După aceea, s-a răsucit pe călcâie și a ieșit pe ușă.

Ajuns afară, a așteptat lângă ușă, alături de Lourdes, iar după ce cei trei bărbați au ieșit, a împins cu piciorul sacul cu nisip deoparte și a lăsat ușa să se închidă.

– Șefu', pot să încep eu? a întrebat el.

Bosch s-a uitat spre Valdez și a așteptat ca acesta să îi dea aprobarea. Cerea să se ocupe de investigație și ținea să fie scutit de orice alte intervenții.

– Harry, preiei cazul, a spus Valdez.

Bosch a atras atenția polițiștilor din echipa de patrulare, care stăteau grupați, și le-a făcut semn să se apropie.

– Bun așa, ascultați-mă, le-a spus Bosch. Prioritatea noastră este conservarea locului faptei, iar noi tocmai asta nu facem. Domnilor de la patrule, vreau să vă îndepărtați mașinile și să blocați intersecția asta la ambele capete. Puneți benzi de izolare. Nu pătrunde nimeni înăuntru fără să primească autorizare. Iar apoi vreau să văd baricade la fiecare capăt, și să notați numele fiecărui polițist sau al vreunui laborant care apare la locul crimei. În plus, veți nota numărul de înmatriculare al oricărei mașini care pleacă de aici.

Nimeni nu s-a clintit.

– L-ați auzit, da? a spus Valdez. Să ne mișcăm, oameni buni. Avem doi cetățeni care zac pe podeaua de acolo. Trebuie să facem lucrurile bine, atât pentru ei, cât și pentru departament.

Polițiștii de patrulă s-au grăbit să se întoarcă la mașinile lor pentru a executa ordinele date de Bosch. El și ceilalți detectivi s-au împrăștiat și au început să îndepărteze privitorii în lungul străzii. Câțiva au întrebat cu voce tare în spaniolă, însă Bosch nu le-a răspuns. A privit fețele celor pe care îi îndepărta. Știa că ucigașul ar putea să fie printre acei oameni. Nu ar fi fost ceva ieșit din comun.

După ce locul faptei a fost delimitat în două zone, Bosch, șeriful și trei detectivi s-au strâns din nou aproape de ușa farmaciei. Bosch s-a uitat încă o dată la Valdez pentru a avea confirmarea că el era la comandă, deoarece nu se aștepta ca următoarele demersuri ale lui să fie acceptate cu ușurință.

– Încă sunt la comandă, șefule? a întrebat el.

– Toată ziua și toată noaptea, a spus Valdez. Cum vrei să procedezi?

– Vrem să limităm numărul celor care pătrund în perimetrul spațiului crimei, a spus Bosch. Dacă ajungem cu cazul în instanță și cine știe ce avocat ne vede pe toți îngrămădiți înăuntru și bântuind prin zonă, asta îi va oferi mai multe ținte, și va crea mai multă confuzie pentru a zăpăci jurații. De aceea, înăuntru vor intra doar două persoane, adică eu și Lourdes. Sisto și Luzon, voi vă ocupați de exteriorul scenei crimei. Vreau să mergeți în lungul străzii, în ambele direcții. Căutați martori, dar *și* camere de supraveghere. Noi...

– Noi am ajuns primii aici, a spus Luzon, arătând spre sine și spre Sisto. Ar trebui să fie cazul nostru, așa că vrem să intrăm și noi în farmacie.

Având în jur de patruzeci de ani, Luzon era cel mai vârstnic dintre cei trei anchetatori cu normă întreagă, însă era cel mai puțin experimentat ca detectiv. După ce petrecuse doisprezece ani în echipe de patrulare, ajunsese detectiv doar de șase luni. Fusese promovat pentru a completa golul produs de concediul medical al lui Lourdes, iar apoi Valdez a descoperit bani la buget pentru a-l păstra în funcție într-o perioadă în care a apărut o creștere alarmantă a infracțiunilor ce priveau proprietățile, acte atribuite unei bande locale care se numea SanFers. Bosch îl remarcase imediat după ce fusese promovat, și socotise că Luzon era un detectiv bun și harnic – iar asta însemna că Valdez făcuse o alegere potrivită. Cu toate astea, Bosch nu lucrase cu el la niciun caz, însă se obișnuise să colaboreze cu Lourdes. Dorea ca ea să preia conducerea în cazul de față.

– Nu așa merge treaba, a precizat el. Lourdes va avea întâietate. Vreau ca tu și Sisto să mergeți cale de două intersecții, în ambele direcții. Căutați vehiculul cu care a fugit făptașul. În plus, căutați și găsiți camere de supraveghere. Acest lucru este cel mai important.

Bosch a observat că Luzon se străduia să-și reprime impulsul de a contrazice ordinele primite. Însă s-a uitat la șeful lui, care stătea cu brațele încrucișate la piept, și nu a perceput niciun semn că acesta ar fi dezaprobat cele cerute de Bosch.

– Așa vom face, a spus Luzon.

Apoi a plecat într-o direcție, iar Sisto a pornit în cealaltă direcție. Sisto nu a catadicsit să se plângă în legătură cu ordinul primit, însă pe fața lui a apărut o expresie vecină cu deprimarea.

– Hei, băieți! a spus Bosch.

Luzon și Sisto au întors capetele spre el. Bosch a făcut semn spre Lourdes și șef, făcându-i părtași la discuție.

– Uitați cum stă treaba, nu țin să fiu un tip arogant, a spus el. Am căpătat experiență după o sumedenie de rateuri. Învățăm din greșeli, și în peste treizeci de ani de muncă în domeniul crimei, am făcut multe greșeli. Acum încerc să folosesc ce am învățat pe propria-mi piele. Ați înțeles?

Fără multă tragere de inimă, Luzon și Sisto au dat aprobator din cap, apoi au plecat să execute ordinele primite.

– Notați-vă numere de înmatriculare și numere de telefon, a strigat Bosch după ei, dându-și imediat seama că acela era un ordin inutil.

După plecarea celor doi, șeful s-a detașat de grup.

– Harry, a spus Valdez. Hai să stăm puțin de vorbă.

Bosch l-a urmat, lăsând-o singură pe Lourdes. Șeful i s-a adresat cu glas scăzut.

– Uite ce e, înțeleg ce faci cu ăștia doi și că ai învățat pe propria ta piele. Numai că vreau ca tu să conduci ancheta. Bella e bună, dar ea abia s-a întors la muncă și trebuie să se acomodeze. Asta e – omuciderile – te-ai ocupat de așa ceva vreme de treizeci de ani. De aceea ești aici.

– Am înțeles, șefu', Dar nu e bine să conduc eu ancheta. Trebuie să ne gândim la momentul când cazul va ajunge în instanță. Treaba e să documentăm cazul pentru a fi judecat, și n-ai nevoie la comandă pe cineva care lucrează cu jumătate de normă. Ai nevoie de Bella. Oamenii încearcă să îi știrbească reputația, dar ea îi va bate pe toți la fund după ce s-a întâmplat anul trecut și după ce a trecut prin atâtea necazuri până să se întoarcă la muncă. Este o eroină, și de ea ai nevoie în boxa martorilor. În plus, e pricepută și pregătită pentru așa ceva. Pe de altă parte, s-ar putea ca eu să am unele probleme din cauza unora de la centru. Sunt probleme care ar putea crea un mare deranj. Sigur nu ai nevoie de mine la comandă.

Valdez s-a uitat țintă la el. Știa că prin „centru" se înțelegea Departamentul de Poliție Los Angeles, din trecutul lui Bosch.

– Am auzit că azi-dimineață ai avut niște vizitatori, a spus el. O să vorbim mai târziu despre asta. Ce trebuie să fac eu?

– Să te ocupi de relațiile cu presa, a spus Bosch. Reporterii vor mirosi cazul destul de curând și vor începe să apară aici. „Doi morți pe Main Street" ar putea deveni un reportaj interesant. Trebuie să organizezi un post de comandă și să-i ții în frâu când vor începe să vină. Trebuie să ținem sub control informațiile pe care le capătă.

– Am înțeles. Ce altceva? O să avem nevoie de mai mulți oameni ca să facem asta. Aș putea retrage oamenii care sunt în patrulare, să rețin aici câte un polițist de la fiecare mașină și să se patruleze doar cu câte un polițist până rezolvăm lucrurile aici.

– Exact. Ce-ar fi să deschidem magazinul Penney și să-l folosim drept centru de comandă? Îl cunosc pe proprietarul clădirii.

Bosch s-a uitat spre trotuarul de vizavi și spre fațada magazinului care se închisese de multă vreme.

– O să întârziem binișor aici. Dacă avem lumină acolo, așa vom face. Unde-i căpitanul Trevino? E prin apropiere?

– L-am pus să se ocupe de farmacie cât timp stau eu aici. Ai nevoie de el?

– Nu, îl pot informa ceva mai târziu.

– Atunci las totul în seama ta. Harry, trebuie să rezolvăm lucrurile cât mai repede. Asta, dacă există rezolvare.

– Am înțeles.

Șeful s-a îndepărtat, după care Lourdes s-a apropiat de Bosch.

– Lasă-mă să ghicesc. N-a vrut ca eu să conduc ancheta, a spus ea.

– M-a vrut pe mine, a zis Bosch. Dar nu a avut ceva cu tine. Eu am refuzat. Am spus că e cazul tău.

– Asta are ceva de a face cu cei trei vizitatori pe care i-ai avut azi-dimineață?

– Probabil. Și e vorba că tu ești capabilă să te ocupi de caz. Ce-ar fi să intri și să vezi ce fac Gooden și Sanders? Eu o să sun la laboratorul șerifului ca să aflu o estimare. În primul rând, avem nevoie de fotografii. Să nu-i lași pe oamenii aceia să mute cadavrele decât după ce avem fotografii cu tot ce e acolo.

– Am înțeles.

– De cadavre se ocupă legistul. Locul crimei ne aparține. Să nu uiți asta.

Lourdes s-a îndreptat spre ușa farmaciei, iar Bosch și-a scos telefonul. Departamentul de Poliție San Fernando era atât de mic încât nu avea o echipă de legiști. Se bizuia pe unitatea de anchetă ce aparținea departamentului șerifului, astfel că, deseori, beneficia mai greu de serviciile acestuia. Bosch a vorbit cu ofițerul de serviciu de la laborator și i s-a spus că echipa era deja în drum spre San Fernando. Bosch i-a reamintit ofițerului că avea de anchetat o crimă dublă, de aceea a cerut o a doua echipă, însă a fost refuzat, pe motiv că nu se putea alcătui încă o echipă. Aveau doar doi tehnicieni și un fotograf/operator de cameră, și asta era tot.

După ce a încheiat conversația, Bosch a observat că unul dintre polițiștii de patrulă se afla pe noul perimetru al locului crimei, de la capătul intersecției. Banda de culoare galbenă fusese întinsă, blocând accesul prin mall. Polițistul își vârâse mâinile pe sub centură și îl urmărea din ochi pe Bosch.

Acesta a băgat telefonul în buzunar și a pornit spre banda galbenă și către polițistul care o supraveghea.

– Nu te uita încoace, i-a zis Bosch. Uită-te în cealaltă parte.

– Poftim? l-a întrebat polițistul.

– Văd că îi urmărești pe detectivi. Trebuie să supraveghezi strada.

Și-a lăsat mâinile pe umerii polițistului și l-a întors cu fața spre banda galbenă.

– Uită-te dincolo de locul crimei. Uită-te la oamenii care cască gura, la oamenii care nu au ce căuta acolo. Ai rămâne uimit dacă ai afla de câte ori revine criminalul la locul faptei ca să vadă cum se desfășoară investigația. În orice caz, tu protejezi locul crimei, nu îl supraveghezi.

La scurt timp după aceea, a sosit echipa de legiști a șerifului, iar Bosch a dat ordin ca toată lumea să iasă din farmacie, pentru ca operatorul să poată face o filmare preliminară a locului faptei, în care să apară doar cele două cadavre.

Cât a așteptat afară, Bosch și-a pus mănuși, dar și botoși din hârtie. După ce fotograful s-a declarat mulțumit de ceea ce filmase, a făcut semn că totul era în regulă, și ceilalți au intrat în farmacie, trecând printr-o perdea de conservare a locului crimei, care fusese instalată la ușă de tehnicienii echipei.

Gooden și Sanders s-au îndepărtat unul de celălalt și au continuat să examineze cadavrele. Lourdes și Bosch s-au plasat înapoia tejghelei, unde Gooden și un tehnician examinau unul dintre cadavre. Lourdes a scos un carnețel de notițe și a făcut o descriere a celor constatate. Bosch s-a aplecat spre urechea partenerei lui și a șoptit:

– Nu te grăbi, observă totul. Notițele sunt folositoare, însă este preferabil să păstrezi în minte imaginile.

– De acord. Așa o să fac.

Pe vremea când era proaspăt detectiv în cazuri de omucidere, Bosch lucrase cu un partener pe nume Frankie Sheehan, care ținea întotdeauna în portbagajul mașinii lor fără însemnele poliției o cutie veche în care se livrau sticle de lapte. Aducea lada aceea la fiecare loc al unei crime, găsea un punct favorabil de observație, după care o lăsa pe pământ. Apoi se așeza pe ea doar ca să studieze locul, apreciind nuanțele și străduindu-se să facă o apreciere și să descopere motivul actului violent care se petrecuse acolo. Sheehan lucrase împreună cu Bosch și la cazul lui Danielle Skyler și stătuse pe lada lui într-un colț al încăperii în care cadavrul, despuiat și violat cu agresivitate, zăcea pe podea. Însă Sheehan murise de multă vreme, astfel că nu avea cum să participe la căderea liberă care îl pândea pe Bosch în cazul de față.

4

Farmacia Familia era o firmă modestă, care, după părerea lui Bosch, avea ca obiect principal de activitate eliberarea de rețete medicale. În porțiunea din față a magazinului erau trei culoare scurte cu rafturi încărcate cu produse ce țineau de remedii și îngrijire casnică, aproape toate aflate în cutii pe care scria în spaniolă, importate din Mexic, desigur. Nu existau rafturi cu felicitări, reclame pentru dulciuri și nici sticle cu apă minerală sau plată. Acea afacere nu avea nicio legătură cu lanțurile de farmacii răspândite în tot orașul.

Farmacia era, practic, pe peretele din spate, unde se aflau o tejghea în fața spațiului de păstrare a medicamentelor și o zonă de lucru pentru completarea rețetelor. Partea din față a magazinului părea neatinsă în vreun fel sau altul de crima care se petrecuse acolo.

Bosch a mers pe aleea din partea stângă a încăperii și a ajuns la o ușă care dădea spre partea din spate a tejghelei. L-a văzut pe Gooden stând pe vine înapoia tejghelei, alături de unul dintre cadavre, un bărbat care părea trecut puțin peste cincizeci de ani. Zăcea cu fața în sus, exact în spatele tejghelei, și avea mâinile ridicate și palmele desfăcute, în dreptul umerilor. Purta o vestă albă, tipică pentru farmaciști, care avea brodat un nume pe ea.

– Harry, uite-l pe José, a spus Gooden. Măcar rămâne José până când confirmăm asta prin amprentare. Împușcat drept în piept.

În timp ce a spus acele cuvinte, a mimat un pistol folosindu-se de degetul mare și de arătătorul mâinii drepte, îndreptând presupusa țeavă spre pieptul mortului.

– Direct? l-a întrebat Bosch.

– Aproape perfect, i-a răspuns Gooden. Țintit de la cincisprezece sau treizeci de centimetri distanță. Pesemne că omul era deja cu mâinile sus, și, cu toate astea, individul l-a împușcat.

Bosch nu a scos nicio vorbă. În acele momente era în etapa de observație. Avea să-și facă propriile impresii legate de locul crimei și să stabilească dacă mâinile victimei erau ridicate sau nu în momentul în care a fost împușcată. Nu ținea să primească acea informație de la Gooden.

Bosch s-a lăsat pe vine și s-a uitat spre podeaua din jurul cadavrului, după care s-a aplecat și mai mult pentru a se uita sub tejghea.

– Ce s-a întâmplat? a întrebat Lourdes.

– Nu văd tubul, i-a răspuns Bosch.

Lipsa vreunui tub de cartuș îi sugera lui Bosch unu sau două lucruri. Fie că ucigașul își pierduse timpul ca să culeagă tuburile, fie că folosise un revolver – care nu ejecta tuburile. În orice caz, acest lucru era ceva important pentru el. Colectarea unei probe esențiale era un indiciu clar că acea crimă fusese gândită cu sânge-rece. Folosirea unui revolver putea indica același lucru – era vorba de o armă aleasă tocmai pentru că ea nu va lăsa în urma ei nicio dovadă incriminatorie.

Bosch și Lourdes au ajuns pe holul din stânga tejghelei din farmacie. Acel pasaj lung de aproape șase metri ducea spre zonele de lucru și de depozitare, dar și spre o cameră de odihnă. La capătul culoarului era o ușă cu două încuietori și cu un semn de ieșire, dar care avea și vizor. Probabil că acea ușă dădea spre aleea din spatele clădirii, pe unde se făcea aprovizionarea.

În apropierea ușii, Sanders, celălalt legist al echipei, stătea în genunchi, alături de cel de-al doilea cadavru, tot un bărbat, care purta și el o jachetă albă de farmacist. Cadavrul era pe burtă, având un braț întins spre ușă. Pe podea se vedea o dâră lungă de sânge, care se oprea sub cadavru. Lourdes a înaintat pe lângă peretele holului, având grijă să nu calce în dâra de sânge.

– Iar aici îl avem pe José junior, a spus Sanders. Avem trei puncte de impact: în spate, rect și în cap – cel mai probabil în ordinea în care le-am enumerat.

Bosch s-a îndepărtat de Lourdes și a trecut peste dârele de sânge, spre cealaltă latură a holului, pentru a vedea nestingherit cadavrul aflat acolo. José junior era întins cu un obraz lipit de podea, având ochii parțial deschiși. Părea să fi fost puțin trecut de douăzeci de ani, pentru că pe bărbie avea doar câteva tuleie.

Sângele și rănile provocate de gloanțe spuneau totul. Imediat ce-și dăduse seama de necazul care îl aștepta, José junior încercase să fugă pe ușa din spatele magazinului, alergând disperat pe coridor. Fusese doborât de prima împușcătură primită în spate. Prăbușit la podea, se întorsese pentru a privi în urmă, iar sângele i se scursе pe dale. L-a văzut pe criminal și s-a răsucit, încercând să se târâie spre ușă, însă genunchii i-au alunecat pe dâra de sânge, pe care a împrăștiat-o. Criminalul a ajuns lângă el și l-a împușcat din nou, de astă dată în rect, după care s-a îndreptat de spate și l-a împușcat în cap.

În cazurile pe care le mai întâlnise, Bosch mai văzuse oameni împușcați în rect, de aceea acest lucru i-a atras atenția.

– Împușcătura din fund – cât de aproape a fost? a întrebat el.

Sanders a întins o mână înmănușată și a tras de marginea chilotului victimei pentru a lăsa la vedere punctul de pătrundere a glonțului. Cu cealaltă mână a arătat spre locul în care țesătura fusese pârlită.

– A primit glonțul exact acolo, a spus Sanders. Direct.

Bosch a dat din cap. Și-a îndreptat ochii spre rănile de pe spate și cap. A avut impresia că cele două puncte de pătrundere erau mai curate și mai mici decât acela din pieptul lui José senior.

– Crezi că a fost vorba de două arme? a întrebat Bosch.

Sanders a dat din cap în sens afirmativ.

– De parcă aş fi pariat, a spus el.

– Şi nu sunt tuburi?

– Niciunul la vedere. Vom vedea după ce răsucim cadavrul, dar ar fi un miracol dacă cele trei tuburi ar apărea dedesubtul lui.

Drept răspuns, Bosch a dat din cap.

– În regulă, fă-ţi treaba, a spus el.

S-a retras cu paşi măsuraţi pe coridor şi a ajuns în zona de depozitare şi de lucru a farmaciei. A început prin a privi în sus, şi a văzut imediat camera de supraveghere montată în colţul tavanului, chiar deasupra uşii.

Lourdes a pătruns în încăpere imediat după el. Bosch a făcut semn spre tavan, iar ea a văzut camera.

– Avem nevoie de înregistrări, a spus el. Să sperăm că se află pe un site sau pe un hard extern.

– Pot verifica asta, a spus ea.

Bosch a examinat încăperea. Câteva dintre sertarele din material plastic în care erau păstrate tot felul de pastile fuseseră trase afară şi aruncate pe podea, astfel că multe dintre ele se împrăştiaseră. Bosch şi-a dat seama că inventarierea tuturor pastilelor din farmacie ar fi fost o treabă anevoioasă, iar descoperirea celor care fuseseră furate, la fel de dificilă. Unele dintre sertarele de pe podea erau mai mari decât altele, de aceea a bănuit că acestea conţinuseră medicamente prescrise mai frecvent.

Pe masa de lucru se găsea un computer. Mai existau şi câteva instrumente folosite pentru cântărirea şi punerea pastilelor în recipiente mici din plastic, precum şi imprimatoare de etichete.

– Ce-ar fi să te duci şi să stai de vorbă cu fotograful? a întrebat-o pe Lourdes. Asigură-te că a filmat totul înainte ca noi să strivim toate pastilele astea. Spune-i că poate începe prelucrarea filmării de la locul crimei.

– Am înţeles, a spus Lourdes.

După plecarea ei, Bosch a revenit pe coridor. Știa că va fi nevoie să strângă și să identifice fiecare pastilă care se afla în acel loc. Rezolvarea unui caz de omucidere era lentă atunci când se pornea de la centru spre exterior.

Pe vremuri, ajuns în acel punct, ar fi ieșit afară ca să fumeze o țigară și să analizeze situația. Însă, de data asta, a ieșit afară, trecând prin perdeaua din plastic, doar ca să analizeze lucrurile. Aproape imediat, telefonul mobil a început să vibreze în buzunarul lui. Nu a putut identifica apelantul.

– Asta n-a fost frumos, Harry, a spus Lucia Soto, după ce el a răspuns.

– Scuze, am avut o urgență, a spus el. A trebuit să plec.

– Puteai să ne anunți. Nu-ți sunt dușman în treaba asta. Încerc să mă interpun de dragul tău, ca să te scot din atenția lor. Dacă joci cinstit, vina va fi pusă pe seama laboratorului, sau a fostului tău partener – cel care a murit.

– Acum ești împreună cu Kennedy și Tapscott?

– Nu, sigur că nu. E ceva doar între noi doi.

– Îmi poți trimite o copie a raportului pe care i l-ai prezentat lui Kennedy?

– Harry...

– Mi-am dat eu seama. Lucia, nu-mi spune că ești de partea mea și că te interpui în numele meu, dacă nu chiar faci asta. Înțelegi ce spun?

– Nu pot împărți dosare încă nesoluționate cu...

– Ascultă, aici sunt prins cu tot felul de lucruri. Dă-mi un telefon dacă te-ai răzgândit. Țin minte că a existat un caz care pentru tine a însemnat foarte mult. Am fost parteneri, și atunci am rămas alături de tine. Bănuiesc că acum lucrurile stau altfel.

– Nu e deloc cinstit, și știi asta.

– Și în rest? N-aș da niciodată în gât un partener. Fie el și mort.

A întrerupt convorbirea. A avut o tresărire de vinovăție. Fusese autoritar cu Soto, dar a simțit că trebuia să o silească să îi ofere ceea ce îi trebuia.

De când își încheiase cariera la Departamentul de Poliție Los Angeles, lucrând la cazuri nesoluționate, trecuseră mulți ani de când nu mai participase la cazuri proaspete de crimă. Odată cu revenirea instinctelor de criminalist care se ocupă de locul crimei, au reînviat și vechile obiceiuri. A simțit acut nevoia de a fuma o țigară. S-a uitat în jur, pentru a vedea dacă exista cineva de la care să poată cere o țigară, și a văzut-o pe Lourdes venind spre el, din intersecție. Avea o expresie tulburată pe chip.

– Care e beleaua?

– M-am dus să stau de vorbă cu fotograful, dar cineva mi-a făcut semn să mă apropii de banda de separație. Doamna Esquivel, soția și mama victimelor noastre, fusese oprită dincolo de bandă și devenise isterică. Tocmai am urcat-o într-o mașină de patrulă și am trimis-o la secție.

Bosch a dat aprobator din cap. Îndepărtarea acelei doamne de locul crimei reprezenta cea mai potrivită soluție.

– Ești pregătită să stai de vorbă cu ea? a întrebat el. Nu o putem reține prea multă vreme acolo.

– Nu-mi dau seama, a spus Lourdes. I-a fost distrusă viața. Tot ce era important pentru ea a dispărut pe neașteptate. Soțul și singurul ei copil.

– Știu, dar trebuie să stabilești o legătură cu ea. Nu se știe niciodată, pentru că soluționarea acestui caz ar putea dura ani și ani. Femeia asta trebuie să aibă încredere în persoana care se ocupă de el. Poți vorbi spaniola, și ai o sumedenie de ani de activitate în față. Eu, nu.

– Am înțeles. O să mă descurc.

– Concentrează-te asupra fiului. Află ce prieteni a avut și cu ce se ocupa când nu era la muncă, ce dușmani a avut și toate celelalte. Află unde locuia și dacă avea o prietenă. Și întreab-o pe mamă dacă José senior avea probleme cu fiul la locul de muncă. Fiul va deveni un element-cheie în dandanaua asta.

– Ai ajuns la concluzia asta din cauza unei împușcături în fund?

Bosch a dat afirmativ din cap.

– Am mai văzut aşa ceva. Într-un caz în care am discutat cu un profiler. E o împuşcătură trasă de furie. Pe ea pare scris că e vorba de o răzbunare.

– Deci îi cunoştea pe ucigaşi?

– Fără îndoială. Fie că îi cunoştea el, fie că îl cunoşteau ei. Ori una, ori alta.

5

Bosch nu a ajuns acasă decât după miezul nopții. Se simțea zdrobit după ziua lungă petrecută la locul crimei, cât coordonase activitățile celorlalți detectivi, dar și a diviziei de patrulare. În plus, fusese convocat la o ședință cu presa ținută de Valdez, în care acesta a stat în fața camerelor de filmare și a reporterilor care se strânseseră în centrul comercial. Informarea prezentată de Valdez fusese concisă: nu existau suspecți și nici arestări.

Evaluarea prezentată reporterilor a fost precisă, însă anchetatorii care căutau criminalii de la farmacie aveau deja câteva piste de urmat. Crimele și, ulterior, furtul medicamentelor prescrise fuseseră surprinse de trei camere de supraveghere din interiorul magazinului, astfel că filmările color ofereau o sugestie privind calcularea la rece a atacului. Fusese vorba de doi atacatori care purtaseră cagule negre și avuseseră revolvere asupra lor. Cei doi îi doborâseră pe José Esquivel senior și pe fiul lui cu un sânge-rece care presupunea planificare, precizie, dar și intenție. Imediat ce a văzut filmarea, prima reacție a lui Bosch a fost că cei doi erau profesioniști angajați ca să comită acele crime. Furtul unor medicamente reprezenta, pur și simplu, un pretext care ascundea adevăratul motiv al actului criminal. Din nefericire, la vizionarea inițială a filmului au apărut puține elemente de identificare a vreunuia dintre atacatori. Când unul dintre ei a întins mâna pentru a-l împușca pe José senior, mâneca i s-a ridicat, dar nu a evidențiat decât o piele albă. Nimic altceva nu apărea evident.

După ce a parcat, Bosch a trecut de ușa laterală de la intrarea în curtea casei și a mers să verifice ce avea în cutia de scrisori. A observat că partea de sus a cutiei de scrisori rămăsese deschisă din cauza unui plic gros, de culoare maronie. L-a extras de acolo și l-a ținut sub lumina becului de pe terasă pentru a vedea cine i-l trimisese.

Expeditorul nu-și trecuse adresa, iar plicul era netimbrat. Pe el era scris doar numele lui. A descuiat ușa și a dus plicul înăuntru. L-a pus, împreună cu restul corespondenței primite, pe blatul din bucătărie, și a deschis frigiderul pentru a-și lua o bere.

După ce a luat o înghițitură direct din sticlă, a desfăcut plicul. A scos din el un teanc gros de aproape trei centimetri de documente. A recunoscut imediat raportul aflat deasupra. Era o copie a raportului inițial privind uciderea lui Danielle Skyler, în 1987. A răsfoit teancul de documente și s-a lămurit că primise o copie a dosarului actual de investigație.

Plicul îi fusese trimis de Lucia Soto.

Se simțea mort de oboseală, dar era conștient că nu va avea parte de somn prea curând. A vărsat restul de bere în chiuvetă, apoi și-a făcut o cafea la aparatul Keurig pe care i-l cumpărase fiica lui. A luat teancul de documente și s-a apucat de treabă.

După ce fiica lui plecase la colegiu, iar mesele în familie deveniseră un eveniment rar, Bosch transformase camera de zi a căsuței lui în loc de muncă. Masa a devenit un birou îndeajuns de lat pentru a împrăștia pe ea rapoarte de investigații – rapoarte ale unor cazuri pe care le lua din celula de la San Fernando sau pe care le întocmise chiar el. În plus, instalase rafturi de-a lungul a doi pereți ai nișei, și pe acestea se înșirau multe dosare și cărți de procedură juridică, precum și Codul Penal din California, la care se adăuga un sistem audio marca Bose pe care îl folosea când colecția lui de discuri vinil și pick-upul nu îi mai satisfăceau nevoia de muzică.

A introdus în aparat un compact-disc numit *Chemistry* și a reglat volumul la mediu. Era un album de duete între Houston Person, la saxofon tenor, și Ron Carter, la contrabas. Făcea parte dintr-o conversație muzicală, fiind al cincilea album și cel mai recent rod al colaborării dintre cei doi, iar Bosch avea celelalte albume pe discuri vinil. Era muzica perfectă pentru a lucra în miez de noapte. Și-a ocupat locul obișnuit la masă, cu spatele spre rafturi și spre sistemul audio, și s-a apucat să citească documentele.

La început le-a împărțit în funcție de vechime. A așezat unele peste altele rapoartele investigației originale privind uciderea lui Danielle Skyler – multe dintre ele întocmite chiar de el în urmă cu treizeci de ani –, apoi a alcătuit un al doilea teanc din rapoartele recente, redactate în cursul investigației de acum.

Deși își amintea bine rapoartele inițiale, știa că multe detalii minore i se șterseseră din memorie și că era mai prudent să înceapă cu cele vechi înainte de a trece la cele actuale. În primul rând, a urmat ordinea cronologică, deoarece acesta era întotdeauna punctul de pornire în analizarea unui caz. Era în mod esențial un jurnal de caz – un șirag de notițe scurte, datate și cu precizarea orei, prezentând activitățile investigative derulate de Bosch și partenerul lui, Frankie Sheehan. Multe dintre acele notițe aveau să fie extinse în rapoartele rezumative, însă cronologia era crucială ca punct de pornire într-o analiză pas cu pas a investigației.

În 1987, la Divizia Furturi și Omucideri nu exista niciun computer. Rapoartele erau scrise de mână sau dactilografiate pe mașini de scris IBM Selectrics. Cele mai multe cronologii erau scrise de mână, pe foi de hârtie liniată din secțiunea 1 a dosarului de caz. Fiecare anchetator, inclusiv cei care erau suplinitori sau aveau sarcini auxiliare, făcea propriile notițe însoțite de inițiale, cu toate că stilurile personale de scris făceau ca identitatea autorului să fie inconfundabilă în cele mai multe cazuri.

Bosch avea în față fotocopii ale cronologiei originale de caz, astfel că și-a recunoscut propriul scris, precum și pe cel al lui Sheehan. A recunoscut, de asemenea, și cele două stiluri diferite de redactare pe care le aveau el și Sheehan. Acesta din urmă, care era mai experimentat, folosea cuvinte mai puține, și deseori lăsa frazele neterminate. Bosch era mai prolix, stil de întocmire a rapoartelor care avea să se schimbe cu timpul, asta după ce a descoperit ceea ce Sheehan știa deja: mai puțin înseamnă mai mult, ceea ce însemna că, dacă pierzi mai puțin timp cu hârțogăria, ai mai mult timp să urmezi pistele cazului. Și cu cât mai puține cuvinte erau așternute pe hârtie, cu atât existau mai puține șanse ca vreun avocat al apărării să le răstălmăcească și să le interpreteze sucit în instanță.

Bosch primise insigna de detectiv în 1977 și lucrase vreme de cinci ani în diverse divizii și echipe de criminaliști, după care fusese promovat ca detectiv specializat în omucideri și transferat întâi la Divizia Hollywood de la Centrul Parker, din mijlocul orașului. La Divizia Furturi și Omucideri a devenit partenerul lui Sheehan, iar cazul Skyler a fost unul dintre primele de care s-au ocupat ca anchetatori principali.

Povestea lui Danielle Skyler a fost povestea multor oameni din Los Angeles, la care s-a adăugat ironia originii ei. Crescută doar de mamă, care era cameristă la un motel din Hollywood, Florida, a completat golurile din viața ei cu aplauze care au venit odată cu succesul în concursuri de frumusețe și pe scenă cât a fost la liceu. Înarmată cu frumusețe și cu o încredere fragilă, la vârsta de douăzeci de ani, ea a traversat cei patru mii opt sute de kilometri din Hollywood, Florida, până în Hollywood, California. La fel ca multe altele, a descoperit că acolo erau deja mai multe fete ca ea, venite din fiecare orășel din America. Slujbele erau greu de găsit, și astfel lipitorile care făceau parte din industria divertismentului au profitat de ea. Însă a perseverat. A fost chelneriță, a urmat o școală de actorie și a mers la un șir nesfârșit de audiții pentru a primi roluri episodice și care nu presupuneau replici multe.

În plus, a făcut parte dintr-o comunitate alcătuită din tineri și tinere care duceau aceeași luptă pentru a avea succes și pentru a-și face un renume. I-a cunoscut pe mulți la audiții și la birourile pentru plasarea actorilor. Își ofereau unii altora ponturi privind slujbe din industria divertismentului și ospitalității - aici era vorba de restaurante. După cinci ani de zbateri, a reușit să joace în câteva filme și să apară și la televiziune, unde era distribuită, în primul rând, în roluri care să bucure ochiul spectatorilor. De asemenea, jucase în multe teatre mici din Valley și, în cele din urmă, a scăpat de meseria de chelneriță și a căpătat o slujbă cu program redus ca recepționeră la un agent independent care se ocupa cu plasarea de actori.

Cei cinci ani petrecuți la Los Angeles au fost marcați și de câteva modificări de adresă, câteva schimbări ale colegelor de apartament și câteva relații cu diferiți bărbați care erau fie cu cinci ani mai tineri, fie cu douăzeci de ani mai bătrâni. Când a fost descoperită violată și strangulată în cel de-al doilea dormitor al apartamentului ei din Toluka Lake, Bosch și Sheehan au fost nevoiți să recompună trecutul victimei, lucru care le-a răpit câteva săptămâni.

În timp ce a citit integral cronologia cazului, în minte i-au răsărit unele amănunte privitoare la Skyler și la demersurile pe care el și Sheehan le făcuseră, iar cazul i s-a părut la fel de proaspăt ca și crimele de la Farmacia Familia din acea dimineață. Și-a amintit fețele prietenelor, prietenilor și asociaților pe care i-au interogat și i-au trecut pe lista cronologică. Și-a amintit, totodată, cât de siguri au fost el și partenerul lui când l-au luat în vizor pe Preston Borders.

Și el era un actor care se zbătea să își facă un rost la Hollywood. Însă nu făcea asta fără să aibă spatele asigurat. Spre deosebire de Danielle Skyler și de mii de alți prezumtivi artiști care ajung la Los Angeles în fiecare an cu punctualitatea mareei de pe Venice Beach, Borders nu era silit să lucreze în restaurante, să vândă telefoane sau să facă altceva. El venea dintr-o suburbie a Bostonului și era întreținut de părinți în eforturile lui de a deveni o stea de cinema.

Chiria și mașina îi erau plătite de părinți, iar plățile făcute cu cardul de credit erau achitate la Boston. Asta îi îngăduia să își umple zilele participând la selecții pentru filme sau seriale TV, și noaptea era ocupat să meargă de la un club la altul, unde găsea întotdeauna multe femei ca Skyler, care sperau să dea peste cineva dispus să le achite nota de la bar în schimbul unui zâmbet și al unei conversații, și poate urma ceva mai intim dacă sentimentul era reciproc.

Potrivit cronologiei, Bosch și Sheehan făcuseră legătura între Borders și Skyler pe data de 1 noiembrie 1987, în a noua zi de investigații. Asta s-a întâmplat după ce au bătut la ușa Amandei Margot, o cunoștință de-a lui Danielle Skyler. La acea dată, și Margot era actriță în devenire și se putea socoti printre norocoșii sorții. Își făcuse o carieră considerabilă în cinematografie și televiziune, jucând roluri mici în câteva filme și rolul principal într-un film de televiziune ca detectiv criminalist care nu se dădea înapoi de la nimic. Bosch citise interviuri acordate de ea în care afirmase că reușea să exprime în film compasiunea față de victime deoarece își amintea de uciderea în viața reală a unei prietene apropiate.

Bosch și-a adus aminte de prima discuție cu Margot de parcă asta s-ar fi întâmplat cu doar o zi în urmă. La acea dată, tânăra actriță nu etala semnele succesului în micul ei apartament din Studio City. În camera de zi, Bosch și Sheehan au stat pe o canapea prăpădită, cumpărată de la un magazin de mâna a doua, iar Margot s-a așezat pe un scaun pe care îl adusese din bucătărie.

Cei doi detectivi discutaseră în fiecare zi cu câte patru sau cinci prieteni și cunoștințe de-ale victimei, iar Margot era în capul listei, însă ea își găsise de muncă timp de o săptămână la o expoziție auto de la Detroit, unde prezenta automobile, astfel că plecase din oraș la scurtă vreme după comiterea crimei. Întâlnirea și discuția fuseseră programate pentru data la care ea avea să se întoarcă.

Margot se dovedise a fi o comoară de informații despre Skyler. Cele două fuseseră apropiate, deși nu locuiseră niciodată împreună. La data comiterii crimei, colega de apartament a lui Skyler tocmai plecase, renunțând la visul de a deveni o stea. Se întorsese acasă, în Texas, astfel că Skyler căuta o colegă de apartament. Margot avea apartamentul închiriat pe alte câteva luni și plănuia să se mute la prietena ei după Anul Nou. Skyler avea să locuiască singură până atunci, deși membrii familiei ei le spuseseră anchetatorilor că sora ei mai mică, luându-și o vacanță de un an după terminarea liceului, era plecată într-o călătorie, dar avea de gând să sosească de Ziua Recunoștinței, urmând să stea în camera liberă, asta până când amândouă urmau să plece în Florida pentru Crăciun.

Margot și Danielle se cunoscuseră cu trei ani înainte în sala de așteptare a unei agenții de plasare, unde dădeau probă pentru același rol. În loc să devină rivale, s-au împrietenit. Niciuna dintre ele nu a căpătat rolul, dar mai târziu au mers la o cafea și așa s-a născut prietenia dintre ele. Se învârteau în cercuri similare, atât profesional, cât și social. Au încercat să se protejeze între ele, anunțându-se una pe cealaltă de posibile slujbe și de regizori de distribuție sau preparatori de rol libidinoși.

Cu timpul, ele au ajuns să iasă cu aceiași bărbați, iar detectivii s-au concentrat asupra acestui aspect. Autopsia a evidențiat că Danielle Skyler fusese maltratată brutal în timpul nopții. Fusese violată vaginal și anal, și strânsă de gât în repetate rânduri. În jurul gâtului avea dâre adâncite, unele făcând pielea să crape, ceea ce indica faptul că ucigașul o strangulase până când ea își pierduse cunoștința, apoi abuzase de ea de cel puțin șase ori. Era posibil ca garota să fi fost un colier purtat de victimă.

Cadavrul era mutilat cu un cuțit care avea pereche în bucătărie, dar în urma autopsiei s-a stabilit că tăieturile fuseseră făcute după decesul victimei.

De asemenea, se părea că apartamentul fusese făcut să arate ca și cum ar fi existat un intrus. Ușa glisantă a balconului de la etajul unu al dormitorului neocupat fusese lăsată întredeschisă, dar în exterior nu exista niciun indiciu că cineva ar fi escaladat balconul și apoi ar fi deschis ușa și ar fi pătruns în apartament. Balustrada metalică a balconului avea pe ea un strat gros de praf, care nu fusese șters pe toată lungimea sa. Asta însemna că intrusul ar fi trebuit să sară peste balustradă fără să o atingă, pentru ca apoi să ajungă la ușa glisantă. Era un scenariu neverosimil, ceea ce i-a determinat pe anchetatori să aibă în vedere contrariul – faptul că ucigașul intrase pe ușa apartamentului, fără să aibă loc nicio încăierare. Asta mai însemna că ucigașul o cunoștea într-o oarecare măsură și voise să ascundă asta pentru a-i deruta pe anchetatori.

În timp ce a dat declarația, Amanda Margot a dezvăluit că, într-o seară, cu două săptămâni înainte de moartea lui Skyler, cele două se întâlniseră în apartamentul Amandei pentru un pahar de vin ieftin și să mănânce ceva. Li s-a alăturat o a treia actriță, pe nume Jamie Henderson, pe care o cunoșteau de la audițiile la care participaseră. În cursul serii, la un moment dat, au început să discute despre bărbați, și au descoperit că toate ieșiseră cu aproape aceiași bărbați, pe care îi cunoscuseră la cursurile de actorie, la agențiile de plasare și la tot felul de spectacole. Cele trei au început să alcătuiască o listă de genul „doar o dată și gata" cu bărbați cunoscuți pe care au convenit să nu îi mai vadă.

Unul dintre motivele principale invocate a fost că fiecare bărbat trecut pe listă se dovedise prea stăruitor, iar în unele cazuri fusese amenințător din punct de vedere fizic atunci când venise vorba de sex. Margot a explicat că mulți dintre bărbații cu care se întâlneau se așteptau să facă sex după doar una sau două ieșiri în oraș. Bărbații care nu știau să accepte un refuz fuseseră trecuți pe lista „doar o dată și gata".

Urmând acea pistă, Bosch și Sheehan au obținut rezultate. Deși acea listă putea să fi fost rezultatul unor bârfe rostite seara de niște femei care băuseră, Margot păstrase totuși foaia ruptă dintr-un blocnotes și, folosind un magnet, o lipise pe ușa frigiderului.

A pus-o la dispoziția detectivilor și a precizat cele patru nume cu care Danielle Skyler contribuise la alcătuirea ei. Nu erau nume întregi, iar unele, cum ar fi „Bob gură puturoasă", erau doar porecle.

Însă primul pe lista ei era un nume simplu: Preston. Margot a declarat că era numele unui bărbat cu care ieșise doar Skyler, și nu-și amintea dacă acela era numele mic sau de familie, dar ținea minte povestea lui. Danielle spusese că Preston era un actor cu bursă, ceea ce însemna că beneficia de un oarecare sprijin financiar și nu trebuia să lucreze pentru a se întreține, și că el simțea că are dreptul la sex și după o primă întâlnire la care plătise mâncarea și băutura. Danielle spusese că el devenise foarte furios când ea îl respinsese și coborâse din mașină în fața apartamentului, și că el revenise la ușa ei și îi ceruse să îi dea drumul înăuntru. Ea refuzase să îi deschidă ușa, însă el nu plecase decât după ce ea îl amenințase că va chema poliția.

Margot a declarat că ieșirea în oraș cu Preston avusese loc cu două săptămâni înainte de seara în care s-au întâlnit cele trei femei, asta însemnând că era vorba de patru săptămâni înainte de uciderea lui Danielle Skyler. Când ei au insistat să li se ofere mai multe detalii despre Preston și despre locul în care se cunoscuseră acesta și Skyler, Margot a afirmat că asta se petrecuse în contextul rețelei industriei de divertisment, deoarece atât Danielle, cât și Preston erau actori.

Cronologia a arătat că găsirea lui Preston a devenit o prioritate a investigației. Bosch și Sheehan au refăcut traseul deja parcurs, apelând la cei intervievați anterior pentru a-i întreba despre un bărbat pe nume Preston. Nu au avut noroc decât după ce au solicitat registrele cu persoanele care dăduseră probe cu trei luni înainte de sesiunile organizate de compania la care Skyler lucra ca recepționeră. În săptămânile dinaintea serii de bârfe, compania ținuse o sesiune de probe pentru roluri secundare dintr-un film de televiziune despre persoane care lucrau în sala de urgențe a unui spital.

Pe lista semnată pentru audiția organizată pe data de 14 septembrie 1987 se regăsea numele unui Preston Borders. Ea rămăsese prinsă pe un tablou-reminder de la biroul recepționerei agenției, Danielle Skyler.

Bosch și Sheehan îl găsiseră pe bărbatul pe care Danielle trebuia să îl evite.

6

Detectivii au procedat la o verificare prealabilă și au discutat cu Jamie Henderson, a treia femeie care participase la alcătuirea listei cu bărbați cu care trebuiau să se întâlnească doar o dată și gata. Aceasta a confirmat declarația Amandei Margot privind cele petrecute în acea seară și contribuția lui Danielle Skyler la alcătuirea listei. Apoi i-au identificat și au discutat cu toți bărbații menționați de Skyler, până și cu „Bob gură puturoasă". Însă Bosch și Sheehan l-au păstrat pe Preston Borders pentru mai târziu, deoarece instinctele le spuneau că, dintr-o persoană de interes, acesta putea să devină suspect. Un individ care se întoarce la apartamentul unei femei care l-a respins, bate cu pumnul în ușă și cere cu tărie să i se permită intrarea pentru a face sex cu ea i-a făcut pe detectivi să considere că un asemenea comportament indica genul de psihoză întâlnită la prădătorii sexuali.

La o săptămână după ce i-au luat declarația Amandei Margot, detectivii au început supravegherea apartamentului din Sherman Oaks în care locuia Borders și au așteptat până când acesta a plecat pentru a-și face treburile cotidiene. Voiau să îl abordeze departe de apartament, pentru cazul în care, în cursul interogării, el ar fi dezvăluit ceva care să slujească drept motiv al percheziționării locuinței lui. Nu doreau să bată la ușa lui și să-i ofere prilejul de a ascunde sau distruge probe incriminatorii.

Pe de altă parte, au acționat și bazându-se pe instinct. Cu ajutorul mamei și prietenilor lui Danielle Skyler, au inventariat lucrurile din apartamentul acesteia și au constatat că de acolo dispăruse un singur articol personal. Era vorba de un pandantiv cu un căluț-de-mare de culoare albastră, prins de un colier din fire împletite. Mama ei i-l dăruise în ziua în care plecase de acasă, spre California. Danielle urmase cursurile unui liceu care avea căluțul-de-mare ca mascotă, astfel că pandantivul era o amintire a Hollywoodului din care venise ea și a faptului că mama ei nu voia să uite acest lucru. Căluțul-de-mare era pe colierul pe care îl împletise chiar mama ei. Se spunea că acea bijuterie, care nu avea aproape nicio valoare, era cel mai prețios obiect pe care îl deținea.

În ciuda celor trei percheziții ale apartamentului în care locuia Skyler, Bosch și Sheehan nu au reușit să găsească nici căluțul-de-mare, nici colierul. Erau convinși că Skyler nu le pierduse, deoarece acestea apăreau clar într-un set de fotografii făcute cu câteva săptămâni înaintea morții ei. Detectivii au bănuit că ucigașul luase colierul și pandantivul ca trofee după ce comisese crima. Dacă acestea erau găsite în posesia suspectului, orice picătură de sânge de pe împletitură putea fi comparată cu sângele lui Danielle, și ar fi constituit o probă valoroasă la proces.

Spre sfârșitul dimineții de supraveghere, Borders a ieșit din apartament spre Vesper Street și a mers pe jos cale de o intersecție spre sud, către Ventura Avenue. Bosch și Sheehan l-au lăsat să îndepărteze, apoi au pornit după el pe jos. Borders a intrat întâi în magazinul Tower Records, aflat pe colțul dintre Cedros și Ventura, și a zăbovit în sectorul de articole video mai bine de jumătate de oră. Detectivii au discutat dacă era cazul să îl abordeze și să îi ceară să dea o declarație, însă au decis să stea deoparte și să îl oprească doar dacă pornea înapoi spre apartament.

După ce a părăsit magazinul de discuri, Borders a continuat să meargă pe Ventura Avenue și a intrat într-un restaurant numit Le Café, unde a luat prânzul de unul singur, timp în care a discutat cu un aer familiar cu barmanul. Bosch fusese în acel restaurant de câteva ori, deoarece deasupra lui și a barului se afla un club de jaz denumit Room Upstairs[1], care era deschis până târziu, găzduind și prezentând interpreți de clasă. Cu câteva luni înainte, acolo îi văzuse cântând pe Houston Person și pe Ron Carter.

După ce și-a terminat prânzul, Borders a lăsat o bancnotă de douăzeci de dolari pe tejghea și a plecat. Bosch și Sheehan s-au grăbit să se apropie de bar, iar Bosch l-a atras pe barman deoparte, întrebându-l ce fel de whisky avea, în vreme ce Sheehan s-a dus la celălalt capăt și a luat paharul gol, din care băuse Borders, pe care l-a pus într-o pungă din hârtie. Apoi a ieșit și l-a așteptat pe Bosch pe trotuar. La ieșirea din bar părea că l-au pierdut din vedere pe Borders, însă au verificat un magazin din apropiere, apoi altele două, astfel că l-au găsit făcând cumpărături pe care le așeza într-o sacoșă din material plastic.

Borders a cumpărat o cutie cu prezervative și alte articole de toaletă, după care s-a îndreptat spre apartamentul lui. În timp ce descuia ușa metalică de la intrare, Bosch și Sheehan s-au apropiat de el din două părți. Plănuiau să îl convingă să dea o declarație din proprie inițiativă. Comportamentul lui față de Skyler sugera o personalitate narcisistă, considerându-se important și superior. Detectivii s-au slujit de aceste informații când s-au prezentat lui Borders, spunând că aveau nevoie de ajutorul lui pentru a soluționa crima a cărei victimă fusese Danielle Skyler. Sheehan a spus că aveau puține șanse de a rezolva cazul și sperau că, deoarece ieșise cu ea în oraș, Borders putea oferi amănunte privind personalitatea și stilul ei de viață. Fără să ezite vreo clipă, Borders s-a declarat de acord să le răspundă la întrebări. Bosch și Sheehan au considerat că disponibilitatea lui Borders se datora convingerii acestuia că dacă va merge cu

[1] Camera de la etaj.

detectivii va afla mai multe lucruri de la ei decât vor afla ei de la el. Asta era totuna cu abordarea psihologică ce îl făcea deseori pe criminal să se alăture din proprie inițiativă căutării persoanei dispărute pe care, de fapt, o ucisese și o îngropase undeva. Asemenea oameni simțeau nevoia de a se afla aproape de investigație, pentru a afla ce se petrecea, timp în care se ascundeau la vedere, ceea ce le aducea o satisfacție psihologică.

L-au condus pe Borders la secția de poliție Van Nuys, care se găsea în apropiere, unde rezervaseră deja de la comandantul detectivilor o cameră de interogatorii. Încăperea avea instalate microfoane, astfel că interogatoriul a fost înregistrat.

Bosch s-a oprit din lectura jurnalului cronologic și a schimbat discul, care se terminase. De astă dată a introdus în aparat un disc cu *Mood Indigo*, al lui Frank Morgan, și curând a ascultat *Lullaby*[1], una dintre piesele lui preferate. Apoi a reînceput să caute prin teancul de rapoarte vechi transcrierea acelui interogatoriu luat lui Borders în urmă cu treizeci de ani. Era cel mai gros din acel teanc, pentru că avea patruzeci și șase de pagini. A trecut cu repeziciune prin el pentru a găsi momentul în care Borders a fost prins mințind, ceea ce a dus la arestarea și condamnarea lui. Asta se întâmplase cam la două treimi din interogatoriul care durase jumătate de oră, într-un moment în care Bosch pusese întrebările. Asta era după ce Borders semnase un formular de consimțire, prin care recunoștea că i se citiseră drepturile și se declarase de acord să depună mărturie.

HB: Așadar, dumneavoastră și Danielle nu ați făcut sex? Doar ați lăsat-o acasă și ați plecat?

PB: Întocmai.

HB: Mda, v-ați dovedit un gentleman, nu? Ați condus-o până la ușă?

---

[1] Cântec de leagăn.

PB: Nu, mai curând a sărit din mașina mea și a dispărut înainte de a apuca să fiu un gentleman.

HB: Vreți să spuneți că era supărată pe dumneavoastră?

PB: Oarecum. Nu i-a plăcut ce am fost nevoit să-i spun.

HB: Ce anume?

PB: Că între noi nu exista nimic care să ne lege. Știți ceva? A fost o încercare discretă, dar nu tocmai potrivită. Am crezut că a înțeles și a gândit la fel, dar apoi a sărit din mașină și a plecat în grabă fără ca măcar să-și ia rămas-bun de la mine. A fost nepoliticos, dar cred că era dezamăgită. Mă plăcea mai mult decât o plăceam eu pe ea. Nimănui nu-i place să se vadă respins.

HB: Și ați spus că nu ați luat-o de acasă până atunci?

PB: Da, lua un taxi și ne întâlneam la restaurant, pentru că ea venea dinspre Westside, iar dacă ar fi trebuit să merg până peste deal ca să o iau ar fi fost un chin, domnule. Îmi plăcea fata asta, sau cel puțin așa am crezut, dar nu din cale afară, dacă înțelegeți ce vreau să spun.

HB: Da, am înțeles.

PB: Cum să zic, nu fac servicii de taximetrie. Unele dintre fetele astea te consideră șoferul lor personal sau (Neinteligibil). Nu sunt eu omul acela.

HB: În regulă, deci spuneți că nu ați luat-o de acasă, dar apoi ați dus-o până la apartamentul ei și ați lăsat-o la colț, după care ați plecat.

PB: Exact. Nici măcar n-a fost vorba de un sărut de rămas-bun.

HB: Și nu ați intrat niciodată în apartamentul ei?

PB: Nu.

HB: Nu ați ajuns nici măcar la ușa apartamentului ei?

PB: Niciodată.

HB: Dar după acea seară? Acum știați unde locuia. Ați revenit vreodată?

PB: Nu, domnule. Fata aceea nu mă mai interesa.

HB: Bine atunci, dar avem o problemă pe care trebuie să o lămurim.

PB: Ce problemă?

HB: Domnule Preston, de ce credeți că v-am abordat astăzi?

PB: Nu știu. Ați spus că aveți nevoie de ajutorul meu. Am crezut că poate vreuna dintre prietenele ei a afirmat că eu și Skyler ieșeam împreună.

HB: De fapt, v-am abordat pentru că am găsit amprentele dumneavoastră pe ușa apartamentului ei. Problema este că tocmai mi-ați declarat că nu ați ajuns niciodată în fața ușii ei.

PB: Nu pricep. Cum de-ați prelevat amprentele mele?

HB: Știți ceva? E cam ciudat. Vă anunț că amprentele dumneavoastră au fost prelevate de la locul crimei, iar dumneavoastră mă întrebați cum de le-am găsit. Cred că cei mai mulți oameni ar fi spus altceva, mai ales dacă ar fi afirmat anterior că ei nu au ajuns niciodată în acel loc. Domnule Preston, mai vreți să ne spuneți ceva?

PB: Da, vreau să spun că toate astea sunt niște prostii.

HB: Deci rămâneți cu povestea că n-ați fost niciodată acolo?

PB: Întocmai, și restul sunt prostii. Nu dețineți nicio amprentă.

HB: Ce-ați zice dacă v-aș povesti că ea a discutat cu două prietene cărora le-a spus că ați încercat să îi spargeți ușa după ce ea a respins avansurile sexuale ale dumneavoastră în seara în care v-ați întâlnit cu ea?

PB: Aha, domnule. Acum am înțeles. Am priceput. Târfulițele acelea s-au aliat împotriva mea. Dați-mi voie să vă spun că nu ea m-a respins. Nicio femeie nu mă respinge. Eu am refuzat-o pe ea.

HB: Răspundeți la întrebarea mea, v-ați apropiat de ușa apartamentului ei în seara în care ați ieșit cu Danielle? Da sau nu?

PB: Nu, nici vorbă, și nu există amprente, de aceea nu vreau să mai stăm de vorbă. Aduceți-mi un avocat dacă vreți să mai răspund la vreo întrebare.

HB: De acord, pe cine chemăm?

PB: Nu știu. Nu cunosc niciun avocat.

HB: Atunci vă aduc un volum din *Yellow Pages.*[1]

Bosch mințise în legătură cu amprentele. Pe ușa și în interiorul apartamentului fuseseră găsite diverse amprente, însă niciuna nu era a lui Borders. Amprentele prelevate ulterior de pe paharul de bere colectat de la restaurantul în care mâncase Borders nu aveau niciun corespondent în apartamentul lui Danielle Skyler. Cu toate acestea, Bosch se găsea pe un teren legal stabil. Tribunalele din întreaga țară aprobaseră de multă vreme folosirea înșelătoriei și trucurilor de către poliție în cadrul unui interogatoriu luat unui suspect, susținându-se că o persoană nevinovată ar descoperi înșelătoria și nu va mărturisi în mod fals că ea a comis infracțiunea.

Interogatoriul acela a fost singurul în care Borders a vorbit cu cineva din poliție. În baza contradicției între ceea ce declaraseră Margot și Henderson în legătură cu povestea susținută de Skyler privind nefericita întâlnire cu Borders și afirmația acestuia că nu se întorsese la apartamentul ei, el a fost arestat în sala de interogatoriu, sub suspiciunea de crimă, după care a fost transferat la etaj, unde se afla închisoarea Van Nuys. În acele momente, cazul era bine documentat, iar Bosch și Sheehan știau asta. Prinzându-l pe Borders cu minciuna, când afirmase că nu ajunsese la ușa victimei, a venit în sprijinul părerii lor că el era ucigașul, însă acest lucru se baza pe mărturii indirecte. Se baza pe amintirile celor două prietene ale victimei, iar povestea lui Danielle fusese spusă în timp ce toate cele trei femei se aflau sub influența băuturilor alcoolice. Urmarea era că avea să fie vorba de declarațiile lor contra celei a suspectului.

---

[1] La data la care se petrece acțiunea, *Yellow Pages* era o publicație care cuprindea anunțuri cu oferte de locuri de muncă și servicii.

Avocaţii apărători prosperau, iar bănuielile rezonabile se înmulţeau în zona gri. Detectivii ştiau că trebuiau să descopere probe care să se confirme, sau să îl elibereze pe Borders la încheierea celor patruzeci şi opt de ore de reţinere. Asta le-a oferit patruzeci şi opt de ore pentru a percheziţiona maşina şi locuinţa lui Borders.

Au avut noroc. După trei ore de căutări în apartamentul de pe Vesper Street, Bosch a observat nişte rafturi din lemn cărora le lipseau două şuruburi, rafturi care susţineau partea cea mai de jos, pe podea. Bosch s-a gândit că dacă cineva sărea etape când asambla nişte rafturi, ar fi făcut asta şi la partea de sus, nu doar la bază.

După ce a îndepărtat cărţile şi alte lucruri de pe rafturi, a putut ridica uşor placa din lemn laminat, lăsând la vedere o ascunzătoare la baza raftului respectiv. A descoperit căluţul-de-mare de culoare albastră înfăşurat într-o bucată de pânză. Colierul din fire împletite nu era acolo. A mai găsit şi alte bijuterii feminine, precum şi o colecţie de reviste pornografice specializate în scene de sadomasochism şi sclavie.

După descoperirea căluţului-de-mare, cazul firav intentat împotriva lui Borders a devenit foarte solid. Mama lui Danielle încă era în oraş, pentru că făcea demersuri ca fiica ei să poată fi transportată în Florida în vederea înhumării. Bosch şi Sheehan au discutat cu ea la hotelul la care se cazase, iar ea a identificat pandantivul ca fiind cel pe care i-l dăruise fiicei ei.

Detectivii s-au declarat entuziasmaţi şi au simţit că obţinuseră victoria, asta după ce aproape că se socotiseră înfrânţi. În acea noapte, după ce au prezentat cazul la Biroul Procurorului Districtual, au mers şi au sărbătorit, ciocnind pahare cu martini la restaurantul Short Stop din parcul Echo.

După treizeci de ani, Bosch şi-a amintit emoţia trăită când descoperise proba-cheie. A savurat acel moment de atunci, în timp ce a stivuit paginile transcrierii acelui interogatoriu. Credinţa i-a rămas nezdruncinată în cazul pe care el şi Sheehan îl documentaseră, dar şi că Borders era cel care o ucisese pe Danielle Skyler.

În cursul pregătirii pentru proces, Bosch și Sheehan s-au străduit să facă legătura între celelalte bijuterii descoperite în ascunzătoare și alte cazuri. Au analizat toate crimele și disparițiile nesoluționate în cazurile unor femei tinere în cei patru ani în care Borders locuise la Los Angeles. Au socotit că el se făcea răspunzător de cel puțin alte două crime pe bază de sex. Ambele victime erau femei care aveau legături tangențiale cu industria de divertisment și care se mișcaseră prin aceleași baruri de pe Ventura Avenue ca și Borders. Au descoperit fotografii în care apăreau bijuterii despre care ei au socotit că se potriveau cu cele găsite în ascunzătoarea din apartamentul lui, însă analizele efectuate de experți nu au putut confirma legăturile, astfel că Biroul Procurorului Districtual a hotărât că Borders trebuia judecat doar pentru uciderea lui Danielle Skyler. Bosch și Sheehan au protestat față de acea decizie, însă procurorul avea întotdeauna ultimul cuvânt de spus.

La proces, Borders și avocatul lui s-au străduit din răsputeri să explice existența pandantivului cu călutul-de-mare. Însă efortul a părut a fi disperat. David Siegel, avocatul apărării, cunoscut în cercurile din jurul tribunalului sub numele de Legal Siegel datorită felului în care înțelegea și folosea termenii juridici, a încercat să respingă modul de autentificare a acelei bijuterii ca fiind a lui Danielle Skyler.

Acuzarea o prezentase pe mama victimei, care a identificat mica bijuterie și, înlăcrimată, a spus care era povestea acesteia, prezentând chiar și fotografii ale fiicei făcute cu doar câteva săptămâni înainte ca ea să fi fost ucisă, fotografii în care pandantivul se vedea la gâtul ei.

Borders a depus mărturie în propria sa apărare, susținând că el cumpărase călutul-de-mare descoperit în apartamentul lui de la un magazin de pe digul din Santa Monica. A explicat că își amintise că văzuse un asemenea căluț-de-mare la gâtul lui Danielle Skyler în timpul întâlnirii lor și îi plăcuse. Îl cumpărase pentru ca, la un anumit moment, să îl ofere vreunei femei drept cadou, și că acesta era motivul pentru care ascunsese în spatele rafturilor acel căluţ, precum şi alte bijuterii feminine. Păstrase bijuteriile ca posibile daruri pentru femeile cu care ieşea în oraş şi nu voia ca ascunzătoarea să fie prădată în cazul vreunui jaf comis în apartamentul lui.

Siegel a susţinut declaraţia clientului său prezentând statistici privind jafurile înregistrate de Divizia Van Nuys, însă explicaţia nu prea clară privind deţinerea căluţului-de-mare ca pandantiv nu a convins juraţii, mai ales după ce aceştia au ascultat banda audio a interogatoriului luat lui Borders. Juraţii au deliberat vreme de şase ore, după care au dat un verdict de vinovăţie. După o audiere separată, aceiaşi juraţi au avut nevoie de doar două ore pentru a analiza ororile la care fusese supusă Skyler şi pentru a recomanda pedeapsa cu moartea. A urmat apoi hotărârea judecătorului pentru pedeapsa capitală pentru Borders.

La ora patru dimineaţa, Bosch a încheiat lectura investigaţiei iniţiale. Discul cu muzică se terminase, dar el nici nu băgase de seamă. Era obosit şi ştia că la ora şapte şi jumătate trebuia să participe la o şedinţă în camera de analize de la departamentul de poliţie, pentru a se discuta stadiul atins în investigarea crimei de la farmacie. A hotărât să doarmă două ore şi apoi să ajungă la investigaţia condusă de Soto şi Tapscott imediat ce în cazul de faţă considera că s-au făcut progrese.

A mers pe coridor spre dormitorul lui, amintindu-şi că în momentul în care găsise căluţul-de-mare ştiuse în adâncul sufletului că Borders era criminalul şi că el avea să plătească pentru fapta comisă.

7

La ora șapte, Bosch a pornit la drum, sorbind din cafeaua pe care și-o făcuse singur, în timp ce cobora rampa de pe Barham Boulevard spre autostrada 101, care mergea spre nord. Era o dimineață răcoroasă și clară, iar munții care mărgineau valea și smogul care rămânea de obicei prins sub contracurenți se vedeau bine la orizont. După ce a intrat pe autostrada 170, a doua dintre cele trei autostrăzi care duceau spre San Fernando, a scos telefonul și a apelat numărul Unității de Servicii Investigative de la închisoarea de stat San Quentin.

I-a răspuns o voce umană, nu un robot, și Bosch a cerut să discute cu un anchetator pe nume Gabe Menendez. Închisoarea avea propria echipă de investigatori, care se ocupau de infracțiunile deținuților, unii împotriva altora, și, de asemenea, culegea informații privind activitățile criminalilor găzduiți de închisoare. Bosch mai lucrase cu Menendez în trecut și știa că era un individ onest și direct.

După o scurtă așteptare, a auzit o altă voce:

– Locotenent Menendez. Cu ce vă pot fi de folos?

– Sunt Harry Bosch, din Los Angeles. Văd că urci pe scara ierarhică.

A avut grijă să spună că telefona din partea Departamentului de Poliție Los Angeles. Ocolea realitatea, deoarece socotea că Menendez va fi mai cooperant dacă își închipuia că avea de a face cu departamentul de poliție, și nu cu mărunta secție de la San Fernando.

– A trecut ceva vreme, detectiv Bosch, a spus Menendez. Cu ce te pot ajuta?

– E vorba de unul dintre cei de pe lista condamnaților la moarte. Îl cheamă Preston Borders. Eu l-am trimis acolo.

– Îl știu. E aici de mai mult timp decât mine.

– Da, în fine, înseamnă că ai aflat. Încearcă să-și schimbe situația.

– Da, am auzit ceva despre asta. Îi pregătim documentele de călătorie. Va ajunge la Los Angeles săptămâna viitoare. Credeam că un om care se află aici de atâta vreme nu mai are dreptul la recurs.

– Așa e, dar acum joacă o carte nouă. Am nevoie de un istoric al vizitatorilor pe care i-a avut.

– Nu cred că asta va fi o problemă. Pe ce perioadă vrei istoricul?

Bosch s-a gândit la data la care murise Lucas John Olmer.

– Să zicem pe doi ani, bine? a întrebat el.

– Nicio problemă, a spus Menendez. O să pun pe cineva să facă asta și te anunț. Altceva?

– Da, mă-ntrebam dacă Borders are acces la telefon sau la computer.

– Nu, nu în mod direct. Nu are acces la telefon sau la computer, dar are dreptul la corespondență prin e-mail. Există o serie de web-site-uri care facilitează comunicarea între cei condamnați la moarte și amici, chestii din astea. Ia legătura cu ei prin e-mail.

– Și activitatea asta e monitorizată? a întrebat el. Adică e-mailurile.

– Da, totul trece pe la cineva care le citește, a spus Menendez. E din echipa noastră. Facem asta prin rotație. Nimeni nu suportă să facă așa ceva prea mult timp.

– Se țin și evidențe?

– Numai dacă se impune vreo măsură. Dacă mesajul nu prezintă nimic suspect, poate fi trimis.

– Știi cumva dacă Borders a primit multe e-mailuri?

– Toți primesc multe. Îl mai ții minte pe Scott Peterson? El a bătut recordul. Afară există o sumedenie de femei de toată jena, Bosch. Se îndrăgostesc de băieții răi. Numai că ele sunt în siguranță, pentru că băieții răi nu ies din închisoare. Asta, de obicei.

– Corect. Dar scrisorile care sunt trimise din închisoare?

– Aceeași treabă. Sunt verificate și aprobate înainte de a fi trimise. Dacă o scrisoare prezintă probleme, o înapoiem deținutului. Când procedăm așa, e din cauză că individul născocește cine știe ce fantezie sexuală sau alte chestii de genul ăsta. Cu alte cuvinte, ce i-ar face el fetei dacă ar întâlni-o în persoană, cam așa ceva. Nu permitem trimiterea unor asemenea scrisori.

– Am înțeles.

– În fine, am numărul tău pe Rolodex.[1] Sunt ultimul om de aici care încă mai folosește așa ceva. Să găsesc pe cineva care să se ocupe de problemă și revin cu un telefon.

– Atunci să-ți dau numărul meu de mobil. Umblu cam mult din cauza altui caz – o dublă crimă, comisă ieri –, cel mai bine e să vorbim pe mobil. Îl poți trece în Rolodexul tău.

Bosch i-a dat numărul și, înainte de a întrerupe discuția, i-a mulțumit. După ce a închis, și-a dat seama că era posibil ca informațiile de care avea nevoie să se afle deja în rapoartele pe care i le dăduse Soto. Noua investigație ar fi trebuit să determine cu cine se întâlnise și cu cine comunicase Borders, însă Menendez nu spusese că deja se primise o solicitare similară. Asta l-a făcut să creadă că Soto și Tapscott ignoraseră acest aspect, sau că Menendez jucase teatru.

În orice caz, va afla cât de curând.

---

[1] Sistem de stocare a numerelor de telefon sau al altor informații, pe bază de cartele.

Apoi l-a sunat pe Mickey Haller, avocatul lui, care, din întâmplare, îi era frate vitreg. Haller se ocupase de problemele juridice care apăruseră când Bosch plecase de la Departamentul de Poliție Los Angeles, dând în judecată departamentul și solicitând achitarea indemnizației restante. Departamentul a cedat, iar Bosch a primit în plus o sută optzeci de mii de dolari, care au mers la pușculița pe care spera să i-o dea fiicei lui într-o bună zi.

Haller i-a răspuns scoțând un sunet care lui Bosch i s-a părut morocănos.

– Sunt Bosch. Te-am trezit?

– Nu, domnule, sunt treaz. De obicei nu răspund atât de devreme la apeluri neidentificate. De obicei e vreun client de-al meu, care spune: „Mick, polițaii îmi bat la ușă cu un mandat în mână, ce fac?" Chestii dintr-astea.

– Păi, și eu am o problemă, dar puțin diferită.

– Frate-miu din altă muică, ce s-a întâmplat? Te-au prins băut la volan?

Lui Haller îi plăcea să folosească acea replică și o rostea de fiecare dată, imitându-l fără succes pe Matthew McConaughey, actorul născut în Texas, care îl jucase într-un film bazat pe viața lui Mickey, care ieșise cu șase ani în urmă.

– Nu, nu m-au prins. E ceva mai grav.

Apoi Bosch i-a povestit despre vizita pe care i-o făcuseră Soto, Tapscott și Kennedy în ziua precedentă.

– Întrebarea e, să pun pensia, casa și tot ce am pe numele lui Maddie chiar acum? Cum să spun, toate astea sunt pentru ea, nu pentru Borders.

– În primul rând, dă-l în mă-sa. N-o să-i dai niciun cent acelui individ. Vreau să-ți pun câteva întrebări. Ăștia care au venit la tine afirmă sau sugerează că ai comis vreo infracțiune? Cum ar fi: „Ai plasat probe sau în cursul procesului ai ascuns față de avocatul apărării dovezi care ar fi demonstrat nevinovăția?" Ai făcut așa ceva?

– N-au mers atât de departe. Au lăsat impresia că laboratorul a comis o greșeală, cam așa ceva. Pe vremea aceea nu existau tehnicile folosite astăzi. Nu se recoltau ADN sau alte chestii.

– Asta ziceam și eu. Așadar, dacă a existat vreo scăpare în timpul cercetării preliminare și tu ți-ai făcut treaba cu bună-credință, atunci instituția trebuie să te apere în orice acțiune ar intenta Borders împotriva ta. E cât se poate de simplu, și noi vom da instituția în judecată dacă se întâmplă așa ceva. Așteaptă până când sindicatul aude de asta și cei de acolo își dau seama că instituția nu-i apără pe cei care își fac meseria.

Bosch și-a amintit că Soto spusese să arunce vina în spinarea lui Sheehan. Asta nu apăruse în cursul discuției cu Kennedy. Încerca ea să îi vândă un pont despre alt aspect care se ridicase în cursul noii investigații? A hotărât să nu aducă vorba de asta decât după ce va reuși să revadă tot dosarul de caz.

– În regulă, a spus el.

S-a simțit oarecum ușurat pentru că discuta cu Haller. Era posibil să se confrunte cu o umilire care să pună capăt carierei lui, dar se părea că măcar banii și moștenirea fiicei lui vor avea parte de protecție.

– Cum îl cheamă pe procurorul districtual de la Unitatea de Investigații Criminale care a venit să stea de vorbă cu tine? Am avut de-a face cu oamenii de acolo în câteva rânduri.

– Kennedy, a spus Bosch. Nu i-am reținut numele mic.

– Alex Kennedy. Un tip insuportabil și nesuferit. Probabil că a jucat cartea respectului față de tine, dar omul e-n stare să vină cu un cuțit în spatele tău și să încerce să te scalpeze.

Asta puse capăt stării de ușurare de mai devreme. Acum intrase pe autostrada 5 și se apropia de ieșirea care ducea spre San Fernando.

– Vestea cea bună e că trebuie să-l dai dracului, a spus Haller. Așa cum am spus, dacă totul se bazează pe probe noi și nu pe abateri de la îndatorirea pe care o aveai, instituția trebuie să te protejeze. Vrei să mă bag în treaba asta?

– Încă nu, a spus Bosch. Analizez situația. Mi-am recitit investigația și consider că nu am greșit la data aceea. Borders a pus la cale asta și o să descopăr problema. Însă audierea e programată pentru miercurea viitoare. Ce cale să aleg acolo?

– În funcție de ceea ce descoperi până atunci, eu pot să prezint o moțiune prin care resping orice acuzație și să cer să fiu audiat în chestiune. Asta ar putea bloca ordonanța judecătorească și îi voi oferi judecătorului ceva la care să se gândească vreme de o săptămână sau cam pe-acolo. Dar trebuie neapărat să acționăm sau să ne ținem gura.

Bosch s-a gândit la acest lucru. Dacă avea nevoie de mai mult timp pentru a analiza cazul, asta era calea de urmat.

– O să fie totuși cam ciudat, a spus Haller.

– Ce anume? a întrebat Bosch.

– Faptul că vin în instanță și solicit judecătorului să *nu* elibereze un deținut aflat pe lista condamnaților la moarte. Ca să fiu sincer, asta mi s-ar întâmpla pentru prima oară. S-ar putea să mă văd silit să pasez cazul unui asociat. Dacă mă plasez pe o asemenea poziție, s-ar putea ca afacerile mele să aibă de suferit, frățioare. Spuneam și eu așa.

– Nu te vei situa de partea greșită.

– Vreau să spun că ADN-ul e o mare găselniță. De câte ori crezi că polițiștii fac greșeli și trimit nevinovați la închisoare?

– Nu prea des.

– În proporție de unu la sută? Vreau să spun că nimeni nu-i perfect, adevărat?

– Nu știu, se poate.

– În închisorile din țara asta sunt două milioane de oameni. Două milioane! Dacă sistemul greșește tot timpul în proporție de unu la sută, înseamnă că la pârnaie se află douăzeci de mii de nevinovați. Dacă reducem la jumătate procentajul ăsta de unu la sută, tot rămân zece mii de nevinovați. Asta îmi provoacă uneori insomnii. De aceea, mereu spun, clientul cel mai înspăimântat este om nevinovat. Pentru că pentru el sunt prea multe în joc.

– Poate că *tu* ești omul nepotrivit pentru asta.

– Ascultă, spuneam doar că sistemul este imperfect. Există oameni nevinovați în închisori, oameni nevinovați pe lista condamnaților la moarte, oameni nevinovați executați. Astea sunt realități, și trebuie să te gândești bine înainte de a merge până la capăt. Indiferent cum ar sta lucrurile, tu ești protejat. Să nu uiți asta.

– N-o să uit. Dar acum trebuie să te las. Am o întâlnire.

Bosch a încheiat convorbirea, simțindu-se în acele momente mai doborât de situație decât în acea dimineață, când plecase de acasă.

8

Bosch a intrat în sala de analize cu câteva minute înainte de ora șapte și jumătate, dar Lourdes scria deja pe tablă detaliile despre caz și listele de activități.

– 'Neața, Bella. Avem cafea proaspătă.

– Deocamdată n-am nevoie. Ai apucat să dormi cât de cât?

– Puțin. E greu să dormi când avem primul caz de omucidere în ultimii patru ani.

Bosch și-a tras un scaun la capătul mesei și s-a așezat ca să poată studia ceea ce scria ea pe o tablă. În partea stângă făcuse două coloane despărțite de o linie verticală. Pe una scria „José", iar pe cealaltă, „Junior". Elementele esențiale despre fiecare victimă erau înșirate dedesubtul numelor lor. Bosch știa că Bella își petrecuse cea mai mare parte a după-amiezii precedente împreună cu soția și mama celor două victime și astfel culesese informații amănunțite despre ce se petrecea în familie. Proaspăt absolvent al unei facultăți de farmacie, José junior locuia în casa părinților, dar nu se înțelegea prea bine cu ei în privința aranjamentelor legate de locuință și muncă.

Lourdes scria acum pe a doua tablă și enumera pistele de investigare și sarcinile ce trebuiau repartizate și îndeplinite. Pe unele le-a scris cu culoare neagră și pe altele, cu roșu. Trebuiau efectuate autopsiile și analiza balistică. Înregistrările video ale camerelor de supraveghere din farmacie erau disponibile, și asta le va răpi câteva ore pentru a le viziona. În ultimii ani, la Los Angeles se înregistraseră jafuri în alte farmacii, și acestea trebuiau studiate pentru a descoperi similitudini.

– De ce ai scris cu roșu? a întrebat-o Bosch.

– Prioritate deosebită, i-a răspuns Lourdes.

– Ce înseamnă CMC?

Scrisese și subliniase literele cu roșu, apoi trasase o săgeată către inițialele numelui ei. Era o pistă pe care avea să o urmărească.

– Comisia Medicală din California, a explicat Lourdes. Ieri am mers în camera lui Junior și am găsit o scrisoare de la CMC în care scria că e un răspuns la o reclamație făcută de el și că vor reveni după ce un anchetator va analiza reclamația.

– În regulă, a spus Bosch. De ce e asta o prioritate?

– Din două motive. Unul e că ținea scrisoarea în camera lui, într-un sertar, ca și cum ar fi ascuns-o.

– De cine? De părinți?

– Încă nu știu. Celălalt motiv e că mama s-a scăpat și a spus că, în ultima vreme, Junior și tatăl lui începuseră să se certe. Nu și-a dat seama despre ce era vorba, dar părea să fie ceva în legătură cu munca lor. Acasă nu-și vorbeau. Am bănuiala că avea ceva de a face cu reclamația pe care o trimisese la Comisia Medicală. Consider că merită să verificăm.

– De acord. Să mă ții la curent cu ce afli.

Ușa s-a deschis, și în sală au intrat Sisto și Luzon, urmați de căpitanul Trevino. Cu toții aveau în mână câte o cană cu cafea aburindă.

Trevino era trecut bine de cincizeci de ani, având o mustață sare și piper și capul ras. Purta uniformă, ceea ce era ceva obișnuit pentru el, dar lui Bosch acest lucru i se părea ciudat, deoarece omul răspundea de biroul de detectivi, și niciunul dintre ei nu purta uniformă. În cadrul departamentului se știa că el era moștenitorul tronului deținut de șef, însă nu se întrevedea niciun semn că șeful, un locuitor de o viață al orașului, avea de gând să plece altundeva. Bosch trăia cu senzația că acest amănunt îl făcea pe Trevino să fie frustrat, motiv pentru care își canaliza acea stare în impunerea de reguli și disciplină.

– O să asist și eu și după aceea o să-l informez pe șefu'. Participă la un dejun organizat de liderii din afaceri, și nu poate să lipsească.

Într-un orășel ca San Fernando, șeful trebuia să fie în părți egale administrator al poliției, politician și animator al comunității. O crimă dublă, comisă pe una dintre străzile pe care se concentrau principalele elemente ale comunității și ale lumii afacerilor avea să devină un subiect fierbinte, iar Valdez trebuia să liniștească spiritele și să inducă încredere în ceea ce privea desfășurarea anchetei. Într-un fel sau altul, acest lucru era la fel de important ca și investigația în sine.

– Nicio problemă, a spus Bosch.

El și Trevino avuseseră unele frecușuri când Bosch ajunsese prima oară la departament. În baza trecutului lui Bosch la Departamentul de Poliție Los Angeles, căpitanul îl socotea pe Bosch drept o amenințare care trebuia monitorizată îndeaproape. Asta nu i-a priit lui Bosch, însă lucrurile s-au mai liniștit cam la un an după aceea, când o anchetă desfășurată de Bosch și Lourdes a dus la identificarea și arestarea unui violator în serie, care, vreme de peste patru ani, își alesese ca ținte femei din orășel. Publicitatea ulterioară a creat un val de sprijin pentru secția de poliție din partea comunității, moment în care Trevino a primit partea leului din creditul ce i se cuvenea pe drept cuvânt echipei de detectivi. După aceea, Trevino se mulțumise să îi dea lui Bosch mână liberă când lucra la dosarele de cazuri nesoluționate și se ocupa de cutiile cu probe păstrate în fosta închisoare a orașului. Însă Bosch simțea că suspiciunea persista, și știa că imediat ce va afla despre cazul Borders, Trevino va începe să îi șoptească șefului la ureche că Bosch trebuia să dispară de acolo.

– Propun să urmărim filmările video de la farmacie, a propus Bosch. Nu le-am văzut toți. După aceea, va vorbi fiecare și va face un rezumat al activității de ieri, astfel încât domnul căpitan să-l poată ține la curent pe șef. Bella, ia spune.

Lourdes a luat telecomanda și a pornit unul dintre monitoarele de pe peretele opus tablelor. Filmarea făcută în farmacie era deja editată, deoarece Bosch și Lourdes o vizionaseră de câteva ori în seara precedentă, asta fiind ultima lor activitate înainte de a pleca acasă.

În farmacie existau trei camere de supraveghere, iar cea plasată deasupra tejghelei la care se eliberau rețetele oferea cea mai completă filmare a crimelor. Cei cinci oameni din sala de analize au urmărit în tăcere filmul care se desfășura sub ochii lor.

Pe ecran, José Esquivel și fiul lui se aflau înapoia tejghelei, în perimetrul farmaciei propriu-zise. Se pregăteau pentru activitatea din acea zi, deoarece farmacia se deschidea la ora zece în fiecare dimineață, mai puțin duminica. José senior era la tejghea și verifica niște pungi mici de culoare albă ținute într-un coș – rețete pregătite pentru a fi predate. José junior stătea la computerul plasat la capătul tejghelei, verificând probabil noi rețete prescrise de medici. În magazin nu erau alte persoane angajate ale farmaciei. În urma declarațiilor luate în ziua precedentă, se stabilise că tatăl și fiul erau singurii angajați cu normă întreagă. Mai exista o angajată cu normă redusă, care lucra acolo în zilele mai aglomerate ale săptămânii, sau când vreunul dintre membrii familiei Esquivel era plecat, însă ea nu era farmacistă, și era folosită preponderent în funcția de casieriță.

Potrivit orei afișate pe film, la ora 10.14, ușa de la intrarea farmaciei s-a deschis și au intrat doi bărbați, având deja cagulele trase pe față și armele în mâinile înmănușate, ținute pe lângă corp. Nu au pătruns în fugă, însă au mers cu pași repezi, și s-au despărțit pe cele două coridoare cu mărfuri diverse, după care s-au deplasat spre tejgheaua din partea din spate a magazinului.

José senior a fost primul care a ridicat privirea și l-a văzut pe bărbatul de pe coridor îndreptându-se spre el. Din unghiul de filmare al celor două camere nu se putea stabili dacă el își dăduse seama că era vorba de doi bărbați. Însă el s-a deplasat imediat spre dreapta și l-a împuns cu cotul în coaste pe fiul lui, îndepărtându-l de computer și avertizându-l în legătură cu pericolul ce îi pândea.

Cu toate că înregistrarea nu avea sonor, era limpede că José senior strigase ceva către fiul lui. Apoi José senior s-a întors spre dreapta, către mica ușă care dădea spre coridor și ieșirea din spate a magazinului. S-a părut că el nu a reușit să își dea seama că acea mișcare îl plasa în calea bărbatului care se apropia pe cealaltă alee. José junior a început să alerge pe coridor. Atacatorul a ieșit de pe alee și l-a urmărit, iar amândoi au dispărut din câmpul vizual al camerei de supraveghere, în partea din spate a farmaciei.

Fără să ezite, celălalt intrus a continuat să se apropie de tejghea și a ridicat arma. José senior a înălțat brațele cu palmele la vedere în semn că se predă. Atacatorul a întins mâna cu pistolul printre brațele ridicate ale lui Esquivel și l-a împușcat din apropiere drept în piept, iar glonțul a trecut prin corpul victimei și s-a oprit într-un dulap din spatele acesteia. José senior a făcut un pas în spate și s-a izbit de un dulap, după care s-a prăbușit pe podea, rămânând cu brațele ridicate dincolo de umeri.

– Mama dracului, asta e o crimă făptuită cu sânge-rece, a spus Sisto, care nu văzuse filmarea.

Nu i-a răspuns nimeni. Înmărmuriți, toți au urmărit filmarea în tăcere.

La câteva momente după ce Esquivel a căzut pe podea, cel de-al doilea intrus a apărut în cadrul ușii, venind dinspre coridorul din spatele magazinului, probabil după ce îl împușcase mortal pe José junior. Individul s-a apropiat de tejghea și a băgat o mână după un sac din plastic, de culoare albă, pentru gunoi. A azvârlit conținutul pe podea apoi a început să se miște printre dulapurile cu medicamente, deschizând sertare și aruncând pastilele și capsulele din ele în coşul de gunoi. Celălalt a rămas cu ochii aţintiţi asupra uşii din faţă, ţinând ambele mâini pe armă şi fiind pregătit să o folosească. Bosch şi-a dat seama ce noroc fusese că nu existaseră mai multe victime – clienţi care să intre în magazin, fără să ştie ce primejdie îi aştepta. Acei ucigaşi nu erau nicidecum dispuşi să lase martori în urma lor.

S-ar fi putut petrece un adevărat masacru.

La un minut şi jumătate după ce pătrunseseră în magazin pe uşa din faţă, atacatorii au ieşit pe coridorul din spate şi au dispărut pe uşa de acolo.

– Cred că au avut o maşină cu şofer pe alee, a spus Lourdes. Mai vrea cineva să revadă filmarea?

– Nu, mulţumesc, a spus Trevino. Avem vreo filmare din locul în care a fost împuşcat fiul?

– Nu, pe coridorul din spate nu exista nicio cameră de supraveghere, a spus Lourdes.

– Dar pe stradă? a insistat Trevino. Avem vreo filmare în care nenorociţii ăştia doi apar nemascaţi?

– Nimic, a spus Luzon. Există camere de supraveghere la ambele capete ale mallului, însă nu au surprins porcăria asta.

– Credem că au fost lăsaţi pe alee, după care au intrat pe uşa din spate de la Tres Reyes, a spus Sisto, vorbind despre barul care se afla la două clădiri mai departe de farmacie.

– Au trecut prin bar şi au ieşit pe uşa din faţă, a spus Luzon. Apoi au ajuns la farmacie, punându-şi măştile înainte de a pătrunde acolo.

– Au ştiut cum să procedeze, a intervenit Sisto. Şi unde se aflau camerele de supraveghere.

– Avem descrieri făcute de cei de la Regi? a întrebat Trevino.

– Acolo n-am găsit un grup dispus să coopereze, domnule căpitan, a spus Luzon. N-am scos nimic de la ei, decât că barmanul a spus că a văzut doi tipi trecând prin bar foarte repede. A mai spus că erau albi şi asta-i cam tot.

Trevino s-a încruntat. Știa prea bine că cei de la Tres Reyes declanșau numeroase apeluri către mașinile de patrulare din cauza încăierărilor, jocurilor de noroc, a comportărilor turbulente sub influența alcoolului și a altor lucruri care încălcau legea. Acel bar era un loc indezirabil pentru centrul comercial, iar departamentul de poliție fusese presat vreme de ani și ani de comunitate să intervină acolo. Șeriful Valdez organizase vizite de rutină la acel loc și evidențiase localul pentru intervenții proactive, ceea ce însemna că voia ca polițiștii de patrulare să treacă prin bar de câteva ori cât timp erau în tură – o practică pe care nimeni din acel bar nu o vedea cu ochi buni. Ulterior, relațiile dintre poliție, conducerea barului și clienții acestuia nu s-au îmbunătățit. Prin urmare, nu era de sperat că pentru rezolvarea acestui caz vor beneficia de prea mult ajutor din partea celor de la Tres Reyes.

– Am înțeles, ce altceva aveți, a întrebat Trevino. Asta se potrivește cu alte cazuri petrecute recent în metropolă?

Se referea la Los Angeles. Cei mai mulți locuitori din San Fernando considerau localitatea drept oraș, astfel că denumeau Los Angeles-ul drept metropolă.

– Avem două cazuri similare, a spus Sisto. Ambele în Los Angeles. O să primesc filmări și amănunte chiar astăzi. Însă elementele esențiale sunt aceleași – doi indivizi albi care poartă cagule, având un șofer afară. Au existat jafuri clare – unul în Encino și celălalt în West Hills.

Fără să vrea, Bosch a scuturat din cap, iar Trevino a observat acel gest.

– Nu sunt suspecții noștri? a întrebat căpitanul.

– Nu cred, a spus Bosch. După părerea mea, suspecții noștri au dorit să ne închipuim asta. Însă a fost totuși un atac armat.

– De acord, a spus Trevino. Și, atunci, pe ce ne concentrăm?

– Pe fiu, a spus Lourdes.

– Cum asta? a întrebat căpitanul.

– Păi, din câte ne dăm seama, tânărul era un tip sincer și direct. A absolvit anul trecut facultatea de farmacie la California State

Northridge. Nu a fost arestat niciodată, și nu se știe să fi fost membru al vreunei bande. Cei de la liceul lui îl socoteau un om care va avea succes în viață. Cu toate astea, doamna Esquivel a spus că traversa o perioadă dificilă în legătură cu afacerea de familie și cu faptul că trebuia să locuiască împreună cu părinții.

– Mai știi ceva care ar putea avea legătură cu cele întâmplate?

– Nu, în acest moment, dar ne străduim să aflăm. Trebuie să o mai vizitez o dată pe doamna Esquivel. Seara trecută nu a fost momentul potrivit.

– Atunci, de ce trebuie să credem că totul a avut legătură cu tânărul?

Bosch a arătat cu degetul spre ecranul pe care imaginea rămăsese nemișcată, prezentând o imagine care îl arăta pe José senior mort pe podeaua farmaciei lui.

– Înregistrarea video, a spus el. Se pare că tatăl și-a dat seama ce avea să se întâmple și a încercat să-l salveze pe fiul lui. În situația asta, avem un caz de ucidere din exces de zel – tatăl, împușcat doar o dată, iar fiul, de trei ori.

– Pe de altă parte, nimic nu sugerează de ce a fost împușcat în anus, a adăugat Sisto.

Trevino a analizat toate aceste lucruri și a dat afirmativ din cap.

– În regulă, și cum ne mișcăm în continuare? a întrebat el.

După aceea, cazul a fost împărțit, iar Luzon a primit sarcina de a se ocupa de autopsii și de analiza balistică, primind și ordinul de a descoperi ce fel de arme fuseseră folosite în comiterea crimei și dacă se potriveau cu cele folosite în alte cazuri aflate în baza de date a profilurilor balistice. Sisto a căpătat sarcina de a se ocupa de partea video, primind instrucțiuni să analizeze din nou imaginile filmate în farmacie pentru a descoperi indicii că cei doi criminali plănuiseră atacul, dar și să studieze relația dintre tată și fiu. Sisto trebuia, de asemenea, să se consulte cu cei de la Departamentul de Poliție Los Angeles privind cele două cazuri similare de jafuri ale unor farmacii și să descopere dacă putea avea acces la înregistrările video de la acele infracțiuni.

Lourdes a spus că se va ocupa de reclamația pe care o trimisese fiul către Comisia Medicală. Bosch urma să slujească drept coordonator și să o sprijine pe Lourdes când ancheta o va sili să plece de la secția de poliție.

Înțelegând toate aceste lucruri, Trevino le-a dat tuturor ultimele instrucțiuni.

– Avem de-a face cu o investigație în cazul unor crime, de aceea miza este foarte mare, a spus el. Acest lucru este valabil pentru toată lumea, inclusiv pentru acei atacatori. Sunt conștient că suntem un departament mărunt, însă nimeni nu trebuie să plece neînsoțit de partener când merge în anchetă. Nu se știe niciodată în ce puteți să nimeriți. Ați înțeles?

A primit un cor de răspunsuri de confirmare.

– În regulă, a spus el. Să-i găsim pe indivizii ăștia.

9

După ședința din sala de analiză a situațiilor, Bosch a părăsit secția de poliție, în vreme ce Lourdes a încercat să ia legătura cu cineva din echipa de investigații de la Comisia Medicală. Bosch a mers cale de două intersecții până la un magazin de pe Truman Street și a intrat într-o bodegă ce vindea telefoane de unică folosință unor noi imigranți care nu își puteau stabili adrese și istorice de credit impuse de marile companii de telefonie. A cumpărat un asemenea telefon prin care putea transmite și mesaje-text și care avea bateria încărcată. Apoi a ieșit din magazin și i-a transmis Luciei un mesaj.

Îți mulțumesc.

După mai puțin de un minut a primit răspuns.

Cine ești?

A tastat:

Du-te într-un loc discret, te sun peste cinci minute.

Și-a verificat ceasul şi a început să meargă înapoi spre secția de poliție.

Cinci minute mai târziu, a rămas într-o parte a parcării și a folosit telefonul. Soto a preluat apelul, dar nu a spus nimic.

– Lucia, sunt eu.

– Harry! Ce faci? Unde ți-e telefonul?

– Ăsta-i un telefon cu cartelă. Am crezut că nu vrei să se știe că ai discutat cu mine.

– Nu fi ridicol. Ce se întâmplă? Pentru ce-mi mulțumești?

– Pentru dosar.

– Ce dosar?

– În regulă, dacă așa vrei să pară, e bine. Am înțeles. Trebuie să-ți spun că am revăzut vechiul caz – rolul meu în el – și acolo se află totul, Lucia. A fost un caz beton. Cu probe indirecte, recunosc, dar bine documentat pentru a se ajunge la un verdict. Trebuie să pui capăt acestei tărășenii, pentru ca acest individ să nu ajungă în libertate.

– Harry…

Nu a continuat.

– Ce e, Lucia? Ascultă, nu înțelegi? Încerc să te ajut să nu te trezești într-o mare încurcătură. Într-un fel, e vorba de o escrocherie. Poți să-mi trimiți o copie a acelui film pe care Tapscott mi l-a arătat, în care voi doi deschideți cutia?

A urmat o nouă pauză lungă, după care Soto i-a răspuns:

– Cred că singura persoană care are o problemă ești tu, Harry.

Bosch nu avea ce să-i spună. A simțit că ea își schimbase oarecum părerea despre el. Scăzuse în ochii ei, iar acum îl compătimea, nu îi mai arăta respectul de altădată. Iar lui îi scăpa ceva. Trebuia să revină la dosarul investigației despre care știa că ea i-l pusese în cutia de scrisori, fie că recunoștea, fie că nu. Acum trebuia să aibă în vedere că ea făcuse asta nu ca să-l ajute, ci să-l avertizeze în legătură cu ce îl aștepta.

– Ascultă, a spus Soto. Eu îmi pun gâtul în joc pentru tine pentru că… pentru că am fost parteneri. Trebuie să lași lucrurile să se desfășoare de la sine, fără să stârnești un scandal. Dacă nu faci asta, o s-o pățești grav de tot.

– Nu crezi că o să fie grav de tot dacă acel individ - ucigașul - iese de la San Quentin și va fi liber?

– Trebuie să plec. Îți sugerez să citești tot dosarul.

Ea a închis, iar Bosch a rămas în mână cu telefonul pe care tocmai dăduse patruzeci de dolari, și pe care probabil că nu-l va mai folosi vreodată.

S-a îndreptat spre mașină. Luase de acasă dosarul Skyler și îl așezase pe podeaua mașinii, lângă bancheta din spate. Soto îl îndemnase să revadă dosarul. În noua investigație exista ceva nou, spre care ea îl dirija, și acel lucru, cel puțin după părerea lui Kennedy, anula vechea investigație. Bosch a presupus că era vorba și de altceva, nu doar de proba ADN.

Înainte de a ajunge la mașină, ușa laterală a secției de poliție s-a deschis și Lourdes a ieșit afară.

– Harry, veneam să te chem. Unde te duci?

– Să-mi iau ceva din mașină. Care-i treaba?

– Hai să facem o plimbare. Am vorbit cu un investigator de la Comisia Medicală.

Bosch a băgat în buzunar telefonul cu cartelă preplătită și a urmat-o spre mașina ei. S-a așezat pe scaunul din dreapta, iar Soto a pus mașina în marșarier. El a observat că ea lipise un bilețel pe partea centrală a bordului, pe care scrisese. „S.F. și Terra Bella", astfel că și-a dat seama că era vorba de o intersecție din apropierea cartierului Pacoima din Los Angeles. Era la sud de San Fernando, destul de aproape.

– Pacoima? a întrebat el.

– José junior a trimis un e-mail către Comisia Medicală, reclamând că o clinică din Pacoima prescria cantități exagerate de oxicodonă[1], a spus ea. Vreau să trec pe acolo, ca să văd acea clinică.

– Am înțeles. Când a trimis Junior acel e-mail?

---

[1] Medicament de sinteză cu caracteristici opiacee, care se prescrie contra durerilor, care creează dependență.

– Acum două luni. L-a trimis către Oficiul Central de Reclamații din Sacramento, unde a stat o vreme, după care a fost trimis la unitatea de reglementare din Los Angeles. Am descoperit cine a fost cel de acolo care l-a primit. A spus că a ajuns în etapa preliminară de verificare. Nu a discutat cu José junior și culegea informații înainte de a lua vreo măsură legală.

– Culegea informații? Vrei să spui că voia să afle cât de multe rețete cu prescripții de oxicodonă erau eliberate?

– Da, identificarea clinicii, ce medici lucrează acolo, licență, numărul de rețete eliberate, toate treburile astea. Etapa preliminară, și cred că prin asta voia să spună că deocamdată nu s-a întâmplat nimic. A susținut că această clinică nu era în vizorul lor și că asta suna ca o fabrică de pastile în care nu se putea avea încredere. Azi aici, mâine dispare, dacă autoritățile încep să se miște. A mai zis că problema e că, de cele mai multe ori, asemenea clinici nu emit rețete către farmacii care sunt în regulă. De obicei, farmaciile sunt în cârdășie cu asemenea clinici, sau cel puțin sunt dispuse să nu bage nimic de seamă și astfel eliberează medicamentele prescrise pe rețetă.

– Prin urmare, să spunem că José senior era dispus să ignore asemenea lucruri. Fiul a absolvit facultatea de farmacie și era vigilent și naiv, de aceea și-a închipuit că face o faptă bună arătând cu degetul spre o clinică dubioasă.

Lourdes a dat aprobator din cap.

– Întocmai, a spus ea. Ți-am spus doar că era un tip onest și direct. Și-a dat seama ce se întâmpla și a trimis reclamația către comisie.

– Deci de aceea nu erau de acord tatăl cu fiul – și de aceea se certau, a adăugat Bosch. Ori José senior ținea la banii pe care îi câștiga eliberând rețetele frauduloase, ori se temea de pericolele care îl pășteau dacă făcea o reclamație.

– Nu doar atât, dar Junior a afirmat în e-mail că va înceta să elibereze medicamente prescrise de clinica asta. Probabil că asta a fost cea mai periculoasă hotărâre pe care a luat-o.

Bosch a simțit o durere surdă în piept. În subestimase pe José Esquivel junior. Întrebase dintru început despre apartenența lui la vreo bandă și trăsese concluzia că activitățile și legăturile lui Junior puteau fi factorul motivațional al crimelor. Într-un fel, probabil că Bosch avea dreptate, dar se înșelase în legătură cu acel tânăr. Adevărul dezvăluia că Junior era un idealist care constatase ceva incorect și încercase să facă lucrul cel mai potrivit. Iar asta îl costase viața.

– La naiba, a făcut Bosch. Nu și-a dat seama ce face când a refuzat să mai elibereze medicamentul acela.

– Ceea ce e foarte trist, a adăugat Lourdes.

Gândindu-se la greșeala comisă, Bosch a rămas tăcut. Asta îl tulbura profund, deoarece între victimă și detectivul însărcinat să soluționeze cazul se stabilește întotdeauna o relație. Bosch se îndoise de bunele intenții ale victimei și o degradase. Procedând astfel, se desconsiderase și pe el însuși. Asta l-a făcut să își dubleze eforturile pentru a-i găsi pe cei doi făptași care se mișcaseră extrem de rapid și ucigător prin farmacie în dimineața precedentă.

S-a gândit la groaza pe care sigur o trăise José junior când încercase să fugă pe coridor spre ușa de ieșire din spatele farmaciei. Groaza stârnită de ideea că îl lăsase în urmă pe tatăl lui.

Bosch nu putea fi sigur, întrucât filmarea nu avea sunet, iar împușcarea lui José junior se petrecuse în afara obiectivului camerei de supraveghere, dar a bănuit că tatăl fusese împușcat primul, iar de pe coridor fiul auzise și încercase să scape. Și chiar înainte ca el însuși să fie împușcat, iar ucigașul se apropiase de el ca să comită supremul act de umilire și să-și încheie treaba.

Au rulat pe Truman Street spre sud, până când aceasta s-a unit cu San Fernando Avenue, și curând au traversat zona de periferie și au pătruns în Pacoima. Nu exista niciun semn de „Bun-venit în Los Angeles", dar diferența dintre cele două comunități sărea în ochi. Străzile de acolo erau întesate de gunoaie, iar zidurile erau pline de graffiti. Spațiile despărțitoare ale sensurilor de mers aveau iarba îngălbenită și erau cotropite de buruieni. De gardul protector de lângă șinele de metrou care mergeau paralel cu șoseaua erau prinse pungi din plastic. Toate acestea l-au deprimat pe Bosch. Cu toate că, din punct de vedere etnic, Pacoima avea aceeași compoziție ca și San Fernando, între comunitățile aflate una lângă cealaltă exista o prăpastie vizibilă în ce privea veniturile și nivelul de trai.

Curând au rulat de-a lungul laturii sudice a Aeroportului Whiteman (Omul Alb), de fapt, un aeroport mic, denumit ironic alb, deoarece comunitatea era alcătuită într-o proporție copleșitoare din latino-americani și negri. Lourdes a redus viteza când s-au apropiat de Terra Bella. Bosch a văzut la colțul străzii o clădire fără etaj, văruită în alb. Ieșea în evidență pentru că nu exista nicio ușă la stradă și nici vreo firmă care să o recomande drept clinică sau orice altceva.

Lourdes a cotit pe Terra Bella, ca să poată vedea cealaltă latură a clădirii. Au zărit intrarea cu ușă dublă, dar nici acolo nu se vedea vreun semn de existența unei clinici. Faptul că era văruită proaspăt și lipsa oricărei firme făceau clădirea să pară că acea clinică nu mai funcționa.

Lourdes a continuat să conducă spre sud.

– Ce părere ai? a întrebat ea.

– Nu știu ce să zic, a recunoscut Bosch. Vrei să supraveghezi locul o vreme, ca să vezi dacă mai are activitate? Ori ai putea să parchezi aproape de clădire și eu mă duc să bat la ușa aceea.

Lourdes a rămas pe gânduri și a continuat să conducă mai departe.

– N-aș vrea să dăm buzna acolo dacă nu știm cu ce avem de a face, a spus ea într-un târziu.

A virat spre aleea de intrare pentru mașini a unei firme care producea sisteme de stingere a incendiilor, apoi a dat înapoi pentru a întoarce mașina.

– Să urmărim puțin clădirea, a propus ea. Să vedem ce se întâmplă.

– Mi se pare o idee bună, a zis Bosch.

A condus jumătate din intersecția spre Terra Bella, apoi a parcat pe colț, în spatele unui automobil sedan. Nu aveau o vizibilitate perfectă, dar poziția aceea le permitea să stea cu ochii pe ușa presupusei clinici. Au stat într-o tăcere comodă vreme de aproape un sfert de oră, după care Lourdes a întrebat:

– Încă ești apropiat de Lucy Soto?

Bosch uitase că Lourdes și Soto se cunoscuseră întâmplător prin intermediul unei organizații care se ocupa cu aplicarea legii în cazul latino-americanilor.

– Stăm de vorbă din când în când, dar cred că ieri a fost prima oară în ultimii doi ani când ne-am văzut față în față, a spus Bosch.

Și-a dat seama că Lourdes căuta prilejul să afle ce rost avusese vizita din ziua precedentă a celor de la centru, însă el nu era dispus să discute despre acest lucru. De aceea a schimbat subiectul.

– Fiul tău mai ține cu Dodgers și anul ăsta? a întrebat-o el.

– A, sigur, a răspuns Lourdes. A ales meciurile la care vrea să meargă, iar eu trebuie să fac rost de bilete. El crede că anul ăsta vor câștiga toate meciurile.

– Era și vremea.

– Mda.

– Știi că Soto n-a văzut niciun meci jucat de Dodgers? Bunicii și tatăl ei au fost alungați din Chavez Ravine[1] în anii cincizeci, așa că ea nu vrea să mai calce vreodată în acel loc. Nu-i face plăcere nici măcar să meargă la academia de acolo.

Bosch se referea la mutarea forțată a unui întreg cartier locuit de latino-americani pentru a face loc stadionului, în apropierea metropolei. Amărăciunea simțită din cauza acelei mutări – inclusiv multe lacrimi vărsate la numeroasele evacuări fuseseră imortalizate de camerele de vederi ale agențiilor de știri – încă păta istoricul acelei echipe foarte iubite. Iar Academia Departamentului de Poliție Los

---

[1] Canion aflat aproape de Los Angeles, unde se află în prezent stadionul echipei de baseball Dodgers.

Angeles era situată la marginea uneia dintre parcările uriașe ale stadionului.

– Cred că înțeleg toate astea, a spus Lourdes. Dar asta s-a întâmplat de mult. Și baseballul e baseball. Cum ar fi să-i reprim unui băiețel dragostea față de baseball pentru ceva care s-a întâmplat chiar înainte ca mama lui să se fi născut?

– Și e vorba și de dragostea față de baseball a mamei, a spus Bosch.

Apoi a zâmbit. Înainte ca Lourdes să apuce să-i răspundă, au văzut o furgonetă dând colțul dinspre San Fernando spre Terra Bella. La început, Bosch a crezut că furgoneta se va îndrepta spre fabrica de stingătoare, însă ea s-a oprit exact în fața porții clinicii. Bosch și Lourdes au urmărit cum ușa glisantă din partea laterală a furgonetei este deschisă, și din ea au început să coboare niște oameni, care s-au îndreptat spre ușa clinicii.

Bosch a numărat unsprezece oameni, fără șofer, care a rămas la volan. Oamenii au dispărut înăuntru.

– Ce înseamnă asta? a întrebat Lourdes.

– Mă depășește, a recunoscut Bosch. Probabil că preiau persoane de la un cămin de bătrâni sau ceva de genul ăsta.

– Dar nu erau toți bătrâni.

– Ba mai toți erau.

– Și arătau mai curând ca niște oameni fără adăpost decât venind de la un cămin.

Bosch a dat aprobator din cap, după care au redevenit tăcuți și au continuat să privească atenți spre clădire. Șoferul furgonetei a stat la locul lui, la volan, și ușa vehiculului a rămas deschisă.

După aproximativ douăzeci de minute de la debarcare, pasagerii ei au început să iasă din clinică și s-au aliniat pentru a reveni în furgonetă. De astă dată, Bosch s-a uitat mai atent la ei. Erau bărbați și femei, de diferite rase, dar toți aveau haine mizere pe ei, care atârnau anapoda pe trupurile lor ciolănoase. A avut impresia că privea o coadă la o bucătărie care oferea gratuit supă pe 5th Street din centrul metropolei.

– Ce părere ai? l-a întrebat Lourdes.

– Nu știu ce să cred, a spus Bosch. Ce fel de clinică nu ar avea o tăbliță care să spună ce e în clădire?

– Una ilegală.

– Și aceia sunt pacienții ei?

– Probabil că sunt cumpărătorii pastilelor. Așa i-a numit Jerry, investigatorul de la Biroul Medical. Aceștia vin la așa-zisa clinică, primesc o rețetă, după care se duc să cumpere pastilele de la farmacie. Sunt plătiți cu un dolar de pastilă. Cred că nu e rău în cazul în care cumperi șaizeci de pastile dintr-un foc pe zi.

– Bun, și cu cât se vând pastilele astea pe stradă?

– Omul mi-a spus că depinde de dozaj și de ceea ce cumperi. În general, vorbim de un dolar miligramul. Rețetele pentru oxicodonă se dau pentru pastile de treizeci de miligrame. Însă el a zis că Sfântul Graal al heroinei brute costă, în prezent, optzeci de dolari o doză de un miligram. Mai există ceva denumit oximorfină. E următorul produs de pe listă. Se spune că starea de extaz e de zece ori mai puternică decât cea produsă de oxicodonă.

Bosch a scos telefonul și a acționat aplicația de fotografiere. Ținând telefonul fix pe bord, a început să fotografieze clinica și furgoneta. A folosit funcția de transfocare pentru a fotografia mai de aproape persoanele care așteptau să urce, însă imaginile fețelor lor au rămas încețoșate.

– Crezi că furgoneta îi va duce de la o farmacie la alta? a întrebat Bosch.

– Tot ce se poate, i-a răspuns Lourdes. Jerry a spus că persoanele în vârstă sunt cei mai frecvenți cumpărători. Ele sunt la mare preț.

– De ce asta?

– Pentru că au nevoie de oameni care arată destul de bătrâni ca să fie incluși în programul Medicare.[1] Acestora li se dau carduri falsificate de tip Medicare D – ei cumpără numele deținătorilor legali

[1] Program de asigurări de sănătate inaugurat în 1965 de Administrația de Asigurări Sociale din SUA.

ai unor astfel de carduri – şi apoi nici nu trebuie să plătească preţul integral la reţetele pe care le prescriu.

Nevenindu-i să creadă aşa ceva, Bosch a clătinat din cap.

– În felul ăsta, Medicare restituie farmaciilor bani pentru plata acestor medicamente, a spus el. Cu alte cuvinte, finanţarea acestei operaţiuni este suportată de guvernul federal.

– O mare parte, a spus Lourdes. Asta, din ce mi-a povestit Jerry.

Din clinică a ieşit şi ultima persoană, un bărbat, care a pornit spre furgonetă. După numărătoarea lui Bosch, în furgonetă erau îngrămădite douăsprezece persoane, bărbaţi şi femei. Erau albi, negri şi latino, singurul lucru care îi unea era că arătau cu toţii ca şi cum ar fi urmat drumuri grele în viaţă. Aveau feţele trase şi prezentau un aspect ponosit care provenea neîndoielnic din faptul că duceau o viaţă chinuită. Şoferul, care purta ochelari cu lentile întunecate şi un tricou negru cu guler, a coborât din cabină şi a ocolit botul furgonetei pentru a închide uşa. Până când Bosch a reuşit să focalizeze camera foto spre el, a fost prea târziu ca să surprindă imaginea acelui bărbat. Acesta a urcat la volan, şi a rămas ascuns din cauza reflexiilor produse de parbriz.

Furgoneta a plecat de la clinică, îndreptându-se pe Terra Bella, în direcţia care o ducea spre cei doi detectivi. Bosch a tras telefonul sub bordul maşinii.

– La naiba! a exclamat Lourdes.

Era limpede că Bosch şi Lourdes se aflau într-o maşină de poliţie fără însemne distinctive. Era de culoare neagră şi înapoia măştii motorului avea montate girofaruri.

Cu toate acestea, furgoneta a trecut prin dreptul maşinii lor fără să încetinească, fiindcă şoferul era ocupat să vorbească la telefonul mobil. Bosch a observat că omul avea barbişon şi purta un inel de aur pe un deget al mâinii în care ţinea telefonul.

Lourdes s-a uitat în oglinda retrovizoare până când furgoneta a ajuns la două intersecţii depărtare pe strada El Dorado, unde a virat la dreapta.

– O facem? a întrebat ea.

– N-ar fi o idee rea, a spus Bosch.

Ea a îndepărtat mașina de colțul străzii și a făcut o întoarcere din trei manevre. A accelerat pe El Dorado Street și a ajuns la intersecția în care furgoneta virase la dreapta. Au ajuns aproape de ea când aceasta vira din nou la dreapta pe Pierce Street, după care furgoneta a mers spre nord, trecând prin San Fernando și traversând linia de metrou de suprafață, după care a pătruns în Aeroportul Whiteman.

– Nu mă așteptam la așa ceva, a spus Lourdes.

– Da, e bizar, a confirmat Bosch.

Furgoneta a oprit la intrarea spre zona hangarelor pentru avioanele private, și șoferul a coborât geamul. A scos brațul afară și a apropiat o cartelă de acces de cititorul barierei. Aceasta s-a ridicat, iar furgoneta și-a continuat drumul. Lourdes și Bosch nu aveau cum să treacă de barieră, însă exista un drum de perimetru, care mergea paralel cu cel din interior, iar asta le-a permis să urmărească furgoneta din afara zonei restricționate. Au văzut că ea a intrat într-un hangar care avea ușile deschise și, din locul în care se aflau, au pierdut-o din ochi.

Au parcat la marginea drumului exterior și au așteptat.

– Ce părere ai? l-a întrebat Lourdes.

– Încă nu mi-e clar, i-a răspuns Bosch. Să vedem totuși ce se întâmplă.

După aceea, au urmărit în tăcere, iar, câteva minute mai târziu, un avion cu un sigur motor, a cărui elice se rotea rapid, creând o imagine neclară, a ieșit din hangar și a început să se deplaseze spre pistă. După ce a părăsit hangarul, a ieșit și furgoneta, care a pornit spre poarta de acces.

– Ce urmărim, furgoneta, ori avionul? a întrebat Lourdes.

– Rămânem la avion, a spus Bosch. Am reținut numărul de înmatriculare al furgonetei.

Bosch a numărat cele șapte ferestre de pe latura avionului, după carlingă. Perdelele erau trase la toate ferestrele. A scos un pix și un carnețel din buzunar și a notat numărul înscris pe coada avionului. Și-a notat și ora. Apoi, scoțând telefonul, a început să facă fotografii cu avionul care rula pe pistă.

– Ce naiba facem aici? l-a întrebat Lourdes.

– Nu știu încă, a spus Bosch. Dar am numărul de înmatriculare. Dacă au prezentat un plan de zbor, putem să-l surprindem.

Bosch a privit spre hangar și a văzut că ușa mare și lată cobora încet. Pe tabla ondulată a ușii era înscrisă o reclamă.

ÎNDRĂZNIȚI SĂ PLONJAȚI!
CLUBUL DE PARAȘUTISM SFV
APELAȚI-NE ASTĂZI! SĂRIȚI CHIAR ASTĂZI!

Bosch și-a îndreptat din nou atenția spre pistă și a urmărit în tăcere avionul care gonea. Era alb și avea o dungă oranj închis de-a lungul bordului. Avea o punte de sărituri dedesubtul conturului unei uși largi pentru pasageri.

Bosch a trecut telefonul pe operațiunea de filmare și a urmărit avionul care a căpătat viteză și apoi s-a înălțat în aer. A zburat spre est, apoi s-a înclinat pe o aripă sub razele soarelui.

El și Lourdes l-au urmărit până a dispărut din vedere.

10

Turnul controlorului de trafic aerian de la Whiteman era la capătul unei scări care pornea din clădirea mică a administrației generale a aeroportului. Între public și scară se interpunea o recepționeră, care s-a cam blegit când a văzut insignele celor doi polițiști. Bosch și Lourdes au urcat scara și au bătut la ușa pe care era o tăbliță pe care scria: CONTROL TRAFIC AERIAN – INTRAREA INTERZISĂ.

Le-a deschis un bărbat care a dat să ridice o mână ca să arate spre tăbliță, după care a văzut insignele.

– A, sunteți ofițeri de poliție, a spus el către Bosch. Ați venit în legătură cu cursele ilegale de mașini?

– Nu, a spus Lourdes. Vrem să aflăm unele lucruri despre avionul care tocmai a decolat.

Bărbatul s-a răsucit pe călcâie și s-a uitat spre încăperea din spatele lui și pe fereastră, către aeroport, ca și cum ar fi vrut să confirme că se aflau pe un aeroport și că un avion tocmai decolase. După aceea, și-a întors privirea spre Lourdes.

– Vă referiți la acel avion Cessna? a întrebat el.

– Cel din care se fac sărituri cu parașuta, a precizat Bosch.

– A, tipul Grand Caravan. Cunoscut și sub numele de minifurgonetă. Altceva de atât nu vă pot spune.

– Aveți vreun loc în care să mergem pentru a discuta? E vorba de o investigație într-un caz de omucidere.

– A, sigur. Poftiți înăuntru.

A întins o mână în față, invitându-i să intre. Bosch și-a dat seama că omul era trecut de șaizeci de ani și avea experiență ca militar – ceva din atitudinea lui și modul în care a întins mâna în față semănase cu gestul făcut atunci când se execută un salut milităresc.

Turnul de control era un spațiu sărăcăcios, având doar ferestrele obligatorii care să ofere o vedere completă a aeroportului. În fața pupitrului care cuprindea radarul și sistemul de comunicație erau două scaune. Bosch i-a făcut semn lui Lourdes să se așeze pe unul dintre ele, iar el s-a rezemat de un dulap cu patru sertare aflat alături de ușă.

– Domnule, putem începe cu numele dumneavoastră?

După ce s-a întors cu fața spre cei doi detectivi, bărbatul s-a așezat pe celălalt scaun.

– Ted O'Connor, a spus el.

– Domnule O'Connor, de câți ani lucrați aici? a întrebat ea.

– A, să vedem, de aproape douăzeci de ani, în două perioade. Am venit aici după ce am fost în Forțele Aeriene – asta înseamnă douăzeci și cinci de ani, în care am lansat napalm și alte porcării deasupra unor țări. Apoi am venit aici și am rămas zece ani, m-am pensionat, după care am socotit că nu-mi pria ca pensionar, de aceea, după un an, m-am întors. Asta s-a întâmplat acum doisprezece ani. Poate socotiți că șederea aici o zi întreagă te plictisește, dar încercați să petreceți o vară întreagă într-un apartament duplex care are un singur aparat de aer condiționat, adică unde te înfierbânți și te plictisești. În orice caz, pe cine interesează toate astea? Dumneavoastră vreți să știți despre acel avion Cessna.

– Știți cumva de când se află aici?

– Fără să stau prea mult pe gânduri, pot spune că trage în hangarul acela încă dinainte de a începe eu să lucrez aici și și-a schimbat proprietarul de câteva ori de-a lungul vremii. Proprietarul din ultimii doi ani este o companie din Calexico. Cel puțin așa mi-a spus Betty, recepționera noastră de la parter, că acolo sunt trimise facturile de plată a chiriei pentru hangar și a combustibilului.

– Cum se numește compania?

– Betty va trebui să vă dea informația asta. Ea mi-a spus cândva, dar nu mai țin minte numele. Ceva cu Cielo, sau cam pe-acolo. E un nume în spaniolă și nu prea pricep limba asta.

– Avionul mai este folosit pentru lansări cu parașuta?

– Sper că nu. Oamenii pe care-i văd urcând în acel avion n-ar ajunge vii la sol.

Bosch s-a plecat în față și s-a uitat pe fereastră. A băgat de seamă că O'Connor avea vedere directă spre hangar. Binoclul aflat pe pupitru îl putea ajuta să vadă îndeaproape ce se petrecea înăuntrul hangarului atunci când ușa mare a acestuia era deschisă.

– Așadar, ce ați văzut întâmplându-se în acel hangar, domnule O'Connor? l-a întrebat Bosch.

– Am văzut o mulțime de oameni intrând și ieșind, a spus O'Connor. O sumedenie de oameni bătrâni ca și... ca și mine.

– În fiecare zi?

– Aproape. Eu lucrez doar patru zile pe săptămână, dar în zilele în care sunt aici, văd avionul acela fie aterizând, fie decolând, uneori și una, și alta.

– Știți dacă interiorul acelui avion este amenajat în continuare pentru salturi cu parașuta?

– Da, din câte știu eu.

– Adică are bănci lungi pe ambele laturi?

– Exact.

– Deci, câți oameni se pot îmbarca în el?

– Avionul e de un model alungit, având o secțiune mare a cozii. Pot fi transportate până la cincisprezece persoane, iar la nevoie, poate chiar și douăzeci.

Bosch a dat afirmativ din cap.

– Ați anunțat vreodată pe cineva despre ce ați văzut? l-a întrebat Lourdes.

– Ce să anunț? s-a mirat O'Connor. Ce infracțiune este să urci la bordul unui avion?

– Astăzi au prezentat un plan de zbor?

– Nu prezintă niciodată un asemenea plan. Nici nu sunt obligați. Nici nu e nevoie să anunțe turnul de control atâta vreme cât avionul zboară în regim RVZ.

– RVZ, ce-nseamnă asta?

– Reguli Vizuale de Zbor[1]. Vedeți dumneavoastră, eu mă aflu aici ca să asigur servicii radar celor care le solicită și pentru a îndruma piloții care se bazează pe instrumentele de bord, dacă au nevoie de asta. Necazul e că, după cum ați băgat de seamă, ne aflăm în California, și acum e însorit, astfel că se zboară în baza RVZ, și nu există nicio reglementare a Autorității Federale de Aviație care să impună unui pilot să țină legătura cu turnul de control de pe un aeroport de uz general. Iar individul care pilotează acum acel Caravan? Mi-a zis doar câteva cuvinte, și atât a fost.

– Și ce v-a spus?

– Că dorește să decoleze spre est. Și eu i-am zis că pista e liberă.

– Doar atât?

– Atât, doar că a vorbit cu un accent rusesc. Și pentru că astăzi avem vânt dinspre vest, el mă anunța că va rula spre celălalt capăt pentru cazul în care aveam vreun avion care sosea.

– Cum v-ați dat sama că vorbea cu accent rusesc?

– Pentru că așa știu eu.

– În regulă, deci nu există un plan de zbor, nu există niciun document care să ateste încotro se îndreaptă și nici când urmează să revină aici?

– Nu este o cerință pentru un asemenea aeroport sau pentru un astfel de avion.

---

[1] Reglementări care prevăd că pilotul trebuie să aibă vizibilitate bună, în condiții meteorologice favorabile, fără a avea nevoie de indicații radar.

O'Connor a arătat pe fereastră, ca și cum avionul în chestiune ar fi plutit prin fața lui. Lourdes s-a uitat la Bosch. Era vădit surprinsă de lipsa măsurilor de securitate și de control privind persoanele care intrau și ieșeau din aeroport.

– Dacă vă închipuiți că ziua totul este la vedere pentru oricine, ar trebui să verificați locul ăsta noaptea, a spus O'Connor. Noi încetăm activitatea la turnul de control la ora opt seara. După aceea, aeroportul nu mai beneficiază de controlor de zbor. Oamenii pot ateriza și decola după placul inimii – și chiar asta se întâmplă.

– Adică lăsați aprinse luminile de marcare a pistei? a întrebat Bosch.

– Nu, luminile sunt comandate prin radio. Oricine aflat într-un avion le poate aprinde sau stinge. Singurul lucru pentru care trebuie să-și facă griji sunt cursele de bolizi.

– Curse de viteză?

– Oamenii aceia se furișează pe pistă noaptea și organizează curse. Acum vreo lună, s-a întâmplat ca un pilot să aprindă lămpile pistei și a fost cât pe ce să aterizeze pe acoperișul unei mașini din acelea modificate pentru curse.

Au fost întrerupți de un apel radio, de aceea O'Connor s-a întors spre pupitru pentru a răspunde. Din câte a înțeles Bosch, era vorba de un avion care se pregătea de aterizare dinspre vest. O'Connor i-a comunicat că avea pista liberă. Harry s-a uitat la Lourdes. Ea a ridicat din sprâncene, iar Bosch a dat aprobator din cap. Mesajul dintre ei era cât se putea de clar. Nu știau dacă întrebările pe care le puneau aveau vreo legătură cu cazul investigat de ei, însă ceea ce tocmai văzuseră – bărbați și femei care urcaseră în furgoneta care ajunsese la avion și apoi fuseseră expediați fără ca măcar să fie numărați – era ceva ieșit din comun, iar ușurința cu care fusese făcut acest lucru era surprinzătoare.

O'Connor s-a ridicat și s-a aplecat deasupra pupitrului pentru a privi pe fereastră. A luat binoclul și l-a dus la ochi pentru a se uita spre pistă.

– Avem un avion care aterizează, a spus el.

Bosch și Lourdes au rămas tăcuți. Bosch nu știa sigur dacă trebuia să-l întrerupă pe O'Connor din observarea și dirijarea avionului. Curând, dinspre vest, avion mic, cu un singur motor, a planat pe deasupra aeroportului și a aterizat în siguranță. O'Connor a notat numărul de pe coada aparatului pe o pagină prinsă pe un clipboard, după care l-a agățat de un cârlig lipit de peretele din dreapta lui. Apoi s-a întors spre detectivi.

– Ce-ați dori să mai știți? a întrebat el.

– Documentați fiecare decolare și aterizare care are loc în timpul orelor de activitate? a întrebat Bosch.

– Nu suntem obligați, a spus O'Connor. Cu toate astea, o facem. Dacă ne aflăm aici.

– Vă deranjează dacă arunc o privire?

– Nu, nu mă deranjează.

O'Connor a luat clipboardul de pe perete și i l-a întins lui Bosch. De acesta erau prinse câteva pagini pe care erau trecute aterizările și decolările de pe aeroport. Singurul avion care fusese înregistrat cu cele mai multe plecări și sosiri era cel cu numărul de pe coadă pe care Bosch și-l notase mai devreme – cel destinat săritorilor cu parașuta.

A înapoiat clipboardul. Plănuia să îl solicite în mod oficial printr-un mandat de percheziție.

– Există camere de supraveghere pe piste și în hangare? a întrebat el.

– Da, avem camere, i-a răspuns O'Connor.

– Cât timp sunt păstrate înregistrările?

– Nu știu sigur. Cred că vreo lună. Departamentul de Poliție Los Angeles a trimis aici oameni ca să vadă înregistrări ale curselor de viteză și, din câte am auzit, erau vechi de câteva săptămâni.

Bosch a dat afirmativ din cap. Era bine de știut că, dacă era nevoie, puteau reveni pentru a vedea înregistrările video.

– Așadar, pe scurt, a spus Lourdes, acest aeroport permite accesul nerestricționat de aterizare și decolare. Nu sunt cerute planuri de zbor, nici acte sau avize de expediție de mărfuri, nimic de genul ăsta.

– E aproape exact, a spus O'Connor.

– Și nu există nicio modalitate de a ști încotro se îndreaptă acel avion – Grand Caravan?

– Păi, depinde. Pilotul ar trebui să zboare cu repetorul de semnale pornit. Dacă respectă reglementările, înseamnă că are acest aparat pornit, iar el va înregistra toate deplasările aparatului prin spațiul aerian de la o zonă la alta a celor de la controlul traficului aerian.

– Și se poate obține acest lucru în timp real? Chiar în aceste momente?

– Nu, ar trebui să obținem codul unic al repetorului de semnale al avionului și să lansăm o solicitare. Asta ar putea dura o zi întreagă. Poate chiar mai mult.

Lourdes s-a uitat spre Bosch. El a dat aprobator din cap. Nu mai avea de pus întrebări.

– Vă mulțumim, domnule O'Connor, a spus ea. Apreciem ajutorul pe care ni l-ați dat. V-am fi recunoscători dacă ați păstra pentru dumneavoastră conținutul acestei discuții.

– Nicio problemă, a spus O'Connor.

Bosch și Lourdes au așteptat până au ajuns la mașină pentru a discuta despre ceea ce aflaseră în ultima oră.

– Mare porcărie, Harry, a spus Lourdes. Unde mama dracului sunt cei de la TSA[1] atunci când este nevoie de ei? Cineva ar putea urca într-un avion de aici, să încarce orice ar pofti și să zboare pe deasupra centrului orașului sau a unui rezervor de apă și să arunce acolo cine știe ce.

– E de groază, a recunoscut Bosch.

– Indiferent ce-ar fi, trebuie să vorbim cu cineva despre problema asta. Să strecurăm informația asta către mijloacele de informare sau cuiva.

– Să vedem cum se brodește în problema noastră, și după aceea o să-i facem pe reporteri să dezvolte acest subiect.

[1] Transportation Security Administration – Agenția de Securitate a Transporturilor.

– Am înțeles. Dar, vorbind de problema noastră, cum procedăm în continuare?

Bosch a stat pe gânduri câteva momente.

– Mergem în centru, la Clădirea Reagan. Ca să stăm de vorbă cu tipul de la Comisia Medicală.

Lourdes a dat din cap și a pornit motorul.

– Jerry Edgar. Mi-a spus că a lucrat pe vremuri la Departamentul de Poliție Los Angeles.

Surprins, Bosch a tresărit.

– Cum adică, îl cunoști? a întrebat Lourdes.

– Da, îl cunosc, i-a răspuns Bosch. Am lucrat împreună în Hollywood. Asta, demult. Știam că s-a pensionat, dar credeam că se ocupa de vânzarea de case în Las Vegas.

– Ei bine, acum s-a întors aici, a spus Lourdes.

11

Comisia Medicală din California își avea birourile în Clădirea Birourilor de Stat Ronald Reagan de pe Spring Street, la trei intersecții distanță de sediul Departamentului de Poliție Los Angeles. Vreme de trei sferturi de oră, au mers cu viteza melcului prin traficul aglomerat dinspre Pacoima. Pe drum, Lourdes îl sunase pe Jerry Edgar și îi spusese că ea și partenerul ei erau în drum spre el pentru a discuta. Când Edgar s-a iritat și a spus că trebuia să participe la o ședință și a vrut să fixeze o altă dată pentru o întâlnire, ea a precizat că partenerul ei era Harry Bosch, astfel că omul nu a putut să refuze. A spus că își va face timp pentru o discuție.

Au oprit într-o parcare cu plată, iar Edgar i-a așteptat în holul clădirii. L-a salutat călduros pe Bosch, dar l-a îmbrățișat cu stângăcie. Trecuseră ani buni de când fuseseră împreună, profesional și personal. Ultimul mesaj de care Bosch își amintea că îl primise în urmă cu câțiva ani de la Edgar fusese unul de condoleanțe când îi murise soția. Bosch auzise că, după aceea, fostul lui partener se pensionase, însă nu primise invitație la petrecerea organizată, cu toate că nu era convins că se întâmplase acest lucru. Cu toate acestea, ei soluționaseră câteva cazuri împreună cât lucraseră la biroul de omucideri de la Divizia Hollywood. Acum, la Hollywood nici nu mai exista o asemenea divizie. Toate omuciderile erau investigate de detectivii de la Biroul Vest, altfel numit RHD (Divizia Furturi și Omucideri). Lucrurile se schimbă mereu.

Între polițiști se spunea că un adevărat test al unui parteneriat se vădea atunci când se emitea un apel prin care un ofițer cerea ajutor. Răspunsul era să lași baltă orice făceai și să pleci, apăsând pedala de accelerație până la podea, să treci fulgerător prin trafic și să ignori culoarea semafoarelor, cu sirena urlând, ca să ajungi la polițistul care avea nevoie de tine. Șoferul, în stânga, pasagerul, în dreapta, fiecare dintre ei strigând „Liber!", în timp ce pneurile mașinii scrâșnesc trecând pe lumina roșie a semaforului. Este nevoie de o doză nemăsurată de încredere ca să nu înșeli și să verifici ce spune și celălalt, chiar dacă partenerul îți spune că ai cale liberă. Dacă ai un partener adevărat, nu este nevoie să verifici ce spune celălalt. Știi din capul locului. Și crezi în ce spune el. Cât timp au fost parteneri, Bosch se trezea mereu verificând cealaltă parte a străzii. Un om din afară ar fi socotit asta drept o distanțare născută din deosebirea rasială dintre ei. Edgar era negru, iar Bosch era alb. Însă pentru fiecare dintre ei situația era alta, ceva care mergea mult în subconștient. Era deosebirea născută din felul în care fiecare percepea acea slujbă. Era diferența dintre felul în care un polițist lucrează la un caz și felul în care cazul îl influențează pe polițist.

Și totuși, nimic din toate acestea nu a apărut la suprafață când cei doi au zâmbit unul către celălalt și s-au îmbrățișat stingher. Edgar avea capul ras, iar Bosch s-a întrebat dacă l-ar fi recunoscut în cazul în care nu ar fi știut că era fostul lui partener.

– Ultima oară când am auzit despre tine, aflasem că te-ai dat la fund și că ai plecat la Las Vegas, ca să te ocupi de vânzări imobiliare, a spus Bosch.

– Nu, a spus Edgar. Asta a durat aproape doi ani, după care m-am întors aici. Dar uită-te la tine. Știam că n-o să renunți nicicând la munca asta, dar mi-am închipuit că vei sfârși la Biroul Procurorului Districtual sau undeva sus. Ai ajuns însă la Departamentul de Poliție

San Fernando. Cei de acolo își spun Orașul Misiunii, am dreptate? Asta i se potrivește ca o mănușă lui Harry Bosch.

Lourdes a zâmbit, iar Edgar a arătat cu degetul spre ea.

– Tu știi despre ce vorbesc, a zis el, zâmbind. Harry e întotdeauna gata să își asume o misiune.

Edgar a renunțat la zâmbet și la acel subiect când a văzut expresia înghețată de pe fața lui, drept aluzie că el împingea prea departe diferența dintre ei. Edgar le-a făcut semn să îl urmeze în zona lifturilor și au urcat într-unul aglomerat. Edgar a apăsat pe butonul pentru etajul trei.

– Apropo, ce mai face fiica ta? a întrebat Edgar.

– E la colegiu, a spus Bosch. În anul doi.

– Mamă, a făcut Edgar. E o nebunie.

Bosch s-a mulțumit să dea aprobator din cap. Detesta să poarte discuții într-un lift aglomerat. Pe de altă parte, Edgar nu o văzuse niciodată pe Maddie, de aceea era limpede că, în acele momente, se limitau la flecăreli nevinovate. Nu a mai spus nimic în timp ce liftul a urcat. Au coborât la etajul trei, iar Edgar a folosit un card-cheie pentru a pătrunde într-un grup de birouri care aveau pe perete un însemn guvernamental de mari dimensiuni, care înfățișa o stea cu șapte colțuri, în jurul căreia scria Departamentul Protecției Consumatorului din California.

– Locșorul meu e chiar acolo, a spus Edgar.

– Lucrezi la Protecția Consumatorului? l-a întrebat Lourdes.

– Întocmai, la Serviciul de Investigare a Calității Produselor. Ne ocupăm de partea legislativă pentru Comisia Medicală.

I-a condus într-o încăpere mică în care lucra, unde erau un birou plin de hârtii și două scaune pentru vizitatori. După ce s-au așezat, au trecut la subiect.

– Deci ăsta este cazul la care lucrați, a spus Edgar. Credeți că este legat de reclamația pe care ne-a trimis-o una dintre victime?

În timp ce a rostit aceste cuvinte, Edgar s-a uitat la Lourdes, însă Bosch și ea se înțeleseseră pe drum că el va prelua rolul principal în cursul discuției, chiar dacă ea fusese prima care luase legătura cu el. Bosch avea un trecut comun cu Edgar și va ști mai bine cum să dirijeze conversația spre avantajul lor.

– Încă nu mizăm pe asta sută la sută, a spus Bosch. Dar s-ar putea să ajungem și acolo. Toată întâmplarea a fost înregistrată de camerele de supraveghere, și noi suntem convinși că aceasta a fost o dublă crimă deghizată în jaf. Doi atacatori, măști, mănuși, intrare și ieșire perfecte, fără să lase în urmă tuburi de cartușe. Considerăm că tânărul a fost ținta, iar asta ne face să ne gândim la reclamația pe care a trimis-o el. A fost un tip de treabă – fără cazier, fără apartenență la vreo bandă, genul de tânăr care trebuia să aibă succes în viață, care abia absolvise facultatea de farmacie. Se certa cu tatăl lui în legătură cu ceva, iar subiectul putea fi livrarea rețetelor eliberate de acea clinică.

– Trista ironie era că tânărul urmase probabil facultatea de farmacie pe banii pe care tatăl lui îi scotea din eliberarea unor rețete dubioase, a spus Edgar.

– Asta e chiar trist, a admis Bosch. Bine, dar ce s-a întâmplat cu reclamația făcută de tânăr?

– Am înțeles, a zis Edgar. În fine, așa cum i-am spus și detectivului Lourdes, reclamația a ajuns pe biroul meu, dar încă nu am analizat-o. Am scos-o cât am discutat cu voi și, judecând după data la care a fost trimisă și primită, ea se cam prăfuise în Sacramento vreme de aproape cinci sau șase săptămâni până când cineva a catadicsit să arunce o privire la ea, pentru ca apoi să mi-o trimită mie. Birocrația – știi prea bine ce înseamnă asta, Harry.

– Adevărat.

– Perioada de prescripție pentru astfel de infracțiuni este de trei ani. Aș fi ajuns la reclamația asta mai curând mai devreme decât mai târziu, însă dura realitate este că ar mai fi trecut măcar două luni până să acționez pe baza ei. Am deschise mai multe cazuri decât pot rezolva.

A făcut un semn cu mâna către teancurile de dosare de pe birou și de pe un raft aflat în dreapta lui.

– Ca orice alt serviciu din clădirea asta, ducem mare lipsă de personal. Noi ar trebui să avem șase investigatori și două secretare în serviciul ăsta ca să ne putem ocupa de tot comitatul, însă avem doar patru și o secretară, plus că anul trecut ne-au adăugat jumătate din comitatul Orange la teritoriul de care trebuie să răspundem. Numai deplasarea cu mașina până acolo și înapoi ne fură jumătate de zi.

Edgar părea să își iasă din starea lui obișnuită pentru a explica de ce reclamației nu i se dăduse urmare, iar Bosch și-a dat seama că asta se datora trecutului lor comun. Bosch fusese atât de exigent ca partener, încât Edgar se simțise întotdeauna presat să dea rezultate, iar după acei ani, el continua să-și caute scuze și se străduia să se justifice în fața lui Bosch. Asta l-a făcut pe Bosch să aibă regrete și să se simtă în același timp nerăbdător.

– Înțelegem toate lucrurile astea, a spus Bosch. Nimeni nu reușește să le facă pe toate – ăsta-i sistemul. Noi ne străduim să pornim cumva de aici, pentru că ne confruntăm cu o dublă crimă. Ce ne poți spune despre clinica din Pacoima, despre care farmacistul a trimis plângerea?

Edgar a dat din cap și a deschis un dosar subțire aflat pe biroul lui. Avea o singură pagină cu notițe, iar Bosch a avut senzația că Edgar nu făcuse prea multe lucruri de când Lourdes îl sunase pentru a-l anunța că ea și Bosch erau în drum spre el.

– Am verificat, a spus Edgar. Clinica are licență de funcționare și își desfășoară activitatea sub numele de Dureri și Îngrijire Urgentă Pacoima. Medicul care o deține s-a înregistrat sub numele de Efram Herrera, însă eu am verificat numărul lui la DEA, Agenția pentru Controlul Medicamentelor, și el...

– Ce e acela un număr de la DEA? a vrut să știe Bosch.

– Orice doctor trebuie să dețină un număr pentru a prescrie rețete. Fiecare farmacie este obligată să verifice acest lucru pe rețetă, și abia după aceea eliberează medicamentele. Există multe abuzuri în privința numerelor false și a celor furate. Am verificat numărul de înregistrare al doctorului Herrera, iar el nu a eliberat nicio rețetă timp de doi ani, iar apoi, anul trecut, s-a răzgândit, prescriind rețete ca un dement. E vorba de sute, în fiecare săptămână.

– Sute de pastile, sau sute de rețete?

– Rețete. Da, rețete. Dacă vorbim de pastile, e vorba de mii.

– Și ce-ți sugerează asta?

– Asta confirmă că acel loc e o sursă de pastile și e neîndoielnic că reclamația tânărului farmacist a fost justificată.

– Știu că i-ai spus deja Bellei câteva lucruri, dar n-ai vrea să mă instruiești puțin? Fabrica asta de pastile, cum funcționează ea până la urmă?

Edgar a dat hotărât din cap în timp ce Bosch i-a adresat întrebarea, profitând de ocazie ca să-și etaleze competența în fața omului care se îndoise mereu de valoarea lui.

– Indivizii implicați în activitatea asta a fabricilor de rețete sunt numiți „păcălici", a spus el. Ei sunt capii răutăților și au nevoie de doctori și de farmaciști lipsiți de scrupule pentru ca treaba să funcționeze.

– Păcălicii ăștia nu sunt doctori sau farmaciști? a întrebat Bosch.

– Nu, ei sunt șefii. Totul începe când ei înființează o clinică sau folosesc una care deja există în vreun cartier de la marginea orașului. Apoi apelează la un nemernic de doctor, unul care e pe punctul de a i se anula dreptul de practică. Candidații perfecți sunt doctorii care au lucrat în clinici care foloseau marijuana. Păcăliciul îl abordează pe un asemenea individ și îi spune: „Doctore, ce-ai zice să câștigi cinci miare pe săptămână lucrând două dimineți în clinica mea?" Ăștia-s bani frumoși pentru un asemenea om, și el se angajează.

– Și se apucă de scrie rețete.

– Exact, iar păcăliciul îi aduce dimineața pe cumpărători, care primesc rețete de la doctor – fără nicio consultație, deci nimic nu e legal –, iar apoi ies din cabinet, urcă în furgonetă și sunt duși la farmacii ca să cumpere pastilele. De obicei sunt mai multe farmacii în cârdășie cu păcăliciul, așa că el îi duce când la o farmacie, când la alta, și așa scapă atenției cât mai mult timp posibil. Mulți dintre cumpărători au mai multe acte de identitate, așa că pot merge chiar la trei farmacii pe zi, și astfel numele lor nu apare pe computer. N-are importanță că identitățile false sunt de fațadă, pentru că și farmacistul este amestecat. Nu verifică nimic.

– Și apoi pastilele ajung la păcălitori?

– Bineînțeles. Cei mai mulți dintre cumpărătorii ăștia sunt dependenți. Păcăliciul e un șef de paie[1], iar el dă socoteală altcuiva, dar se asigură că nimeni nu ascunde pastilele acelea. De aceea îi ține pe toți în furgonetă, iar ei merg la farmacii, uneori intră și câte doi odată, după care predau pastilele imediat ce se întorc la furgonetă. Păcăliciul le dă cele necesare din recolta de peste zi pentru ca oamenii să-și întrețină dependența și să continue acea activitate. El îi menține drogați și îi mână de la spate. E o capcană. Odată căzuți în ea, nu mai au scăpare.

Bosch s-a gândit la bărbatul cu ochelari de soare și cu barbișon care conducea furgoneta în care transporta bătrâni și pe care o urmăriseră el și Lourdes.

– Și ce se întâmplă după aceea? a întrebat Bosch.

– Se distribuie pastilele, a spus Edgar. Ajung pe stradă și se vând dependenților. De când a început treaba asta, au murit cincizeci și cinci de mii de oameni, iar cifra e în creștere. În Vietnam au murit aproape la fel de mulți. Din păcate, totul e cuantificabil, dar banii nu apar nicăieri în declarații. Mulți oameni fac bani din criza asta – a ajuns industria cea mai prosperă din țara noastră. Îți aduci aminte că se spunea că băncile și Wall Street nu se vor prăbuși niciodată? Asta e situația. Prea mare ca să dispară.

– Ca lupta dintre David și Goliat, a spus Bosch.

– E mai rău de atât, a zis Edgar. Să-ți relatez o poveste care mie-mi spune totul. Dependența de opiacee, în caz că nu știi asta, blochează venele. Afectează tractul intestinal. Rezultatul e că nu te

---

[1] În original, *straw boss*, însemnând șef adjunct, care are unele răspunderi, dar puțină autoritate.

mai poți căca. De aceea, una dintre marile companii farmaceutice a scos un laxativ care se eliberează pe bază de rețetă care își face treaba, dar costă de douăzeci de ori mai mult decât un laxativ pe care-l poți cumpăra fără nicio problemă. Iar apoi valoarea acțiunilor companiei a crescut până la cer. Compania a ajuns să vândă atât de multe laxative din astea, încât a început să facă reclamă și la televiziunea națională. Prezintă un tip care tunde gazonul de pe peluza lui și, vai, nu se poate căca, și dă fuga la doctor să-i prescrie laxativul acela. Și așa investițiile de pe Wall Street cresc, și televiziunea face bani vânzând spațiu de publicitate. Toată lumea câștigă, Harry, și când se întâmplă așa ceva, treaba nu poate fi oprită.

– Am crezut că cei de la Washington încearcă să schimbe lucrurile, a spus Lourdes. Adică niște legi care să se concentreze pe situația asta.

– Puțin probabil, a spus Edgar. Companiile farmaceutice contribuie din greu la campaniile electorale. Nimeni n-o să muște mâna care îl hrănește.

Edgar părea să folosească situația pe plan național ca să-și justifice inerția. Pe moment, Bosch voia să mențină atenția concentrată asupra lucrurilor mărunte. Să meargă de la mic la mare.

– Deci, revenind la acest caz aparte din Pacoima, păcăliciul a apelat la doctorul Herrera. Omul a evoluat: de la nicio rețetă, acum eliberează cu sutele.

– Adevărat, și e vorba de rețete consistente. Câte șaizeci de pastile, iar câteodată nouăzeci. Nu e nicio subtilitate în treaba asta. Am consultat evidențele, și omul are șaptezeci și trei de ani. Cred că se pensionase, și ăștia l-au rechemat, au redeschis clinica și i-au așezat în față carnetul cu rețete. Din câte cred, probabil că omul e senil. Am mai văzut cazuri din astea. Păcălicii scot câte-un imbecil de la pensie, pentru că el încă are număr la Agenția pentru Controlul Medicamentelor și licență de practică medicală. „Vrei să câștigi douăzeci de miare pe lună?“ și așa mai departe.

Încercând să digere toate acele informații, Bosch a rămas tăcut. Edgar a continuat fără să fie nevoie să-l îmboldească cineva.

– Încă un lucru pe care îl fac cu acești doctori bătrâni: verifică evidențe vechi și leagă nume reale de documente de identitate false, precum și de carduri Medicare. Folosesc oameni reali, care nu au habar că sunt folosiți în toată tărășenia asta. Cei de la guvernare consideră că solicitările de bani pentru subzistență sunt firești.

– Asta-i o nebunie, a spus Lourdes.

– Bun, și ce aveți de gând să faceți? a întrebat Bosch.

– Când identificăm vreun caz de acest fel, îl putem scoate pe doctor din joc, a răspuns Edgar. Conlucrăm cu Agenția pentru Controlul Medicamentelor pentru ca numărul doctorului să fie anulat, iar apoi îi retragem și dreptul de practică. Însă e vorba de un proces administrativ îndelungat, și, de cele mai multe ori, acești păcălici apelează la alt doctor. Un tip ca Efram Herrera este lăsat să devină țap ispășitor. N-aș zice că îi compătimesc pe acești doctori, însă adevărații vinovați rămân necunoscuți. Nici nu e nevoie să vă spun câtă frustrare creează acest lucru.

– Îmi dau seama. Cât privește cumpărătorii de pastile, ai auzit ca ei să fie transportați cu avionul?

Bosch a pus întrebarea pe un aer nonșalant, însă ea venise din senin, iar asta l-a determinat pe Edgar să facă o pauză. În acea ezitare, Bosch a simțit că s-ar putea să se confrunte cu ceva care ieșea din rutină în cazul Esquivel.

– Cu așa ceva aveți de a face în cazul ăsta? a întrebat Edgar.

– Așa se pare, a spus Bosch. Am urmărit o furgonetă de la clinica aceea până la Aeroportul Whiteman și cei câțiva oameni au urcat într-un avion vechi, folosit demult pentru salturile cu parașuta. A decolat și s-a îndreptat spre sud. Aeroportul de acolo nu impune prezentarea de planuri de zbor. Am verificat asta cu turnul de control. Controlorul de trafic ne-a spus că avionul decolează și aterizează în fiecare zi. Iar clinica e aproape vizavi de aeroport.

– Notele de plată pentru facturile emise de Aeroportul Whiteman sunt trimise unei companii din Calexico, a adăugat Lourdes.

– Asta vine să lămurească unele lucruri, a spus Edgar.

– Cum asta? a întrebat Bosch.

– Mă refeream la uciderea acelui puști. Unul dintre cei mai mari operatori din domeniul afacerilor cu pastile din țara asta este o bandă ruso-armeană. Cele mai multe pastile care se obțin din aceste mici firme ajung la bandă, care alimentează cu droguri Chicago, Las Vegas și alte locuri în care se găsesc mulți amatori.

Bosch a aruncat o privire în lateral spre Lourdes. O'Connor, controlorul de zbor de la Whiteman, afirmase că pilotul îi vorbise cu accent rusesc. Lourdes a confirmat mesajul din ochi, apoi și-a îndreptat din nou atenția spre Edgar, care continua să vorbească.

– Probabil că membrii bandei folosesc avioane pentru a-i deplasa pe cumpărători, acționând în multe clinici și farmacii în fiecare zi, a spus el. Avioanele îi plimbă pe cumpărători, care plătesc medicamentul trecut pe rețetă. Așa cum am spus mai devreme, aceștia au mai multe acte de identitate și cumpără zilnic din trei sau patru farmacii. Aici vorbim de mulți bani, iar din mulți bani rezultă un mare pericol. Acest tânăr nu avea idee ce declanșase când a hotărât să se dea tare.

– L-ar fi ucis doar pentru a trimite un mesaj? a întrebat Bosch.

– Întru totul posibil. Dacă nu eliberezi rețetele mele, atunci nu vei mai elibera rețetele nimănui. Cam așa stau lucrurile.

– Pe unde-și face veacul gruparea asta? Aici?

– Harry, pentru asta va trebui să discuți cu cei de la Agenția pentru Controlul Medicamentelor. E vorba de un cu totul alt nivel...

– Eu cu tine discut, Jerry. Spune-mi ce știi.

– Nu știu prea multe, Harry. Noi ne ocupăm de problemele care țin de Comisia Medicală. Nu suntem un serviciu de crimă organizată. Ceea ce am auzit de la o legătură de-a mea de la Agenție este că stau pe undeva prin deșert.

– Care deșert? Cel de la Las Vegas?

– Nu, spre granița cu Calexico. Prin apropiere de Slab City[1] și Bombay Beach – o zonă a nimănui care este denumită latura sudică a niciunui loc. Acolo există aeroporturi abandonate de carteluri, chiar și de armata SUA, și ei le folosesc atunci când transportă oameni de colo-colo. În mijlocul pustietății, lucrurile seamănă cu o caravană de țigani, sau cam așa ceva. Se mișcă permanent. Dacă simt vreun pericol, se mută ca niște nomazi nenorociți.

– Ai vreun nume? Cine conduce organizația asta?

– E vorba de un armean, care se slujește de câțiva ruși pe post de brute și de piloți. Își spune Santos, pentru că arată ca un mexican, dar nu e. Asta e tot ce știu despre treaba asta.

– Dacă cei de la Agenția pentru Controlul Medicamentelor știu cine sunt aceștia, de ce nu intervin pentru a-i prinde?

– Asta e o întrebare ce trebuie adresată celor de acolo. Și eu îmi pun aceeași întrebare. Cred că e vorba de Santos. Vor să-l prindă, dar el e ca un fir de fum.

– Dă-mi un nume de la Agenție.

– Charlie Hovan. El este expertul lor în ceea ce privește traficanții de droguri de origine armeană. Mi-a spus că familia lui și-a americanizat numele din Hovanian, sau ceva care suna cam așa.

– Charles Hovan. Îți mulțumesc.

Bosch s-a uitat spre Lourdes pentru a vedea dacă ea mai avea de pus vreo întrebare. Ea a clătinat din cap. Se pregăteau de plecare. Bosch și-a întors ochii spre fostul lui partener.

– Te lăsăm să-ți continui treaba, a spus el. Îți mulțumesc pentru cooperare.

Bosch s-a ridicat, iar Lourdes l-a imitat.

– Harry, știu o poveste despre Santos, a spus Edgar. Nu știu dacă e adevărată, dar ar fi cazul să o afli.

– Te rog.

– Cei de la Agenția pentru Controlul Medicamentelor au prins un „cumpărător". Individul era dependent de acel oxy, iar ei l-au

[1] Orașul Lespezilor.

folosit ca informator. Trebuia să-şi continue activitatea şi să le dea informaţii celor de la narcotice.

– Şi ce s-a întâmplat?

– Într-un fel sau altul, Santos şi-a dat seama, ori i-a servit cineva un pont. Într-o zi, informatorul a urcat în avion, împreună cu alţi cumpărători şi au plecat pentru munca de peste zi. Însă când avionul a aterizat, omul nu mai era la bord.

– L-au aruncat din el.

Edgar a confirmat printr-o mişcare din cap.

– În zona aceea era Marea Salton[1], a precizat el. Probabil că apa mării, cu un conţinut mare de sare, descompune cadavrele foarte repede.

Bosch a dat aprobator din cap.

– E bine să ştii cu cine ai de a face, a spus el.

– Da, iar voi doi aveţi grijă ce faceţi acolo, a adăugat Edgar.

---

[1] Un lac cu o salinitate foarte ridicată, aflat în sudul statului California.

12

După ce au plecat de la discuția purtată în Clădirea Reagan, Bosch și Lourdes s-au dus la un local numit Nickel Diner de pe Main Street ca să ia un prânz târziu. Bosch era un client obișnuit al acelui restaurant pe vremea când lucra în centru, la Departamentul de Poliție Los Angeles, dar nu mai călcase pe acolo de când plecase de la departament. Monica, una dintre proprietare, l-a salutat călduros, după care și-a adus aminte că el obișnuia să comande un sendviș cu bacon, salată și roșii.

El și Lourdes au analizat informațiile primite de la Edgar și au discutat dacă era cazul să îl apeleze pe agentul de la Agenția pentru Controlul Medicamentelor, al cărui nume îl aveau. În cele din urmă, au hotărât să aștepte până când vor avea mai multe date în cazul lor și vor ști mai multe lucruri despre activitățile Farmaciei Familia și clinicii din Pacoima. Încă nu aveau elemente care să lege cele două entități, ci doar faptul că José Esquivel junior depusese o reclamație privind acea clinică.

Pe drumul de întoarcere spre Valley, Lourdes a primit un telefon de la Sisto, care i-a spus că descoperise câteva lucruri în timp ce vizionase din nou filmările camerelor de supraveghere din farmacie și că voia ca toți membrii echipei le vadă. Lourdes i-a spus să pregătească vizionarea în sala de analize și că ea și Bosch vor ajunge acolo în jurul orei patru.

Bosch a început să resimtă oboseala când mașina a încetinit prin traficul de la începutul orelor de vârf. A făcut greșeala de a-și rezema capul de geamul portierei și curând a ațipit. Jumătate de oră mai târziu, bâzâitul telefonului din buzunar l-a făcut să se trezească.

– La naiba, a făcut el, în timp ce și-a scos telefonul din buzunar. Am și sforăit?

– Puțin, a spus Lourdes.

A răspuns la apel înainte ca acesta să fie trecut pe mesagerie. Încă se simțea dezorientat după ce adormise, după care, bombănind, și-a spus numele.

– Da, domnule, sunt ofițerul Jericho de la închisoarea San Quentin. Ați spus că sunteți detectivul Bosch?

– Da, Bosch. Eu sunt.

– Locotenentul Menendez mi-a cerut să mă ocup de cererea de verificare a unui deținut și să vă contactez. Numele lui este Preston Ulrich Borders.

– Da, ce-mi puteți comunica?

Bosch a vârât mâna într-un buzunar pentru a scoate un carnet de notițe și un pix. Și-a înclinat capul pentru a ține telefonul între ureche și umăr și s-a pregătit să noteze.

– Nu prea multe, domnule, a spus Jericho. Are aprobare doar pentru un vizitator, iar acela este avocatul lui. Se numește Lance Cronyn.

– Am reținut, a spus Bosch. Aveți alte vizite colaterale? Oameni care aveau aprobare să-i viziteze pe deținuți?

– Acestea sunt informațiile existente în computer, domnule. Nu am descoperit alte vizite.

– În regulă, deci aveți un istoric al vizitelor acestui avocat?

– Da, domnule. Rezultă că a căpătat statut de vizitator aprobat în luna ianuarie, anul trecut. De atunci încoace, a efectuat cu regularitate vizite lunare în prima zi de joi. A lipsit doar în luna decembrie, anul trecut.

– Asta înseamnă o mulțime de vizite, adevărat? Adică l-a vizitat cam de paisprezece sau cincisprezece ori până în prezent.

– N-am cum să-mi dau seama ce ar putea însemna multe vizite, domnule. Oamenii de pe lista de așteptare pentru a fi executați beneficiază de multă atenție din partea avocaților.

– Am înțeles, și care e situația cu e-mailurile? Locotenentul v-a cerut să vedeți ce s-a întâmplat cu aceste mesaje ce i-au fost trimise lui Borders?

– Da, a făcut asta. Și am verificat, domnule, iar deținutul Borders primește cam trei e-mailuri pe zi, care suferă un proces de verificare. I s-au respins e-mailuri pe motiv că mesajele erau de natură pornografică sau conțineau elemente pornografice. În rest, nimic neobișnuit.

– Se păstrează un fel de jurnal pentru a se ști persoanele care îi trimit e-mailuri?

– Nu, procedurile nu prevăd așa ceva.

Bosch a rămas pe gânduri preț de câteva momente. Rezultatele solicitării pe care i-o adresase lui Menendez erau cam sărăcăcioase. S-a uitat prin parbriz la un indicator de pe autostradă și și-a dat seama că dormise aproape tot drumul de întoarcere până la San Fernando. Peste câteva minute aveau să ajungă pe Maclay Avenue.

A făcut o ultimă încercare ce părea sortită eșecului, de aceea i-a zis lui Jericho:

– Ați spus că aveți în față un computer, da?

– Da, domnule, a confirmat omul.

– Puteți verifica deținuții de oriunde din sistemul de corecții? Sau doar de la San Quentin?

– Aceasta este o bază de date a întregului sistem.

– Bine. Puteți căuta un alt deținut, vă rog? Se numește...

– Locotenentul Menendez nu mi-a cerut să verific mai mulți deținuți.

– Am înțeles, pot să aștept cât îi cereți permisiunea.

A urmat o pauză, timp în care Jericho s-a gândit dacă era esențial să îl întrebe pe locotenent dacă putea să caute alt nume de deținut.

– Care e numele lui? a întrebat Jericho în cele din urmă.

– Lucas John Olmer. Probabil că este trecut ca fiind decedat.

Jericho l-a rugat să îi pronunțe numele complet pe litere, iar Bosch a auzit sunetele specifice tastării.

– Da, a decedat, a confirmat Jericho. A murit pe nouă noiembrie, în 2015.

– Am înțeles, a spus Bosch. Există o listă de vizitatori aprobați în acel fișier?

– A, stați o clipă.

Bosch a așteptat.

– Da, a spus Jericho într-un târziu. Avea aprobați cinci vizitatori.

– Dați-mi numele lor, a spus Bosch.

Și-a notat numele pronunțate de Jericho.

Carolyn Olmer
Peyton Fornier
Wilma Lombard
Lance Cronyn
Victoria Remple

S-a uitat la acea listă. Una dintre acele persoane era sigur o membră a familiei, iar celelalte femei erau probabil admiratoare ale deținuților, femei atrase de un bărbat periculos, atâta vreme cât acesta era încarcerat. Important era doar numele lui Cronyn. Avocatul care îl reprezenta pe Preston Borders îl apărase și pe deținutul acum mort, care probabil comisese crima pentru care Borders era acum plasat pe lista condamnaților la moarte.

– Cum de v-ați dat seama? l-a întrebat Jerricho.

– Despre ce anume? a zis Bosch.

– Că avocatul acela se afla pe ambele liste de vizitatori.

– Abia acum am observat asta.

Evident, era ceva ce se verifica, iar Bosch știa că Soto și Tapscott sigur făcuseră acea legătură. Și totuși, asta nu îi împiedicase să tragă concluzia că Borders era nevinovat în cazul uciderii lui Danielle Skyler.

Bosch știa că trebuia să ia dosarul și să analizeze și a doua jumătate, care cuprindea investigația recentă. I-a mulțumit lui Jericho pentru timpul acordat și l-a rugat să transmită mulțumiri locotenentului Menendez. Apoi a băgat telefonul și carnețelul în buzunar.

– Harry, ce se petrece? l-a întrebat Lourdes.

– E o chestiune personală, i-a răspuns Bosch. Nu are legătură cu cazul nostru.

– Ba are, dacă te preocupă noaptea și apoi adormi în mașina mea.

– Sunt bătrân. Și bătrânii dorm mai mult.

– Nu glumesc. Trebuie să fii în formă bună pentru cazul ăsta.

– Nu te îngrijora. N-o să se mai întâmple. O să fiu în formă.

Au mers în tăcere restul drumului până la Departamentul de Poliție San Fernando. Au intrat în biroul detectivilor pe ușa laterală și au trecut imediat în sala de analize, unde îi așteptau Sisto, Luzon și Trevino.

– Ce-ați descoperit? a întrebat Lourdes.

– Aruncă o privire, a invitat-o Sisto.

A îndreptat telecomanda spre unul dintre ecrane. Pe el era o imagine statică înregistrată de camera de supraveghere aflată deasupra tejghelei pentru rețete din Farmacia Familia. Sisto a dat drumul la înregistrare. Bosch a observat data și ora. Înregistrarea fusese făcută cu treisprezece zile înainte de comiterea crimelor.

S-au așezat toți în fața ecranului, alcătuind un semicerc, pentru a urmări înregistrarea. Pe ecran, José Esquivel senior stătea la tejghea și își ținea degetele pe tastatură. O clientă stătea de cealaltă latură a tejghelei, o tânără cu un bebeluș în brațe. Pe tejghea era o pungă cu medicamentele prescrise.

În timp ce se desfășura vânzarea medicamentelor, pe ușa din față a farmaciei a intrat un bărbat. Purta un tricou negru cu guler și ochelari de soare și avea barbișon. Bosch l-a recunoscut imediat pe omul pe care el și Lourdes îl văzuseră conducând furgoneta de la clinică la Aeroportul Whiteman în acea dimineață. Omul a mers de-a lungul a două rânduri cu produse și s-a uitat cu atenție la mărfurile de pe rafturi, ca și cum ar fi căutat ceva. Însă era clar că aștepta.

Esquivel a terminat de tastat și i-a dat femeii cu copilul ceva ce părea a fi cardul de asigurat. Apoi i-a întins punga cu medicamente și a dat din cap în semn că totul era în regulă. Femeia s-a întors și a părăsit magazinul, după care bărbatul cu tricou negru s-a apropiat de tejghea.

José junior nu era în magazin. Înregistrarea nu avea sunet, dar din limbajul trupurilor și gesticulări era limpede că bărbatul în negru era furios și se răstea la Esquivel. Farmacistul a făcut un pas în spate, îndepărtându-se de tejghea, pentru a se distanța de vizitatorul furios. Acesta a ridicat un deget ca și cum ar fi vrut să sugereze încă ceva sau *e ultima oară*. Apoi a îndreptat degetul spre pieptul lui Esquivel pentru a-l face să înțeleagă.

În acel moment, Esquivel a făcut o greșeală. A început să gesticuleze în semn de apărare și a dat să spună ceva. Se părea că se înfuriase și el, ripostând verbal. Brusc, vizitatorul a întins o mână în față și l-a prins pe Esquivel de reverul jachetei de farmacist. L-a tras spre el, făcându-l să se îndoaie peste tejghea. Apoi și-a apropiat capul de fața lui Esquivel, astfel că nasurile lor au ajuns la câțiva centimetri unul față de celălalt. Esquivel s-a înălțat pe vârfurile pantofilor, având coapsele lipite strâns de tăblia tejghelei. În mod instinctiv, a ridicat mâinile ca să arate că îi pare rău și că nu opune rezistență. Vizitatorul l-a ținut în acea poziție incomodă și a continuat să vorbească, scuturând din cap într-o izbucnire paroxistică de furie.

A urmat momentul pe care Sisto voia să îl evidențieze pentru toți. Vizitatorul a ridicat mâna stângă, cu degetul arătător în față, și cu degetul mare în sus, simulând un pistol. A lipit arătătorul de tâmpla lui Esquivel și a mimat că îl împușcă în cap, ba chiar retrăgând mâna ca să sugereze reculul armei. Apoi l-a împins pe farmacist înapoi și i-a dat drumul la rever. Fără să mai spună nimic, s-a răsucit pe călcâie și a ieșit din farmacie pe ușa din față. Cu părul vâlvoi, José s-a străduit să își revină în fire.

Sisto a ridicat telecomanda pentru a opri derularea înregistrării.

– Stați puțin, a spus Bosch. Să-l urmărim.

Pe ecran, farmacistul a făcut câțiva pași prin spatele tejghelei. Și-a frecat fața cu ambele mâini, apoi a privit spre tavan, ca și cum ar fi cerut cerului să îl îndrume. Fața lui se vedea clar, iar el arăta ca un om care duce o povară copleșitoare. Apoi și-a lăsat mâinile pe tejghea și s-a aplecat în față.

Chipul și limbajul trupului spuneau cu limpezime: *Ce mă fac?*

În cele din urmă, s-a îndreptat de spate și a deschis un sertar al tejghelei. A scos un pachet de țigări și o brichetă de unică folosință. A trecut de ușa mică, mergând spre coridorul din spate și a dispărut din imagine, ieșind probabil pe alee ca să fumeze și să se liniștească.

– În regulă, a spus Sisto. Și mai e ceva.

A rulat filmul înainte, cu rapiditate, vreme de douăzeci de secunde, apoi l-a lăsat pe viteză normală. Bosch a verificat ora în timp ce tânărul detectiv spunea:

– Asta s-a înregistrat două ore mai târziu, în aceeași zi. Uitați-vă ce se întâmplă când fiul ajunge la farmacie.

Pe ecran, José senior stătea înapoia tejghelei și se uita la monitorul computerului. Fiul a intrat în farmacie pe ușa din față și s-a dus în spatele tejghelei. În timp ce își lua jacheta de farmacist din cuier, José senior a ridicat privirea de la monitor și a așteptat ca fiul lui să se întoarcă.

A urmat o ceartă între tată și fiu, timp în care tatăl a făcut gesturi de implorare – cu palmele împreunate, ca și cum ar fi înălțat o rugăciune –, în vreme ce fiul lui s-a uitat în altă parte, ba chiar și clătinând din cap în semn de negație. Totul s-a încheiat când, scoțându-și jacheta albă pe care abia o îmbrăcase – pe care o purtase și în ziua în care fusese ucis – și azvârlind-o în aer, a ieșit furtunos din magazin. Tatăl a rămas rezemat din nou la tejghea, sprijinindu-se cu ambele mâini și clătinând din cap, având pe față o expresie de stupoare.

– A simțit ce-l aștepta, a spus Luzon.

S-au așezat toți la masa mare pentru a discuta despre cele văzute pe înregistrări și ce însemnau acele evenimente. Lourdes s-a uitat la Harry și au dat conspirativ din cap, comunicându-și unul altuia că se aflau pe aceeași poziție.

– Credem că știm cine este tipul cu tricou negru și ochelari de soare, a început Lourdes.

– Cine e? a întrebat Trevino.

– E ceea ce specialiștii numesc „păcălici". Lucrează pentru locul acela care funcționează ca o clinică, dar, de fapt, este o fabrică de rețete pentru pastile opiacee. L-am urmărit astăzi, în timp ce transporta niște oameni. Oameni care primesc rețete ilegale pentru farmacii ca aceea a familiei Esquivel. Considerăm că tatăl era vârât până-n gât în treaba asta, iar fiul lui încerca probabil să-l convingă să renunțe la asemenea practici.

Trevino a scos un sunet care a amintit de un șuierat gros și i-a spus lui Lourdes să le relateze toată povestea. Bosch a intervenit când și când, iar ea i-a pus la curent pe membrii echipei privind activitățile pe care le desfășuraseră ei în cursul zilei, vorbind inclusiv despre cele petrecute la Aeroportul Whiteman și vizita pe care i-o făcuseră lui Edgar în Clădirea Reagan. Trevino, Sisto și Luzon au pus puține întrebări și au părut deosebit de impresionați de progresele pe care le făcuseră Lourdes și Bosch în anchetă.

La jumătatea ședinței, șeriful Valdez a intrat în sala de analize, și-a tras un scaun și s-a așezat în capul mesei. Trevino l-a întrebat dacă voia ca Bosch și Lourdes să povestească de la început, dar

Valdez a spus că nu era nevoie, spunând că încerca doar să surprindă ultimele vești.

După ce Lourdes și-a încheiat raportul, Bosch l-a întrebat pe Sisto dacă poate să fixeze înregistrarea pe cadrul în care apărea păcăliciul și să așeze imaginea alături de o fotogramă în care apăreau cei doi ucigași. Lui Sisto i-au trebuit câteva minute ca să realizeze acest lucru, iar apoi toată lumea s-a dus în fața ecranului ca să îl compare pe bărbatul care îl amenințase pe José Esquivel senior cu unul dintre cei doi care îi doborâseră pe el și pe fiul lui. În baza dimensiunilor corporale, concluzia a fost decisă în unanimitate: niciunul dintre ucigași nu era bărbatul care îl amenințase pe José senior. În plus, a remarcat Lourdes, păcăliciul folosise mâna stângă pentru a mima împușcarea lui José senior, în vreme ce criminalii ținuseră armele în mâna dreaptă.

– Bun așa, a spus Trevino. Ce facem în continuare?

Bosch s-a abținut, lăsând-o pe Lourdes să preia inițiativa, însă ea a șovăit.

– Mandat de percheziție, a sugerat Bosch.

– Pentru ce? a întrebat Trevino.

Bosch a arătat cu degetul spre bărbatul în negru de pe ecran.

– Părerea mea este că el l-a amenințat pe Esquivel că-l ucide, iar apoi cei doi indivizi au fost aduși pentru a face treaba, a spus el, arătând spre al doilea ecran. Noi am aflat că organizația asta își desfășoară activitatea la sud de noi și folosește avioane pentru a transporta oameni de colo-colo. Obținem un mandat de percheziție pentru a viziona înregistrările camerelor de supraveghere de la Aeroportul Whiteman, care au fost făcute cu douăzeci și patru de ore înainte de comiterea crimelor. Așa vom vedea dacă au adus criminalii cu avionul.

Șeful secției a dat aprobator din cap, iar asta l-a făcut pe Trevino să îi urmeze exemplul.

– Întocmesc mandatul, a spus Lourdes. Putem să-l ducem acolo în seara asta, înainte ca O'Connor să plece acasă.

– În regulă, a spus Bosch. Între timp, voi încerca să iau legătura cu omul lui Edgar de la Agenţia pentru Controlul Medicamentelor. Poate că ei au deja vreo idee cine ar putea fi ucigaşii.

– Putem avea încredere în cei de acolo în problema asta? a întrebat Valdez.

– Întâmplător, tipul de la Comisia Medicală mi-a fost partener. A garantat pentru individ, de aceea consider că suntem asiguraţi.

– Bine, a spus şeriful. Aşa vom proceda.

După încheierea discuţiilor, Bosch s-a dus în parcare. A luat din maşină copia dosarului privind cazul Skyler şi a trecut strada cu el sub braţ. Era timpul să continue analizarea lui.

13

Așa cum era de așteptat, Bosch nu a primit răspuns la apelul către Charlie Hovan, agentul de la Agenția pentru Controlul Medicamentelor. De-a lungul anilor, Bosch mai avusese asemenea experiențe cu Agenția, și înțelesese că funcționarii aceștia aparțineau altei specii de ofițeri federali. Datorită naturii activității lor, deseori erau tratați cu suspiciune de alte persoane care lucrau pentru apărarea legii – lucru demonstrat mai devreme de șeriful Valdez. Era ceva ciudat și nejustificat: toți ofițerii însărcinați cu apărarea legii au de a face cu infractori. Însă acesta era un stigmat purtat de agenții care se ocupau de droguri, ca și cum nenorocirile produse de acele infracțiuni aparte, împotriva cărora acționau, se lipeau de ei. Dacă dormi printre câini, te trezești plin de purici. Era un fenomen care își avea rădăcina cel mai probabil în faptul că era nevoie de infiltrări și de activitate sub acoperire în mai toate investigațiile legate de droguri. Acel stigmat îi făcea pe agenți să devină paranoici, chiar dacă ei lucrau în sistemul de apărare a legii, și se putea susține că toți făceau parte din aceeași echipă care proteja societatea.

Bosch a bănuit că nu va primi un răspuns din partea lui Hovan decât după ce va apărea o nevoie presantă pentru agent. Harry s-a străduit să îi ofere acest lucru printr-un mesaj scurt lăsat pe căsuța vocală a agentului.

„Sunt detectivul Bosch de la Departamentul de Poliție San Fernando și am nevoie de informații privind un individ care își zice Santos și pilotează un avion care decolează și aterizează pe un aeroport din apropiere de noi, unde ne confruntăm cu o dublă crimă la o farmacie care elibera rețete pentru substanțe opiacee."

Și-a rostit numărul, iar apoi a încheiat mesajul, închizând telefonul. Credea totuși că ar trebui să îl sune pe Jerry Edgar peste o zi sau două și să-l roage să garanteze pentru el față de agentul Hovan pentru ca acesta să accepte o discuție față în față.

Bosch știa că lui Lourdes îi vor trebui două ore pentru a formula mandatul pentru a primi acces la arhiva video a Aeroportului Whiteman, și apoi să primească o aprobare prin telefon din partea unui judecător de la Curtea Supremă. Avea să dureze mai mult dacă ea nu reușea să găsească un judecător - tribunalele se închideau la acea oră, iar cei mai mulți oameni ai legii vor porni spre mașinile lor pentru a face naveta spre casă. Bosch plănuia să folosească timpul pe care îl avea la dispoziție pentru a pătrunde mai profund în investigația din cazul Skyler. Cu toate că dubla crimă era prioritatea de moment, îi era imposibil să nu se gândească la cazul Skyler și la amenințarea pe care o reprezenta pentru reputația și stima lui de sine. În decursul carierei, vânase sute de ucigași pe care mai apoi îi trimisese în închisoare. Dacă greșise în cazul unuia, atunci asta ar anula toate celelalte reușite.

Asta l-ar face să se simtă în derivă.

Întâi a trebuit să dea deoparte cutiile cu dosare din cazul Esmeralda Tavares. Când a ridicat o cutie pentru a o așeza peste alta, pe biroul lui improvizat a căzut o fotografie. Aceasta alunecase printr-o deschizătură de la fundul cutiei și căzuse afară. A ridicat-o și a examinat-o. Și-a dat seama că nu o mai văzuse până atunci. Înfățișa o bebelușă care fusese abandonată în pătuț când mama ei dispăruse. Bosch știa că fetița trebuia să aibă acum cam cincisprezece sau șaisprezece ani. Trebuia să afle data exactă a nașterii ei și să verifice vârsta.

La un an după dispariția mamei, tatăl ei socotise că nu o putea crește singur. A predat-o programului de îngrijire care funcționa în comitat, astfel că ea a fost crescută de o familie care a adoptat-o și, în cele din urmă, s-a mutat de la Los Angeles la Morro Bay. Văzând fotografia, și-a amintit că plănuise de mult să meargă până acolo și să discute cu fata despre mama ei. S-a întrebat dacă își mai amintea cât de cât ceva despre mama ei naturală și despre tatăl ei. Însă fusese doar o intenție, astfel că nu făcuse călătoria până acolo. A așezat fotografia pe partea de sus a cutiei, pentru a sluji ca semn data următoare când avea să verifice conținutul cutiei.

A împărțit dosarele Skyler în două părți egale și a plasat deoparte teancul de copii după investigația inițială. Apoi a început să analizeze evidențele cronologice pe care Soto și Tapscott începuseră să le țină când primiseră sarcina de a reinvestiga acel caz.

Curând a fost clar că noua părere privind cazul Skyler a început după ce, în urmă cu șapte luni, omul de legătură între ambii prădători sexuali trimisese o scrisoare către Unitatea de Investigații Criminale. Avocatul Lance Cronyn. Bosch a lăsat deoparte cronologia și a căutat prin teanc până a descoperit documentul. Avea antetul firmei de avocatură a lui Cronyn, pe care apărea adresa: Victory Boulevard, din Van Nuys. Scrisoarea era adresată șefului lui Kennedy și șefului Unității de Investigații Criminale, procurorul-adjunct al districtului, Abel Kornbloom.

Domnule Kornbloom,

Vă scriu în speranța că vă veți respecta datoria pentru care ați depus jurământ și veți îndrepta o nedreptate groaznică și o încălcare a justiției care a năpăstuit orașul și statul nostru vreme de trei decenii. Este vorba de o nedreptate la a cărei propagare și extindere, în anumite aspecte, am și eu o parte de vină. Acum aş dori să primesc ajutorul dumneavoastră pentru a contribui la îndreptarea acestor lucruri.

În prezent, îl reprezint pe Preston Borders, care a ajuns pe lista condamnaţilor la moarte la penitenciarul de stat San Quentin încă din 1988. Am preluat reprezentarea lui abia recent şi, sincer să fiu, i-am solicitat să-mi devină client. Privilegiul avocat-client din alt caz m-a împiedicat să abordez situaţia până în acel moment. Declar că, până la moartea sa în 2015, l-am reprezentat pe Lucas John Olmer, care a fost condamnat în baza multor capete de acuzare de violuri și răpiri în anul 2006, și a primit o sentință de o sută de ani de închisoare. Și-a executat pedeapsa la Corcoran, închisoare de stat din California, până la data la care a murit de cancer.

Pe data de 12 iulie 2013, am avut ocazia să îl întâlnesc pe domnul Olmer la Corcoran pentru a discuta despre motivele posibile privind un ultim recurs în cazul condamnării lui. În cursul acestei conversații private, domnul Olmer mi-a mărturisit că mai avea pe conștiință uciderea unei tinere în 1987 și că alt bărbat fusese acuzat pe nedrept pentru acea crimă și fusese condamnat la moarte. Nu mi-a spus numele victimei, dar a afirmat că el comisese crima în locuința ei din Toluka Lake.

Cred că înțelegeți că această discuție a fost privată între avocat și client. Nu am putut divulga aceste informații la acea dată, deoarece în acest fel mi-aș fi putut expune clientul la riscul de a primi o condamnare la moarte.

Privilegiul de confidențialitate continuă după moarte. Cu toate acestea, există și excepții de la o asemenea regulă – dacă dezvăluirea de informații protejate contribuie la îndreptarea unei nedreptăți în stare de continuare sau la prevenirea unor vătămări grave sau a decesului unei persoane nevinovate. Și exact acest lucru încerc să îl fac acum. Charles Gaston, un investigator care îmi este angajat, a folosit informațiile obținute de mine de la Olmer și a anchetat cazul. A stabilit că, în 1987, pe data de 22 octombrie, o femeie pe nume Danielle Skyler a fost violată în mod repetat și ucisă la domiciliul ei din Toluka Lake. Și că, ulterior, Preston Borders a fost condamnat pentru acea crimă și condamnat la moarte după un proces desfășurat la Curtea Supremă din Los Angeles.

Ulterior, am mers la penitenciarul San Quentin pentru a discuta cu Borders, iar el m-a acceptat ca avocat. În această calitate, solicit cu toată sinceritatea ca uciderea lui Danielle Skyler să fie reanalizată de Unitatea de Investigații Criminale și ca Biroul Procurorului Districtual să îndrepte această nedreptate. Preston Borders este, practic, nevinovat, și-a petrecut mai mult de jumătate din viață în închisoare, sub amenințarea morții, în conformitate cu pedeapsa admisă de stat. Această eroare judiciară trebuie remediată.

Această solicitare este prima dintre opțiunile pe care domnul Borders le are la dispoziție. Intenționez să explorez toate căile de atac, însă încep cu dumneavoastră. Aștept cu nerăbdare răspunsul dumneavoastră în regim de urgență.

Cu sinceritate, al dumneavoastră
Lance Cronyn

Bosch a citit încă o dată scrisoarea, după care s-a grăbit să treacă prin conținutul scrisorii de răspuns a lui Kronbloom, prin care îl anunța că solicitării lui i se va acorda o prioritate deosebită și îl îndemna să nu mai întreprindă nicio acțiune decât după ce instituția sa va avea ocazia să revadă și să investigheze chestiunea. Era clar că Kornbloom nu voia ca știrea despre acel caz să ajungă în presă sau să fie trimisă Proiectului Nevinovăția, un grup de juriști, finanțat din fonduri private, care se bucura de renumele că anulase sentințe de condamnare care fuseseră nedrepte. Ar fi fost o gafă politică dacă activitatea unei entități exterioare, în locul instituției procurorului districtual, lăudată cu mare tam-tam, ducea spre demonstrarea nevinovăției cuiva.

Bosch a revenit la cronologie. Era evident că scrisoarea lui Cronyn pusese lucrurile în mișcare. Soto și Tapscott găsiseră dosarele și merseseră în sala de control, unde se aflase cutia cu probe care fusese deschisă în câmpul vizual al unei camere de supraveghere. În vreme ce cineva de la brigada medico-legală examinase conținutul pentru a descoperi probe noi sau neluate în seamă, cei doi detectivi se apucaseră de treabă, revăzând și reinvestigând cazul – de astă dată având un alt suspect ca persoană principală de interes.

Bosch știa că acesta nu era modul corect de a lucra la un caz de crimă. În loc să caute suspectul, se pornea de la ideea că acesta deja exista la îndemână. Asta reducea numărul de posibilități. Se pornea de la numele lui Lucas John Olmer și se continua cu el. Eforturile lor de a confirma că el se aflase în Los Angeles la data uciderii lui Danielle Skyler erau mai puțin decât convingătoare. Descoperiseră dovezi privind angajarea la o companie de reclame, la care lucrase ca instalator, ceea ce părea să îl plaseze în Los Angeles, dar nu conțineau nimic în ceea ce privea domiciliul sau martorii reali care să ateste prezența lui în acel loc. Nu era suficient pentru a duce cazul mai departe, însă apoi laboratorul anunțase că se descoperise o cantitate infimă de spermă pe îmbrăcămintea victimei. Acel material nu fusese conservat în conformitate cu protocoalele privind probele ADN din prezent, însă, din cauză că acel articol de îmbrăcăminte fusese păstrat într-o pungă din plastic, ce se sigilase, se afla într-o stare remarcabil de bună, astfel că putea fi supusă unui test pentru asemenea probe prelevate de la Olmer și Borders.

ADN-ul lui Olmer exista deja în baza de date a statului, care conținea informații despre infractori. Fusese folosită la proces, pentru a dovedi că el avea legătură cu cele șapte violuri pe care le săvârșise. Însă materialul genetic nu fusese colectat de la Borders, deoarece el fusese judecat și condamnat la moarte cu un an înainte ca probele ADN să fie aprobate de tribunalele și forțele de ordine din Califonia. Tapscott a mers pe calea aerului spre San Francisco pentru a ajunge la San Quentin ca să culeagă o probă de la Borders. Ea a fost analizată de un laborator independent și s-au făcut comparații între probele luate de pe pijamaua lui Danielle Skyler și cele prelevate de la Olmer și Borders.

După trei săptămâni, laboratorul a anunțat, în cele din urmă, că ADN-ul de pe îmbrăcămintea victimei provenise de la Olmer, nu de la Borders.

Simpla lectură a ordinii cronologice a evidențelor l-a făcut pe Bosch să transpire rece. La acea dată, fusese la fel de convins de vinovăția lui Borders ca și a altui ucigaș pe care îl condusese pentru a fi judecat și trimis la închisoare. Iar acum știința dovedea că el se înșelase.

Apoi și-a amintit de călușul-de-mare. Acel obiect făcuse ca totul să fie dovedit în acel caz. Piesa de bijuterie preferată de Danielle Skyler fusese descoperită într-un loc secret din apartamentul în care locuia Borders. ADN-ul nu putea anula acea probă. Era posibil ca Borders și Olmer să se fi cunoscut și să fi comis crima împreună, însă posesia călușului-de-mare îl făcuse pe Borders să apară ca ucigaș, în mod neîndoielnic. În timpul procesului, Borders susținuse că cumpărase din apropierea debarcaderului din Santa Monica un exemplar similar cu călușul-de-mare pe care îl avea Skyler, deoarece voia să aibă unul pentru sine. Jurații nu înghițiseră asta atunci, iar Soto și Tapscott nu aveau să accepte așa ceva acum.

Bosch a revenit la cronografie și a descoperit curând de ce se procedase astfel. După ce rezultatele ADN-ului arătaseră potrivirea, anchetatorii, ca pereche, au revenit la San Quentin pentru a-l interoga pe Borders. Transcrierea integrală a interogatoriului se afla în documente, însă cronografia se referea la anumite pagini în care discuția se referea la călușul-de-mare.

Tapscott: Spuneți-mi ce este cu călușul-de-mare.

Borders: Acel căluţ-de-mare a însemnat o greşeală enormă. Mă aflu aici din cauza acelui nenorocit de căluţ.

Tapscott: Ce vreţi să spuneţi printr-o „greşeală enormă"?

Borders: Nu am avut parte de un avocat ca lumea, înţelegi? Şi nu i-a plăcut explicaţia mea în legătură cu acel căluţ-de-mare. Mi-a spus că acest argument nu va fi înghiţit de juraţi. De aceea, am intrat în instanţă şi am încercat să plasăm o poveste de doi bani, pe care niciun jurat nu a crezut-o.

Tapscott: Deci povestea că ai cumpărat un căluţ-de-mare ca pandantiv de pe digul din Santa Monica pentru că ţi-a plăcut a fost o minciună pe care ai spus-o juraţilor?

Borders: Exact, am minţit juraţii. Asta a singura infracţiune pe care am comis-o. Ce vreţi să faceţi, mă trimiteţi la moarte pentru asta (izbucnind în râs)?

Topscott: Care a fost povestea despre care avocatul dumneavoastră a spus că nu o putea face credibilă pentru juraţi?

Borders: Cea adevărată, aceea că poliţiştii mi-au plasat acea probă când au percheziţionat locuinţa mea.

Tapscott: Susţineţi că dovada principală împotriva dumneavoastră a fost plantată de poliţişti?

Borders: Exact. Numele individului a fost Bosch. Detectiv. A dorit să fie judecător, dar şi juriu, de aceea a plasat acea probă. El şi partenerul lui erau cu totul pe ducă, furioşi. Bosch a plasat acea probă, iar celălalt poliţist a acceptat asta.

Soto: Staţi puţin. Aţi spus că, săptămâni înainte de a fi considerat suspect, Bosch a luat căluţul-de-mare de pe cadavrul de la locul crimei şi l-a ţinut asupra lui şi l-a păstrat până în momentul în care putea găsi suspectul potrivit căruia să-i pună fapta în spinare ca probă? Vă așteptați să credem așa ceva?

Borders: Omul era de-a dreptul obsedat de caz. Puteți verifica asta. Ulterior, am aflat că mama lui a fost ucisă când el era mic, să știți asta. A existat o întreagă problemă psihologică în legătură cu asta, pentru că el devenise un înger răzbunător, un obsedat. Însă era prea târziu pentru așa ceva, deoarece apărusem eu.

Soto: Ați făcut recursuri, ați avut avocați, cum se face că vreme de treizeci de ani nu ați adus în discuție faptul că Bosch a plasat căluțul-de-mare?

Borders: Nu mi-am închipuit că se sinchisea cineva sau că voi fi crezut. Adevărul este că nici acum nu cred. Domnul Cronyn m-a convins să spun tot ce știu și exact asta fac.

Soto: De ce avocatul dumneavoastră a spus la proces despre proba care a fost plasată că era o mișcare greșită?

Borders: Nu uitați că asta a fost în anii optzeci. Pe vremea aceea, polițiștii aveau mână liberă. Puteau face orice și scăpau basma curată. Și ce dovezi aveam eu? Bosch era ca un polițist erou care soluționase multe cazuri. Nu aveam nicio șansă să mă bat cu el. Știu doar că ei, chipurile, au găsit căluțul-de-mare și o serie de bijuterii în locuința mea, iar eu eram singurul care știam că nu avusesem acel căluț. Așa mi-am dat seama că a fost plasat ca probă împotriva mea.

Bosch a citit porțiunea scurtă a transcrierii, iar apoi a trecut la două amendamente care erau anexate acesteia. Unul era un necrolog din *Jurnalul Baroului din California* în legătură cu David Siegel, avocatul original al lui Borders. Care se pensionase după zece ani de la procesul lui Borders și murise la scurt timp după aceea. Cel de-al doilea amendament era, de fapt, o cronologie alcătuită de Soto, care arăta data la care, în cursul investigației, Bosch a întocmit raportul inițial în care se afirma că prețuitul colier cu căluț-de-mare al lui Danielle Skyler dispăruse. Cronologia preciza toate zilele care se scurseseră, precum și când se petrecuseră evenimentele în cursul cărora el ar fi trebuit să dețină căluțul-de-mare, după care îl plasase în ascunzătoarea din apartamentul lui Borders. Raportul era o încercare vădită a lui Soto de a contura temeinicia susținerii că Bosch plasase proba în acest caz.

Bosch a apreciat eforturile Luciei în ceea ce îl privea și a socotit că acesta ar fi fost motivul pentru care i-a dat dosarul pe șest. Voise ca el să știe că ceea ce se întâmpla nu era o trădare din partea ei și că îl proteja pe fostul ei mentor, însă lăsând lucrurile – și proba – să se deruleze cum or fi.

Lăsând asta deoparte, acuzația că Bosch plasase proba în acel caz din urmă cu treizeci de ani făcea acum parte din evidențele cazului și putea exploda în public în orice moment. Era limpede influența de care procurorul Kennedy spera să se folosească pentru a domoli orice protest din partea lui Bosch în legătură cu cererea de anulare a sentinței de condamnare. Dacă ar protesta, Bosch ar ieși șifonat.

Kennedy, Soto și Tapscott nu aveau cum să știe ceea ce Bosch știa în adâncul sufletului lui. Faptul că nu plasase proba care să îl incrimineze pe Borders. Nu plasase niciodată vreo probă împotriva niciunui suspect sau adversar. Și, știind acest lucru, Bosch a simțit o tresărire înviorătoare de adrenalină și hotărâre. Știa că pe lume există două feluri de adevăr. Adevărul era fundamentul de neclintit și inalterabil al vieții și misiunii cuiva. Iar celălalt, adevărul schimbător al politicienilor, șarlatanilor, avocaților corupți și al clienților lor, strâmb și modelat ca să slujească scopului propus.

Cu sau fără știința avocatului, Borders îi mințise pe Soto și pe Tapscott când discutaseră la San Quentin. Procedând astfel, el alterase investigația încă de la început. Asta îi confirma lui Bosch că era vorba de escrocherie și că depindea de el să îi nimicească pe cei care, indiferent cine ar fi fost ei, complotaseră împotriva lui. Îi va înfrunta. Povara și sentimentul de vinovăție că făcuse o greșeală oribilă cu atâta timp în urmă au dispărut.

Bosch a trăit sentimentul că el era cel care își va dovedi nevinovăția și va fi eliberat dintr-o cușcă.

14

Pe înregistrări se vedea că ucigașii lui José Esquivel și ai fiului acestuia acționaseră cu siguranța oamenilor care nu erau la prima crimă. Folosiseră revolvere atât ca să împiedice armele să se blocheze, cât și pentru a nu lăsa în urmă probe esențiale. Nu ezitaseră câtuși de puțin și fuseseră nemiloși. Bosch știa că orice organizație criminală avea nevoie de asemenea oameni, brute dispuse să facă tot ce trebuia pentru a-și asigura supraviețuirea și succesul. În realitate, asemenea oameni se găseau greu. Asta l-a făcut să bănuiască faptul că ucigașii fuseseră aduși din afara orașului San Fernando pentru a se ocupa de problema creată de idealistul, dar naivul José Esquivel junior.

Suspiciunea a părut să se confirme când Bosch, Lourdes și Sisto au revenit la Aeroportul Whiteman la începutul serii cu un mandat care îi împuternicea să vizioneze înregistrările video făcute de camerele de supraveghere de pe aeroport. Începând vizionarea duminică la amiază, au rulat cu viteză înregistrările, încetinindu-le doar când ateriza sau decola vreun avion, ori când de șirul de hangare aflate la marginea aeroportului se apropia vreun vehicul.

Stăteau în spălătoria aglomerată de sub turnul de control. Încăperea slujea și drept birou al celui care se ocupa de securitatea aeroportului. Spațiul era atât de mic încât Bosch putea să simtă mirosul gumei cu nicotină pe care o mesteca Sisto.

Conform orei de pe înregistrare, la ora 9.10, veghea lor a dat roade când aceeași furgonetă care transportase cumpărătorii de pastile de la clinică s-a apropiat de hangar, iar omul a deschis ușile late cu telecomanda, apoi a așteptat, a coborât, după care a intrat în hangar, din care a ieșit curând.

Paisprezece minute mai târziu, a aterizat avionul pentru lansări cu parașuta și a rulat pe pistă, apoi a intrat în hangar. Din el au coborât doar doi bărbați îmbrăcați în negru, care semănau perfect cu hainele purtate de atacatorii de la farmacie. S-au îndreptat spre furgonetă și au urcat pe ușa laterală. Furgoneta s-a îndepărtat înainte ca elicea avionului să se oprească din rotație.

– Ei sunt, a spus Sisto. Nenorociții pleacă acum la farmacie ca să ucidă victimele noastre.

– De unde știi? a întrebat Bosch.

– Hai, fii serios, a spus Sisto. Ei trebuie să fie. Sincronizarea e perfectă. Sosesc cu avionul, își fac treaba și vei vedea: după aceea, vor fi expediați tot cu avionul.

Bosch a dat aprobator din cap.

– De acord, dar ceea ce știm și ce putem dovedi sunt două lucruri diferite, a spus el. Bărbații din farmacie erau mascați.

A arătat către monitor.

– Putem dovedi că sunt ei, a întrebat el.

– Le putem cere celor de la laboratorul șerifului să facă imaginea mai bună, a spus Lourdes. Mai clară.

– Probabil, a spus Bosch. Dă-i înainte cu viteză.

Sisto a manevrat telecomanda. A făcut înregistrarea să ruleze cu viteză de patru ori mai mare decât cea de vizionare și ceilalți au așteptat. Bosch a urmărit derularea minutelor pe ecranul aparatului video. Când s-a ajuns la 10.15, i-a spus lui Sisto să ruleze înregistrarea cu viteză normală. Pe înregistrarea de la farmacie apăruse că cei doi Esquivel fuseseră uciși la ora 10.14, iar magazinul se afla la aproximativ trei kilometri distanță de Aeroportul Whiteman.

La ora 10.21, furgoneta a revenit la aeroport. Se deplasa cu viteză legală și nu a accelerat după ce a trecut de poarta aeroportului și s-a îndreptat spre hangar. Ușa laterală s-a deschis și cei doi bărbați au coborât, după care s-au îndreptat direct către avionul pentru lansări cu parașuta. Elicea se rotea deja, și avionul a rulat spre pista de decolare.

– Scurt, au venit și-au plecat, iar în urma lor au rămas doi morți, a spus Lourdes.

– Trebuie să-i înhățăm pe indivizii ăștia, a spus Sisto.

– O să-i prindem, a spus Bosch. Dar îl vreau pe tipul care i-a chemat. Cel care i-a adus pe cei doi pistolari.

– Santos, a spus Lourdes.

Bosch a dat afirmativ din cap. Era un moment decisiv pentru cei trei detectivi.

Într-un târziu, Sisto a rupt tăcerea.

– Harry, care-i următoarea mișcare? a întrebat el.

– Furgoneta, a spus Bosch. Mâine îl ridicăm pe șofer și să vedem ce are de declarat.

– Progresăm binișor, a spus Sisto. Îmi place.

– Ușor de spus, greu de făcut, a spus Bosch. Trebuie să presupunem că cei care lucrează pentru Santos sunt soldați de încredere. Omul ăsta nu se va teme de închisoare și va fi greu să scoatem ceva de la el.

– Și-atunci ce facem?

– Îi băgăm spaima-n suflet. Dacă n-o să se teamă de noi, o să-l facem să se teamă de Santos.

Înainte de a părăsi aeroportul, Bosch a trimis-o pe Lourdes în turnul de control și să folosească cel de-al doilea mandat pentru a ridica jurnalul care documenta sosirile și plecările avionului de parașutism, îndeosebi aterizarea de luni dimineață, înainte de comiterea crimelor la farmacie. Apoi detectivii au socotit că lucraseră destul în acea zi și au stabilit să se întrunească în dimineața următoare, la ora opt, în sala de analize, pentru a stabili planul de reținere a șoferului furgonetei. Sisto și Lourdes au plecat spre restaurantul Magaly ca să ia o cină târzie, iar Bosch a hotărât să se ducă acasă. Voia să dedice ceva timp dosarului cu cazul Borders înainte ca privarea de somn să-l prindă și să-l doboare.

Existase o vreme când putea să nu doarmă și două zile dacă avea un caz de investigat. Dar vremea aceea trecuse de mult.

Era destul de târziu, astfel că autostrada nu era aglomerată, și a pătruns cu ușurință în fluxul traficului. Și-a sunat fiica, cu care nu mai vorbise de câteva zile, ci comunicase cu ea doar prin mesaje-text. Răspunzându-i, ea l-a luat prin surprindere. De obicei, seara era prea ocupată ca să stea de vorbă cu el.

– Bună, tati.

– Ce mai faci, Madds?

– Sunt stresată. Săptămâna asta am examene de mijloc de semestru. Mă pregătesc să plec la bibliotecă.

Acesta era un subiect care îl îngrijora pe Bosch. Fiicei lui îi plăcea să studieze la biblioteca facultății, deoarece acel loc o ajuta să se concentreze. Însă deseori rămânea acolo până la miezul nopții sau chiar mai târziu, apoi mergea singură până la mașina ei, care se afla într-o parcare subterană. Discutaseră de nenumărate ori pe tema asta, însă ea se încăpățâna să-și păstreze obiceiul și nu voia să accepte ora de stingere la ora zece seara pe care Bosch încerca să o impună.

Cum el a rămas tăcut, ea i-a spus:

– Te rog să nu mă stresezi în plus ținându-mi predici despre bibliotecă. E perfect sigură și acolo sunt alături de alți studenți.

– Nu biblioteca mă îngrijorează. Mă preocupă acea parcare.

– Tati, am mai discutat chestia asta. E un campus sigur. N-o să pățesc nimic.

În activitatea de poliție se spunea că locurile sunt sigure până la proba contrarie. Era nevoie doar de o clipă, de un ticălos, de ghinionul prăzii de a-și încrucișa drumul cu un prădător, pentru ca lucrurile să se schimbe.

– Dacă spui că ai examene de jumătate de semestru, asta înseamnă că după ce le dai vii la Los Angeles?

– Nu, tati, îmi pare rău. Eu și colegele de cameră plecăm la IB imediat ce scăpăm de examene. O să vin data viitoare când voi putea.

Bosch știa că IB însemna Imperial Beach, oraș de la sud, aproape de graniță, de unde era una dintre cele trei colege de cameră.

– Numai să nu treci granița, înțelegi?

– *Taa-ti.*

Ea a rostit cuvântul ca și cum ar fi pronunțat o condamnare pe viață.

– Bine, am înțeles. Dar în vacanța de primăvară? Parcă spuneai c-o să mergem în Hawaii sau pe-acolo.

– Acum e vacanța de primăvară. Mă duc la IB pentru patru zile și, de fapt, vacanța de primăvară nu e o vacanță adevărată. Am de lucrat la două proiecte pentru cursul de psihologie.

Bosch s-a simțit prost. Cochetase cu ideea de a merge în Hawaii, pe care o adusese în discuție cu câteva luni în urmă, dar nu stabilise ceva precis. Acum, ea avea alte planuri. El știa că timpul pe care îl mai puteau petrece împreună se reducea cu repeziciune, iar discuția de acum nu făcea decât să îi amintească asta.

– În fine, ascultă, păstrează-ți o seară liberă pentru mine, înțelegi? Mă anunți și vin eu la tine și mergem să mâncăm undeva prin apropiere. Doar vreau să te văd.

– Bine, așa vom face. Da, de fapt, există un restaurant Mozza și aici, în Newport. Ne putem întâlni acolo.

Aceea era pizzeria ei preferată din Los Angeles.

– Oriunde dorești.

– Grozav, tati. Dar acum trebuie să plec.

– Bine, te iubesc. Ai grijă de tine.

– Și tu la fel.

Apoi ea a închis.

Bosch s-a simțit fulgerat de un val de suferință. Lumea fiicei lui se extindea. Mergea în diferite locuri și ăsta era modul firesc în care decurgeau lucrurile. Îi plăcea să constate asta, dar detesta faptul că trebuia să trăiască acea realitate. Ea reprezentase o părticică zilnică din viața lui vreme de câțiva ani, înainte ca ea să plece la studii. Bosch regreta toți anii pierduți înainte de asta.

Când a ajuns acasă, în fața ei era parcată o mașină, iar o siluetă stătea moale pe scaunul șoferului. Era nouă seara, iar el nu se aștepta să primească oaspeți. A parcat pe aleea casei lui și a ieșit în stradă, venind prin spatele automobilului care bloca aleea din față. În timp ce s-a apropiat, a aprins lanterna telefonului mobil și a îndreptat fasciculul prin geamul coborât din partea șoferului.

Jerry Edgar era adormit la volan.

Bosch l-a bătut ușor pe umăr până când Edgar a tresărit și a ridicat ochii spre el. Întrucât chiar deasupra era o lampă stradală, Bosch rămăsese o simplă siluetă.

– Harry?

– Bună, partenere.

– La naiba. Am ațipit. Cât e ceasul?

– Aproape nouă.

– Drace, eram terminat.

– Ce s-a întâmplat?

– Am venit ca să stăm de vorbă. Am verificat corespondența și am constatat că locuiești în aceeași casă.

– Atunci să mergem înăuntru.

Bosch a deschis portiera în locul lui. Au intrat pe ușa din față după ce Bosch a strâns corespondența pe care Edgar o verificase.

– Scumpo, am sosit, a strigat Bosch.

Edgar i-a aruncat o privire care voia să spună că asta era o glumă. Știa sigur că Bosch rămăsese un om singuratic. Bosch a zâmbit și a clătinat din cap.

– Glumeam, a spus el. Vrei să bei ceva? Nu mai am bere. Am o sticlă de whisky, și altceva nimic.

– E bun și whisky.

I-a făcut semn să se ducă în camera de zi, iar el a mers drept în bucătărie. A scos două pahare dintr-un dulap și a pus gheață în ele. A auzit când Edgar a deblocat ușa glisantă și a deschis-o. Bosch a înșfăcat sticla cu băutură de pe frigider și a ieșit pe terasă. Edgar stătea rezemat de balustradă și contempla canionul Cahuenga.

– Locul ăsta arată la fel, a spus Edgar.

– Te referi la casă, ori la canion? l-a întrebat Bosch.

– Cred că la amândouă.

Bosch i-a întins ambele pahare ca să poată desface dopul metalic al sticlei și să toarne în ele.

– Stai puțin, a spus Edgar, după ce a văzut eticheta de pe sticlă. Glumești cumva?

– În legătură cu ce? s-a mirat Bosch.

– Harry, știi ce e băutura asta?

– Asta?

S-a uitat la etichetă. Edgar s-a întors și a aruncat cuburile de gheață peste balustradă. Apoi a întins paharele golite spre Bosch.

– În Pappy Van Winkle[1] nu se pune gheață.

– Serios?

– Asta e ca și cum ai pune ketchup pe un hotdog.

Bosch a clătinat din cap. Nu pricepuse comparația pe care o făcuse Edgar.

– Dar oamenii pun mereu ketchup pe hotdog, a spus el.

Edgar a întins paharele în față, iar Bosch a început să toarne.

– Las-o mai moale, a propus Edgar. De unde ai căpătat sticla asta?

– A fost un cadou din partea unei persoane pentru care am lucrat, a spus Bosch.

---

[1] Whisky de calitate extrem de bună, maturat între zece și șaptesprezece ani, al cărui preț este foarte piperat, putând ajunge și la 8 950 de dolari sau mai mult pentru o sticlă de 750 de ml și având o concentrație alcoolică între 43,2 și 53,5 grade.

– Pesemne că omul o duce foarte bine. Caută chestia asta pe eBay și-ți vei dori să nu deschizi sticla în veci. Cu banii ăștia îi puteai cumpăra o mașină fiicei tale.

– E vorba de o femeie. Cea pentru care am lucrat.

Bosch a privit din nou sticla. A ținut gâtul ei în dreptul nasului și a simțit un iz greu, ca de fum.

– O mașină zici? a făcut el.

– Ei, mai curând un avans, a spus Edgar.

– A fost cât pe ce să o dăruiesc altcuiva, șefului de la San Fernando. Cred că nu ar fi supraviețuit până la Crăciun.

– Mai curând, niciun an.

Bosch a pus sticla pe balustrada îngustă, iar Edgar s-a panicat imediat. A luat sticla înainte ca un cutremur sau un vânt dinspre Santa Monica să o azvârle în pârâul de dedesubt. A așezat-o cu grijă pe o masă aflată alături de scaunul de salon.

S-a întors și amândoi au rămas aplecați puțin peste balustradă și au sorbit din pahare, în timp ce s-au uitat spre canion. La fundul acestuia, autostrada 101 devenise o panglică de lumini albe, care se apropiau dinspre Hollywood, și un șirag de lumini roșii care se deplasau spre sud.

Bosch a așteptat ca Edgar să precizeze motivul vizitei lui, dar nu s-a întâmplat asta. Fostul lui partener părea mulțumit să savureze din acel whisky scump și să contemple luminile de pe autostradă.

– În fine, ce te-a determinat să vii până aici în seara asta? a întrebat Bosch în cele din urmă.

– A, nu știu, i-a răspuns Edgar. Ceva legat de vizita ta de astăzi. Când am văzut că ești încă în activitate, m-ai pus pe gânduri. Harry, detest activitatea pe care o fac. Niciodată nu reușim să ducem ceva până la capăt. Câteodată, am impresia că autoritățile vor să protejeze doctorii răi, și nu să se debaraseze de ei.

– Ei bine, totuși primești salariu lunar. Eu nu, decât dacă punem la socoteală firimiturile care mi se oferă lunar pentru acoperirea costurilor pentru echipamente.

Edgar a pufnit î râs.

– Asta înseamnă mult. Te lăfăi în bani.

A ridicat paharul, iar Bosch a ciocnit cu al lui.

– A, sigur, a spus el. Sunt pus pe făcut bani.

– Ce se întâmplă cu nenorocitul de Hollywood? a întrebat Edgar. Nici nu mai au o echipă de detectivi pentru omucideri.

– Așa e. Lucrurile se schimbă.

– Da, lucrurile se schimbă.

Au ciocnit din nou paharele și au sorbit din ele preț de câteva momente în care au rămas tăcuți, după care Edgar a ajuns la ceea ce voise să-i spună când se hotărâse să urce dealul.

– Uite, Charles Hovan m-a sunat astăzi și a vrut să știe totul despre tine.

– Și ce i-ai spus?

Edgar s-a întors și s-a uitat direct la Bosch. Pe terasă era atât de întuneric încât Bosch nu a reușit să vadă decât o sclipire reflectată de ochii lui Edgar.

– I-am spus că sunteți oameni de toată isprava. I-am mai spus că am încredere în tine, de aceea să te trateze corect.

– Apreciez asta, Edgar.

– Harry, indiferent despre ce este vorba, vreau să particip și eu la cazul ăsta. Stau pe tușă de prea multă vreme și mă uit cum toate căcaturile astea merg mai departe. Te rog să mă incluzi și pe mine printre anchetatori.

Înainte de a răspunde, Bosch a mai luat o înghițitură din whisky-ul cu miros de fum.

– Avem nevoie de ajutor cât cuprinde. Astăzi am crezut că tu doreai să ne vezi ieșiți cât mai repede din biroul tău.

– Da, pentru că tu îmi aminteai de ceea ce ar trebui să fac, de fapt.

Bosch l-a aprobat printr-o mișcare din cap. În urmă cu douăzeci și cinci de ani, când el și Edgar erau parteneri la Hollywood, nu avusese niciodată senzația că Edgar era implicat total în acea activitate.

Știa însă că mântuirea apare în tot felul de forme și în diverse momente.

– Știi măcar unde se află San Fernando? l-a întrebat Bosch.

– Bineînțeles, i-a răspuns Edgar. Am mers până la tribunalul din San Fernando de câteva ori, când am avut cazuri acolo.

– În regulă, dacă vrei să participi la rezolvarea cazului, să fii la secția de poliție San Fernando la ora opt mâine-dimineață. O să avem o discuție pentru stabilirea strategiei. Vrem să mergem și să ridicăm un păcălici, după care începem să cercetăm. La un moment dat, probabil c-o să-l aducem acolo și pe doctorul Herrera. Și atunci ne vom putea baza probabil pe ajutorul tău.

– Va trebui să obțineți mai întâi aprobări?

– Cred că șeriful va obține tot sprijinul posibil în treaba asta. O să vorbesc cu el.

– O să vin, Harry.

A golit paharul dintr-o sorbitură, a savurat băutura, după care a înghițit-o. A așezat paharul pe balustradă, apoi a arătat spre el și s-a retras.

– A fost grozav de bun. Îți mulțumesc pentru asta, Harry.

– Mai vrei o gură?

– Aș vrea, dar mâine trebuie să începem devreme. Trebuie să ajung acasă.

– Jerry, te așteaptă cineva?

– Sincer să fiu, m-am recăsătorit pe vremea când lucram în Las Vegas. O fată grozavă.

– Și eu m-am căsătorit în Las Vegas cândva.

Era prima oară când, după multă vreme, Bosch se gândise la Eleanor Wish. Edgar i-a aruncat un zâmbet trist.

– Pe mâine, a spus el.

L-a bătut ușor cu palma pe Bosch pe umăr și a pornit către ușă. Bosch a rămas pe terasă, ca să soarbă din whisky-ul foarte scump și s-a gândit la trecut. A auzit pornind motorul mașinii lui Edgar, care a plecat în noapte.

15

A doua zi dimineață, Bosch a luat micul-dejun la tejgheaua de la Horseless Carriage[1], un local care era în mijlocul spațiului uriaș de afaceri al firmei Ford, din Van Nuys. De acolo până la San Fernando erau doar câțiva kilometri, iar el se săturase să mănânce în fiecare dimineață, fără să plătească, tortilla care erau servite la sala de analize. Prin ceea ce ofereau, cei de la acel local recreau, într-un fel, anii cincizeci, iar acest lucru amintea, de asemenea, de populația și expansiunea explozivă care se petrecuse în Valley după cel de Al Doilea Război Mondial. Automobilul era rege, iar Van Nuys devenise o Mecca a achiziționărilor de mașini, astfel că firmele care vindeau mașini stăteau înșiruite una după alta și aveau cafenele și restaurante pentru a atrage clienții.

Bosch a comandat pâine prăjită și a urmărit filmulețul care îi fusese trimis în seara precedentă pe telefonul de unică folosință pe care îl cumpărase pentru a comunica cu Lucia Soto. Filmul îi fusese trimis de la un telefon cu un număr ciudat, de aceea a bănuit că era unul ca acela pe care îl folosea el.

Filmul fusese înregistrat de Tapscott când se deschisese cutia cu probele de la cazul Danielle Skyler. Bosch îl vizionase de multe ori

---

[1] Căruța fără cai.

în noaptea precedentă, până se simțise prea obosit ca să-și mai țină ochii deschiși, însă, indiferent de câte ori îl văzuse, tot nu putea să-și dea seama cum fusese ea violată. Se vedea clar că etichetele vechi, care se îngălbeniseră cu vremea, era intacte când cutia fusese adusă în fața camerei de filmare, iar apoi deschisă de Soto.

Asta îl făcea pe Bosch să fie agitat, deoarece știa că exista o fisură undeva pe traseul dintre păstrarea probelor și masa de laborator la care se descoperise ADN-ul lui Lucas John Olmer pe îmbrăcămintea lui Danielle Skyler. Dacă începea de la bănuiala de nezdruncinat că ADN-ul lui Olmer fusese plasat, atunci trebuia să se gândească la două lucruri. Primul: cum fusese prelevat ADN-ul unui om care murise cu doi ani în urmă, și al doilea: cum fusese plasat pe îmbrăcămintea aflată într-o cutie sigilată.

La prima întrebare găsise răspuns – cel puțin spre satisfacția lui – în seara precedentă, după plecarea lui Edgar, când, în cele din urmă, reușise să citească a doua oară dosarul de investigații în cazul Borders. De data aceasta a acordat multă atenție dosarului – documente privind procesul și condamnarea lui Olmer în 1998 sub acuzația de violuri multiple. În cursul primei lecturări a acelor documente, Bosch acordase o atenție deosebită laturii investigative a cazului, dovedind o prejudecată tipică pentru un detectiv – acel caz fusese construit în cursul investigației și rechizitoriul era doar dezvăluirea strategică a faptelor acumulate și a probelor pentru jurați. Prin urmare, a socotit el, tot ce se găsea în rechizitoriul procurorului fusese deja inclus în dosarele de anchetă.

A descoperit cât de mult se înșelase în legătură cu acea mentalitate când a citit integral un teanc de moțiuni și contra-moțiuni depuse atât de acuzare, cât și de apărare. Cele mai multe cuprindeau argumente cu formulări standard: moțiuni pentru respingerea probelor sau mărturii făcute de acuzare sau apărare. Apoi Bosch a dat peste o moțiune a apărării, în care se susținea că Olmer avea intenția ca la proces să respingă proba ADN din cazul său. Moțiunea prevedea ca judecătorul să ceară procuraturii să predea apărării o parte din probele genetice colectate în timpul investigației, pentru ca să poată avea loc o analiză independentă. Moțiunea nu a primit opunere din partea procuraturii, așa că judecătorul Richard Pittman a ordonat Biroului Procuratorului General să împartă materialul genetic prelevat cu apărarea.

Moțiunea apărării fusese întocmită de Lance Cronyn, avocatul lui Olmer. Era un demers de rutină înainte de proces, dar ce i-a atras atenția lui Bosch a fost lista martorilor prezentată de apărare la începutul procesului. Lista cuprindea doar cinci martori, iar după fiecare nume exista o prezentare sumară a persoanei respective și ce anume va declara. Niciunul dintre martori nu era chimist sau specialist criminalist. Asta i-a spus lui Bosch că, în timpul procesului, Cronyn nu a prezentat probe ADN alternative, așa cum sugera moțiunea depusă anterior. Alesese altă direcție, care putea fi oricare, începând cu a susține că relațiile sexuale fuseseră consimțite și până la contestarea protocolului și analizei ADN efectuate de acuzare. Indiferent ce ar fi fost, acea moțiune nu a dus nicăieri. Olmer a fost condamnat în baza tuturor capetelor de acuzare și trimis la închisoare. Și în dosar nu exista nicio evidență care să lămurească ce se întâmplase cu materialul genetic prezentat de avocat judecătorului.

Bosch știa că, după proces, Biroul Procurorului Districtual ar fi trebuit să solicite înapoierea materialului genetic, însă din documentele existente la dosar nu rezulta că se procedase astfel. Olmer fusese condamnat și primise o sentință care nu i-ar fi permis să iasă viu din închisoare. Bosch știa că realitatea era că predominase entropia instituțională. Procurorii și anchetatorii trecuseră la alte cazuri și procese. Dispariția probei ADN nu era explicată și, drept urmare, putea fi sursa materialului genetic descoperit pe pijamaua lui Danielle Skyler. Totuși, dovedirea acestui lucru era altă chestiune, mai ales că Bosch nu putea înțelege cum ajunsese acolo acel micro-punct de ADN.

Cu toate acestea, pe moment avea ceea ce sigur reprezenta o fisură în fațada unui caz aparent solid pentru condamnare nedreaptă. Era vorba de dispariția ADN-ului, și era posibil ca avocatul apărării, care trecuse de la un caz la altul, să fi avut acces la el.

A împins deoparte farfuria și s-a uitat la ceas. Era opt fără douăzeci, și sosise momentul să plece spre sala de analize. S-a ridicat, a lăsat o bancnotă de douăzeci de dolari pe tejghea și s-a îndreptat spre mașină. A condus pe strada Roscoe spre Laurel Canyon și mai departe. Pe drum a primit telefon de la Mickey Haller.

– Asta-i bună, și eu voiam să te sun, a spus Bosch.

– Da? a întrebat Haller. În legătură cu ce?

– Am hotărât clar că vreau să apelez la serviciile tale. Aș dori să vii ca terț la audierea de săptămâna viitoare și să te opui eliberării lui Preston Borders. Indiferent care ar fi consecințele în termeni legali.

– În regulă. Putem face asta. Vrei să aducem și presa? Va fi o audiere neobișnuită, cu un detectiv pensionat care se înfruntă cu un procuror districtual. Ar fi un subiect interesant.

– Încă nu. Treaba o să devină urâtă când se va ajunge la faptul că Borders va susține că eu am plasat probe și procurorul va fi de acord.

– Ce mama dracului?

– Da, am trecut prin tot dosarul. Borders susține că eu am plasat proba-cheie – pandantivul acela sub forma unui căluț-de-mare – în apartamentul lui. Pentru el, acuzarea mea este singura cale de scăpare.

– Are vreo dovadă în sensul ăsta?

– Nu, dar nici nu e nevoie. Dacă ADN-ul aparține unui violator dovedit, atunci singura explicație plauzibilă pentru faptul că Borders a fost în posesia pandantivului este că el i-a fost plasat.

– În regulă, e clar. Ai dreptate, situația o să fie urâtă, și înțeleg de ce vrei să ții presa departe, dacă se poate. Dar acum vine marea întrebare: Ce element deții care să dărâme castelul ăsta din cărți de joc?

– Am parcurs doar jumătate de drum. Știu când și cum era posibil ca ei să fi căpătat ADN-ul lui Olmer. Trebuie doar să aflu cum au reușit atunci să plaseze proba cu el.

– Dacă vrei părerea mea, se pare că ai făcut deja partea ușoară.

– Acum o să trec la partea grea. De aceea m-ai sunat? Ca să mă încurajezi?

– Nu, de fapt, am un mic dar pentru tine.

– Despre ce-i vorba?

Bosch ieșise din cartierul Laurel Canyon, intrase pe Brand Boulevard și tocmai trecea prin dreptul panoului pe care scria „Bun-venit în San Fernando".

– Uite, când mi-ai spus prima dată de treaba asta, numele de Preston Borders mi s-a părut cunoscut. Mi-am amintit de el, dar nu am putut să-l asociez cu ceva. Am urmat dreptul la Southwestern și, bineînțeles, nu știam de tine pe vremea aceea. În orice caz, între cursuri, obișnuiam să merg la Clădirea Tribunalelor Penale și intram în sălile de judecată, urmărind cum acționează avocații apărării.

– Nu te-a interesat niciodată să vezi cum lucrează procurorii?

– Nu tocmai. Mai ales că tatăl meu – tatăl nostru – a fost avocat al apărării. Treaba e că am urmărit o parte din procesul lui Borders, și asta ne-a plasat pe amândoi în aceeași încăpere acum treizeci de ani, fără ca noi să ne cunoaștem. Mi s-a părut că totul a fost curat în acel caz.

– Da, curat. De asta m-ai sunat? Ăsta-i cadoul.

– Nu, uite și cadoul: tatăl nostru a murit de tânăr – de fapt, nu l-am văzut niciodată într-o sală de judecată –, dar el a avut un partener tânăr care și-a continuat activitatea, și pe tipul ăsta obișnuiam să-l urmăresc la tribunal.

– Vorbești de David Siegel? El i-a fost partener?

– Exact. Și el l-a apărat pe Preston Borders în procesul din 1988. Ajunsesem să-i spun unchiul David. A fost un avocat renumit, și în tribunal i se spunea Legal Siegel. El m-a trimis la facultatea de drept.

– Ce s-a întâmplat cu cabinetul lui de avocatură? Crezi că mai există documente de la acest proces? Ne-ar putea fi de folos.

– Uite, ăsta e cadoul meu. N-ai nevoie de documente, pentru că îl avem pe Legal Siegel.

– Ce tot spui acolo? A murit. În dosar este un necrolog al lui. L-am citit seara trecută.

Bosch s-a văzut silit să aştepte la o intersecţie aflată în apropierea secţiei până ce a trecut în mare viteză un metrou. Haller a auzit zgomotul şi a aşteptat în tăcere, după care a continuat:

– Să-ţi povestesc ceva, a spus Haller. Când s-a lăsat de avocatură, Legal Siegel a dispărut, ca să nu fie găsit de vreunul dintre clienţii neplăcuţi pe care îi reprezentase de-a lungul anilor, mai ales de cei care nu ar fi fost încântaţi de rezultatul relaţiei dintre ei.

– Aha, nu voia ca indivizii ieşiţi din închisoare să-l caute, a spus Bosch. Mamă Doamne, mă-ntreb de ce.

– Am avut şi eu experienţe din astea, şi nu a fost plăcut. Deci Legal Siegel şi-a vândut cabinetul de avocatură şi s-a dat dispărut. Ba chiar l-a pus pe unul dintre fiii lui să trimită un necrolog scris de el la buletinul informativ al baroului din California. Ţin minte că l-am citit şi eu. Era calificat drept un geniu.

– Aşa am citit şi eu. Soto şi Tapscott l-au ataşat la dosar pentru că au spus că Siegel a murit. Spui că mai trăieşte?

– Împlineşte curând optzeci şi şase de ani, şi eu îl vizitez la interval de câteva săptămâni.

Bosch a intrat în parcarea de lângă Departamentul de Poliţie San Fernando. S-a uitat la ceasul de la bord şi a constatat că întârziase. Maşinile personale ale celorlalţi detectivi erau deja acolo.

– Trebuie să discut cu el, a spus Bosch. În dosarele noi, Borders îl învinuieşte la greu. N-o să-i placă asta.

– Sunt convins, a spus Haller. Însă ăsta e un început bun pentru tine. În cazul în care contești reputaţia unui avocat, el are permisiunea de a riposta. O să stabilesc data interviului şi îl vom înregistra. Când eşti disponibil să mergi cu mine până acolo?

– Cu cât mai curând, cu atât mai bine. Ai spus că are aproape optzeci şi şase de ani. E în formă?

– Bineînţeles. Are mintea brici. Fizic, nu o duce prea bine. E ţintuit la pat. Adu-i un sendviş de la Langer's sau Philippe's şi îl va cuprinde o nostalgie cumplită legată de cazurile vechi. Eu așa procedez. Ador să-l ascult depănând cazuri de tot felul.

– În regulă, stabilește tu întâlnirea și anunță-mă.

– Mă ocup de asta.

Bosch a oprit motorul și a deschis portiera jeepului. A făcut imediat un efort să-și aducă aminte dacă mai trebuia să-l întrebe ceva pe Haller.

– A, încă ceva, a spus el. Îți amintești Crăciunul când am primit sticlele acelea de whisky de la Vibiana de la Fundația Fruit Box?

Vibiana Veracruz era o artistă pe care Haller și Bosch o cunoscuseră într-un caz privat la care lucraseră împreună cu un an înainte.

– A, da, Happy Pappy, sigur, a spus Haller.

– Mi-aduc aminte că mi-ai oferit o sută de verzișori pentru sticla mea, a spus Bosch. A fost cât pe ce să accept.

– Oferta încă stă în picioare. Dacă nu cumva ai terminat-o.

– Nu, nici măcar n-am desfăcut dopul până seara trecută. Și atunci am aflat că aș fi putut primi de la tine de douăzeci de ori mai mult decât mi-ai oferit.

– Serios?

– Da, serios. Ești un pezevenghi, Haller. Voiam doar să știi că ți-am intuit intenția.

Bosch l-a auzit pe Haller chicotind.

– Râzi cât vrei, a spus Bosch. Însă eu o s-o păstrez.

– Ascultă, când e vorba de whisky de calitate de Kentucky, nu mai ținem seama de morală și de etică, a spus Haller. Mai ales când la mijloc este Pappy Van Winkle.

– O să țin minte asta.

– Chiar te rog. Mai vorbim.

Convorbirea s-a încheiat, astfel că Bosch s-a dus spre ușa laterală a secției de poliție. A trecut prin biroul detectivilor, care era gol, și a deschis ușa sălii de analize. A fost izbit imediat în nări de mirosul de burritos proaspăt copți.

Înăuntru erau toţi. În jurul mesei stăteau şi mâncau Lourdes, Sisto, Luzon, căpitanul Trevino şi şeriful Valdez. Tot acolo era şi Jerry Edgar, însoţit de un bărbat pe care Bosch nu-l mai văzuse până atunci. Era trecut de treizeci de ani, avea părul negru şi era bronzat. Purta un tricou cu guler şi mânecile stăteau strâns pe bicepşii lui bine dezvoltaţi.

– Scuzaţi-mi întârzierea, a spus Bosch. N-am ştiut că o să fie prezentă toată lumea.

– Am profitat de aşteptare ca să mâncăm, a spus Lourdes. Harry, dumnealui este agentul Hovan, de la Agenţia pentru Controlul Medicamentelor.

16

Bărbatul musculos s-a ridicat și a întins mâna dreaptă peste masă pentru a i-o strânge pe a lui Bosch. În acest timp, l-a evaluat pe Bosch așa cum procedează un critic de artă când ar privi o sculptură pentru prima oară, sau ca antrenorul unei echipe de fotbal de colegiu, analizând un fundaș provenit dintr-un liceu.

După ce și-a eliberat mâna din strânsoarea lui Hovan, Bosch și-a tras un scaun la capătul mesei și s-a așezat. Lourdes a ridicat tava cu burritos și s-a oferit să o trimită până la Bosch, dar acesta a înălțat o mână și a scuturat din cap.

– Așa, deci, a spus el. Domnule agent Hovan, ce vă aduce aici atât de dimineață?

– Ați telefonat, și am vrut să dau un răspuns, a spus Hovan. Întrucât v-am fost recomandat de Jerry, am vorbit ieri cu el și despre caz, de aceea am socotit că ar fi cel mai bine să ne întâlnim personal.

– Ca să ne dați informații despre Santos? a întrebat Bosch.

Înainte ca Hovan să apuce să răspundă, șeriful a zis:

– Domnul agent Hovan a venit să discute cu mine la prima oră. O să ne informeze pe toți, dar are, totodată, vreo două idei privind investigația noastră.

– Investigația *noastră*, a spus Bosch.

– Harry, nu te înfoia, a intervenit Valdez. Nu e ceea ce crezi tu. Lasă-l pe domnul agent să spună ce are de spus.

– Cred că Harry are dreptate, a spus Sisto. Când intervin, cei de la poliția federală vor să preia cazul. Acesta este cazul nostru.

– Putem să-i oferim prilejul să ne vorbească? a insistat șeriful.

Bosch a făcut un gest prin care îi sugera lui Hovan să vorbească, însă l-a admirat pe Sisto pentru curajul cu care ripostase.

– În regulă. Cred că am înțeles de la șerif și de la Jerry cum stau lucrurile, a spus Hovan. Aveți doi atacatori și v-ați concentrat asupra clinicii din Pacoima. Probabil că astăzi ați crezut că vom veni aici, ne vom sfătuim și hotărâm cum să acționăm pas cu pas, până ajungem la un rezultat. Am dreptate?

– Ce să înțelegem din asta? a întrebat Lourdes.

– Voiați să ridicați un client de pastile sau un păcălici și să mergeți mai departe pe filieră, adevărat? a spus Hovan. De obicei așa se procedează.

– Și asta e o problemă? a întrebat Lourdes. De obicei așa se procedează, pentru că așa se obțin rezultate.

Apoi a aruncat o privire spre Bosch ca să obțină sprijinul lui.

– Da, așa suna planul, a confirmat Bosch. Dar cred că cei de la Agenția pentru Controlul Medicamentelor au altă sugestie.

– Corect, a spus Hovan. Dacă vreți să puneți mâna pe cel care a ordonat atacul de la farmacie, atunci e vorba despre Santos, și nimeni din lumea asta nu îl cunoaște mai bine pe el și operațiunile pe care le desfășoară decât mine. Și țin să vă spun că dacă vreți să prindeți peștișorii ca să agățați peștele cel mare nu veți reuși nicidecum.

– De ce spui asta? s-a mirat Lourdes.

– Pentru că peștele cel mare este prea bine ascuns, a spus Hovan. În baza celor pe care mi le-ați prezentat despre caz, aș zice că aveți toate datele. Cei doi ucigași au fost trimiși de Santos, dar nu veți reuși niciodată să faceți legătura între ei și Santos. Din câte ştim noi, cei doi pot fi deja morţi şi îngropaţi în deşert. Santos nu riscă nimic.

– Şi, în cazul acesta, cum ajungem la el? a întrebat Lourdes.

Tonul vocii ei a trădat refuzul de a accepta ideea că un federal care se dădea mare venise acolo ca să le dea lecţii în legătură cu cazul la care lucrau.

– Aveţi nevoie de cineva infiltrat acolo, a spus Hovan.

– Asta e ideea dumneavoastră? l-a întrebat Lourdes.

– Întocmai, a răspuns el. Doar așa aveți șanse. O cale în interiorul organizației.

– Eu, a spus Sisto. O să merg sub acoperire.

Toţi s-au întors şi s-au uitat la Sisto. Dorința lui de a-și asuma un rol-cheie în acel caz depășea lipsa de experiență și nu ținea seama de pericolele pe care le prezenta activitatea sub acoperire.

– Nu, nu dumneavoastră, a spus Hovan.

Apoi a arătat cu degetul peste masă, spre Bosch.

– Dumnealui, a spus el.

– Ce vorbiţi, domnule? a întrebat Lourdes.

– Domnule detectiv Bosch, câţi ani aveţi? l-a întrebat Hovan. Peste șaizeci și cinci, din câte cred eu.

– Da, a confirmat Bosch.

Hovan a făcut un gest ca și cum l-ar fi prezentat celorlalte persoane din în jurul mesei.

– Îl luăm pe domnul detectiv Bosch, îl facem să pară ceva mai bătrân, ceva mai uzat și ceva mai flămând. Îi procurăm o nouă identitate și un card Medicare. Îi schimbăm hainele, îi furăm aparatul de ras și spuma vreme de câteva zile. Noi vom urmări furgoneta clinicii și arestăm câțiva cumpărători falși la o farmacie, și facem ca totul să semene cu o operațiune întâmplătoare de aplicare a legii. Eu și Jerry ne vom ocupa de partea aceasta. Apoi, când păcăliciul va ajunge la clinică și va constata că are câțiva cumpărători mai puțin și că până la sfârșitul lunii va obține cu câteva mii de pastile mai puțin, la el va ajunge recrutul perfect.

Hovan s-a slujit de mâini pentru a face un semn ca și cum l-ar fi oferit pe Bosch acelui grup.

– „Recrutul perfect?" a întrebat Luzon.

– Are vârsta potrivită și reprezintă exact genul de persoană pe care o caută ei, a spus Hovan. Domnule detectiv, ați lucrat vreodată sub acoperire?

Toți au întors ochii spre Bosch.

– Nu chiar, a recunoscut el. De câteva ori, când și când, în unele cazuri. Nu a fost vorba de nimic serios. Dar cât de aproape voi reuși să ajung de Santos dacă voi fi cărat de colo-colo prin stat, de la o farmacie la alta, toată ziua?

– Să mă exprim asta astfel. Mai aproape decât oricine din cadrul poliției, a spus Hovan. Santos este o fantomă. Un fel de Howard Hughes[1] al heroinei falsificate. Nu l-a văzut nimeni de aproape un an. Fotografiile pe care le deținem noi sunt chiar mai vechi. Dar să vedem cum arată.

Hovan a desfăcut plicul subțire, de culoare cafenie, pe care îl ținuse până atunci pe masă, în fața lui. În el se găsea un document de două pagini, care erau capsate împreună. L-a ridicat pentru a fi văzut de toți cei din jurul mesei.

– Acesta este un mandat de arestare emis sub un nume fictiv, pentru a fi folosit împotriva lui Santos. E vorba de un caz pe baza legii RICO[2], și el este documentat, iar mandatul a fost emis în urmă cu mai bine de un an. Nu l-am putut pune în aplicare, deoarece nu reușim să-l identificăm sau să-l găsim pe acest individ. Dar poate veți reuși dumneavoastră. Lăsați-vă recrutat și s-ar putea să ajungeți suficient de aproape ca să ne faceți semn să intervenim. Vă vom pune la dispoziție tot ce aveți nevoie. Dacă-l vedeți pe Santos, ne sunați, iar

---

[1] Afacerist de mare succes, pilot, inginer, producător de film și filantrop, cunoscut drept unul dintre cei mai influenți și bogați oameni din lume (1905-1976).

[2] Racketeer Influence and Corrupt Organization – Legea privind crima organizată și corupția.

noi îl săltăm. Și în acest fel îl veți prinde pe omul care a ordonat atacul asupra farmaciei. S-ar putea să-i încălțăm și pe criminali.

Hovan depănase planul cu o urmă de urgență în glas. Spusele lui au fost întâmpinate de o tăcere lungă, în timp ce restul oamenilor din sală au analizat situația. Bosch a ridicat o mână pentru a primi dosarul în care se afla mandatul, iar Hovan i l-a predat. Harry a aruncat o privire fugară la el, ca să se asigure că nu era o făcătură. Arăta cât se putea de legal. Era pentru așa-numitul „Santos", pus sub acuzare în baza legii RICO. Era o lege atotcuprinzătoare, folosită de agenția federală pentru a acționa împotriva mafioților, și funcționa de aproape cincizeci de ani.

Lourdes a întrerupt tăcerea.

– Am aflat că ultimul om infiltrat de dumneavoastră a urcat în avion și nu a mai revenit, a spus ea.

– Da, dar el nu era polițist, a precizat Hovan. Era un amator și a făcut o greșeală de amator. Asta nu se va întâmpla în cazul domnului Bosch. Va fi pregătit și gata să reacționeze – prin asta înțelegem să fii complet pregătit să te infiltrezi. Cum să zic, asta este ocazia perfectă în cazul de față.

Hovan s-a uitat direct în ochii lui Bosch pentru a lansa propunerea finală.

– Trebuie să recunosc, atunci când m-am interesat de dumneavoastră la Jerry și am aflat că sunteți un om în vârstă, am început să gândesc atent. Nu prea există oameni de vârsta dumneavoastră care să fi făcut muncă sub acoperire. Ca să fiu sincer, nu am găsit niciunul. Sunteți omul perfect pentru treaba asta.

Bosch începea să se înfurie.

– Da, de ajuns cu chestia asta cu „bătrânei", a spus el. Am înțeles unde bateți.

Șeriful Valdez și-a dres glasul și a intervenit în discuție înainte ca altcineva să poată face asta.

– Dacă Harry ajunge acolo, și-ar putea afla sfârșitul oriunde, a spus el. Nu-mi place ideea asta.

– E cel mai probabil să fie dus până la Slab City, a spus Hovan.

– Ce anume e acest Slab City?

– O bază militară scoasă din uz, aflată aproape de partea de sud a Mării Salton. Când au închis baza, au extras de acolo totul, mai puțin suprafețele dure. Adică pistele de aterizare și lespezile pe care au construit clădirile Quonsets.[1] Apoi au apărut oamenii fără cămin și au preluat spațiul, construindu-și propriile locuințe. Apoi a început operațiunea Santos, care folosește pistele de decolare și aterizare, după care s-a construit aici un orășel din corturi pentru operațiunile lui.

– Și atunci, de ce nu vă duceți acolo ca să puneți capăt întregii povești? a întrebat Lourdes.

– Pentru că vrem să punem mâna pe Santos, i-a răspuns Hovan. Nu ne interesează indivizii pe care el îi folosește ca persoane dependente. Aceștia n-au nicio valoare. Noi dorim capul șarpelui, și de aceea avem nevoie de cineva infiltrat acolo, care să ne transmită semnalul când trebuie să intervenim pentru că el se află acolo.

– De acord, dar va trebui să ne gândim la asta, a spus Valdez. Dar și detectivul Bosch trebuie să decidă dacă este dispus să accepte. E ofițer în rezervă în departamentul nostru, și nu am intenția de a-i ordona să facă ceva care prezintă un factor de risc la nivelul despre care ne vorbiți acum. De aceea lăsați-ne la dispoziție o zi sau două și vom reveni cu un răspuns.

Hovan a ridicat palmele, ca și cum ar fi sugerat că se predă.

– Da, am înțeles acest lucru, a spus el. Venind aici, voiam doar să-mi prezint planul de acțiune. Oameni buni, vă las să vă vedeți de treabă. Anunțați-mă după ce luați hotărârea.

Hovan s-a ridicat în picioare ca pentru a pleca, însă Bosch l-a făcut să se oprească după ce a rostit patru cuvinte:

– O să fac asta.

---

[1] Clădiri prefabricate ușoare, realizate din tablă ondulată, cu o secțiune semicilindrică, folosite de armata britanică în cursul Primului Război Mondial în diverse scopuri, iar apoi în cursul celui de Al Doilea Război Mondial de armata americană.

Hovan s-a uitat fix la el, iar pe față a început să i se întindă un zâmbet.

– Harry, stai puțin, a spus Valdez. Cred că ar fi cazul să ne rezervăm timp ca să analizăm ce opțiuni avem.

– Harry, ești convins? a intervenit și Lourdes. Asta e o misiune periculoasă și...

– Lăsați-mă în pace două zile ca să mă pregătesc, a spus Bosch. O să fac încercarea asta.

– Bine, bine, a spus Hovan. Nu vă bărbieriți și să nu faceți nici baie. Mirosul neplăcut al corpului spune totul. Dacă nu duhniți, nu sunteți bun de nimic.

– E bine de știut asta, a spus Bosch.

– Aș putea lua legătura cu un dependent de droguri dacă aveți nevoie de unul pentru a studia problema, a propus agentul.

– Nu, nu e nevoie, a spus Bosch. Cred că știu pe cineva cu care pot discuta despre problema asta. Când vreți să declanșăm acțiunea?

Bosch s-a uitat la fețele celor din jurul mesei. Privirile lor îngrijorate cântăreau mult mai greu decât expresia de entuziasm arborată de Hovan.

– Ce părere aveți de vineri? a spus Hovan. Asta ne-ar permite să punem la punct logistica și să solicităm o echipă de filaj. Poate vă oferim câteva ore de pregătire pentru activitatea sub acoperire cu instructorii noștri.

– Vreau ca el să fie protejat permanent, a spus Valdez. Eu nu am destui oameni pentru a face asta, dar nu vreau ca Harry să rămână ca frunza în vânt.

– Nu va rămâne, a spus Hovan. Îl vom proteja.

– Dar când se va afla în avionul acela? a întrebat Lourdes.

– Vom avea și sprijin aerian, a spus Hovan. Nu-l vom pierde din ochi. Ne vom afla atât de sus deasupra acelui avion încât nici nu vom fi observați.

– Și când aterizează? a întrebat Edgar.

– N-o să vă asigur că totul va fi roz. Când ajunge la Slab City, o să fie pe cont propriu. Dar noi vom fi aproape și pregătiți pentru a primi semnalul.

Lourdes nu a mai avut întrebări de pus. Hovan s-a uitat spre șerif.

– Aveți o fotografie a domnului Bosch pe care s-o putem folosi ca să realizăm un permis de conducere fals?

Valdez a dat afirmativ din cap.

– Avem fotografia pe care am folosit-o pentru legitimația de polițist, a spus el. Căpitanul Trevino vă poate conduce la centrul de operațiuni ca să o luați.

Trevino s-a ridicat și l-a condus pe Hovan afară din sală. Agentul a spus că va ține legătura și va reveni vineri dimineață, pregătit să declanșeze operațiunea sub acoperire.

După plecarea lui, toți și-au îndreptat ochii spre Bosch.

– Ce e? a întrebat el.

– Încă aș vrea să te mai gândești, i-a spus Valdez. Dacă te răzgândești, ne retragem.

Bosch s-a gândit la José junior și la curajul lui naiv.

– Nu, a spus. S-o facem.

– De ce faci asta, Harry? l-a întrebat Lourdes. Ți-ai făcut datoria vreme de ani și ani. De ce faci asta acum?

Bosch a ridicat din umeri. Nu-i plăcea toată atenția ce i se acorda.

– Mă gândesc la puștiul acela care a absolvit facultatea ca să îi urmeze tatălui său, a spus el. Pentru ca apoi să intre în afacere și să descopere acte de corupție. Trece prin toate astea și – mare surpriză – procedează corect și asta îl ucide. Oamenii l-ar putea socoti prost sau naiv. Eu îl consider erou și de aceea intru în jocul ăsta. Îl vreau pe Santos mai mult decât agentul Hovan.

De astă dată a beneficiat de atenția lor deplină.

– Ceea ce i-au făcut lui José Esquivel nu trebuie să rămână nepedepsit, a adăugat Bosch. Dacă asta este cea mai bună cale de a-l prinde pe Santos, atunci vreau să o urmez.

Valdez a dat aprobator din cap.

– Bine, Harry, am înțeles, a spus el. Și suntem alături de tine sută la sută.

Bosch a mulțumit cu o mișcare din cap și s-a uitat la Edgar, fostul lui partener care stătea de cealaltă parte a mesei. Și el a dat din cap. Era alături de el.

17

Haller a fixat interviul cu Legal Siegel pentru acea după-amiază. Fostul avocat al apărării, despre care mulți, printre aceștia numărându-se și Lance Cronyn, și Preston Borders, clientul lui, îl socoteau mort, trăia într-un cămin de bătrâni din zona Fairfax. Bosch l-a întâlnit pe Haller în parcare la ora două după-amiază. L-a văzut pe Haller coborând din automobilul său, un Lincoln. El i-a explicat lui Bosch că pe moment nu avea șofer. Au intrat în clădire. Haller avea în mână o geantă diplomat în care obișnuia să transporte camera video și, pe furiș, un sendviș franțuzesc cu carne de vită[1] pe care îl cumpărase de la restaurantul Cole's din centru.

– Asta-i o instituție koșer, a explicat Haller. Nu se permite aducerea de mâncare din afară.

– Ce se întâmplă dacă te prind? l-a întrebat Bosch.

– Nu știu. Probabil că mi se va interzice pe viață să mai vin aici.

– Deci Siegel ne va da interviul?

– Așa a zis. După ce mănâncă, va fi dispus să vorbească.

---

[1] Sendviș cu carne de vită, la care se folosește o baghetă, motiv pentru care se numește franțuzesc.

În hol, au semnat drept avocat și, respectiv, investigator al lui David Siegel. După ce a semnat ca investigator, Bosch și-a amintit ceva.

– Ce mai face Cisco? a întrebat el.

Dennis „Cisco“ Wojciechowski era de multă vreme investigatorul lui Haller. În urmă cu doi ani, el și motocicleta lui fuseseră trântiți la pământ într-un accident de la locul căruia făptașul fugise. Cisco suferise trei intervenții chirurgicale la genunchiul stâng și devenise dependent de vicodin[1] și a avut nevoie de șase luni ca să-și dea seama de asta, după care a renunțat la acel medicament.

– E bine, a spus Haller. Chiar bine de tot. A revenit la treabă și e ocupat.

– Aș vrea să discut cu el.

– Nicio problemă. Îi pot spune despre ce e vorba?

– Am un prieten despre care cred că e dependent de heroină falsă. Vreau să-l întreb ce să caut și ce să fac.

– Atunci el e omul potrivit. O să-l sun imediat ce plecăm de aici.

Au coborât din lift la etajul doi, iar Haller a informat-o pe femeia de la biroul de asistență medicală că venise în vizită la clientul său, David Siegel, și că dorea să nu fie deranjat. Apoi a pornit pe coridor spre camera lui Siegel. Haller a scos un bilet dintr-un buzunar interior al sacoului, pentru a-l agăța de mânerul ușii. Pe el scria „Consultație juridică: nu deranjați“. În timp ce a instalat biletul, i-a făcut semn cu ochiul lui Bosch, după care a închis ușa în urma lor.

Televizorul fixat pe perete, cu sonorul dat foarte tare, era pus pe canalul CNN, care transmitea o știre legată de o investigație a Congresului privind amestecul Rusiei în alegerile prezidențiale din anul precedent. Bătrânul, rezemat de perne, pe patul de spital, urmărea emisiunea. După cum arăta, nu părea să cântărească mai mult de cincizeci de kilograme, și avea părul alb și rărit, care, așa cum stătea cu capul pe pernă, se răsfirase ca un halou. Purta un

[1] Medicament prescris pentru calmarea durerilor.

tricou cu guler, având emblema clubului de golf Wiltshire. Avea brațele subțiri, iar pielea lor era zbârcită și prezenta pete din cauza vârstei înaintate. Mâinile îi păreau lipsite de viață, și erau așezate pe pătura cu care se acoperise peste piept.

Haller a ocolit patul și a fluturat o mână ca să îi atragă atenția bătrânului țintuit la pat.

– Unchiule David, a spus Haller cu voce tare. Bună. O să dau ăsta mai încet.

Haller a luat telecomanda de pe noptieră și a tăiat sonorul televizorului.

– Ai dracu' rușii ăștia, a bombănit Siegel. Sper să mai trăiesc până să-l pot vedea pe tipul ăsta pus sub acuzare.

– Exprimat ca un stângist adevărat, a spus Haller. Dar mă-ndoiesc c-o să se întâmple asta.

S-a întors spre bătrânul din pat.

– Ia zi, cum te simți? El e Harry Bosch, fratele meu vitreg. Ți-am povestit despre el.

Siegel și-a îndreptat ochii apoși spre Bosch și l-a studiat.

– A, tu ești acela, a spus el. Mickey mi-a vorbit despre tine. A spus că ai venit la mine acasă cândva.

Bosch și-a dat seama că Siegel se referea la Michael Haller senior, tatăl lui. Bosch îl întâlnise doar o dată, în conacul din Beverly Hills. Era bolnav, și avea să moară la scurt timp după aceea. Iar la acea dată, Bosch abia se întorsese din războiul din Asia de Sud-Est. Când intrase în casă, văzuse un băiat de cinci sau șase ani stând împreună cu o menajeră. Știa deja că avea un frate vitreg. O lună mai târziu se afla pe coasta unui deal și a urmărit cum tatăl lui era înhumat.

– Da, a spus Bosch. Asta a fost de mult.

– În fine, a spus Siegel. Pentru mine a fost și mai de mult. Cu cât trăiești mai mult, cu atât ți-e mai greu să crezi cum se schimbă lucrurile.

A făcut un semn chinuit spre ecranul televizorului fără sonor.

– Ți-am adus ceva care nu s-a schimbat de o sută de ani. Venind încoace, am trecut pe la Cole's și ți-am luat un sendviș franțuzesc.

– Cei de acolo gătesc bine, a spus Siegel. N-am mâncat de prânz, pentru că știam că vii. Ridică-mă.

Haller a luat altă telecomandă de pe masă și i-a aruncat-o lui Bosch. În timp ce Haller a deschis geanta diplomat ca să scoată sendvișul, Bosch a făcut porțiunea superioară a patului să se ridice până când Siegel a ajuns într-o poziție aproape de cea în șezut.

– Ne-am mai întâlnit, a spus Bosch. Într-un fel. M-ați interogat ca martor în cazul despre care vom discuta astăzi.

– Sigur, a spus Siegel. Țin minte. Ai fost foarte minuțios. Un martor bun pentru acuzare.

Bosch a mulțumit cu o mișcare din cap, în timp ce Haller a prins un șervet pe sub gulerul desfăcut al cămășii bătrânului. A deschis un recipient din polistiren în care se afla sos și l-a așezat pe masă. Siegel a luat imediat o jumătate de sendviș, a înmuiat un capăt al acestuia în sos și a început să mănânce, luând mușcături mici și savurând fiecare înghițitură. Cât Siegel a mâncat sendvișul, gândindu-se la vremuri de demult, Haller a scos minicamera video din geantă și a așezat-o pe un trepied pe masa de deasupra patului. A reglat masa, timp în care a verificat încadrarea imaginii, iar după aceea au fost pregătiți pentru interviu.

Lui Legal Siegel i-au trebuit treizeci și cinci de minute ca să mănânce sendvișul franțuzesc. Bosch a așteptat răbdător cât Haller l-a întrebat pe bătrân despre vremurile de odinioară, pregătindu-l astfel pentru interviu. În cele din urmă, Siegel a făcut ghem ambalajul sendvișului, semn că a încheiat masa. L-a aruncat spre coșul de gunoi dintr-un colț al camerei și a fost cât pe ce să nimerească în el. Haller a cules ghemotocul de hârtie și l-a pus în geanta diplomat.

– Ești gata, unchiule Dave? a întrebat Haller.

– De mult sunt gata, a spus Siegel.

Haller a scos șervetul de sub gulerul cămășii lui Siegel și a reglat camera încă o dată înainte de a ține degetul pe butonul de pornire a înregistrării.

– În regulă, începem, a spus el. Uită-te la mine, nu la obiectivul camerei.

– Nu-ți face griji, se foloseau camere de filmare când încă eram în activitate, a spus Siegel. Nu sunt chiar un dinozaur.

– Mă gândeam că poate ți-ai ieșit din mână.

– Nu se întâmplă așa ceva.

– Bine, atunci să începem. Trei, doi, unu, filmăm.

Haller l-a prezentat pe Siegel și a precizat data, ora și locul realizării interviului. Cu toate că obiectivul camerei era îndreptat exclusiv asupra lui Siegel, Haller s-a prezentat pe sine și apoi pe Bosch. După aceea, a întrebat:

– Domnule Siegel, cât timp ați practicat avocatura în comitatul Los Angeles?

– Aproape cincizeci de ani.

– Erați specializat ca avocat al apărării în cazuri penale?

– Specializat? Asta era toată practica, sigur.

– A existat un moment în care ați reprezentat un bărbat pe nume Preston Borders?

– Preston Borders a apelat la serviciile mele în apărarea sa după ce fusese acuzat de crimă, la sfârșitul anului 1987. Procesul s-a desfășurat în anul următor.

Haller l-a făcut să relateze despre fazele procesului, întâi despre audierea preliminară, pentru a stabili dacă acuzația stătea în picioare, apoi despre procesul cu jurați. Haller a avut grijă să evite orice întrebări privind discuțiile interne privind cazul, deoarece acestea erau comunicări privilegiate între avocat și client. După ce cazul a fost rezumat până în momentul verdictului de vinovat și la condamnarea ulterioară la moarte, Haller a trecut la vremurile actuale.

– Domnule Siegel, aveți cunoștință de noul efort juridic ce se întreprinde în numele fostului dumneavoastră client pentru anularea sentinței după aproape treizeci de ani?

– Am cunoștință de asta. Tu mi-ai adus la cunoștință acest lucru.

– Sunteți conștient că, în petițiile legale, domnul Borders susține că l-ați îndemnat să comită sperjur în timpul procesului, spunându-i să mărturisească lucruri despre care știați amândoi că nu sunt adevărate?

– Da, am cunoștință și de acest lucru. M-a azvârlit sub autobuz, ca să utilizez o expresie folosită în prezent.

Glasul lui Siegel devenise rigid din cauza furiei pe care încerca să și-o controleze.

– Mai precis, Borders susține că i-ați influențat mărturia făcută sub jurământ privind cumpărarea de către el a unui pandantiv în formă de căluț-de-mare de pe digul din Santa Monica. I-ați sugerat domnului Borders să declare așa ceva?

– Sunt sigur că nu am făcut-o. Dacă a mințit, a făcut-o pe proprie răspundere și îndemnat de propria conștiință. De fapt și de drept, eu nu am vrut ca el să depună mărturie la proces, dar el a insistat. Am socotit că nu aveam de ales, de aceea l-am lăsat să vorbească, iar acest lucru l-a împins spre condamnarea la moarte. Jurații nu au crezut niciun cuvânt din ceea ce a spus el. După verdict, am discutat cu câțiva dintre jurați, și ei mi-au confirmat acest lucru.

– Ați avut vreun moment intenția de a formula o apărare care să includă acuzația că detectivul principal din acest caz plasase în secret pandantivul cu căluțul-de-mare în locuința clientului dumneavoastră pentru a-l incrimina?

– Nu, n-am avut. Noi am verificat ambii detectivi, iar punerea la îndoială a integrității lor nu reprezenta o opțiune. Nici n-am încercat așa ceva.

– Mi-ați permis astăzi să vă iau acest interviu în mod liber și fără nicio presiune din afară?

– Eu m-am oferit. Sunt bătrân, dar nu voi îngădui să mi se pângărească integritatea pe care am dovedit-o în cursul unei cariere de patruzeci și nouă de ani fără să scot vreo vorbă în apărarea mea. Să-i ia dracu' pe toți.

Haller s-a aplecat departe de camera de filmare, pentru că nu se aștepta limbajul colorat în mod deosebit. S-a străduit ca pe fondul sonor al înregistrării să nu apară și hohotele lui de râs.

– O întrebare finală, a reușit el să spună. Înțelegeți că acordarea acestui interviu astăzi ar putea da naștere unei investigații și a unor sancțiuni împotriva dumneavoastră din partea baroului din California?

– Cei de acolo pot să vină și să mă ridice, dacă asta vor. Nu m-am temut niciodată de confruntări. S-au arătat îndeajuns de ridicoli să creadă și să tipărească necrologul pe care li l-am trimis. Să vină la mine.

Haller a întins o mână și a oprit înregistrarea.

– A fost bine, unchiule David, a spus el. Cred că asta ne va fi de folos.

– Vă mulțumesc, a spus Bosch. Știu că ne va fi de folos.

– Cum am spus, să se ducă dracului, a repetat Siegel. Dacă vor o confruntare, vor avea parte de ea.

Haller s-a apucat să strângă camera de filmare.

Siegel a întors capul puțin și s-a uitat la Bosch.

– Îmi amintesc de tine la proces, a spus el. Îmi dădusem seama că tu rosteai adevărul și că Borders era terminat. Știi ceva? În peste patruzeci de ani de activitate, el a fost singurul client al meu care avea să ajungă pe lista condamnaților la moarte. Și niciodată nu am avut resentimente în legătură cu asta. Ajunsese acolo unde trebuia să ajungă.

– În fine, a spus Bosch, cu puțin noroc, va rămâne acolo.

Douăzeci de minute mai târziu, Bosch și Haller se aflau alături de mașinile lor din parcare.

– Ascultă, ce părere ai? a întrebat Bosch.

– Cred că nu și-au găsit avocatul potrivit cu care să se ia în bețe, a spus Haller. Mi-a plăcut replica aia, cu „Să-i ia dracu'".

– Da. Dar ei au crezut că el era mort.

– Or să dea ei de dracu' miercurea viitoare, asta e clar. Doar că, dacă putem, trebuie să păstrăm în secret toate astea.

– De ce să nu putem?

– E vorba de cine are dreptul să te reprezinte. Voi depune un dosar pentru tine ca parte intermediară. E posibil ca procurorul districtual să obiecteze, susținând că procuratura te reprezintă deja pe tine ca investigator principal în acel caz. Dacă eu pierd lupta asta, atunci s-ar putea să depun un dosar în numele lui Legal Siegel ca să pot să mă strecor în această situație. Asta e tot ce dorim, să facem obstrucții, ca să dovedim dreptatea poziției noastre.

– Crezi că judecătorul va admite acest interviu în cadrul anchetei?

– Cred că parțial, cel puțin. Am început dinadins cu chestiile de bază. Ca să-i amorțim pe Cronyn și Kennedy și să creadă că e vorba de un fleac. Apoi, *buum*, voi pune întrebarea despre sperjur. Asta trece granița, pătrunzând în zona privilegiilor, așa că vom vedea. Sper că judecătorul va fi deja oarecum intrigat și va spune că vrea să urmărească totul. Am făcut verificări în ce-l privește. Aici am avut noroc. Judecătorul Houghton stă pe fotoliul lui de douăzeci de ani, și a practicat avocatura vreme de douăzeci de ani înainte. Asta înseamnă că știa de Legal în vremea cât a fost în activitate. Sper că îi va oferi o șansă bătrânului și va asculta ce are el de spus.

– De-a lungul anilor, am avut o serie de cazuri în fața judecătorului Houghton. Îi place să audă toată povestea în respectivele cazuri. Cred că va dori să audă ce are de spus Legal. Dar în ce-l privește pe Borders? Va depune mărturie în situația asta?

– Mă îndoiesc. Asta ar fi o greșeală. Dar se va afla acolo, și vreau să-i văd fața când îl vom prezenta pe ecran pe Legal Siegel, cu declarația lui.

Bosch a dat aprobator din cap. S-a gândit la faptul că, după atât de mulți ani, va trebui să stea din nou față în față cu Borders. Și-a dat seama că nici măcar nu era sigur că mai știa cum arăta acel om. Din câte își amintea, Borders era o siluetă neclară, cu ochi străpungători. Pentru Bosch, căpătase proporțiile unui monstru, asta în imaginația lui.

– Acum va trebui să accelerezi lucrurile, a spus Haller.

– Cum asta? s-a mirat Bosch.

– Ceea ce avem până acum e bine, dar nu suficient de bine. Te avem pe tine, îl avem pe Legal Siegel și mai avem ADN-ul în chestiune, care pare a fi singura treabă în posesia lui Cronyn. Însă avem nevoie de mai multe elemente. Ne trebuie tot ansamblul. Despre asta e vorba aici. Ei te atacă deoarece, chipurile, ai pus toate astea în spinarea unui om nevinovat.

– Mă ocup de asta.

– Atunci, lucrează mai hotărât, fratele meu.

Pregătit de plecare, Haller a deschis portiera mașinii lui.

– O să-l pun pe Cisco să-ți telefoneze, a spus el.

– Aș aprecia asta, a spus Bosch. Și, apropo, s-ar putea să nu dai de mine vreme de câteva zile. Am ceva de făcut în legătură cu cazul meu din San Fernando. Probabil că nu-ți voi putea răspunde.

– Ce caz, domnule? Ăsta ar trebui să fie singurul tău caz. Prioritatea numărul unul.

– Știu asta, dar nici celălalt caz nu poate aștepta. M-am ocupat de el. O să mă gândesc la toate, și, după aceea, o să depășim toate obstacolele.

– Astea reprezintă ultimele cuvinte înainte de moarte, cum că „vom depăși toate obstacolele". Să nu stai departe prea multă vreme.

Haller s-a lăsat pe scaunul șoferului și a închis portiera. Bosch l-a urmărit dând mașina în marșarier și apoi îndepărtându-se.

18

Bosch încheiase o înțelegere cu Bella Lourdes privind cazul de la San Fernando. El va pleca pentru a se ocupa de unele probleme personale și pentru a se pregăti pentru misiunea de agent sub acoperire, în vreme ce ea și ceilalți membri ai echipei de detectivi vor continua să urmărească toate căile de investigație, în vederea pregătirii operațiunii ce urma să se declanșeze în ziua de vineri. Acest lucru îi oferea lui Bosch o zi și jumătate pentru a urmări ansamblul Borders, așa cum se exprimase Haller, precum și o întâlnire cu instructorii DEA, privind pregătirea de agent sub acoperire, lucru sugerat de Hovan.

După ce discutase cu Haller, Bosch își dăduse seama că poate încă de la început se concentrase greșit asupra lui Borders. Asta deoarece știa că Borders era vinovat, el se afla pe lista condamnaților la moarte, Bosch îl plasase la originea înscenării. El era răufăcătorul, monstrul, astfel că aceea fusese orchestrarea lui șireată, ultima încercare a lui de a manipula sistemul și de a încerca să scape de închisoare prin mijloace legale.

Însă acum a înțeles că acest lucru era greșit. Punctul de pornire era Lance Cronyn. Avocatul se afla în centrul fiecărei etape a acelui caz. Deși se prezentase ca avocat cu o conștiință curată, care dorea să aducă în atenția autorităților o nedreptate făptuită de justiție, acum se vedea limpede că el era singurul care manipula Biroul Procurorului Districtual, Departamentul de Poliție Los Angeles și, probabil, pe însuși Borders.

Rămas în mașină, în fața căminului de bătrâni în care se afla Legal Siegel, Bosch și-a lăsat încheietura unei mâini pe volan și a bătut darabana cu degetele în bord, timp în care s-a gândit la următoarele mișcări pe care avea să le facă. Trebuia să fie prudent. În cazul în care ar fi mirosit o investigație făcută de Bosch în ceea ce-l privea, se putea ca Lance Cronyn să dea fuga la judecător și la procurorul districtual ca să susțină că era victima unor acțiuni de intimidare. Bosch încă nu era sigur care era primul pas pe care trebuia să-l facă, însă el apelase întotdeauna la o filozofie directă când se trezea blocat în logica unui caz. Atunci se retrăgea și după aceea se mișca rapid înainte, iar inerția produsă de ceea ce știa îl ducea mai departe.

A mers spre momentul în care Cronyn putuse să conceapă planul și apoi începuse să îl pună în aplicare. A socotit că acel moment fusese marcat de moartea lui Lucas John Olmer. După aceea, Bosch a început să facă asociații libere, folosind elementele cunoscute ale cazului ca puncte intermediare între aspectele necunoscute.

A socotit că totul a demarat când Cronyn a aflat că Olmer, clientul lui, murise în închisoare. Ce a făcut? A trimis la arhive tot ce se strânsese despre Olmer de-a lungul anilor? A aruncat o ultimă privire de dragul trecutului? Indiferent de motive, Cronyn revăzuse dosarele și asta i-a adus în minte o strategie la care nu se apelase: sperma identificată ca fiind a lui Olmer prelevată ca probă în cazurile de viol. Judecătorul ceruse laboratorului poliției să împartă materialul genetic cu un laborator independent, la alegerea lui Cronyn. Materialul a fost trimis acolo și a fost testat sau nu, și aceea a fost ultima evidență a locului în care s-a aflat acea probă.

Bosch a continuat să gândească, străduindu-se să pună elementele cap la cap. După moartea clientului său, probabil Cronyn apelase la laborator și ceruse ca materialul genetic să îi fie înapoiat. Suspectul murise, cazul era închis, iar procurorul punea capăt lucrurilor.

Care era scopul lui? Să câștige bani? Bosch așa credea. Banii erau întotdeauna prezenți. În situația de față, Borders avea șansa de a primi milioane de dolari din partea autorităților ca despăgubire pentru condamnare nedreaptă. Avocatul care mijlocea această despăgubire avea să primească aproximativ o treime din sumă.

Revenind la teoria cazului în evoluție, Bosch știa că Lance Cronyn era avocatul lui Olmer de multă vreme și, prin urmare, știa mai multe despre violator și activitățile lui decât oricine altul. Cronyn revede trecutul în Los Angeles, caută prin ziarele de arhivă un caz care să semene cu cel al lui Olmer. Un caz care să fi existat înainte de introducerea ADN-ului ca probă. Un caz în care putea folosi ADN-ul ca soluție.

Și așa îl găsește pe Preston Borders. Condamnat pentru crimă într-un caz în care probele au fost în mare măsură conjuncturale, cu excepția faptului că pandantivul sub formă de căluț-de-mare fusese singura probă solidă împotriva lui. Cronyn știe că aducerea în discuție a ADN-ului unui violator în serie într-un caz ar fi totuna cu explozia unei bombe. Dacă se elimină existența căluțului-de-mare, ADN-ul este ca o cheie de aur care deschide ușa celor aflați pe lista condamnaților la moarte.

Bosch a apreciat asta. Până în acel moment, totul funcționa. Dar nu ar mai fi făcut niciun pas mai departe fără ca mai întâi să îl includă pe Borders drept componentă care să participe de bunăvoie la planul lui. Desigur, acest lucru nu ar fi fost greu de realizat. Borders era pe lista de așteptare, nu mai avea dreptul la recurs și timpul nu se scurgea în favoarea lui, mai ales că în stat se votase recent în favoarea unei măsuri de a accelera finalizarea cazurilor de condamnare la moarte. Cronyn apare și îi oferă o soluție de potențială ieșire din închisoare, la care se adaugă o bonificație cu șapte sau opt cifre: eliberarea și scăparea de condamnare la moarte şi solicitarea ca oraşul Los Angeles să îl despăgubească pentru necazurile îndurate. Putea Borders să spună: „Nu mă interesează?"

Bosch şi-a dat seama că avea o cale de a confirma parţial această teorie. A întins mâna spre scaunul din dreapta, pe care aşezase dosarele de caz ale lui Borders. A ridicat jumătatea de sus a teancului, care era prinsă cu o bandă elastică, pe care a îndepărtat-o, a răsfoit dosarul şi s-a grăbit să ajungă la scrisoarea pe care Cronyn o trimisese Unităţii de Verificare a Integrităţii Condamnărilor. Era punctul oficial de pornire pentru posibila înscenare. Pe Bosch îl interesa în primul rând data trecută pe scrisoare. Fusese expediată de Cronyn în anul precedent, în luna august. Ofiţerul Jericho spusese că Lance Cronyn îl vizita pe Borders lunar, în prima zi de joi începând cu luna ianuarie a anului precedent.

Cronyn mersese la San Quentin şi discutase în câteva rânduri cu Borders, după care trimisese scrisoarea la Biroul Procurorului Districtual. Dacă acesta nu era un indiciu privind clocirea unei conspiraţii şi a unui plan, atunci ce putea fi?

Animat de faptul că reuşise să facă o legătură ce putea fi documentată la audierea din săptămâna următoare, Bosch a început să gândească febril. Problema era punerea în aplicare a planului. Reuşise să facă legătura între Cronyn şi Borders. ADN-ul lui Olmer era în posesia lui Cronyn. Acum, Bosch trebuia să facă al treilea pas. Modul de punere în execuţie a planului.

A hotărât să despartă posibilităţile în două părţi, elementul separator fiind filmul pe care l-a făcut Tapscott, în care Lucia Soto desigila cutia cu probe, de presupus după mulţi ani în care ea rămăsese netulburată pe un raft din sectorul de păstrare a probelor de la Departamentul de Poliţie Los Angeles.

Dacă proba era deja în cutie când Soto a deschis-o, însemna că ea fusese plasată înainte de asta – cel mai probabil în intervalul dintre vizitele lui Cronyn la San Quentin pentru a-l întâlni pe Borders, adică între lunile ianuarie şi august, când trimisese scrisoarea către Biroul Procurorului Districtual, după ce ajunsese la o înţelegere cu

Borders privind planul de urmat. Asta însemna că era vorba de mult timp, iar Bosch și-a dat seama că, în mod realist, va avea nevoie de ajutorul Luciei Soto pentru a identifica persoana care ar fi putut avea acces la cutie.

În spațiul de dimensiunile unui teren de fotbal, arhivele erau monitorizate cu strictețe, iar accesul era documentat la niveluri multiple. Personalul era alcătuit din numeroși civili angajați cu contract, care lucrau sub supravegherea unui căpitan de poliție. Accesul la probe era restricționat la ofițeri, care trebuiau să prezinte documente corespunzătoare și o amprentă a degetului mare pentru orice solicitare, și existau și camere de supraveghere care înregistrau permanent ce se petrecea în locurile de consultare a probelor.

Dacă proba genetică fusese plasată după ce Tapscott și Soto au luat cutia de la arhivă, însemna că existau o serie de locuri de-a lungul lanțului de păstrare în custodie în care s-ar fi putut întâmpla asta. Probabil că detectivii au predat personal conținutul cutiei cu probe către laboratorul de la Cal State Los Angeles pentru examinare și analiză în secția de serologie. Asta aducea în discuție câțiva laboranți care puteau avea acces la îmbrăcămintea ce se examina. Însă asta presupunea o sumedenie de *poate*. Bosch știa că aceste cazuri erau încredințate aleatoriu tehnicienilor și că existau câteva verificări de integritate prevăzute în protocoale pentru personalul de la secția ADN pentru a se evita modificarea, contaminarea și falsificarea probelor, cu intenție sau fără. În zilele de început ale folosirii ADN-ului în procedurile criminale, știința și protocoalele erau atacate din toate părțile și atât de frecvent, încât, cu timpul, măsurile de protecție făcuseră ca laboratorul să devină aproape impenetrabil. Bosch știa că această parte a ecuației era cel mai greu de rezolvat.

Cu cât se gândea mai mult la cele două posibilități, cu atât credea mai mult că era improbabil ca plasarea acelei probe să se fi petrecut în laborator. Încredințarea aleatorie a fiecărui caz către un tehnician părea să elimine acea posibilitate. Chiar în eventualitatea, improbabilă, că avea la mână un tehnician corupt, Lance Cronyn nu avea cum să fie sigur în niciun caz că omul lui va primi cazul, fără a mai vorbi de faptul că el nu putea avea acces pentru a plasa materialul ADN pe pijamaua lui Danielle Skyler.

Bosch a revenit la cutia cu probe și la posibilitatea ca ea să fi fost forțată înainte ca Soto să îndepărteze sigiliile și să o deschidă în timp ce Tapscott o filma. A scos telefonul de unică folosință pe care avea filmarea și a urmărit încă o dată operațiunea de deschidere a cutiei. Sigiliile erau intacte când Soto le tăiase și desfăcuse clapele cutiei. Nu a constatat nimic nelalocul său și asta l-a nedumerit din nou.

S-a gândit să îi trimită un mesaj-text Luciei Soto și să o întrebe dacă are acces la înregistrările făcute de camerele de supraveghere din arhivă și dacă solicitase să le vizioneze. Însă și-a dat seama că o astfel de întrebare o va face probabil să devină suspicioasă în legătură cu activitățile lui. La urma urmelor, Tapscott o filmase pe Soto deschizând cutia, întrucât cei doi detectivi doreau să aibă o confirmare video a faptului că sigiliile de pe cutie erau intacte. Filmaseră operațiunea de deschidere pentru a evita să mai solicite înregistrările făcute de camera de supraveghere aflată deasupra lor. Era improbabil ca ei să dorească să facă acest lucru acum pentru Bosch. Erau satisfăcuți că nu se constatase nicio intervenție la conținutul cutiei și că materialul ADN al lui Olmer rămăsese în cutie încă de la început.

A urmărit încă o dată filmul, de această dată fără sonor, ca să nu mai audă comentariile făcute de Tapscott, astfel încât să se poată concentra asupra imaginilor în care Soto folosise un cutter ca să desigileze cutia. Când a ajuns la jumătatea filmului, telefonul cel bun a început să sune, de aceea a oprit derularea lui și a lăsat telefonul de unică folosință în suportul pentru cană din centrul consolei. A scos telefonul din buzunar și a văzut pe ecran un număr pe care nu l-a recunoscut și, cu toate astea, a răspuns.

– Alo.

– Harry Bosch?

– Da.

– Cisco. Mi-a spus Mickey că dorești să discuți cu mine.

– Da, ce mai faci?

– Sunt bine. Care-i mișcarea?

– Aș vrea să ne întâlnim ca să discutăm. E vorba de ceva confidențial. Prefer să discutăm față în față.

– Ce faci în momentul ăsta?

– A, stau într-o parcare, aproape de liceul Fairfax.

– Nu sunt prea departe de acel loc. La ora asta din zi, la etajul restaurantului Greenblatt's e destulă liniște. Ne întâlnim acolo?

– Da, pot veni.

– Nu vrei nici măcar să-mi sugerezi despre ce vorbim?

Bosch simțise dintotdeauna o oarecare iritare a lui Cisco în timpul celor câteva ocazii când se aflaseră unul în compania celuilalt. El pusese acest lucru pe seama ostilității obișnuite dintre cei care lucrează pentru apărare și cei care lucrează pentru acuzare. La asta se adăuga faptul că, înainte ca Haller să îl angajeze, Cisco făcuse parte din Road Saints (Sfinții Șoselelor) – o bandă de motocicliști, după aprecierea poliției, deși, după părerea membrilor, ei alcătuiau un club. Pe de altă parte, exista și puțină gelozie. Bosch și șeful lui Cisco aveau o legătură de sânge, ceea ce le conferea o apropiere unică, la care Cisco nu putea aspira. Bosch s-a gândit că, într-o bună zi, Cisco ar putea deveni îngrijorat că Bosch îi va lua locul ca investigator pentru apărare. După părerea lui Haller, așa ceva era imposibil.

A hotărât să-i ofere mai mult decât o sugestie.

– Vreau să mă ajuți să acționez sub acoperire ca persoană dependentă de oxicodonă.

Înainte de a răspunde, Cisco a rămas tăcut câteva clipe.

– Da, a spus el într-un târziu. Pot face asta.

19

Un sfert de oră mai târziu, Bosch se instalase într-un separeu din încăperea de la etaj a restaurantului Greenblatt's de pe Sunset Boulevard, sorbind când și când din ceașca de cafea și urmărind din filmul fără sonor. Locul era pustiu, cu excepția unei mese ocupate, aflată de cealaltă parte a camerei.

A auzit sunetul călcăturii unor pași metodici și lenți pe treptele din lemn ale scării care ducea la etaj. Bosch a oprit derularea filmului și curând l-a văzut pe Cisco. Era un bărbat masiv, care făcea sală ca un apucat și, ca de obicei, purta un tricou negru cu inscripția Harley Davidson care îi stătea strâns pe pieptul musculos și pe bicepși. Avea părul încărunțit legat într-o coadă de cal și purta ochelari de soare model Wayfarer. Ținea în mână un baston negru, cu flăcări pictate pe el, și avea o genunchieră la un picior.

– Bună, Bosch, a spus el, în timp ce s-a strecurat în separeu așezându-se de cealaltă latură a mesei.

S-au salutat atingându-și palmele făcute pumn.

– Cisco, a spus Bosch. Ne puteam vedea la parter, ca să nu mai fii silit să urci scara.

– Ba nu, aici e mai liniște, și urcarea scării face bine la genunchi.

– Cum se vindecă genunchiul?

– Totu-i bine. Am revenit la motocicletă și la slujbă. Singurul lucru de care mă plâng e că dimineața, când cobor din pat, am probleme. Atunci mă doare genunchiul de înnebunesc.

Bosch a dat din cap și a făcut un semn cu mâna spre lucrurile pe care le adusese Cisco.

– Ce sunt toate astea?

– Fac parte din recuzită. E tot ce-ți trebuie.

– Povestește-mi.

– Vrei să cumperi din farmacii, așa e? Să faci teancuri de rețete? Așa procedează cei dependenți.

– Hm, adevărat.

– Am făcut asta vreme de un an. Nu m-a refuzat nimeni, niciodată. Te duci în locurile astea, și oamenii vor să câștige bani, ca oricine altcineva. Nu se uită la tine ca să te alunge de acolo, se uită doar ca să se convingă. Îți pui o genunchieră – ai grijă să o așezi peste cracul pantalonilor – și să folosești un baston, și n-o să întâmpini nicio problemă.

– Asta-i tot?

Cisco a ridicat din umeri.

– Mie mi-a mers așa. Am cumpărat cu cinci miare o prescripție de la un doctor corupt din La Habra. L-am pus să-mi semneze fiecare rețetă. Eu m-am ocupat de restul. Le completam și orice farmacie mama-și-tata[1] din East Los Angeles îmi elibera medicamentele. După șase săptămâni strânsesem peste o mie de pilule. Și atunci am făcut o înțelegere cu mine însumi. Când aveam să rămân fără ele, o s-o iau în piept și mă las. Și am reușit.

– Mă bucur că ți-a ieșit, Cisco.

– Da, a fost grozav. Și eu mă bucur.

– Deci, n-ai primit ajutor de la VA?[2]

---

[1] În original, termen argotic *mom-and-pop,* însemnând un magazin mic, în care lucrează soțul și soția.

[2] Acronim pentru Veterans Affairs, instituție guvernamentală care se ocupă de starea de sănătate a veteranilor.

– Să-i bag în mă-sa, în primul rând, doctorii de la VA au fost cei care m-au făcut să devin dependent după operațiile pe care le-am suferit. Apoi s-au debarasat de mine și m-au aruncat în stradă, drogat, încercând să-mi păstrez slujba și să-mi întrețin soția. Să-i ia dracu' pe cei de la VA. Nu mă mai întorc niciodată la ei.

Povestea aceea nu venea ca o surpriză pentru Bosch. Era povestea privind o epidemie. Oamenii încep să aibă dureri și vor să scape de ele și să se simtă bine. Apoi se trezesc dependenți și au nevoie de mai multe pastile decât cele care le sunt prescrise. Iar oameni ca Santos umplu acest gol, și după aceea nu mai există cale de întoarcere.

– Și după ce-ai terminat pastilele, ce ai făcut?

– Am cumpărat un deschizător de conserve.

– Poftim?

– Un deschizător și conserve care să-mi folosească timp de treizeci de zile. Apoi l-am rugat pe un prieten să mă instaleze într-o cameră fără ferestre, care să aibă toaletă și să bată ușa în cuie. A revenit după o lună, iar eu scăpasem de dependență. N-o să mai înghit niciodată o pastilă din aia. Sunt în stare să suport pe viu durerea provocată de extragerea unui nerv de la o măsea, dar tot n-aș mai lua o asemenea pilulă.

Bosch nu a putut decât să dea aprobator din cap când Cisco a terminat de vorbit. De masa lor s-a apropiat o chelneriță și Cisco a comandat un ceai rece și o murătură cu usturoi, tăiată în patru.

– Nu vrei mai mult de atât? l-a întrebat Bosch. Plătesc eu masa de prânz.

– Nu, e de ajuns. Îmi plac murăturile pe care le fac cei de aici. Saramura cu usturoi. A, încă un lucru, evită contactul vizual. În farmacii. Stai cu capul plecat, dă-le rețeta și cardul de identitate, dar nu stabili un contact vizual.

– Am priceput. Oamenii cu care lucrez o să-mi dea și un card Medicare.

– A, sigur, așa economisești o groază de bani. Să plătească guvernul.

Bosch l-a aprobat dând din cap.

– Te superi dacă te întreb de ce faci asta? s-a interesat Cisco.

– Lucrez la un caz, a spus Bosch. Doi farmaciști uciși în San Fernando. Tată și fiu.

– Da, am citit despre caz. Se pare că e vorba de niște oameni periculoși. Ai susținere? Pentru moment, sunt liber.

– Am suport. Dar apreciez oferta.

– Dom'le, am fost în groapa cu lei. Știu cum stau lucrurile. Aș face orice ca să te ajut.

Bosch a dat aprobator din cap. Știa că Sfinții Șoselelor, „clubul" de motocicliști din care făcea parte Cisco, fuseseră suspectați, la un moment dat, de producerea și transportarea metamfetaminei cristalizate, un drog care avea efecte la fel de devastatoare ca și oxicodona pentru cei dependenți. Chelnerița a sosit cu un pahar cu ceai și o murătură feliată, scutindu-l pe Bosch de a aduce în discuție ironia pe care o reprezenta oferta lui Cisco.

Cisco s-a folosit de degete ca să ia de pe farfurie o felie din murătură, apoi a mâncat-o din două mușcături. Când chelnerița adusese farfuria, Bosch dăduse telefonul deoparte și, fără să vrea, activase imaginea înghețată pe ecran. Cisco a împuns cu un deget spre telefon.

– Ce-i chestia de acolo? a întrebat el.

Pe ecran rămăsese nemișcată imaginea în care Soto, folosind cutterul, tăia sigiliile de pe cutia cu probe. Bosch a ridicat telefonul.

– Nu-i nimic, a spus el. Alt caz. Încercam să depistez ceva cât te-am așteptat să sosești.

– E cazul la care lucrezi cu Mickey? l-a întrebat Cisco.

– Hmm, da. Dar trebuie să lămuresc ceva înainte de a merge împreună în instanță.

– Pot să mă uit și eu?

– Nu, e vorba de ceva privat. Nu te pot lăsa să vizionezi – dar, în fine, de ce nu?

Bosch și-a dat seama că rămăsese în pană de idei când venea vorba cutia sigilată. Probabil că niște ochi proaspeți aveau să aducă o idee nouă.

– E un film în care este prezentată deschiderea unei cutii cu probe, și oamenii au înregistrat totul ca să facă dovada că nimeni nu a umblat la conținutul ei. Pentru a dovedi că nimeni nu s-a amestecat.

Bosch a pornit filmul de la început, a lăsat telefonul pe masă, după care s-a întors spre Cisco. În plus, a pornit sonorul, sperând că perechea de la masa de la celălalt capăt al încăperii să nu ridice nicio obiecție.

Cisco s-a aplecat peste masă și s-a uitat la ecran, timp în care a mai mâncat o felie de murătură. După ce a înghițit, s-a îndreptat de spate.

– Mi se pare normal, a spus el.

– Ca și cum nimeni nu ar fi modificat conținutul cutiei? l-a întrebat Bosch.

– Exact.

– Da, asta e și părerea mea.

Bosch a luat telefonul de pe masă și l-a îndesat într-un buzunar.

– Cine-i tipul? a întrebat Cisco.

– Partenerul ei, i-a răspuns Bosch. El a înregistrat pe telefonul lui și a comentat. Omul vorbește mai mult decât ar fi cazul.

– Nu, celălalt tip. Cel care urmărea.

– Care tip care urmărea?

– Dă-mi telefonul.

Bosch a scos din nou telefonul din buzunar, a pornit înregistrarea și i-a întins aparatul peste masă lui Cisco. De data aceasta, Cisco l-a ținut între degetele cu care luase feliile de murătură și a apăsat pe butonul de derulare a filmului. Bosch a așteptat. În cele din urmă, Cisco a împuns cu arătătorul spre ecran de câteva ori.

– Uite, opresc. La naiba! Trebuie să mă întorc.

A butonat până când pe ecranul telefonului a reînceput să se deruleze filmarea și a apăsat pe butonul de play/stop.

– Tipul ăsta.

I-a înmânat telefonul lui Bosch, care s-a uitat imediat la ecran. Era aproape același loc în care oprise filmul când sosise Cisco. Soto tăia sigiliile de-a lungul clapei lungi de pe partea de sus a cutiei. Tocmai se pregătea să îl întrebe pe Cisco despre ce vorbise el, când a văzut chipul unui bărbat aflat în fundal. Asta l-a făcut să tresară, pentru că nu observase bărbatul până în acea clipă. Cu toate astea, cineva o supraveghea pe Soto din afara sălii de consultare a probelor. Cineva din camera alăturată stătea aplecat peste ghișeu și privea înăuntru.

Înainte, în timp ce vizionase filmarea, Bosch fusese atât de absorbit de integritatea sigiliilor de pe cutia cu probe încât ochii lui nu se abătuseră spre marginile cadrului filmat. Iar acum a văzut. Un om care manifesta suficient interes față de ceea ce făceau Soto și Tapscott ca să se aplece în față și să urmărească ce se întâmpla acolo.

Bosch l-a recunoscut pe acel bărbat, dar nu și-a amintit imediat numele lui. În ultimii ani cât fusese angajat la Departamentul de Poliție Los Angeles, Bosch lucrase la cazuri clasate și mersese deseori la arhive pentru a căuta și descoperi noi indicii în probele existente. Omul care apărea pe ecran îi scosese cutiile în multe situații, dar era vorba de una dintre scurtele relații birocratice care nu treceau niciodată dincolo de faza în care se putea exprima întrebarea: „Ce mai faci?" A avut senzația că numele lui era Barry sau Garry, sau cam pe acolo.

Bosch a ridicat ochii de la telefon spre Cisco.

– Lucrezi acum la ceva pentru Haller?

– A, nu. Stau doar în așteptare până când are nevoie de mine. Cum am spus mai devreme, pe moment, sunt liber.

– Foarte bine. Am o slujbă pentru tine. E legat de ceva ce fac împreună cu Haller, așa că nu vor fi probleme.

– Ce trebuie să fac?

Bosch a ridicat telefonul, astfel încât Cisco să se poată uita la ecran.

– Îl vezi pe individul ăsta? Vreau să știu tot ce se poate despre el.

– E polițist?

– Nu, un angajat civil, care se numește ofițer de proprietate. Lucrează la Controlul Proprietății de la Piper Tech, din centrul orașului. O să plece acasă la ora cinci și va trece prin dreptul gheretei de pază de pe Vignes. Dacă te așezi sub pasajul autostrăzii, îl poți vedea bine când își coboară geamul și iese, folosind cartela-cheie la poarta de ieșire. Îl urmărești de acolo.

– Cine plătește pentru asta, tu, ori Mick?

– N-are importanță. Te plătesc eu sau el, și el mă taxează. Asta face parte din același caz. O să-l sun imediat ce terminăm discuția.

– Când vrei să încep?

– Chiar acum. Aș face asta chiar eu, numai că omul mă cunoaște. Dacă m-ar vedea urmărindu-l, toată treaba ar putea să cadă.

– Bun, cum îl cheamă?

– Nu-mi amintesc. Am spus că mă cunoaște din vedere – de pe vremea când lucram la Departamentul de Poliție Los Angeles. Dacă e implicat în cazul ăsta și mă vede, înseamnă că ne-am dat de gol.

– Am înțeles. Mă duc la treabă.

– Sună-mă când ajunge acasă. Dar acum trebuie să pleci. O să fii prins în trafic dacă mergi spre centru.

– Tai benzile – de aceea merg pe motocicletă.

Cisco a terminat de mâncat și ultima felie de murătură, după care a ieșit din separeu.

Din parcarea aflată în spatele restaurantului, Cisco a plecat călare pe motocicleta lui, un Harley Davidson, apoi Bosch s-a dus spre casă, așteptând să afle vești de la el. Când a ajuns acolo, primul lucru pe care l-a făcut a fost să transmită filmul de pe telefonul de unică folosință pe cel bun. Apoi și l-a trimis prin e-mail și, pentru prima oară, l-a vizionat pe ecranul cu diagonala de 33 de inchi al laptopului său.

Deși a examinat încă o dată operațiunea de deschidere a cutiei, ochii i-au fost atrași acum de silueta care fusese surprinsă urmărind-o pe Soto tăind sigiliile. Pe ecranul mai mare, Bosch a văzut mai clar expresia de pe fața omului, dar nu și-a putut da seama dacă el se uita din simplă curiozitate sau din alt motiv. Emoția provocată de descoperirea lui Cisco a început să facă loc dezamăgirii. Vânau ceva ce părea a fi vânt, de aceea Bosch a revenit la întrebarea: Cum reușise Cronyn să strecoare materialul ADN în cutia cu probe?

S-a îndepărtat de laptop și, pornind pe coridor, a dus bastonul și genunchiera în camera fiicei lui. Camera i s-a părut extrem de liniștită. Fiica lui nu mai călcase în Los Angeles de câteva săptămâni. S-a așezat pe patul ei și și-a tras genunchiera peste cracul pantalonilor, apoi a fixat-o cu catarame și curelușe. Apoi s-a ridicat și a pășit cu piciorul rigid spre mijlocul încăperii, unde s-a putut vedea în oglinda mare instalată pe dosul ușii.

Ținând bastonul în mâna dreaptă, a pășit spre oglindă, simțind că genunchiera îi limitează libertatea de mișcare a genunchiului. S-a silit să ignore acea senzație de restrângere și a exersat mersul. Nu voia să se prezinte ca o persoană care era rănită cu adevărat. Mai curând, dorea să semene cu un om care folosea elemente de recuzită ca să pară în suferință. Exista o diferență, iar acea diferență reprezenta secretul de a fi cumpărătorul perfect de pastile contra durerilor.

Curând a început să se deplaseze prin casă folosind genunchiera și bastonul într-un mers legănat, pe care l-a considerat drept convingător în calitatea lui de polițist sub acoperire. La un moment dat, din greșeală, când a vrut să iasă pe terasa din spatele casei, a pus capătul cauciucat al bastonului pe șina ușii glisante. Preț de o clipă, bastonul s-a blocat, iar el l-a răsucit ca să îl elibereze. A simțit cum mânerul curbat al bastonului s-a desprins de partea dreaptă. Închipuindu-și că probabil l-a rupt, a examinat mânerul, și a văzut o despărțitură imediat sub partea curbată a bastonului. A prins între degete partea de jos și a tras de ea, detașând cele două componente. Mânerul avea atașat un stilet lung de aproape zece centimetri, cu vârful foarte ascuțit.

Bosch a zâmbit. Era exact ceea ce îi trebuia unui cumpărător de pastile, care acționa sub acoperire.

Mulțumit de activitatea de pregătire fizică, Bosch s-a dus la bucătărie ca să-și pregătească cina. Tocmai întindea unt de arahide pe o felie de pâine integrală, când i-a sunat telefonul bun. Era Cisco. A răspuns cu o întrebare.

– Hei, cum se face că nu mi-ai spus că bastonul ăsta se poate transforma într-o armă ucigătoare?

A urmat o pauză, după care Cisco i-a răspuns:

– Mama naibii, am uitat de asta. Lama. Îmi pare rău, dom'le, sper că asta nu te-a băgat în belea. Să nu încerci să treci cu el de cei de la TSA[1].

– În genul de zbor pe care o să-l fac, nu va exista niciun agent TSA. În realitate, e bine. Îmi place că voi avea ceva ascuns în mânecă dacă va fi nevoie în caz de pericol. Ce se întâmplă cu omul nostru?

– L-am condus deja până acasă. Nu sunt convins că va rămâne acolo peste noapte.

– Unde locuiește?

– Altadena. Are o casă acolo.

– Ai reușit să-i afli numele?

– Am toate informațiile, stimabile. Cu asta mă ocup. Îl cheamă Terence Spencer.

– Da, Terry. Știam că numele suna cam așa. Deci Terry Spencer.

Bosch a derulat numele prin minte ca să afle dacă îi apărea în alt fel în afară de o interacțiune de rutină de la centrul de control al probelor. Nu i-a apărut în minte nicio altă cunoștință.

– Ce cuprinde tot pachetul? a întrebat el.

– A, nu are cazier, altfel nu cred că ar fi ajuns să lucreze acolo, a spus Cisco. Am obținut și istoricul privind creditele lui. Posedă casa la care mă uit acum de optsprezece ani și plătește un împrumut ipotecar de cinci sute șaizeci și cinci de dolari pe lună. Aș zice că suma e cam mare pentru cartierul ăsta. Probabil că omul a acceptat rata

[1] TSA – Transportation Security Administration – Administrația de Asigurare a Securității Transporturilor, instituție guvernamentală care răspunde de siguranța transporturilor.

maximă. În ultimii ani, a plătit ratele cu pauze, cu câte două luni întârziere când și când, însă, în urmă cu aproape șapte ani, a traversat o perioadă cu adevărat chinuitoare. Casa urma să fie scoasă la licitație. Se vede treaba că el a reușit să scape din situația asta și a obținut refinanțarea de care beneficiază acum. Însă acest lucru și plățile făcute cu întârziere i-au redus foarte mult punctajul de creditare.

În realitate, pe Bosch nu-l interesa defel punctajul de creditare al lui Spencer.

– Bun, ce altceva ai mai aflat?

– Are un automobil Nissan de șase ani, e căsătorit, iar soția are un Jaguar mult mai nou. Ambele mașini au fost achiziționate pe credit, dar au fost achitate în timp. Nu știu dacă au copii. Individul ăsta are cincizeci și patru de ani, așa că dacă a avut copii, ei au plecat deja de acasă. Aș putea să bat la ușile câtorva case din cartier, asta dacă vrei să verific mai adânc.

– Nu, nici vorbă de așa ceva. Nu vreau să-l alarmăm.

Bosch s-a gândit câteva clipe la cele spuse de Cisco. Nimic nu părea să iasă în evidență. De notat era problema legată de ipotecă, dar după prăbușirea financiară petrecută în urmă cu un deceniu, clasa mijlocie se văzuse strivită, astfel că plățile restante și strădaniile de a evita scoaterea la licitație a casei nu erau lucruri neobișnuite. Cu toate acestea, în esență, Spencer era a un funcționar oarecare, iar suma pe care trebuia să o plătească pentru ipotecă ieșea în evidență, fie și dacă ar fi fost vorba de faptul că el ar fi deținut casa de optsprezece ani. În acea perioadă, era posibil ca valoarea proprietății să se fi dublat, dacă nu mai mult. În cazul în care se elimina capitalul propriu, se putea explica de ce se încurcase cu o sumă care suna a milioane.

– Ai idee cu ce se ocupă soția lui? a întrebat Bosch.

– Lorna încă nu a aflat, a spus Cisco.

Bosch știa că Lorna Taylor era fosta soție a lui Mickey Haller, și era în același timp șefă de birou, deși Haller nu avea birou. Pe de altă parte, ea era căsătorită cu Cisco, completând un cerc incestuos în care toți erau întrucâtva fericiți și lucrau împreună.

– Vrei să mai rămân aici? l-a întrebat Cisco.

Bosch s-a gândit să întreprindă ceva care să clarifice situația lui Spencer și să îi permită lui să își vadă de treabă sau să se concentreze asupra acelui om. S-a uitat la ceasul de la mână. Era șase și un sfert.

– Uite ce-i, a spus el în cele din urmă. Rămâi pe loc câteva minute. Trebuie să dau un telefon scurt, și după aceea te sun.

– Bine, rămân, a spus Cisco.

Bosch a închis și s-a dus la laptopul din sufragerie. A oprit filmul făcut de Tapscott și a căutat pe Google numele lui Lance Cronyn. A ajuns la un website și la numărul de contact al unei firme numite Cronyn & Cronyn.

A scos din buzunar telefonul de unică folosință și a tastat numărul. Cele mai multe case de avocatură aveau program de la nouă la cinci, însă apelurile către avocații apărării puteau apărea la orice oră, și de cele mai multe ori acele ore erau noaptea. Cei mai mulți avocați specializați în penal aveau servicii de mesagerie sau numere suplimentare, astfel încât să poată fi contactați rapid – în special de clienții care plăteau.

Așa cum se așteptase, i-a răspuns o persoană.

– Trebuie să discut cu Lance Cronyn cât mai curând, a spus Bosch. Am o urgență.

– Domnul Cronyn a plecat, i s-a spus. Dar va verifica dacă a avut mesaje. Puteți să-mi spuneți cum vă numiți?

– Terry Spencer. Trebuie să discut cu el în seara asta.

– Am înțeles, i voi transmite mesajul imediat ce va telefona. La ce număr să sune?

Bosch i-a dat numărul telefonului, a repetat că era vorba de o urgență și a închis. Știa că precizarea că Lance Cronyn va verifica dacă are mesaje era doar o modalitate de a spune că avocatul avea o scuză dacă nu voia să revină cu un telefon. Bosch era sigur că persoana intermediară va transmite mesajul imediat.

S-a ridicat şi s-a dus la bucătărie ca să termine de pregătit sendvişul cu unt de arahide şi jeleu. Nu a apucat să termine, pentru că dinspre cealaltă cameră s-a auzit soneria telefonului de unică folosinţă. Nu a recunoscut numărul apărut pe ecran, dar a presupus că era al telefonului mobil al lui Cronyn, ori cel de acasă. A răspuns ţinându-şi palma peste gură, încercând să-şi schimbe vocea.

– Da.

– De ce mă suni? Nu sunt contact de-al tău.

Bosch a încremenit. Deci asta era. Evident, Cronyn ştia cine era Spencer. Tonul iritat şi intim cu care vorbise demonstrau fără niciun dubiu că avocatul ştia cu cine discută.

– Alo?

Bosch nu a spus nimic. A ascultat. După sunetele din fundal se părea că Lance Cronyn era într-o maşină şi conducea.

– Alo?

În acele momente, păstrând tăcerea şi auzind tonul vocii care trăda nedumerirea, Bosch s-a simţit revigorat. Graţie privirii atente a lui Cisco, Bosch făcuse acum saltul la nivelul următor. Ajunsese mai aproape de adevăr.

Cronyn a închis şi s-a lăsat liniştea.

20

După ce a condus la vale și a ieșit dintre dealuri, Bosch a oprit mașina, pentru că în față, pe pasajul Barham, avea un șir lung de lumini roșii. Apoi a fost sunat de Cisco.

– Hei, omul a luat-o din loc și, de data asta, se uită în jur ca să vadă dacă e urmărit.

Bosch a tras imediat concluzia că Lance Cronyn luase legătura cu Spencer pe altă cale și aflase că nu acesta îi lăsase mesajul privind urgența. Acum întrebarea era dacă cei doi stabiliseră să se întâlnească undeva, sau dacă Spencer încerca, pur și simplu, să stabilească dacă era supravegheat.

– Poți să-l urmărești? Eu nu pot ajunge acolo prea curând. Sunt blocat în trafic.

– Pot încerca, dar ce e mai important pentru tine? Să afli unde se duce, sau mă asigur că nu mă dau de gol? Urmărirea făcută cu un Harley Davidson are și minusuri dacă ținta este foarte alarmată. Mai precis, motocicleta e zgomotoasă.

Acest lucru a fost confirmat de zgomotul de fundal. Bosch a auzit șuieratul curentului din casca lui Cisco, dar și sunetele baritonale ale motorului al cărui eșapament nu avea tobă tocmai legală.

– Drace!

– Da, dacă știam că aveam să fac o urmărire, m-aș fi pregătit și aș fi putut să-i plasez ceva pe mașină, înțelegi? Și ar fi fost mai ușor de depistat. Numai că eu am plecat de la Greenblatt's direct spre centru, ca să fiu sigur că nu-l pierd. N-am avut echipamente la mine.

– Da, da, știu, nu te învinuiesc pentru asta. Mă gândeam să-l lași în plata Domnului. Cred că i-am speriat pe amândoi cu telefonul pe care l-am dat. Mi s-a confirmat că individul ăsta face parte din plan, așa că s-ar putea să încerce să vadă dacă e urmărit. Să-l lăsăm să-și pună întrebări.

– A oprit de două ori și a făcut deplasări rectangulare.

Bosch știa că o deplasare rectangulară însemna ocolirea unui cvartal și revenirea la locul de plecare. De obicei, manevra asta îi făcea pe urmăritori să se trădeze.

– Înseamnă că te-ai trădat deja.

– Nu, nu m-am lăsat prostit de chestia asta. E un amator. Acum sunt în spatele lui, la patru intersecții, pe Marengo Street. Sigur vrei să-l pierd?

Bosch s-a gândit un moment și a revenit la primele lui instincte. Era nehotărât. Era posibil să piardă ocazia de a-i vedea împreună pe Spencer și Cronyn. O fotografie a unei asemenea întâlniri ar distruge total cazul. Dacă îi trimitea un mesaj-text Luciei Soto, ea va regândi totul și probabil că audierea pentru anularea sentinței lui Borders nu va mai avea loc. Dar după apelul trucat al lui Bosch, ar fi Cronyn atât de prost să îl cheme pe Spencer la o întâlnire?

Harry a socotit că nu era atât de prost. Spencer punea altceva la cale.

– M-am răzgândit; urmărește-l, a spus el în cele din urmă. Dar foarte larg. Dacă-l pierzi, asta e. Numai să nu te lași demascat.

– Am înțeles. Ai vreo veste de la Mick?

– Nu. În legătură cu ce?

– A aflat mai multe despre ipoteca acestui individ. E ceva bun de tot, și se poate profita de asta. Cel puțin așa mi-a zis el.

– O să-l sun. Să mă ții la curent în legătură cu Spencer. Și-ți mulțumesc pentru că te-ai băgat în treaba asta, Cisco.

– Fac și eu ce pot.

– Sună-mă dacă-ți dai seama ce are de gând.

Au închis, iar Bosch l-a sunat pe Haller.

– Tocmai am vorbit cu Cisco. A spus că ai niște vești tari.

– Fii sigur de asta. Lorna a descoperit ceva nemaipomenit. A reușit să găsească actul de scoatere la licitație și cred că rezolvăm chestiunea.

– Povestește-mi.

– Întâi trebuie să fac o căutare pe computer, și după aceea voi avea toate datele. Vrei să ne vedem pentru cină și să discutăm puțin?

– Da. Unde?

– Am poftă de niște friptură la cuptor. Ai fost vreodată la Jar?

– Da. Acolo îmi place să mănânc la tejghea.

– Sigur, tu ești un tip îndrăgostit de tejghele. Semeni cu tipul care stă singur în pictura aceea de Hopper.

– Ne vedem la Jar. Când?

– Peste jumătate de oră.

Bosch a închis. S-a întrebat dacă nu cumva exista un fel de legătură psihică între el și fratele lui vitreg. Și el socotise deseori că seamănă cu acel bărbat de la tejghea din pictura *Nighthawks*[1], de Hopper.

Și-a dat seama că de aproape zece minute nu înaintase deloc pe pasajul Barham. Se întâmplase ceva rău în față. Automobilele erau înșirate pe curba care cobora spre Burbank și parcarea de la Studiourile Warner. A întins mâna, a deschis torpedoul și s-a uitat la girofarul mobil de poliție. Întrucât era doar ofițer în rezervă la Departamentul de Poliție San Fernando, nu i se dăduse un girofar cu lumini alternative, roșu-albastru. În schimb, primise unul cu lumină albastră pe care îl putea pune pe acoperișul mașinii

[1] Pictură realizată de Edward Hopper în 1942, înfățișând patru persoane dintr-un restaurant, văzute prin vitrina dinspre stradă.

personale, dar exista o condiție: nu avea dreptul să-l folosească decât în limitele orașului San Fernando.

– La dracu'! a bombănit el.

A înșfăcat girofarul și, după ce a coborât geamul, l-a așezat pe acoperiș. Cum avea magnet pe partea inferioară, s-a lipit de tablă. A vârât ștecherul în bricheta de la bord și a văzut lumina albastră intermitentă reflectată de luneta mașinii din față. Mașina care îi stătea în drum s-a deplasat încet înainte, suficient pentru ca Bosch să facă o întoarcere în U și să pornească înapoi spre Cahuenga Boulevard. La intersecție, mașinile din trafic au oprit, iar el a trecut cu viteză. A pornit spre sud.

După ce s-a strecurat pe lângă Hollywood Bowl[1] și a ajuns pe Franklin Street, traficul s-a eliberat îndeajuns pentru ca Bosch să poată opri girofarul. A ajuns la Jar, pe Beverly Street, cu mult înaintea lui Haller și a ocupat un scaun de la tejghea. Un sfert de oră mai târziu, când tocmai savura primul martini, pe ușa restaurantului a intrat Haller. El a cerut o masă din colțul sălii pentru mai multă intimitate. Bosch l-a urmat cu paharul de martini în mână.

– Mi-a plăcut felul în care l-ai pus la treabă pe investigatorul meu fără să mă consulți, a spus el.

– Alo, eu sunt clientul, i-a răspuns Bosch. Tu lucrezi pentru mine, și asta înseamnă că și el.

– Nu sunt sigur că aprob o asemenea logică, dar asta e situația. O să-ți placă la nebunie ce ți-am adus.

– Cisco mi-a zis câte ceva.

– Nu și despre partea tare.

– Ia povestește-mi.

Haller a așteptat până i s-a adus și lui un pahar cu martini. Chelnerul tocmai se pregătea să le ofer meniurile, dar a fost oprit de Haller, care a făcut un semn de refuz cu o mână.

– Două porții de friptură la cuptor și una de Duck fried rice[2], a spus Haller.

---

[1] Amfiteatru din Los Angeles.

[2] Mâncare chinezească din orez rumenit, ouă, legume, fructe de mare sau carne.

– Perfect, a spus chelnerul, apoi s-a îndepărtat.

– Îmi place felul în care comanzi pentru mine fără să mă consulți, a spus Bosch.

– Cred că e ceva din sângele tatălui nostru, a spus Haller.

– De fapt, eu am mâncat un sendviș.

– Mai mănânci o dată – asta e mâncare adevărată. În fine, nu știu dacă-ți mai amintești, dar în timpul crizei provocate de ipoteci, am acceptat o mulțime de cazuri ca apărător în problema scoaterii la licitație. Și am făcut bani. Nu uita, am angajat-o pe Jennifer Aronson ca asociat și am câștigat bănuți frumoși vreme de câțiva ani împreună.

– Da, țin minte ceva despre asta.

– Ei bine, ăsta e felul meu de a-ți spune că știu toate amănuntele legate de acea perioadă ilustră din istoria financiară a națiunii noastre. Nu am fost singurul care a făcut bani, și știu cum au făcut bani și alții.

– În regulă, ce legătură are asta cu domnul Spencer?

– Scoaterea casei lui la licitație e de domeniu public. Trebuie doar să știi unde să cauți ca să găsești informația asta și, spre norocul nostru, Lorna se pricepe. Mi-a luat o oră ca să citesc totul, și are să-ți placă. Fii atent.

– Bine așa. Ce anume ai găsit?

– Spencer e înglodat în datorii până peste cap. A cumpărat casa în anul 2000, a constatat că prețul ei e în creștere, și șase ani mai târziu a făcut un împrumut făcând o nouă ipotecă pe casă. Nu știu cum a folosit suma aceea, dar nu a pus suficienți bani deoparte ca să achite cele două ipoteci. Apoi a făcut primul pas pe calea disperării. A combinat cele două împrumuturi într-o singură operațiune de refinanțare cu o plată rezonabilă și cu rate variabile.

– Și, lasă-mă să ghicesc, în felul ăsta n-a rezolvat nimic.

– Nu, în multe privințe, asta a agravat problemele. Nu a putut face față, iar apoi s-a prăbușit piața imobiliară și el a ajuns într-o situație financiară dezastruoasă. S-a îndatorat atât de mult cu ipoteca încât acum e cu totul la pământ. A încetat să mai plătească ratele, iar banca a demarat procedurile de scoatere a casei la licitație. A făcut un lucru inteligent; a angajat un avocat. Singurul necaz e că a angajat avocata nepotrivită.

– Trebuia să te angajeze pe tine, asta vrei să sugerezi?

– Păi, n-ar fi stricat. Avocata pe care a angajat-o nu se pricepea la asemenea treburi, pentru că ea, ca mulți ați avocați din orașul ăsta, s-a aruncat cu capul înainte în probleme de executare silită.

– Ca și tine.

– Ca și mine. Cum să zic, activitatea de avocat în cazuri penale care să aducă bani se redusese drastic. Nimeni nu avea bani. Luam trimiteri de la avocați din oficiu și munceam pentru mărunțiș. Nu puteam să câștig nici cât să asigur la vreme plata pensiei alimentare pentru copil. Și-atunci m-am băgat să lucrez la cazuri de executare silită. Dar am învățat lecția, și am angajat o asociată tânără și isteață din facultatea de drept care era bătăioasă și care voia să își dovedească abilitățile.

– În regulă, am priceput, tu ai procedat corect, iar avocata lui Spencer a greșit. Ce s-a întâmplat mai departe?

– Păi, singurul lucru bun pe care l-a făcut avocata a fost evaluarea că o bancă adevărată nu avea să se atingă de fundul lui Spencer. De aceea, l-a băgat într-o treabă cu monedă-forte.

– Ce e moneda-forte?

– Sunt bani care nu provin de la o bancă. Provin de la fonduri de investiții comune, și pentru că nu vorbim de o bancă, fondurile astea cer rate ale dobânzilor mai mari decât cele ale pieței – câteodată al dracului de aproape de dobânzile percepute de mafioții de pe stradă.

– Și așa problemele lui Spencer s-au agravat.

– A, sigur. Sărmanul om se chinuie să își păstreze casa și să facă plățile. Până una-alta, stă confortabil, are o păsuire de șapte ani. Și, ce să vezi, balonul acela e pe cale de a plesni.

– Dă banda înapoi și vorbește englezește. Mi-am achitat casa acum doisprezece ani. Nu înțeleg limbajul ăsta al tău. Ce e acela un balon?

– Spencer a încheiat un contract cu un fond de investiții numit Rosebud Financial. Am auzit de el pe vremea când mă ocupam de executări silite, și am aflat că aveau bani ca să scoată oamenii din necazuri. Din câte se părea, fondul acela comun era alcătuit de un grup de tipi de la Hollywood, și era condus de altcineva, un individ pe nume Ron Rogers, un adevărat rechin. El încheia tranzacțiile astea și nu se sinchisea dacă debitorul putea plăti or ba. Dacă exista o echitate de bază[1] suficientă, omul încheia contractul, pentru că știa că va ataca din două părți în caz de executare silită: ori când bietul nătărău, adică proprietarul, nu reușea să achite ratele lunare, ori la sfârșit de trimestru, se aduna o plată balon, adică acumulată, pentru restul de bani.

– Așadar, contractul prevede ca tu să plătești rate mari lunar, iar apoi, la sfârșit, încă mai ai de plătit toată suma.

– Exact. Contractele astea cu monedă-forte se încheie de obicei pe termen scurt. Spencer a obținut un contract pe șapte ani, ceea ce este un termen lung, dar cei șapte ani se încheie în iulie, iar el va datora toți banii.

– N-ar putea să meargă la o bancă serioasă și să obțină o nouă refinanțare? Am înțeles că piețele financiare sunt destul de bune în prezent.

– Ar putea, dar e terminat. Punctajul lui de credit e varză, iar Rosebud Financial o să-l calce în picioare. L-au sunat de fiecare dată când a întârziat plata fie și cu o săptămână. Înțelegi? Vor să-l încolțească. Cei de la Rosebud știu că omul n-are bani să plătească acel balon acumulat, și nu poate refinanța datoria din cauza istoricului propriu de îndatorat. În iulie îi vor lua casa. Și asta încă e partea bună. Știi ce acela un Zillow?

– Zillow? Nu.

– Este o bază de date online privind proprietățile imobiliare. Alegi adresa unei proprietăți și vezi o evaluare generală a acesteia ca

---

[1] În original, *bottom-line equity*, termen care înseamnă valoarea unei proprietăți minus suma ipotecilor pe proprietatea respectivă.

preț pe baza comparației cu alte proprietăți din zonă și a altor factori. Asta a trebuit să verific înainte de a discuta cu tine și, bineînțeles, proprietatea lui Spencer are o valoare de șase cifre – adică aproape un milion de dolari.

– Și atunci de ce nu o vinde, achită balonul acela și pleacă de acolo și cu un profit?

– Pentru că nu poate. Contractul încheiat cu Rosebud impune aprobarea din partea companiei înainte de a se realiza vânzarea. De aceea ziceam că el a angajat avocata nepotrivită. Porțiunea scrisă cu litere mărunte la baza contractului – femeia nu a citit textul ăsta, ori nu l-a înțeles, ori nu s-a sinchisit. Ea a vrut doar ca el să obțină acel împrumut și să-și vadă de ale ei, poate primind chiar vreun procent în urma încheierii contractului.

– Deci Rosebud nu-l lasă să vândă.

– Corect.

– Bun, deci nu-i permit să vândă. Iar el nu poate achita datoria. Rosebud îi va lua casa, o va vinde și va împărți profitul între investitorii de la Hollywood.

– Ai început să pricepi bine chestiile astea, Harry.

Bosch a sorbit ultimele picături de martini din pahar și s-a gândit la întregul scenariu. Spencer se confrunta cu ideea de a pierde casa dacă el nu scoate de undeva mai mult de o jumătate de milion de dolari în numerar ca să achite balonul. Dacă asta nu l-a făcut vulnerabil și ușor de corupt, atunci altă explicație nu există.

Haller a sorbit din paharul cu martini și a dat din cap, în timp ce l-a urmărit pe Bosch analizând cele aflate. Apoi a zâmbit.

– Am păstrat bomba pentru la urmă, a spus el.

– Ce anume?

– Avocata lui Spencer. Proasta aia? Atunci se numea Kathy Zelden. Am cunoscut-o pe vremea aceea. Era o avocată începătoare, de la o mică firmă de avocatură, iar șeful ei o trimitea la tribunal în prima zi de luni din lună, pentru că atunci se publica lista cu executările silite. Eu eram acolo, apărea și ea, dar și Roger Mills, o grămadă de avocați – în prima zi de luni, lună de lună. Cumpăram un exemplar al listei, iar apoi fluturașii începeau să fie trimiși prin poștă. „Sunteți în situația de executare silită? Apelați la Avocatul din limuzina Lincoln". Cam așa ceva. Toți cei de pe listă primeau fluturași, telefoane, e-mailuri și așa mai departe. Așa m-am ales cu cei mai mulți clienți.

– Asta vestea-bombă?

– Nu, bomba e că m-am referit la ce era acum șapte sau opt ani în urmă, când o știam sub numele de Kathy Zelden. Arăta tare de tot, iar un an sau doi mai târziu, șeful ei a fost prins în mrejele ei. A urmat un miniscandal, care s-a sfârșit cu divorțul lui de soție, cu care fusese căsătorit cam douăzeci și cinci de ani, și însurătoarea cu Kathy. Și așa se face că, în ultimii cinci ani, Kathy Zelden e cunoscută sub numele de Kathy Cronyn.

Haller a ridicat paharul pentru un toast binemeritat. Paharul lui Bosch era gol, însă l-a ridicat și l-a ciocnit destul de tare de cel al lui Haller pentru a atrage atenția câtorva persoane de la mesele aflate în apropiere.

– Mama naibii, a spus el. I-am încălțat.

– I-am încălțat sigur, a confirmat Haller. Săptămâna viitoare, când mergem la audierea aceea, o să-i fac să se scape pe ei de frică.

Și-a golit paharul exact în momentul în care chelnerul le-a dus farfuriile cu mâncarea comandată.

– Domnilor, a spus chelnerul. Se pare că aveți nevoie de mai multe vitamine esențiale.

Haller a ridicat paharul gol și i l-a întins.

– Sigur că da, a spus el. Fără nicio îndoială.

21

După ce au mâncat friptură la cuptor și orez gătit cu legume, Bosch și Haller au încercat să asambleze elementele pe care le aveau la dispoziție. Au convenit că probabil planul avusese ca punct de plecare momentul în care Spencer, confruntat cu data iminentă a plății-balon, cu faptul că nu avea bani și nici nu avea aprobare să vândă casa, s-a dus la avocata care îl aruncase în brațele celor de la Rosebud: Kathy Cronyn, născută Zelden.

– Iar ea îi spune. „Îmi pare rău, amice, dar anul viitor, balonul va exploda, și tu vei fi terminat", a spus Haller. „Dar dă-mi voie să te prezint soțului meu, care mi-e partener. Probabil că există o cale ca tu să faci rost de banii de care ai nevoie înainte de luna iulie." Ea face prezentările, iar Lance îi spune că tot ce trebuie să facă e să găsească metoda de a strecura ceva într-una dintre cutiile sigilate din depozitul acela uriaș, unde lucrează. Probabil că oamenii ca Spencer stau împreună în pauze și discută despre modalitățile în care ar putea să păcălească sistemul. Bârfele nevinovate de la locul de muncă devin ceva real și o cale de a ieși din beleaua în care se află el.

– Încă trebuie să analizăm aspectul ăsta, a spus Bosch.

– Eu am o bănuială că, atunci când treaba se va împuți, Spencer va încheia o înțelegere și ne va spune exact cum a procedat. De data asta, dacă angajează avocatul potrivit, probabil că ar putea ieși din afacerea asta în calitate de victimă. Toată lumea ține la avocatul unui ticălos. Procurorul districtual va negocia fără să stea pe gânduri cu Spencer pentru a înfunda firma de avocatură Cronyn & Cronyn.

– Spencer nu e nicidecum o victimă. Face parte din plan. El a încercat să mă dea în gât pe mine.

– Știu asta. Eu doar îți spun care e realitatea. Cum se vor desfășura lucrurile. Spencer e omul care s-a trezit îndatorat până peste cap și a fost jucat pe degete de oamenii ăștia.

– Atunci ar trebui să mergem la el chiar acum. Îl confruntăm, îi arătăm filmul. Îl câștigăm de partea noastră înainte de audierea de săptămâna viitoare.

– Ar merita încercarea, dar dacă nu cedează, atunci asta îi oferă un avantaj lui Lance Cronyn la audierea de miercuri. Eu aș prefera să-i facem praf pe amândoi în sala de tribunal.

Bosch a fost de acord, dând din cap. Probabil că acela era planul cel mai potrivit. În aceeași clipă, când se gândea cum să îl înfrunte pe Spencer, și-a adus aminte că acesta era urmărit. Și-a scos telefonul.

– Am uitat cu totul de Cisco, a spus el. În aceste momente, îl urmărește pe Spencer.

Bosch l-a apelat pe Cisco, iar acesta i-a răspuns în șoaptă.

– Ce se întâmplă? a întrebat Bosch.

– A mers de colo-colo cam o oră, până s-a convins că nu avea codiță, a spus Cisco. După care s-a îndreptat spre Pasadena și s-a întâlnit cu cineva – o femeie – în parcarea de la Vroman's.

– Ce-i acest Vroman's?

– Un mare magazin de carte, care are o parcare spațioasă la marginea de la Old Town. Au parcat geam lângă geam, ca polițiștii, înțelegi?

– Cine e femeia?

– Nu ştiu. Are numere temporare, aşa că, dacă nu are plăcuţe definitive, nu pot afla.

– Pare a fi o maşină nouă?

– Nu, e un Prius cam zgâriat.

– Îi poţi face o fotografie fără să te observe nimeni? Sunt cu Haller, și s-ar putea ca el să ştie cine e femeia.

– O să fac o încercare. Pot mima că vorbesc la telefon plimbându-mă și filmez din mers. Dacă-mi iese, vă trimit totul pe telefon.

– Chiar te rugăm.

Bosch a închis. Cunoştea manevra la care se referise Cisco. Va începe să înregistreze pe telefon, apoi va ține aparatul lipit de ureche ca și cum ar fi vorbit la telefon și va trece prin fața maşinii persoanei urmărite, sperând ca în imaginile filmate să apară și femeia de la volan.

– Spencer discută cu o femeie, l-a anunțat el pe Haller. Cisco încearcă să o filmeze.

Haller a dat din cap și apoi s-au pus pe aşteptare.

– La un moment dat, ar trebui să o informez pe Soto, a spus el, vorbind mai mult către sine.

– Ce vrei să spui? l-a întrebat Haller.

– Mi-a fost parteneră. Dacă îl distrugem pe Cronyn, o doborâm și pe ea.

– Trebuie să-ți aduc aminte că ea face parte din mașinăria care încearcă să-ți răpească tot ce posezi?

– Ea urmează un caz, indiferent de direcţia în care merge acesta.

– Ei bine, de data asta a urmat un traseu greșit, adevărat?

– Se mai întâmplă.

– Fă-mi un serviciu, nu vorbi cu ea. Măcar deocamdată. Aşteaptă până ajungem mai aproape de adevăr și avem confirmarea că unele dintre teoriile astea devin realitate. Nu le oferi celor de la Departamentul de Poliție Los Angeles şansa să ne pună asta în cârcă.

– Bine. Pot aştepta. Însă ea nu ne-ar pune nimic în cârcă. Dacă îi oferim faptele, aşa cum au fost, nu va trebui să pornim împotriva lui Cronyn, Spencer sau Borders. O va face ea.

Înainte ca Haller să poată răspunde, telefoanele lor au sunat în acelaşi timp, primind un mesaj de la Cisco. Era filmarea realizată de el. Fiecare dintre ei a urmărit filmul pe telefonul propriu. Bosch a văzut un cadru tremurător când telefonul a fost deplasat de-a lungul unui şir de maşini din parcarea magazinului de carte. Imaginile erau însoţite de convorbirea mimată de Cisco în glumă, care avea rolul de a ajuta la documentarea orei şi locului în care se realiza filmarea.

– Bună, sunt la Vroman's, magazinul de carte din Pasadena. E ora opt seara, miercuri, şi voi mai rămâne aici o vreme. Daţi-mi un mesaj.

Camera s-a deplasat de-a lungul unui şir de maşini parcate, timp în care Cisco a vorbit până când a ajuns la un vehicul parcat cu spatele. Obiectivul camerei a surprins parbrizul şi o femeie aflată la volan. Imaginea a înfăţişat-o din profil, deoarece stătea cu capul întors spre cineva care era în maşina parcată alături de a ei. Procedând înţelept, Cisco a încetat să vorbească în timp ce a trecut prin faţa maşinii în care se afla femeia. Asta a permis camerei să înregistreze o frântură de conversaţie între femeie şi Spencer, care nu putea fi văzut.

– Ai reacţionat în mod exagerat, a spus ea. Totul va fi bine.

– Aşa să fie, a spus el.

După ce s-a îndepărtat câţiva paşi de cele două maşini, Cisco a întors obiectivul camerei spre propria faţă şi s-a prezentat:

– Sunt Dennis Wojciechowski, investigator privat din California, număr de licenţă zero-doi-şaizeci-şi-doi. Închei înregistrarea. Ciao.

Filmul s-a terminat. Bosch s-a uitat plin de speranţă spre Haller.

– Nu avem imagini prea bune, iar eu n-am mai văzut-o pe Kathy Cronyn de pe vremea când era Kathy Zelden, a spus el.

A reluat filmul şi l-a oprit la un moment dat, după care s-a folosit de degete pentru a mări imaginea. A tăcut câteva clipe, timp în care a studiat-o.

– Ei bine? a întrebat Bosch în cele din urmă.

– Da, a spus Haller. Sunt foarte sigur că e ea. Katherine Cronyn.

Bosch l-a sunat imediat pe Cisco, care a răspuns printr-o întrebare:

– A identificat-o?

– Da. Katherine Cronyn. Te-ai descurcat excelent, Cisco. Ți-ai terminat treaba pentru seara asta.

– Îl las să plece fără codiță?

– Da, avem ceea ce ne trebuie și nu vreau să riscăm să-și dea seama că știm despre ei.

– Am înțeles. Spune-i lui Mickey că o să trec pe la el mâine-dimineață.

– Așa voi face.

Bosch a închis și s-a uitat la Haller, care jubila.

– Poți continua investigația? l-a întrebat Bosch. Cum îți spuneam, trebuie să dispar câteva zile.

– Pot continua, dar ești sigur că vrei să dispari? a spus Haller. Ești doar cu jumătate de normă acolo. Nu poate prelua altcineva cazul acela?

Bosch a căzut pe gânduri. În minte îi stăruia imaginea lui José Esquivel junior întins pe podeaua de pe coridor.

– Nu, a spus el într-un târziu. Doar eu mă ocup de el.

Partea a doua

LA SUD DE NICĂIERI

22

Ținându-și capul plecat, Bosch stătea în fața ghișeului. Dincolo de el era un bărbat care citea un ziar într-o limbă străină. Era altul decât cel cu barbișon, care conducea furgoneta. Era mai vârstnic, și avea părul presărat cu fire albe. Lui Bosch i s-a părut că seamănă cu o gorilă îmbătrânită, care acum se bizuia pe generația mai tânără pentru a rezolva lucrurile grele.

Nu a catadicsit să ridice privirea când i s-a adresat lui Bosch cu un accent rusesc.

– Cine te-a trimis aici? a întrebat el.

– Nimeni, a răspuns Bosch.

În cele din urmă, bărbatul a ridicat ochii și, preț de o clipă, s-a uitat atent la fața lui Bosch.

– Ai venit pe jos?

– Da.

– De unde?

– Vreau să-l văd pe doctor.

– De unde?

– Adăpostul de lângă tribunal.

– Ai mers mult pe jos. Ce vrei?

– Să-l văd pe doctor.

– De unde ştii de doctor?

– De la adăpost. Mi-a spus cineva. E bine?

– De ce ai nevoie de doctor?

– Am nevoie de medicamente contra durerilor.

– Ce te doare?

Bosch s-a retras un pas, a ridicat bastonul și apoi piciorul. Bărbatul s-a aplecat în față ca să poată vedea peste tăblia ghișeului. Apoi s-a așezat la loc și l-a măsurat din ochi pe Bosch.

– Doctorul e foarte ocupat, a spus el.

Bosch s-a uitat în spatele lui și prin încăpere. În sala de aşteptare erau opt scaune, niciunul ocupat. Erau doar el și rusul.

– Pot s-aştept.

– Documentele.

Bosch a scos un portofel jerpelit, din piele, din buzunarul de la spate al blugilor. Era legat cu un lănţişor de cureaua pantalonilor. L-a desfăcut și a scos permisul de conducere și cardul Medicare și le-a lăsat să cadă pe blatul ghișeului. Rusul a întins o mână, le-a luat și apoi s-a rezemat de spătarul scaunului și le-a examinat. Bosch a sperat că îndepărtarea individului era o reacție față de mirosul corporal al lui. Chiar venise pe jos de la adăpost, pentru a-și intra în rol așa cum se cuvenea. Purta trei tricouri, și drumul lung îl făcuse să transpire mult, astfel că primul tricou era leoarcă și le umezise și pe celelalte două.

– Dominic H. Reilly?

– Corect.

– Unde e locul ăsta, Oceanside?

– În sud, lângă San Diego.

– Scoate-ți ochelarii.

Bosch și-a ridicat ochelarii de soare pe frunte și s-a uitat la rus. Acela era primul test important. Trebuia să aibă ochii unui om dependent de droguri. Înainte de a fi lăsat la adăpost, se dăduse cu ulei mentolat pe sub ochi. Acum, corneea ochilor era iritată și înroșită.

Rusul s-a mai uitat câteva momente la documente și apoi le-a aruncat pe tejghea. Bosch și-a coborât ochelarii înapoi pe nas.

– Poți să aștepți, a spus rusul. Poate doctorul are timp.

Bosch trecuse testul. S-a străduit să nu dea senzația că se simțea ușurat.

– Am înțeles, a spus el. O să aștept.

Bosch și-a ridicat rucsacul de pe podea și, șchiopătând, a traversat sala de așteptare. A ales scaunul cel mai apropiat de ușa din față a clinicii și s-a așezat, folosind rucsacul ca pe un suport pentru piciorul pe care purta genunchiera. A lăsat bastonul pe podea și l-a împins sub scaun, după care și-a încrucișat brațele la piept, și-a rezemat capul de peretele din spatele lui și a închis ochii. În întunericul dinapoia pleoapelor închise, a revăzut ceea ce descoperise și s-a întrebat dacă îi dăduse rusului de bănuit prin ceva. A simțit că gestionase bine prima interacțiune ca agent sub acoperire și că portofelul și toate celelalte obiecte de recuzită pe care i le dăduseră cei de echipa DEA arătaseră convingător.

În ziua precedentă, petrecuse câteva ore cu instructorul de la DEA, aprofundând arta de a acționa sub acoperire. În prima jumătate a sesiunii, care durase toată ziua, a deprins elementele de bază ale operațiunii: cine îl va urmări, și de unde, care era acoperirea lui, ce va avea la dispoziție în portofel și în rucsac, cum și când să anunțe pentru a fi recuperat. Cea de-a doua parte a sesiunii a cuprins intrarea în rol, când instructorul l-a învățat cum se comportă un dependent de oxicodonă și l-a pus să treacă prin diferite scenarii care puteau să apară cât era în misiune.

Interacțiunea pe care tocmai o avusese cu rusul aflat la tejghea fusese unul dintre scenariile jucate, iar Bosch acționase întocmai cum o făcuse de câteva ori în ziua precedentă. Punctul nodal al școlirii ca agent sub acoperire din ziua precedentă fusese să îl ajute pe Bosch să-și ascundă teama și anxietatea și să le canalizeze spre personajul pe care avea să-l interpreteze.

Instructorul, care pretindea că se numește Joe Smith, l-a instruit pe Bosch și în ceea ce privea credibilitatea în instanță – adică să poată depune mărturie în fața instanței sau, în privat, în fața unui judecător, că nu a comis infracțiuni și nu a încălcat precepte morale cât a acționat ca agent sub acoperire. Acest lucru era esențial pentru a câștiga simpatia juraților în cazul în care în urma operațiunii avea să aibă loc un proces. Piatra de temelie a credibilității în instanță era să evite consumul drogului de care se prefăcea că era dependent. Pe de altă parte, Bosch avea asupra lui două doze de narcan ascunse cu pricepere în tivul unuia dintre cracii blugilor. Fiecare pastilă era un antidot cu acțiune rapidă împotriva opiaceelor, și ar fi putut contracara efectul drogului dacă el era silit fizic sau de circumstanțe să înghită așa ceva.

Au trecut câteva minute, după care Bosch l-a auzit pe rus ridicându-se de pe scaun. A deschis ochii și l-a urmărit dispărând pe coridorul din spatele tejghelei. Curând după aceea, l-a auzit vorbind. Era o discuție într-un singur sens, în limba rusă. O convorbire telefonică, a presupus el. A bănuit că infractorii aflaseră că unii dintre cumpărătorii lor fuseseră reținuți de cei de la DEA și de Comisia Medicală a statului. Aceasta făcea parte din planul de implantare ca agent sub acoperire. Micșorează turma, într-un fel, și va spori nevoia de a recruta oameni în locul lor, printre care s-ar număra și Dominic H. Reilly.

Bosch s-a uitat spre pereți și tavan. Nu a văzut nicio cameră de supraveghere. Știa că era puțin probabil ca membrii unei bande infracționale să monteze camere care să poată documenta activitățile lor, care încălcau legea. Și-a împins genunchiera mai jos, ca să poată păși normal, și s-a apropia grăbit de tejghea. În timp ce rusul a continuat să vorbească în partea din spate a clinicii, Bosch s-a aplecat peste blatul ghișeului ca să vadă ce se afla acolo. A văzut câteva ziare în limba rusă și unele în engleză, inclusiv *L.A. Times* și *San Fernando Sun*, împrăștiate la întâmplare, cele mai multe dintre ele lăsate deschise la articole despre alegerile desfășurate recent și la investigațiile privind legăturile cu Rusia. Omul dinapoia ghișeului părea la fel de captivat de acea știre de senzație ca și Legal Siegel.

Bosch a dat deoparte un teanc de meniuri trimise de furnizorii de mâncare care făceau livrări și a observat un blocnotes cu arc în spirală. L-a deschis rapid și a văzut câteva pagini cu notițe în limba rusă. Erau tabele cu date și numere, dar nu a putut descifra nimic.

Rusul s-a oprit brusc din discuție, de aceea Bosch a închis blocnotesul și l-a așezat la loc, după care s-a întors pe scaunul pe care stătuse. Și-a tras genunchiera la loc și tocmai se rezema de spătar când rusul a revenit înapoia ghișeului. Bosch l-a urmărit printre pleoapele întredeschise. Rusul nu a lăsat de înțeles că observase ceva în neregulă la ghișeul lui.

Au trecut patruzeci de minute de acalmie, după care Bosch a auzit zgomotul scos de motorul unui vehicul care a oprit în fața clinicii. Curând s-a deschis ușa și în clinică au pătruns câteva persoane, bărbați și femei, cu un aspect jalnic. Bosch a recunoscut câteva dintre persoanele pe care le văzuse când supraveghease furgoneta, la începutul săptămânii precedente. Acele persoane l-au urmat pe rus, dispărând pe coridor. Șoferul furgonetei, același individ pe care Bosch îl mai văzuse, a rămas la ghișeu, și, curând, ținându-și mâinile în șolduri, s-a apropiat de Bosch.

– Ce vrei de aici? a întrebat el, vorbind cu un accent la fel de pregnant ca și al colegului său.

– Vreau să-l văd pe doctor, a spus Bosch.

Și-a ridicat piciorul pe care îl ținea rezemat de sacul de spate, asta pentru cazul că genunchiera lui nu fusese luată în seamă. Șoferul a început să-i pună multe dintre întrebările pe care i le adresase și camaradul lui. A continuat să-și țină mâinile în șolduri. După ce a primit răspuns și la ultima întrebare, a urmat o pauză destul de lungă, cât șoferul a trebuit să ia o hotărâre.

– Bine, vino după mine, a spus el în cele din urmă.

Individul a pornit spre coridor. Bosch s-a ridicat, și-a luat de pe podea bastonul și sacul de spate și a pornit șchiopătând după el. Coridorul era lat și ducea spre un post pentru infirmiere, care rămăsese nefolosit, iar apoi se bifurca spre stânga și dreapta. Șoferul l-a dus pe Bosch spre stânga, pe un coridor pe care se aflau patru uși, despre care el a bănuit că erau camere de examinare de pe vremea când acolo funcționa o clinică adevărată.

– Aici, i-a spus șoferul.

A deschis o ușă și a întins un braț înainte, făcându-i semn lui Bosch să intre. Când a trecut de prag, Bosch a văzut că în acea încăpere exista doar un scaun. Brusc, s-a trezit împins în față cu un gest violent, ceea ce l-a făcut să traverseze camera fără să vrea. A lăsat să cadă la podea atât sacul de spate, cât și bastonul, ca să poată ridica mâinile și să se oprească, folosindu-se de ele ca să nu se izbească de peretele din partea pusă.

S-a răsucit imediat.

– Ce-nseamnă asta, domnule?

– Cine ești? Și ce vrei?

– Ți-am spus, și i-am spus același lucru și celuilalt amic al tău. Știi ceva? S-o lăsăm baltă, vreau să plec de-aici. O să găsesc alt doctor.

Bosch s-a aplecat să-și ridice rucsacul.

– Lasă-l acolo, i-a spus șoferul pe un ton poruncitor. Dacă vrei pastile, lasă-l acolo.

Bosch s-a îndreptat de spate, iar individul s-a apropiat de el, i-a pus mâinile pe piept și l-a împins spre perete, lipindu-l de el.

– Dacă vrei pastile, dezbracă-te.

– Unde-i doctorul?

– Va veni și el. Dezbracă-te pentru examen.

– Nu, de ce dracu'? Știu și alte locuri în care pot să mă duc.

Și-a tras genunchiera mai jos de genunchi, ca să îl poată îndoi. S-a aplecat ca să își ridice bastonul, știind că i-ar sluji mai bine ca armă decât sacul de spate. Însă șoferul a făcut imediat un pas în față și a pus piciorul pe baston. După aceea, l-a prins pe Bosch de gulerul jachetei de blugi. L-a tras în sus și l-a împins cu brutalitate, făcându-l să se lovească tare de perete.

După aceea, s-a aplecat spre Bosch, care i-a simțit respirația destul de acră.

– Dezbracă-te, bătrâne. Imediat.

Bosch a ridicat mâinile până când degetele au ajuns lipite strâns de perete.

– Bine, am înțeles. Nicio problemă.

Șoferul s-a retras. Bosch a dat să-și scoată jacheta.

– Și după aia o să-l văd pe doctor, da? a spus el.

Șoferul i-a ignorat întrebarea.

– Lasă-ți hainele pe podea, a spus el pe un glas poruncitor.

– Nicio problemă, a spus Bosch. Și după aceea, doctorul, da?

– O să vină și doctorul.

Bosch s-a așezat pe scaun ca să își desfacă genunchiera și să o scoată. Apoi și-a dat jos ghetele și șosetele murdare. S-a apucat să dezbrace cele trei straturi de tricouri. Numele de cod pe care îl dăduseră cei de la DEA personalității lui ca agent sub acoperire, dar și a întregii operațiuni fusese Blugi Murdari, iar denumirea se potrivea. La început, instructorul lui de la DEA se opusese genunchierei și bastonului, însă, în cele din urmă, a renunțat în fața dorinței lui Busch de a da puțină culoare personajului pe care îl interpreta. Bineînțeles, instructorul nu avea habar de arma ascunsă în interiorul bastonului.

Curând, Bosch și-a dat jos două dintre tricouri și a rămas în chiloți și ultimul tricou, murdar și pătat de sudoare. După ce a desfăcut lanțul cu care era prins portofelul, și-a aruncat blugii peste mormanul de haine, dar a păstrat portofelul într-o mână.

– Nu, a spus șoferul. Totul.

– Când îl văd pe doctor.

Nu a vrut să cedeze. Însă șoferul s-a apropiat de el. Bosch se aștepta să mai audă un ordin, însă individul a întins un braț în față, astfel că Bosch s-a trezit lovit puternic în partea de jos a stomacului. Așteptându-se să fie lovit din nou, s-a îndoit imediat de mijloc și a întins brațele în față pentru a se apăra. Portofelul i-a căzut pe linoleumul murdar. Cu toate acestea, șoferul l-a prins pe Bosch de păr și s-a aplecat și i-a vorbit direct în urechea dreaptă.

– Nu, fără nicio haină. Altfel te ucidem.

– Bine, bine, am înțeles. Mă dezbrac.

Bosch a încercat să se îndrepte de spate, însă a trebuit să pună o mână pe perete ca să se sprijine. Și-a scos ultimul tricou și l-a azvârlit peste celelalte haine, după care și-a scos chiloții și i-a împins și pe ei cu piciorul către mormanul de obiecte de îmbrăcăminte. După acea și-a desfăcut brațele în lături, arătând că nu mai era îmbrăcat.

– E bine așa?

Șoferul se uita la tatuajul de pe partea de sus a brațului lui Bosch. După cincizeci de ani, abia dacă se mai vedea – reprezenta un șobolan de subteran care ținea un pistol într-o labă, având un slogan în latină deasupra și o inscripție dedesubt, care suna: „Cu Chi".

– Ce înseamnă Cu Chi? a întrebat individul.

– Un loc, a spus Bosch. În Vietnam.

– Ai luptat în războiul acela?

– Da, sigur.

Bosch a simțit gustul bilei urcându-i pe gâtlej după ce fusese lovit în stomac.

– Deci comuniștii te-au împușcat? a întrebat șoferul.

Individul a arătat spre cicatricea lăsată de rana făcută de un glonț pe umărul lui Bosch, care a hotărât să respecte scenariul pentru caracteristicile personajului pe care îl interpreta.

– Nu, a spus el. Poliția a făcut asta. Acolo.

– Așază-te.

Individul a făcut semn către un scaun. Lipind o mână de perete ca să se sprijine, Bosch s-a îndreptat spre un scaun și s-a așezat, simțind pe piele răceala plasticului.

Șoferul s-a lăsat pe vine, a luat sacul de spate și l-a așezat pe umăr. Apoi a început să strângă hainele lui Bosch, așezate una peste alta. A lăsat bastonul pe podea.

– Stai acolo, a spus el.

– Ce faci? a spus Bosch. Nu-mi lua... Nu a apucat să termine, pentru că șoferul se îndrepta deja spre ușă.

– Așteaptă acolo, a repetat individul.

Apoi a deschis ușa și a dispărut. Bosch a rămas gol pușcă pe scaunul din plastic. S-a aplecat în față, strângându-și brațele în jurul corpului. Nu din pudoare sau pentru a se încălzi. Acea poziție îi ușura durerea din stomac. S-a întrebat dacă lovitura de pumn primită de la șofer îi rupsese vreun mușchi abdominal sau dacă îi afectase ceva organe interne. Trecuse multă vreme de când nu mai primise o lovitură de pumn atât de puternică fără să fie pregătit. S-a mustrat singur, deoarece nu se pregătise pentru o asemenea situație.

Și-a dat seama totuși că, în afara acelui pumn primit, lucrurile se desfășuraseră conform planului. A bănuit că șoferul și celălalt rus îi verificau hainele pe care le purtase, dar și conținutul portofelului și sacului de spate.

În plus față de permisul de conducere, care arăta cât se putea de autentic, în portofel mai erau diferite alte acte pentru identificare, pe diverse alte nume, toate fiind lucruri exemplare pe care un om dependent și rătăcitor le-ar putea purta asupra lui ca să-l ajute să facă următoarea escrocherie și să obțină următoarea rețetă. În portofel mai avea fotografia uzată a unei femei care dispăruse de mult din viața lui Dominic Reilly, precum și carduri și notițe despre alte clinici răspândite în sudul Californiei.

Sacul de spate fusese gândit pentru a fi verificat și pentru a-i convinge pe cei care ar fi văzut conținutul lui că Dominic Reilly era cu adevărat un dependent fără cămin. Cei doi ruși aveau să găsească accesoriile folosite de un dependent de substanțe opiacee – laxative vândute fără rețetă și pastile care ușurau scaunul – precum și o armă înfășurată într-un tricou și ascunsă la fundul uneia dintre despărțituri. Cei doi vor găsi și un telefon de unică folosință cu fișiere-text și listă de contacte, toate false.

Totul fusese plasat în sac după o gândire atentă. Reilly purta cu el lucrurile de care avea nevoie un vagabond. Arma era un revolver vechi, cu mânerul ciobit. Era încărcat, dar cuiul percutor fusese pilit, astfel că el nu putea funcționa ca armă de foc. Se anticipase că arma va fi confiscată când Bosch avea să pătrundă în miezul operațiunii lui Santos, însă cei de la DEA nu voiau să se facă răspunzători pentru punerea unei arme la dispoziția dușmanului. Nu se puteau anticipa consecințele care ar fi afectat Agenția. Reputația celor de la ATF[1] era încă în suferință după ce, la încheierea unei operațiuni sub acoperire, câteva arme ajunseseră în mâinile unor membri ai unui cartel mexican.

Lucrul cel mai important era că în sac se afla un flacon din plastic pentru pastile, iar rețeta însoțitoare fusese eliberată pe numele lui Dominic Rilley. Farmacia la care fusese eliberată rețeta era din West Valley, iar doctorul care o scrisese era un anume Kenneth Vincent din Woodland Hills. Aceste amănunte erau reale, pentru cazul în care cineva ar fi verificat asta. În flacon era ultimele doze de optzeci de miligrame de oxicodonă. Asta explica de ce venise Reilly la clinica din Pacoima.

În sacul de spate mai exista un zdrobitor de pastile, încropit dintr-un stilou vechi, care putea sluji și ca aparat de prizat - se așeza pastila înăuntru, iar prin răsucirea pistonului ea era zdrobită, apoi se scotea partea superioară și se trăgea pe nas pudra rezultată. Oxicodona pudră producea cea mai eficientă drogare, iar zdrobirea pastilelor anula efectul aditivilor concepuți de producător pentru eliberarea lentă a medicamentului.

Totul se afla în sacul de spate și dădea credibilitate personajului. Singurul lucru care trebuia să îl îngrijoreze pe moment erau portofelul și lanțul. În portofel se afla un emițător GPS, ascuns în interiorul unei îndoituri. Lănțișorul cu care era legat portofelul slujea ca antenă și comutator pentru declanșarea operațiunii de salvare. Dacă era detașat de portofel, adăuga un cod de urgență către pulsul GPS și asta ar fi făcut echipa de urmărire a DEA să intervină.

Bosch a sperat să nu se întâmple așa ceva. Nu voia ca echipa de intervenție să atace clinica și să pună capăt misiunii lui chiar înainte de a începe.

Gol și așteptând să afle, a rămas răbdător pe scaunul din plastic.

---

[1] Bureau of Alcohol, Tobacco, Firearms and Explosives - Biroul pentru Alcool, Tutun, Arme de Foc și Explozivi.

23

După estimarea lui Bosch, a trecut mai bine de o oră până când să sosească cineva în sala de așteptare. În câteva rânduri, a auzit voci sau zgomote care trădau mișcări pe coridor, însă nimeni nu a deschis ușa. S-a aplecat spre podea și a ridicat bastonul, pe care și l-a așezat peste genunchi, având mânerul curbat aproape de mâna stângă.

Minutele se scurgeau greu, ca orele, însă mintea lui gonea cu repeziciune. Și-a concentrat atenția asupra fiicei lui și a hotărârii să nu o sune pentru a o anunța că nu va putea fi contactat o vreme. Nu voia ca ea să se îngrijoreze sau să înceapă să-i pună întrebări. Și-a dat seama că, hotărând să nu o sune și să nu o informeze, se lipsise de ceea ce putea fi ultima discuție cu cea mai importantă persoană din lume pentru el. Dându-și seama de greșeală comisă, a jurat că asta nu va avea importanță. Că va face tot ce îi stătea în puteri pentru a reveni la viața lui dinainte și că, după aceea, primul lucru pe care îl va face va fi să-i telefoneze.

Ușa s-a deschis brusc, ceea ce l-a făcut pe Bosch să tresară. A fost cât pe ce să răsucească mânerul bastonului pentru a extrage lama, însă s-a abținut. Cărând tot ce luase șoferul furgonetei, rusul care se aflase la tejghea a intrat în sala de așteptare. A azvârlit hainele în poala lui Bosch și a lăsat sacul de spate, pe care îl avea pe un umăr, să cadă pe podea cu un bufnet.

– Te îmbraci, a spus el. Fără armă, fără telefon.

– Ce tot vorbești acolo? a spus Bosch. Am plătit lucrurile alea. Sunt ale mele. Nu mi le puteți lua. S-a ridicat în picioare, iar hainele i-au căzut pe podea. A ținut bastonul de la jumătatea acestuia și s-a pregătit să înceapă lupta folosindu-l, fără să-i fie rușine că era gol pușcă.

– Îmbracă-te, a repetat rusul care se aflase la tejghea. Fără armă, fără telefon.

– La dracu', a spus Bosch. Dă-mi pistolul și telefonul și plec de aici.

Individul a rânjit.

– Vine șefu', și el o să vorbească cu tine, a spus el.

– Da, ar fi bine s-o facă, a spus Bosch. Vreau să stau de vorbă cu el. Asta-i o prostie.

Rusul a ieșit pe ușă, pe care a închis-o în urma lui. Bosch s-a îmbrăcat, însă a scos din sacul de spate un alt tricou, deși tot purtat, ca să-l îmbrace direct pe piele. A găsit portofelul în sac, având lănțișorul încă prins de el și a verificat totul. A reușit să stabilească faptul că partiția în care se afla detectorul GPS nu avea cusăturile tăiate. Cu toate astea, a constatat că din portofel lipseau permisul lui de conducere și cardul Medicare.

Înainte a se îmbrăca de tot, ușa s-a deschis din nou, iar, de această dată, în sala de așteptare au intrat amândoi rușii. Bosch ședea pe scaun și își lega șireturile ghetelor. Rusul care se aflase la tejghea s-a apropiat de peretele îndepărtat, după care și-a încrucișat brațele la piept și a așteptat, în vreme ce șoferul a rămas în mijlocul încăperii.

– Avem o treabă pentru tine, a spus șoferul.

– Adică să muncesc? a întrebat Bosch. Cum să vă spun... Nu-mi place să muncesc.

Șoferul a făcut un pas spre el, de aceea, de această dată, Bosch s-a încordat. Însă șoferul s-a mulțumit să îi întindă o bucată de hârtie îndoită. Bosch a șovăit, după care i-a luat-o din mână. A desfăcut-o și a descoperit că era o rețetă medicală. În partea de sus a rețetei era tipărit numele doctorului Efram Herrera, împreună cu numerele necesare privind licența federală și cea impusă de stat. Pe rețetă era scrisă de mână o recomandare de șaizeci de pastile de oxicodonă de optzeci de miligrame. Pentru un cumpărător de pastile sau pentru un consumator dependent, acea rețetă reprezenta un adevărat Sfânt Graal. Pentru Bosch, asta reprezenta un succes nesperat. Nu doar că avea elementele necesare pentru inițierea unui caz împotriva operatorilor clinicii, dar era limpede că reușise să pătrundă în vizuina lor.

– Ce-i asta? a întrebat el. M-ați chinuit atât de mult, m-ați lovit în stomac și după asta îmi dați doar rețeta asta?

Șoferul a smuls rețeta din mâna lui Bosch.

– Bine, dacă n-o vrei, o dăm altcuiva, a spus el.

– Ascultă, o vreau, înțelegi? a spus Bosch. Vreau doar să știu ce dracu' se întâmplă aici.

– Facem afaceri, a spus șoferul. Dacă vrei pastile, te pui pe treabă. Și împărțim.

– Ce împărțim?

– Pastilele. Una pentru tine și două pentru mine, cam așa ceva.

– Nu mi se pare un târg cinstit. Cred că ar trebui să...

– O să ai cantități nelimitate. Noi eliberăm rețetele, iar tu ridici pastilele. E simplu. Noi plătim un dolar pentru fiecare. Deci pastile și bani, spui da?

– Doar un dolar? Știu un loc în care pot obține douăzeci pe o pastilă.

– Noi îți oferim cantități mari. Și suntem protejați. Avem paturi.

– Paturi, unde?

– Dacă mergi cu noi, o să vezi.

Bosch s-a uitat la bărbatul care rămăsese rezemat de peretele din spate. Mesajul era cât se putea de limpede. Trebuia să fie alături de ei, ori să se retragă. A abordat o expresie de resemnare pe față.

– Cât timp va trebui să lucrez? a întrebat el.

Şoferul a ridicat din umeri.

– Nimeni nu se retrage, a spus el. Banii şi pastilele fac totul.

– Da, dar dacă aş vrea să plec?

– Dacă asta vrei, pleci. Atâta tot.

Bosch a dat din cap.

– Am înţeles, a spus el.

Şoferul a ieşit din încăpere. Rusul care se ocupase de recepţie a intrat în sala de aşteptare şi i-a înapoiat lui Bosch cardul de identitate şi cardul Medicare.

– Acum, pleacă, a spus individul.

– Unde să plec? a întrebat Bosch..

– Te urci în furgonetă. E în faţă.

– Bine.

Rusul de la tejghea i-a făcut semn spre uşă. Bosch şi-a înşfăcat sacul de spate şi bastonul de pe podea şi s-a îndreptat spre uşă. A păşit normal. Nu avea genunchiera fixată pe picior.

A mers prin partea din spate a clinicii şi a ieşit pe uşa din faţă, având-ul pe rusul de la recepţie în spate. Furgoneta era parcată în faţă, iar „clienţii" urcau în ea pe uşa laterală. Bosch l-a văzut pe şoferul aşezat la volan, care s-a întors şi s-a uitat la el prin oglinda retrovizoare. El şi Bosch ştiau că acela va fi momentul în care el va renunţa, dacă simţea asta. Bosch s-a uitat în jur şi apoi spre drumul care se încrucişa cu San Fernando Avenue, către turnul Aeroportului Whiteman. Ştia că era urmărit de acolo şi că echipa de supraveghere se adăpostise undeva în apropiere. Semnalul era un semn cu mâna în aer, făcut cu rapiditate. Dacă Bosch făcea acest lucru, membrii echipei s-ar fi năpustit ca să-l salveze. Şi asta ar fi însemnat încheierea operaţiunii.

Bosch s-a uitat spre şofer. Ultimul cumpărător tocmai urca în furgonetă, apoi venea rândul lui. A scuturat din cap, ca un om care nu are de ales, şi a urcat în furgonetă. Şi-a croit loc spre capătul băncii, ajungând în spatele şoferului, şi s-a aşezat alături de o femeie care avea capul ras. Şi-a aşezat sacul de spate în spaţiul dintre scaunul şoferului şi cel al pasagerului din dreapta, care rămăsese neocupat.

Rusul care stătuse la recepţie a închis uşa glisantă, apoi a lovit de două ori cu palma în acoperişul furgonetei, care a demarat imediat. Toţi pasagerii, inclusiv şoferul, au rămas tăcuţi. Bosch s-a aplecat în faţă, ca să vadă faţa şoferului din cel mai bun unghi.

– Unde mergem? a întrebat el.

– Spre următorul loc, i-a răspuns şoferul.

– Unde-i asta?

– Mai taci, bătrâne. Fă doar ce ţi se spune.

– Unde mi-e telefonul? Am o fiică, şi ar trebui s-o sun.

– Ba nu. Nu o mai suni.

Femeia cu capul ras l-a împuns pe Bosch cu cotul în coaste. El s-a întors spre ea. Femeia nu a făcut decât să scuture din cap. Privirea din ochii ei i-a sugerat că toţi vor suferi consecinţe neplăcute dacă el continua să vorbească.

Bosch s-a rezemat de spătarul băncii şi a tăcut. În primul rând, şi-a plimbat privirea în jur. A numărat alte unsprezece persoane aşezate pe băncile din spatele şoferului. Pe multe dintre ele le-a recunoscut din filmarea de supraveghere din ziua de marţi. Bărbaţi şi femei: bătrâni, palizi la faţă, părând înfrânţi. Și-a lăsat bărbia în jos, încercând să îşi vadă de treaba lui. A observat că femeia aflată alături de el îşi ţinea mâinile strânse în poală. În spaţiul dintre degetul mare şi arătătorul mâinii stângi a observat un mic tatuaj, în care apăreau trei stele, tatuaj executat probabil de un amator. Se folosise cerneală neagră, vârfurile stelelor erau ascuţite, iar tatuajul nu arăta la fel de vechi precum al lui.

Furgoneta a urmat acelaşi traseu pe care îl supravegheaseră el şi Lourdes la începutul săptămânii. Furgoneta a trecut de poarta Aeroportului Whiteman şi s-a îndreptat spre hangarul în care aştepta avionul pentru salturi cu paraşuta. Oamenii din furgonetă au coborât şi au început să se îmbarce în avion pe uşa prevăzută pentru sărituri. Bosch a rămas în urmă, lăsând-o pe femeia cu capul ras să urce în avion, pentru ca după aceea să coboare din furgonetă.

– Hei, ia stai puțin, a răcnit Bosch spre șofer. Ce mama dracului înseamnă asta?

– E un avion, i-a răspuns șoferul. Urcă în el.

– Unde naiba mergem? Nu ne-am înțeles așa. Dați-mi rețeta. Eu vreau să plec.

– Ba nu, te urci în avion. Imediat.

Rusul a băgat mâna sub scaun, iar Bosch a observat mușchii brațului încordându-se. Omul s-a întors ca să se uite la Bosch, fără să facă vreun alt gest. Cu toate astea, mesajul era clar.

– Bine, bine, a spus Bosch. O să urc.

A fost ultimul care s-a îmbarcat. De-a lungul celor două laturi ale avionului erau bănci, prevăzute cu centuri de siguranță. Oamenii și le fixau. Bosch a văzut un loc liber lângă femeia cu stele și s-a așezat, de data aceasta, în stânga ei.

Profitând de vuietul motorului, ea s-a aplecat spre el și i-a șoptit la ureche:

– Bun-venit în iad.

Bosch și-a retras puțin capul și s-a uitat la ea. Și-a dat seama că femeia fusese cândva o frumusețe, însă acum ochii ei erau lipsiți de strălucire. A bănuit că avea cel puțin cincizeci de ani, ori poate că era cu câțiva ani mai tânără. În funcție de perioada în care fusese chinuită de dependență, probabil cu mult mai tânără. A simțit un miros de pământ emanat de ea. I-a amintit de cineva – asta datorită conturului pomeților. Arăta ca și cum ar fi avut sânge indian în vene. S-a întrebat dacă își răsese capul ca să intre în rol, așa cum el avea baston și purta genunchieră. Arăta ca o persoană care era bolnavă și care poate făcea chimioterapie.

Cine să știe? Poate că totul era justificat. Nu i-a răspuns. Nu avea idee ce i-ar putea spune.

S-a uitat în jur și a observat abia acum că, în timp ce urcase, trecuse pe lângă un bărbat care stătea în partea din față a avionului și care sigur era participant la operațiune. Era tânăr și musculos și avea trăsături est-europene. Stătea rezemat cu spatele de un perete improvizat din tablă de aluminiu, care separa carlinga de spațiul destinat pasagerilor. În acel perete exista o fereastră glisantă de mici dimensiuni, dar era închisă, astfel că Bosch nu a putut să-l vadă pe pilot.

Bărbatul s-a întors și a bătut cu degetele în peretele despărțitor. Imediat după aceea, avionul a început să ruleze. Ajuns pe pista de decolare, avionul a căpătat viteză și a părut să se înalțe spre cer fără niciun efort. Înclinația accentuată și atracția gravitațională a făcut-o pe femeie să alunece spre Bosch, care a pus o mână pe umărul ei ca să o echilibreze. Ea a reacționat ca și cum ar fi fost atinsă de ceva înghețat. A tresărit violent și s-a retras de lângă el, iar Bosch a ridicat brațele în semn de supunere.

În timp ce urca, avionul s-a înclinat spre dreapta, zburând spre sud. Fără să o atingă, Bosch s-a aplecat spre femeie și i-a vorbit cât de încet a putut, dar să fie totuși auzit.

– Încotro mergem?

– Unde mergem întotdeauna. Nu-mi mai vorbi.

– Dar tu ai vorbit prima.

– Am greșit. Te rog să încetezi.

Avionul a intrat într-un gol de aer și a trepidat. Femeia a fost propulsată din nou spre el, dar a reușit să se redreseze agățându-se de un mâner de deasupra capului, folosit cândva de parașutiști pentru a se apropia de platforma de sărituri.

– În regulă? a încercat el din nou.

– Da, i-a răspuns ea. Du-te dracului.

Bosch a făcut un gest cu mâna, dând de înțeles că terminase. Voise să o întrebe de tatuaj, însă a citit teama din ochii ei. S-a uitat spre partea din față a cabinei și a înțeles care era motivul. Eforturile făcute de el pentru a vorbi cu femeia fuseseră observate de tânărul musculos. Bosch a ridicat mâinile spre el ca să îl asigure că nu va mai încerca să comunice cu femeia.

S-a întors spre fereastra care se afla în spatele lui și a încercat să ridice storul, dar acesta părea să fi fost blocat. Doar fereastra de la ușa pentru sărituri rămăsese neacoperită, dar era prea departe pentru ca Bosch să vadă peisajul pe deasupra căruia zburau. Din locul în care se afla nu a putut vedea decât cerul albastru, fără nori.

S-a întrebat dacă Hovan și cei de la DEA urmăreau avionul, așa cum promiseseră. Verificaseră deja, și știau că repetorul de impulsuri de pe acel avion Cessna fusese dezactivat. Trebuiau să se bazeze pe urmărirea vizuală din aer. Dispozitivul ascuns în portofelul lui Bosch era destinat urmăririi la nivelul solului și avea rază scurtă de acțiune.

S-a uitat la fețele oamenilor care ședeau pe băncile din cabină. Unsprezece, bărbați și femei, trași la față și nefericiți ca și oamenii din perioada Dust Bowl[1], din secolul trecut. Oameni fără nicio licărire de speranță în ochi, care nu au un loc numit cămin, prinși în capcana dependenței. Oameni inadaptabili înainte și care nu se vor integra niciodată în societate, cu toții mânați de la spate ca vitele și împinși spre treapta cea mai de jos a celor loviți de criza ce cuprinsese națiunea.

S-a rezemat de spătarul băncii și a făcut un calcul. Dacă fiecare dintre cei doisprezece oameni din avion cumpăra câte o sută de pastile pe zi în cadrul operațiunii lui Santos, asta însemna că o mie două sute de pastile ajungeau să fie vândute pe stradă cu cel puțin treizeci de dolari bucata. Asta făcea ca suma să se ridice la treizeci și șase de mii de dolari pe zi scoși de această gloată. Peste treisprezece milioane pe an. Bosch era conștient că existau și alte grupuri și alte operațiuni de același fel.

Cifra era amețitoare. Era o corporație uriașă care satisfăcea cerințele ce se înregistrau în fiecare stat, metropolă și oraș. A început să înțeleagă de ce femeia cu stele îi urase bun-venit în iad.

---

[1] O perioadă de furtuni de praf care au afectat zonele de câmpie din Statele Unite și Canada în 1934, 1936 și 1939-1940, provocând secetă și foamete.

24

Bosch a perceput că avionul executa o serie de manevre, descriind cercuri largi şi schimbându-şi altitudinea, urcând şi coborând. A bănuit că acestea erau încercări de a descoperi dacă exista supraveghere aeriană. Nu şi-a dat seama dacă aceste manevre erau de rutină ori din cauza lui. S-a gândit la bărbatul despre care vorbise Jerry Edgar. „Cumpărătorul“ care fusese recrutat de cei de la DEA și care urcase în avion, dar la întoarcerea acestuia la Aeroportul Whiteman nu se mai afla la bord.

În cele din urmă, avionul a coborât treptat și a aterizat ca un bolovan, după aproape două ore de zbor. Aprecierea era aproximativă. Nu avea ceas de mână, acesta fiind un element important al rolului de vagabond care se retrăsese din societate.

Toţi oamenii au coborât din avion ordonat şi în tăcere. Bosch a văzut că se aflau pe o pistă din deşert, iar în depărtare erau munţi care încadrau terenul plat, pârjolit de soare. A crezut că se aflau în Mexic, dar, în timp ce îi urma pe ceilalţi spre o furgonetă care îi aştepta, a privit în jur. Mirosul apăsător şi stratul de sol albicios i-au sugerat că erau probabil aproape de Marea Salton. Informaţiile furnizate de Jerry Edgar îi foloseau acum.

Ajuns în furgonetă, a ocupat un loc la fereastră, astfel că a putut să observe mai bine unde se aflau. A văzut alte două avioane pentru parașutism parcate ceva mai departe pe pistă, iar dincolo de ele soarele coborâse mult pe cer. Asta l-a ajutat să se orienteze, iar curând și-a dat seama că furgoneta se deplasa spre sud față de pistă.

Bosch s-a uitat în jur, căutând-o din ochi pe femeia cu stele pe mână și a văzut-o așezată cu două rânduri în fața lui. A urmărit-o cum se apleacă în față și își strânge umerii, dar și încrucișându-și brațele la piept. A recunoscut comportamentul, și asta i-a amintit faptul că el era singurul care se dădea drept dependent. Toți ceilalți din furgonetă erau clar dependenți.

După jumătate de oră de mers, furgoneta a oprit în ceea ce arăta ca un bidonvil pe care îl văzuse când unele cazuri îl duseseră până cartierele din Mexicali și alte locuri de peste graniță. Acolo erau câteva rulote motorizate, autobuze, corturi și colibe încropite din tablă, prelate din pânză și alte materiale de construcție recuperate de la groapa de gunoi.

Înainte ca furgoneta să oprească, oamenii s-au ridicat de pe scaune și s-au bulucit spre ușa laterală, ca și cum abia ar fi așteptat să pornească în etapa următoare a călătoriei. Bosch a rămas așezat și i-a urmărit pe oamenii care, până atunci muți și pașnici, acum se îmbrânceau și se împingeau ca să ocupe o poziție cât mai avantajoasă. A văzut-o pe femeia cu stele pe mână apucându-l de un braț pe un bărbat și trăgându-l din acea busculadă ca să ajungă într-o poziție mai bună.

Ușa glisantă s-a deschis, și oamenii aproape că s-au prăvălit afară din furgonetă. Privind pe fereastră, Bosch a văzut de ce se întâmpla asta. Bărbatul care venise din acea tabără pentru a deschide ușa dădea fiecărei persoane câte o doză pentru noapte. Punea pastilele în mâinile întinse ale oamenilor care coborau din furgonetă.

Dându-și seama că trebuia să acționeze în așa fel încât să întărească legenda, Bosch s-a ridicat, și-a atârnat sacul de spate pe un umăr și s-a tras spre interval. S-a așezat în spatele ultimului bărbat din şir, şi-a lăsat mâna liberă pe umărul lui şi l-a tras înapoi, ca să poată trece în locul lui.

– Hei, ticălosule! a strigat bărbatul.

Bosch l-a simţit că revine la locul pe care îl ocupase. S-a întors, a ridicat bastonul şi l-a ţinut orizontal în albele mâini. Bărbatul care se repezea la el era mult mai tânăr, dar dependenţa îi luase din forţă. L-a respins cu uşurinţă şi l-a împins, astfel că omul s-a retras pe intervalul dintre scaune. În timp ce s-a apropiat încet de uşă, Bosch a rămas cu ochii pe el.

A fost penultimul care a coborât, iar bărbatul care îi aştepta i-a pus o pastilă verde pal în palma desfăcută. În timp ce s-a îndepărtat de maşină şi s-a uitat la pastilă şi a văzut imprimat pe ea numărul 80. Bărbatul cu care se înfruntase a urmat şi a primit şi el o pastilă.

– Nu, nu, stai puţin, a spus el. Am nevoie de mai mult. Vreau două. Dă-mi două.

– Nu, doar una, a spus cel care distribuia pastilele. Pentru că te-ai bătut, primeşti una, atât. Şi-acum, mişcă-te.

Accentul lui era puţin diferit de al celor de la clinica din Pacoima, însă Bosch a socotit că şi el provenea dintr-o ţară a Blocului Estic.

Dependentul cu care se încăierase Bosch a examinat pastila din palmă cu aceeaşi privire încărcată de suferinţă pe care Bosch o văzuse pe feţele celor mai disperaţi oameni – refugiaţi pe care îi văzuse în Vietnam, cu decenii în urmă, şi dependenţii de droguri din casele părăsite din Hollywood. Expresia de pe feţele lor spunea acelaşi lucru: *Ce mă fac acum?*

– Te rog, s-a milogit omul.

– Brody, pleacă de-aici, altfel o păţeşti, a spus distribuitorul.

– Bine, gata, a spus dependentul.

I-au urmat pe ceilalţi formând un şir care se îndrepta spre tabără. Bosch a rămas ultimul ca să poată sta cu ochii pe bărbatul pe nume Brody. În timp ce înainta, a observat-o pe femeia cu stele pe mână, care era cu câteva persoane mai în faţă, scoţând ceva din buzunar. Apoi și-a pus ambele mâini în față și, după felul în care își mișca umerii, Bosch și-a dat seama că răsucea ceva pe ascuns. A înțeles că era vorba de zdrobitor. Fie că avea nevoie presantă de o doză de drog, și nu mai putea aștepta, ori se temea că vreunul dintre bărbați, poate chiar Brody, îi va smulge pastila.

Bosch a urmărit-o cum își duce mâinile la față și își acoperă gura și nasul ca și cum i-ar fi venit să strănute. Însă ea trăgea pe nas pastila transformată în pudră în timp ce pășea înainte.

Brody a întors capul din mers și i-a aruncat lui Bosch o privire plină de ură. Bosch a ridicat bastonul și l-a împins cu forță în mijlocul spatelui cu capătul care avea o protecție din cauciuc.

– Continuă să mergi, i-a spus Bosch.

– Dom'le, îmi datorezi o pastilă, a spus Brody.

– Da, vino s-o iei. Oricând.

– Da, vedem noi. O să vedem.

Brody avea în jurul taliei un hanorac ale cărui mâneci fuseseră înnodate, și un tricou îngălbenit care atârna moale pe umerii lui ciolănoși. Din poziția avantajoasă, de la capătul șirului, Bosch a văzut tatuajele pe care le avea pe tricepși, dar ele erau neclare, fiindcă fuseseră făcute cu cerneală amestecată într-o celulă de închisoare.

Bărbatul din avion, cel care îi întâmpinase și care le distribuise drogurile, i-a dus într-o zonă liberă care părea să fie centrul taberei. Deasupra acelui loc erau întinse vele din pânză, de formă triunghiulară, pentru a oferi umbră în timpul zilei, dar acum soarele coborâse dincolo de munții de la orizont și aerul începea să se răcorească. Se aflau pe o suprafață betonată, și Bosch a presupus că era una dintre lespezile care dădeau acelui loc numele neoficial.

La o masă aflată sub unul dintre triunghiurile care asigurau umbra stătea un bărbat. Șoferul furgonetei a urmat grupul de dependenți în acel spațiu. S-a uitat la bărbatul de la masă, care a dat aprobator din cap spre ei. Bosch a văzut o insignă prinsă de pieptul cămășii lui, de culoare roșie. Arăta ca insigna din tablă a unei firme de securitate. Însă asta îl făcea pe individ să fie șeriful din Slab City. Pe masă erau două cutii din carton.

În timpul ședinței de informare din acea dimineață, înainte de declanșarea operațiunii sub acoperire, Bosch văzuse câteva fotografii cu Santos, pe care le aveau cei de la DEA și, cu toate că fuseseră făcute în urmă cu cel puțin trei ani, a fost convins că omul de la masă nu era el. Șeriful s-a ridicat și s-a uitat la ochii scufundați în orbite ai celor care stăteau în fața lui.

– Mâncarea e aici, a spus el. Câte una fiecare. O luați cu voi.

A deschis cutiile de pe masă. Nimeni din grup nu s-a repezit ca în momentele în care se distribuiseră pastilele. Era limpede că hrana nu reprezenta partea cea mai importantă a vieții lor. Fără să împingă pe nimeni, Bosch a făcut câțiva pași în față, a ajuns lângă masă a văzut că într-o cutie erau batoane energizante, iar în cealaltă, burritos învelite în folie transparentă. A luat un baton și s-a îndepărtat.

Grupul a început să se destrame și oamenii au pornit în diferite direcții. Bosch a priceput clar că toți aveau câte o destinație, mai puțin el. Brody i-a mai aruncat o privire, apoi a pornit spre un cort mare din pânză de culoare galben cu negru, care avea clapa de intrare ridicată și arăta ca și cum ar fi fost confecționat din prelate uzate care fuseseră folosite drept corturi temporare în timp ce erau eliminate termitele dintr-o casă, cu ajutorul unor substanțe fumigene.

Folosindu-se de paravanul pe i-l ofereau oamenii care se deplasau în diferite direcții, Bosch s-a lăsat într-un genunchi, a așezat bastonul pe sol și batonul alături de el, și s-a apucat să-și lege mai bine șiretul la bocancul de la piciorul stâng. În vreme ce tivul cracului drept al blugilor adăpostea dozele de narcan, cel drept avea o mică deschizătură pe partea interioară a tivului. Era un loc în care putea introduce pastilele ce i se dăduseră, pentru a evita să le înghită, însă păstrându-le drept probe în cazul unei eventuale puneri sub acuzare. Exersase manevra de legare a șireturilor în cursul instructajului din ziua precedentă. Când a ridicat partea de jos a cracului, pentru a ajunge la șiretul ghetei cu carâmb înalt, a strecurat pastila prin gaură, băgând-o în tiv.

Când s-a ridicat, femeia cu stele pe mână a trecut foarte aproape de el și i-a șoptit:

– Să fii pregătit. Brody o să te atace în noaptea asta.

Apoi a plecat, îndreptându-se spre cortul în care intrase Brody. Fără să scoată nicio vorbă, Bosch a urmărit-o din ochi.

– Hei, tu.

Bosch s-a întors și l-a văzut pe bărbatul care stătuse la masă. A făcut un semn în spatele lui Bosch.

– Tu mergi acolo, a spus el, și a făcut un semn. Ocupi patul gol și-ți pui boarfele dedesubt. Mâine, să nu-ți iei sacul cu tine.

În timp ce termina de legat șiretul, Bosch s-a uitat în spate. Șeriful arăta spre partea din spate a unui vechi autobuz școlar, care arăta ca și cum și-ar fi schimbat destinația și devenise mijloc de transport pentru studenți, după care fusese folosit pentru transportul lucrătorilor agricoli pe câmpuri. Pe vremuri fusese vopsit în verde, însă acum era o epavă. Vopseaua se decolorase de mult și tabla de dedesubt ruginise. Geamurile erau vopsite sau acoperite cu folie de staniol pe interior.

– E tot avutul meu, a spus Bosch. Am nevoie de ce se află în sac.

– Nu e loc și pentru el, a spus șeriful. Îl lași aici. Nu se atinge nimeni de el. Dacă încerci să-l iei cu tine, o să-l aruncăm din avion. Ai înțeles?

– Da, am înțeles.

Bosch s-a ridicat în picioare și a mers către autobuz. După ce a urcat cele două trepte de la ușa din spate, a ajuns înăuntru, unde era întuneric, iar aerul mirosea a mort și acru. Iar căldura părea înăbușitoare. Paturile de care îi vorbise șeriful erau de o persoană, provenite din ceea ce prisosise armatei americane, și erau înșiruite cap la cap pe cele două laturi ale autobuzului, lăsându-se un spațiu îngust între ele pentru a se crea un interval. Începând să-și croiască încet drum pe interval, Bosch și-a dat seama imediat că aerul ceva mai curat era lângă ușa pe care tocmai intrase și că acele paturi erau deja ocupate de oameni care dormeau sau zăceau în ele, urmărindu-l pe el cu niște ochi fără nicio urmă de lumină în ei.

Ultimul pat de pe partea dreaptă a autobuzului era desfăcut și părea să fie neocupat. Și-a lăsat sacul de spate să cadă pe podea și s-a folosit de un picior pentru a-l împinge dedesubt. Apoi s-a așezat pe pat și a privit în jur. Aerul mirosea a putreziciune, o combinație de izuri corporale, respirații rău mirositoare, la care se adăuga cel al Mării Salton, astfel că și-a adus aminte de ceva ce îi spusese Jerry Edgar în urmă cu mulți ani, după ce asistaseră la o autopsie: că toate mirosurile aveau o particularitate a lor. Bosch a rămas în șezut pe pat, dându-și seama că inhala particule microscopice emanate de respirațiile bărbaților dependenți de droguri care dormeau în acel autobuz.

A întins mâna până sub pat și a scos la iveală sacul de spate. A desfăcut fermoarul și a scotocit printre obiectele de îmbrăcăminte până a găsit o basma care fusese strecurată acolo de unul dintre instructorii de la DEA. A împăturit-o în triunghi, apoi și-a legat-o peste gură și nas, arătând ca un jefuitor de trenuri din vechiul Far West.

– N-are niciun rost.

Bosch s-a uitat în jur. Pentru că acoperișul autobuzului avea doar colțuri rotunjite, ecoul acelei voci putea veni de oriunde. Toată lumea dormea, ori părea să nu manifeste interes față de el.

– Aici sunt.

S-a întors și s-a uitat în cealaltă direcție. A văzut un bărbat stând pe scaunul șoferului, care se uita spre Bosch prin oglinda retrovizoare, fixată pe bordul prăfuit al autobuzului. Până în acel moment, Bosch nu observase un asemenea amănunt.

– De ce nu? a întrebat el.

– Fiindcă locul ăsta e ca un cancer, a spus omul. Nimic nu-l poate opri să evolueze.

Bosch a dat aprobator din cap. Pesemne că individul avea dreptate. Cu toate acestea, a continuat să țină acea mască peste față.

– Acolo dormi tu? l-a întrebat Bosch.

– Da, a spus bărbatul. Nu pot dormi culcat. Am vertijuri.

– De câtă vreme ești aici?

– De multă vreme.

– Câți oameni dețin ăștia aici?

– Pui prea multe întrebări.

– Scuze, doar încerc să întrețin conversația.

– Ăstora de aici nu le plac conversațiile.

– Așa am auzit.

Bosch și-a vârât ambele mâini în sacul de spate. A scos un tricou și l-a rulat ca să îi slujească drept pernă. S-a întins în pat cu picioarele spre partea din spate a autobuzului, ca să poată urmări ușa. S-a uitat la batonul energizant. Avea o marcă pe care nu o mai văzuse până atunci. Nu-i era foame, dar s-a întrebat dacă nu cumva ar trebui să-l mănânce pentru a-și păstra ridicat nivelul de energie.

– Și cum spuneai că te cheamă? a întrebat el în șoaptă.

– Ce importanță are? a spus omul aflat pe scaunul șoferului. Să zicem, Ted.

– Eu sunt Nick. Cum stau treburile aici?

– Iar ai început să pui întrebări.

– Mă-ntrebam în ce belea m-am băgat. Am impresia că sunt într-un lagăr de muncă forțată, sau ceva de felul ăsta.

– Așa e.

– Și nu se poate pleca de aici?

– Ba poți. Dar ai nevoie de un plan. Acum ne aflăm în mijlocul pustietății. Trebuie să aștepți până când ajungi în oraș. Ai face bine să te asiguri că te descurci, pentru că ei te țin sub observație. Fiecare dintre noi valorează o groază de bani pentru ei. Nu te vor lăsa să scapi chiar atât de ușor.

– Știam eu că trebuia să refuz.

– Aici nu e chiar atât de rău. Ți se dau mâncare și pastile. Trebuie doar să respecți regulile lor.

– Am înțeles.

Bosch și-a îndreptat privirea de-a lungul culoarului central, spre ușa deschisă a bătrânului autobuz. Și-a tras eșarfa sub bărbie și a desfăcut pachetul cu batonul energizant. A sperat că îl va ține treaz și pregătit să riposteze.

Lumina naturală dispăruse aproape cu totul. Era pentru prima oară că Bosch a început să simtă încordarea spaimei în piept. Știa că acolo îl pândeau mari pericole - din toate părțile. Și-a dat seama că nu-și putea permite riscul de a dormi nici măcar cinci minute, fără a mai vorbi de întreaga noapte.

25

Brody a venit după el la miezul nopții. Însă Bosch era pregătit să-l întâmpine. Lumina lunii l-a evidențiat ca o siluetă în cadrul ușii din spate a autobuzului, după care individul și-a croit drum pe furiș de-a lungul intervalului dintre paturile în care dormeau ceilalți dependenți. Bosch a văzut că omul ținea într-o mână un obiect mic, ce semăna cu un cuțit. Bosch stătea întins pe partea dreaptă, ținându-și brațul drept îndoit de la cot și lăsând impresia că își susținea capul cu el. Însă, în spate, spre capătul patului îngust, strângea în mână bastonul.

Nu a așteptat ca să afle dacă Brody venise ca să îl prade sau să îl atace. Înainte ca silueta învăluită în umbră să poată face vreo mișcare de apropiere, Bosch a rotit bastonul cu mare forță, l-a izbit pe Brody la un unghi care a extins impactul de-a lungul maxilarului și peste ureche. Zgomotul a fost atât de puternic încât a crezut că bastonul s-a rupt. Brody s-a prăbușit imediat peste patul din spatele lui, trezind un bărbat carc dormea și care l-a împins deoparte. Arma lui, o șurubelniță, a căzut pe podea și a scos un zăngănit. Bosch s-a ridicat imediat din pat și a sărit peste el pe rândul dintre paturi, l-a încălecat și a așezat bastonul ca pe o bară peste gâtul lui. Brody a dus ambele mâini spre baston pentru ca acesta să nu-i zdrobească gâtul.

Bosch a menținut apăsarea constantă. Îndeajuns ca să îl împiedice pe Brody să respire normal, dar fără să îl sufoce cu totul. S-a aplecat spre el și i-a spus în șoaptă apăsată:

– Dacă mai vii vreodată să mă ataci, o să te omor. Am mai făcut asta, și sunt pregătit să o fac din nou. Înțelegi ce spun?

Cum nu putea vorbi, Brody a dat din cap cât de bine a fost în stare.

– De data asta, te las să pleci, dar să te întorci în bârlogul tău și să nu-mi mai faci probleme. Ai priceput?

Brody a dat din nou din cap.

– Bine.

Înainte de a se ridica de pe individ, Bosch a micșorat presiunea exercitată cu ajutorul bastonului. Voia să fie pregătit pentru o eventuală ripostă. Brody, eliberat de sub baston, și-a arătat mâinile cu degetele desfăcute larg.

Bosch a început să se ridice.

– În regulă, dispari de-aici.

Fără să scoată vreun cuvânt, Brody s-a adunat de jos și s-a ridicat. S-a grăbit să meargă de-a lungul intervalului dintre paturi, către partea din spate a autobuzului. Bosch nu a crezut niciun moment că individul va ezita dacă va avea vreo șansă să îl atace din nou.

A luat șurubelnița și a scos rucsacul de sub pat. În timp ce ascundea șurubelnița pe fundul acestuia, a auzit pe cineva aflat în partea din față a autobuzului spunând în șoaptă:

– Bună lucrătură cu bățul acela, a spus Ted.

– E bastonul meu, a spus Bosch.

Apoi a așteptat și a tras cu urechea ca să audă dacă Brody se confrunta în afara autobuzului cu șeriful ori cu altcineva care ar fi putut auzi zgomotele produse de lupta dintre ei. Cu toate astea, liniștea a persistat. Bosch s-a ghemuit și scotocit prin sacul lui și s-a schimbat repede, punându-și un tricou negru, cu emblema echipei de baschet Los Angeles Lakers. După acea, a îndesat flaconul cu laxative într-un buzunar al pantalonilor, s-a ridicat și s-a întors spre ieșirea din partea din spate a autobuzului.

– Unde pleci? l-a întrebat Ted în șoaptă. Nu ieși afară.

– Dar unde merg oamenii noaptea la toaletă? a întrebat Bosch.

– Urmează-ți nasul, dom'le. E în partea de sud a taberei.

– Am înțeles.

A pornit de-a lungul intervalului, având grijă să nu atingă picioarele sau brațele unor oameni, care se întindeau în afara paturilor. După ce a ajuns la ușă, a rămas în întuneric și s-a uitat spre spațiul liber în care stătuse șeriful la sosirea lui. Era pustiu. Până și masa dispăruse.

Bosch a coborât din autobuz, apoi a încremenit. În aer încă plutea aerul ciudat al Mării Salton, însă era mai răcoare și mai proaspăt decât orice răsuflare de care avusese parte în interiorul autobuzului. Și-a tras basmaua și a lăsat-o să atârne liber în jurul gâtului. A ascultat atent. Noaptea era răcoroasă și tăcută, iar stele sclipeau puternic pe cerul întunecat. I s-a părut că aude zumzetul pe un ton grav al unui motor venind dintr-un loc aflat în tabără ori din apropiere de ea. Pur și simplu, nu a reușit să stabilească direcția din care venea acel zgomot.

Îl întrebase pe Ted unde se putea ușura doar pentru a găsi o scuză să iasă din autobuz. Nu avea alt plan decât să cerceteze tabăra, astfel încât să poată afla limitele și dimensiunile ei, informații care mai târziu puteau fi de folos la întocmirea unor mandate de percheziție, dacă acest lucru avea să facă parte dintr-o urmare a operațiunii denumite Blugi Murdari.

S-a îndepărtat de autobuz și a ales la întâmplare o cărare care trecea printre cortul în care știa că trebuia să doarmă Brody și un șir de colibe. A mers cu pași iuți și fără să scoată vreun sunet, și curând și-a dat seama că se îndepărta de zgomotul produs de motor. A urmat poteca spre capătul sudic al taberei, unde aerul era respingător din cauza unui șir de patru latrine portabile aflate pe platforma unui camion. Degajau un miros care sugera că ele nu fuseseră golite de câteva săptămâni, dacă nu chiar de luni întregi.

A continuat să se deplaseze, urmând perimetrul taberei în sensul acelor de ceasornic. Din exterior, nu arăta altfel decât una dintre taberele de oameni fără adăpost care răsăriseră în ultimii ani aproape în fiecare spațiu liber din zona metropolei Los Angeles.

În timp ce se îndrepta spre partea de nord a taberei, zumzetul slab al motorului s-a auzit mai tare, iar curând s-a apropiat de o rulotă foarte mare, în cabina căreia se vedea o lumină, plus un aparat de aer condiționat, acționat de un generator așezat la aproape cincizeci de metri depărtare, în desișurile din spatele lui.

Și-a dat seama că avea în față spațiile de cazare ale personalului. Șeriful și distribuitorul, probabil chiar și piloții avioanelor pe care le văzuse erau găzduiți într-un confort deosebit, creat de aerul condiționat.

Bănuiala i-a fost confirmată când, cu mare precauție, s-a apropiat dintr-o parte de clădire și curând a văzut două furgonete parcate alături în spatele camionului. În plus, a văzut o umbră trecând prin spatele perdelei unei ferestre care era luminată. Cineva se afla înăuntru.

S-a deplasat rapid spre furgonete, pentru a le folosi ca să se ascundă. Ajuns acolo, s-a lipit strâns de colțul din spate al uneia dintre furgonete și a examinat marginile de sus ale construcției, căutând din ochi camere de supraveghere.

Nu a văzut nicio dovadă a prezenței camerelor, dar și-a dat seama că era prea întuneric pentru a fi sigur. Pe de altă parte, știa că existau tot soiul de măsuri electronice care ar fi putut să fie luate pentru protecția împotriva oricărei intruziuni. Cu toate acestea, a hotărât să riște pentru a arunca o privire spre rulota motorizată.

S-a apropiat de fereastra iluminată. Pe ușa alăturată exista o plăcuță pe care scria: NU INTRAȚI, având o inscripție amenințătoare pe care o adăugase cineva: „Intrușii vor fi împușcați".

Bosch a înaintat fără să ia în seamă acele amenințări. Perdeaua nu fusese trasă până la capăt. Rămăsese un spațiu de vreo zece centimetri care i-a permis să vadă în cameră doar mișcându-se spre dreapta sau stânga.

În cameră erau doi bărbați albi, care purtau tricouri, pe sub care se evidențiau brațe și umeri cu tatuaje multe. Cei doi stăteau la o masă, jucau cărți și beau un lichid limpede direct dintr-o sticlă pe care nu exista nicio etichetă. În mijlocul mesei era un morman mic de pastile de culoare aproape albă, și Bosch și-a dat seama că teancurile pastilelor de oxicodonă reprezentau toată schema de pariu a acelui joc.

Era clar că unul dintre bărbați pierduse un pariu și, în vreme ce adversarul lui, încântat, a tras cu o mână potul spre sine, celălalt, furios, a tras câteva dintre cărțile de pe masă, lăsându-le să cadă pe podea. Mișcarea brațului acestuia din urmă l-a făcut pe Bosch să urmărească totul, astfel că abia în acel moment a văzut o a treia persoană din încăpere.

Era vorba de o femeie goală, care stătea pe o canapea uzată, în partea stângă a camerei. Fața și trupul ei erau întoarse spre pernele decorative din partea din spatele ei și ea părea să doarmă sau să fie lipsită de cunoștință. Bosch nu a reușit să-i vadă chipul, însă nu era nevoie ca el să fie un geniu ca să-și dea seama ce se întâmpla acolo. Și-a aplecat capul o clipă, pentru că era total dezgustat. Vreme de ani și ani, cât lucrase ca ofițer de poliție, evitase activitatea de agent sub acoperire tocmai din acest motiv. În calitate de anchetator de omucideri, văzuse tot ce era mai rău în ceea ce privea ce puteau face oamenii unii împotriva altora. Însă până când el ajungea să depună mărturie, crima se comisese, iar suferința se încheiase. Fiecare caz își lăsa urma psihologică, însă aceasta era echilibrată de realizarea dreptății. Bosch nu soluționase toate cazurile la care lucrase, însă avea satisfacția că, prin strădaniile lui, îi acordase fiecăruia atenția pe care o merita.

Însă când lucrai sub acoperire treceai de granița sigură a justiției și pătrundeai în lumea perverșilor. Vedeai cum oamenii se vânează unii pe alții, și nu puteai face nimic în privința asta, pentru că ți-ai fi distrus acoperirea. Trebuia să înduri și să accepți situația pentru a duce cazul până la soluționare. Bosch a simțit dorința de a se năpusti în rulotă și să o salveze pe femeie de abuzuri, dar nu putea face asta. Nu în acele momente. El dorea să înfăptuiască o dreptate mai cuprinzătoare.

Și-a dezlipit ochii de la femeie și s-a uitat atent la cei doi bărbați. A avut senzația clară că vorbeau în limba rusă, iar cuvintele tatuate pe brațele lor erau cu caractere chirilice. Amândoi aveau ceea ce polițiștii numeau „corpuri de deținuți": partea superioară a torsului supradimensionat, cu mușchi extrem de bine dezvoltați după ani și ani petrecuți la sala din închisoare – flotări, exerciții pentru întărirea mușchilor abdominali, ridicări în brațe la bară fixă –, însă picioarele fiind neglijate în cursul acestui proces. Unul dintre ei era mai în vârstă. Părea să aibă în jur de treizeci și cinci de ani și era tuns scurt, ca un soldat. Bosch a socotit că celălalt, cu părul blond, avea în jur de treizeci de ani.

Le-a studiat dimensiunile corporale și mișcările și a comparat ceea ce avea în față cu ceea ce văzuse pe înregistrările făcute de camerele de supraveghere din farmacie în momentele în care se comiseseră crimele. De asemenea, și-a amintit cum arătau cei doi ucigași când plecaseră de la Aeroportul Whiteman și apoi reveniseră. Oare puteau fi aceștia cei doi criminali? Era imposibil să-și dea seama, dar a socotit că nepăsarea cu care ei o abuzaseră pe femeie reprezenta un indiciu. Probabil că o drogaseră, o violaseră și o lăsaseră goală pe canapea. Bosch a considerat că un bărbat care făcea așa ceva era capabil să dovedească aceeași nepăsare când era vorba să comită o crimă. Instinctul i-a spus că aceștia erau cei doi bărbați care îi seceraseră pe José Esquivel și pe fiul lui.

A văzut o rază de lumină reflectată de peretele din aluminiu al casei mobile și, întorcându-se, a văzut un bărbat care avea o lanternă și se apropia de el. S-a ghemuit imediat, apoi s-a deplasat spre furgonete și s-a furișat în spațiul dintre ele.

– Hei!

Fusese descoperit. S-a dus spre partea din spate a vehiculelor. Trebuia să ia o hotărâre.

S-a lăsat pe vine, ajungând sub nivelul geamurilor de la cabinele furgonetelor și s-a retras pe lângă vehiculul aflat cel mai departe de casa mobilă. Bărbatul cu lanterna s-a apropiat în fugă și a trecut prin spațiul dintre furgonete, ultimul loc în care îl văzuse pe intrus.

Bosch a așteptat o secundă, după care s-a repezit spre colțul rulotei. Știa că dacă reușea să ajungă acolo, putea folosi structura drept paravan între el și individ. În timp ce a alergat, l-a auzit pe om vorbind cu febrilitate, astfel că și-a dat seama că el avea un aparat de radiorecepție. Asta însemna că mai exista un om care patrula prin tabără.

A reușit să ajungă la colțul rulotei fără să audă încă un strigăt. S-a lipit strâns de perete și s-a uitat pe după colț. A văzut fasciculul lanternei în apropiere de generator. Asta îi oferea un avans de aproape cincizeci de metri. Tocmai se pregătea să fugă spre autobuz, când a văzut alt fascicul de lumină care se deplasa în direcția lui. Nu avea de ales. A fugit în stânga, sperând să se ascundă după o rulotă cu motor, veche, însă cel de-al doilea paznic l-a zărit.

Simțindu-și plămânii încinși, a trecut prin spatele vehiculului fără să fie surprins în fasciculul de lumină. A auzit mai multe strigăte, astfel că și-a dat seama că zgomotele îi făcuseră și pe cei doi ruși din rulota motorizată să iasă pentru a afla ce se întâmpla.

A continuat să se miște, deși începuse să simtă oboseala provocată de efort. A urmat marginea taberei până a ajuns la toaletele portabile. S-a gândit să se ascundă într-una dintre ele, dar a decis să nu facă așa ceva. S-a întors și a mers spre centrul taberei, îndreptându-se către autobuz. După ce s-a slujit de poalele cămășii ca să își șteargă sudoarea de pe față, a mers destins, la pas.

Nu a reușit să îi păcălească pe urmăritori. Aceștia îl așteptau în spațiul liber din spatele autobuzului. A fost învăluit din spate de fasciculele de lumină, iar apoi s-a trezit trântit la pământ.

– Ce dracu' faci? i-a spus cineva.

Bosch și-a ridicat mâinile din praf și nisip, apoi și-a desfăcut degetele.

– Am fost la toaletă, a strigat el. Am crezut că nu fac nimic rău. Nimeni nu mi-a spus că n-am voie să plec din...

– Ridică-l, a spus un rus.

A fost zmucit cu brutalitate de la pământ, apoi ținut de ambele brațe de către șerif și un bărbat despre care a presupus că era adjunctul lui.

Cei doi bărbați pe care îi văzuse jucând cărți stăteau în fața lui. Cel mai vârstnic s-a apropiat îndeajuns de mult pentru ca Bosch să simtă mirosul de vodcă din răsuflarea lui.

– Îți place să fii Peeping Tom?[1] l-a întrebat rusul.

– Poftim? a exclamat Bosch. Nu, a trebuit să mă duc la latrină.

– Ba nu, ești un pervers. Te furișezi și te uiți pe ferestre.

– N-am fost eu.

– Și-atunci, cine a fost? Mai vezi pe cineva pe-aici? Nu, ești doar tu.

– Nu știu, dar n-am fost eu.

– Bine, o să vedem cum stă treaba. Percheziționați-l. Și cine-i tipul ăsta?

– E nou, a spus șeriful. E cel care avea la el o armă.

A smuls portofelul din buzunarul lui Bosch și era cât pe ce să-l scoată din lanț.

– Stai o clipă, așteaptă, a spus Bosch.

A desfăcut bucla de la curea, eliberând portofelul și lanțul. Șeriful le-a aruncat spre rus.

– Vreau lumină, a spus individul.

Adjunctul a îndreptat fasciculul de lumină spre cel care scotocea prin portofel.

– Reilly, a spus el.

A pronunțat cuvântul ca și cum ar fi fost *really* (adevărat, serios). Șeriful a găsit flaconul cu pastile laxative și l-a arătat celui cu părul blond, care a spus ceva în limba rusă, însă cel care se ocupa de portofelul lui Bosch a părut să-i ignore spusele.

---

[1] Voaieur, pervers căruia în place să urmărească scene erotice.

– Reilly, de ce ai transpirat?

– Pentru că mai am nevoie de o doză, a spus Bosch. Mi-au dat doar una.

– S-a luat la bătaie în furgonetă, a precizat șeriful.

– Nu a fost o bătaie, a spus Bosch. Doar ne-am îmbrâncit. Nu a fost cinstit. Am nevoie de doza aia.

Lovindu-l de cealaltă mână, rusul a închis portofelul, timp în care a analizat situația. Apoi i l-a înapoiat lui Bosch, care și-a închipuit că scăpase. Înapoierea portofelului însemna că rusul îl va ierta de încălcarea regulilor de acolo.

Cu toate acestea, se înșelase.

– În genunchi, a spus rusul.

Bosch s-a simțit prins cu putere de ambii umeri în același timp și s-a văzut împins în jos, până când a ajuns cu ambii genunchi pe pământ. Ținând o armă de foc în mână, rusul a lipit țeava ei de spinarea lui. Bosch a recunoscut-o pe dată ca fiind cea luată din rucsacul lui.

– Asta e arma ta de rahat, Reilly?

– Da. Mi-au confiscat-o la clinică.

– Mda, acum e a mea.

– Bine. Cum zici.

– Știi că sunt rus, da?

– Da.

– Atunci, ce-ar fi să facem un joc rusesc[1], și tu să-mi spui ce căutai acolo ca să te uiți pe fereastra casei mele.

– Ți-am spus deja, n-am fost eu. Mă dusesem să mă cac. Sunt bătrân. Îmi trebuie mult timp până să fac asta.

Ajutorul de șerif a pufnit în râs, dar s-a reținut imediat ce a fost privit sumbru și cu severitate de șerif. Rusul a desfăcut cilindrul armei și a lăsat cele șase cartușe să pice în palma desfăcută a mâinii

[1] Aluzie la „ruleta rusească", în care jucătorii acceptau ca din încărcătorul rotativ al revolverului să lipsească câteva cartușe, iar când acesta se rotea, riscau să se sinucidă, deoarece nu se știa în ce poziție se aflau cartușele.

stângi. Apoi a ținut un cartuș spre lumină și a dat un adevărat spectacol cât l-a încărcat în cilindru, după care l-a închis acolo.

– Acum, jucăm ruleta rusească, bine?

A întins arma spre Bosch și i-a apăsat țeava de tâmpla stângă. Bosch avea încredere în cei de la DEA, care îi spuseseră că modificaseră revolverul, însă nimic nu se compara cu faptul că țeava unei arme de foc îi era lipită de tâmplă, făcându-l să se gândească la soarta lui. A închis ochii.

Rusul a apăsat pe trăgaci, iar Bosch a tresărit când a auzit pocnetul produs de lovitura de metal pe metal. În exact aceeași clipă și-a dat seama că cei doi ruși erau ucigașii de la farmacie. A deschis ochii și s-a uitat direct la individul din fața lui.

– Vai, ești un om norocos, a spus rusul.

A făcut cilindrul să se rotească și a izbucnit în râs.

– Încercăm a doua oară, norocosule? De ce te-ai uitat pe fereastra rulotei mele în seara asta?

– Nu, te rog, n-am fost eu. Nici măcar nu știu unde e acea rulotă. Doar c-am ajuns aproape de ea. A trebuit chiar să întreb unde sunt căcăstoarele.

Imediat după aceea, rusul a apăsat țeava pistolului. Partenerul lui a spus ceva în rusă pe un ton precipitat. Bosch a presupus că îi amintea celui cu arma în mână de faptul că producția de pastile va fi afectată grav dacă Bosch era ucis.

Rusul a retras arma fără să apese pe trăgaci. A început să o încarce la loc. După ce a terminat, a blocat țeava și a făcut semn spre locul în care trebuia să existe porțiunea lipsă din mâner.

– O să refac arma ta și o s-o păstrez, a spus el. Mi-aș dori norocul tău. De acord, Reilly?

– Sigur, a spus Bosch. Păstrează revolverul.

Rusul a dus mâna la spate și a vârât arma sub betelia pantalonilor.

– Îți mulțumesc, Reilly, a spus el. Acum, du-te să dormi. Și să nu mai faci pe Peeping Tom.

26

După ce au fost distribuite pastile, batoane energizante și burritos, flota aeriană a lui Santos s-a ridicat de la sol devreme în ziua de sâmbătă. Bosch s-a regăsit în același avion, alături de grupul cu care sosise acolo, însă, de această dată, numărul pasagerilor era mai mare, astfel pe băncile din lateralele avionului apăruseră chipuri noi, atât de bărbați, cât și de femei. I-a văzut pe Brody, care avea o dungă violacee pe partea dreaptă a feței, precum și pe femeia cu stele pe mână. Probabil că era vorba de capul ei ras, care crea falsa impresie că se simțea rău din altă cauză decât dependența, însă Bosch a simțit nevoia solidară să o urmărească atent. În același timp, știa că nu trebuia să stea cu spatele spre Brody.

De data aceasta, a fost îndeajuns de isteț ca să-și croiască drum prin forța mușchilor către un loc aflat la capătul băncii din apropierea ușii prin care săreau parașutiștii, aceea fiind singura fereastră neacoperită. Acum, putea să-și facă o idee privind direcția în care se îndrepta avionul.

Acesta a decolat înspre nord și a continuat pe acel curs, păstrând în același timp o altitudine de câteva sute de metri. Privind peste umăr și în jos, prin geam, Bosch a văzut Marea Salton, aflată dedesubt. Iar apoi a văzut culorile sclipitoare ale monumentului făcut de oameni, cunoscut sub numele de Muntele Mântuirii. Din aer, a văzut avertismentul care suna astfel: ISUS ESTE CALEA.

Au zburat vreme de aproape două ore, după care avionul a aterizat, din nou cu o bufnitură, pe o pistă folosită de avioanele care executau stropiri cu erbicide. În timp ce avionul cobora spre sol, Bosch a văzut în depărtare un ansamblu de mori de vânt, având în fundal dealuri pe care păşteau vite, astfel că şi-a dat seama unde se aflau. În Central Valley, în apropiere de Modesto, unde el rezolvase un caz în urmă cu câţiva ani, după care a văzut un elicopter care a aterizat aproape de una dintre morile de vânt.

Acolo erau două furgonete în aşteptare, iar oamenii din avion au fost împărţiţi în două grupuri de câte şapte persoane fiecare. Bosch s-a văzut separat atât de Brody, cât şi de femeia cu stele pe mână. În furgoneta în care a urcat erau doi bărbaţi ai organizaţiei pe scaunele din cabină, adică şoferul şi un alt individ, amândoi vorbind cu accent rusesc. Maşina a oprit întâi la Tulare, unde oamenii au început să treacă pe la diverse farmacii deţinute de doi soţi, ca să se cumpere pastile. La fiecare oprire, individul din dreapta şoferului îi dădea fiecăruia dintre dependenţi, inclusiv lui Bosch, noi documente de identitate – adică permis de conducere şi card Medicare –, precum şi o reţetă şi banii necesari pentru a o achita în sistem de coplată. Documentele de identitate erau falsuri realizate cu mijloace rudimentare, la care orice bodyguard, încă din prima lui săptămână de muncă, văzându-le, ar fi intrat în alertă în orice club din Los Angeles. Dar nu asta era important. Farmaciştii – precum José Esquivel senior – făceau parte din joc, profitând de aparenta legalitate a reţetelor. Efectele în valuri a corupţiei iniţiate de Santos se propagau la nesfârşit de acolo, spre sălile în care se aflau membrii guvernului şi ai industriei de medicamente. Cu toate că lăsa impresia că trebuia să pozeze ca un om cu probleme, Bosch s-a străduit să-şi păstreze genunchiera şi bastonul. A procedat astfel deoarece nu voia să fie privat de baston, singura lui armă.

La fiecare oprire, grupul zăbovea aproape o oră, iar individul care îi avea în grijă împărţea cumpărătorii, câte unu sau câte doi la fiecare farmacie, astfel încât şapte dependenţi, cu un aspect jalnic, stând la rând împreună, să nu creeze îngrijorări în rândul cumpărătorilor normali din magazin. De la Tulare, au ajuns la Modesto, iar apoi la Fresno, iar în rucsacul paznicului lor au ajuns o sumedenie de flacoane de culoare gălbuie, pline cu pastile.

Avionul îşi schimbase poziţia, şi acum aştepta pe un alt aeroport liber de restricţii, în apropierea unei ferme din Fresno, care producea nuci pecan. Cealaltă furgonetă era deja acolo, iar când Bosch a urcat în ea, scaunele de la ferestre erau deja ocupate. A reuşit totuşi să îşi găsească un loc alături de femeia cu stele pe mână. Aşa cum i se spusese anterior, nu i-a adresat niciun cuvânt.

Înainte ca avionul să decoleze, Bosch l-a văzut pe păcăliciul din furgoneta în care se aflase predând pilotului rucsacul prin fereastra dintre carlingă şi restul spaţiului avionului. Pilotul a semnat un soi de recipisă ori o fişă fiscală pe un clipboard, după care i-a înapoiat hârtia păcăliciului. Apoi avionul a rulat hurducându-se pe o pistă improvizată şi a decolat spre sud. Au rămas pe acelaşi curs, fără viraje sau alte manevre de evitare a supravegherii aeriene.

Bosch şi-a ţinut gura vreme de jumătate de oră, după care, în cele din urmă, s-a aplecat spre femeia de lângă el şi i-a spus suficient de tare ca să poată fi auzit, în ciuda zgomotului făcut de motorul avionului.

– Ai avut dreptate, a spus el. A venit peste mine noaptea trecută. Am fost pregătit.

– Îmi dau seama, a spus ea, făcând referire la vânătaia pe care o avea Brody pe faţă.

– Îţi mulţumesc.

– Las-o baltă.

– De cât timp eşti prinsă în afacerea asta?

Ea s-a răsucit pe bancă, practic dorind să îl trateze cu răceală. După aceea, ca şi cum s-ar fi răzgândit, a întors capul spre el şi i-a spus:

– Lasă-mă în pace.

– Mă gândeam că poate ne ajutăm unul pe celălalt, atâta tot.

– Despre ce vorbești? Abia ai ajuns aici. Nu ești femeie, așa că nu știi cum stau lucrurile.

În mintea lui Bosch a răsărit brusc imaginea femeii care zăcea abandonată pe canapea, în vreme ce rușii jucau pentru a câștiga pastilele care erau sursa degradării și acelui dezastru.

– Știu, a spus el. Dar am văzut destule ca să-mi dau seama că asta înseamnă să fii sclav.

Ea nu i-a răspuns și a continuat să stea cu spatele spre Bosch.

– Când voi face o mișcare, o să te înștiințez, a spus el.

– Să nu faci asta, a spus ea. O să fii ucis, asta e sigur. Nu vreau să am nimic de a face cu asta. Nu țin să fiu salvată, înțelegi? Așa cum ți-am spus din capul locului, dă-mi pace.

– Dar de ce m-ai avertizat în legătură cu Brody dacă vrei să fii lăsată în pace?

– Pentru că e un animal, și animalele nu trebuie să aibă nimic unul cu altul.

– Am priceput.

Ea a încercat să se îndepărteze și mai mult de Bosch, însă poala jachetei ei de culoare galben deschis rămăsese prinsă sub piciorul lui. Mișcarea aceea a făcut ca jacheta să îi lunece de pe umăr, lăsând la vedere maioul pe care îl purta, dar și o porțiune dintr-un tatuaj.

ISY

2009

Înfuriată, ea și-a smuls jacheta de sub piciorul lui și apoi și-a aranjat-o, însă Bosch văzuse destul de multe amănunte ca să își dea seama că era vorba de un tatuaj gen RIP[1], făcut pe un umăr. Asta însemna că, în urmă cu opt ani, femeia pierduse pe cineva

[1] RIP, Rest in Peace, Odihnească-se în pace.

important din viața ei. Îndeajuns de important ca să îi poarte amintirea. S-a întrebat dacă acea pierdere o împinsese spre droguri și spre acele călătorii cu avionul.

S-a îndepărtat de ea și l-a surprins pe Brody, care stătea pe banca aflată de cealaltă latură a avionului, urmărindu-i pe amândoi. Individul i-a aruncat un zâmbet atotcunoscător, iar Bosch și-a dat seama că făcuse o greșeală. Brody înțelesese că Bosch încerca să stabilească o legătură cu femeia aceea. Acum, pricepuse că putea ajunge la el prin intermediul ei.

După aproape o oră de zbor, avionul a aterizat, pilotul reușind să coboare și să aterizeze mai lin. Bosch nu și-a putut da seama unde erau decât după ce a coborât pe ușa folosită de parașutiști și a recunoscut locul ca fiind hangarul de la Aeroportul Whiteman. Afară așteptau două furgonete, iar de această dată s-a străduit să stea aproape de femeia cu stele pe mână. Când grupul a fost despărțit în două, a ajuns în aceeași furgonetă cu ea, dar și cu Brody.

De la Aeroportul Whiteman, furgoneta a virat spre dreapta, pe San Fernando Avenue, dar apoi a luat-o pe Van Nuys Boulevard, către prima farmacie. Se aflau în Pacoima și, din câte se părea, infractorii se fereau să intre în San Fernando.

Șoferul, care era același rus care îl lovise cu pumnul în clinică în urmă cu o zi, a împărțit cei șapte „cumpărători" care îi reveneau și i-a trimis primii pe Bosch și pe alți doi bărbați într-o farmacie. Brody și femeia cu stele pe mână au rămas în al doilea grup. Bosch a trecut prin procedura de a prezenta farmacistului rețeta și documentul de identitate fals, după care a așteptat ca pastilele să îi fie date într-un flacon. În cele mai multe din opririle precedente, pastilele erau deja puse în flacoane, deoarece farmaciștii doreau să scurteze timpul pe care „cumpărătorii" zdrențăroși îl petreceau în magazinele lor. Însă, în acest magazin, lui Bosch i s-a spus să aștepte afară, ori să revină peste jumătate de oră.

Bosch a ieșit afară din farmacie și i-a povestit rusului ce se întâmplase. Omul nu a fost tocmai fericit. Le-a spus lui Bosch și celorlalți doi dependenți să se întoarcă și să aștepte în magazin, pentru a-l face pe farmacist să se grăbească. Bosch a făcut așa cum i se ceruse, de aceea a început să se plimbe printre rafturile pe care se aflau produse pentru îngrijirea picioarelor, unde putea fi văzut clar de farmacist, când s-a răsucit pe călcâie și a văzut o cumpărătoare care se uita la branțuri-pernițe, marca Dr. Scholl. Era Bella Lourdes. Ea i s-a adresat cu glas scăzut, fără să se uite la el.

– Cum îți merge, Harry?

Bosch s-a uitat spre locurile în care se aflau ceilalți doi dependenți, și abia după aceea i-a răspuns. Cei doi se despărțiseră, și unul dintre ei se uita la zona cu medicamente mexicane, în vreme ce al doilea se uita țintă spre tejgheaua de la care spera să primească medicamentul prescris.

– Sunt bine. Ce cauți aici?

– Trebuia să fac o verificare. Noaptea trecută am pierdut legătura cu tine. Nu am restabilit-o decât după ce ai aterizat la Aeroportul Whiteman.

– Glumești cumva? Hovan a spus că au ochi și în cer. Au pierdut avionul de sub supraveghere?

– Da. Hovan a susținut că din cauza unor interferențe din straturile superioare ale atmosferei. Valdez a înnebunit când a auzit asta. Unde te-au dus?

– Informațiile pe care ni le-a dat Jerry Edgar au fost cât se poate de precise. E o tabără aproape de Slab City, la sud-est de Marea Salton.

– Și ești bine?

– Sunt, dar era să nu mai fiu. Cred că i-am descoperit pe cei doi ucigași. Unul dintre ei a jucat ruleta rusească folosind revolverul pe care mi l-au dat cei de la DEA.

– Dumnezeule mare.

– Da. Noroc că era defect.

– Îmi pare rău. Vrei să renunți? Le transmit asta și năvălim în locul acela și te extragem, făcând ca totul să pară un raid.

– Nu, dar aş vrea să faci altceva. Unde-i Jerry?

– Stă la pândă. Evident că am intrat în panică seara trecută, când te-au pierdut din vizor, dar acum suntem cu ochii pe tine şi n-o să mai facem greşeli.

Bosch s-a uitat spre ceilalţi „cumpărători". Nu-i acordau nicio atenţie. S-a uitat spre uşa magazinului, dar nu l-a văzut pe şoferul rus.

– Uite ce e, imediat ce ni se eliberează reţetele şi plecăm de-aici, vor mai trimite înăuntru alţi patru oameni. O femeie şi trei bărbaţi.

– Am înţeles.

– Pune-l pe Jerry să organizeze un raid ca din întâmplare şi să-i reţină pe motiv că prezintă acte de identitate false şi reţete anapoda, ştii tu.

– În regulă, putem face asta. De ce?

– Un tip pe nume Brody îmi face necazuri. Are o vânătaie pe obrazul drept, a spus el, şi a arătat spre baston, drept explicaţie. Şi femeia, vreau s-o trimiteţi la dezintoxicare şi reabilitare.

Lourdes a ridicat ochii de la raftul cu mărfuri şi s-a uitat la el, încercând să înţeleagă.

– Sună compătimitor. E vorba de ceva personal? Ai auzit ce-a spus instructorul de la DEA despre chestii dintr-astea.

– M-am infiltrat acolo doar de douăzeci şi patru de ore, şi nici măcar nu ştiu cum o cheamă. Numai c-am văzut nişte lucruri la Slab City şi o vreau scoasă din jocul ăsta. Pe de altă parte, cu cât vor pierde mai mulţi oameni, cu atât mai important voi fi eu pentru ei. Poate se vor gândi mai bine când vor dori să joace cu mine din nou ruleta rusească.

– Bine, aşa vom face. Dar asta înseamnă că trebuie să retragem mulţi oameni din acţiunea de supraveghere. O să mă asigur că măcar o maşină să te urmărească.

– N-are importanţă. Ne puteţi aştepta la Aeroportul Whiteman. Ne întoarcem la avion.

Bosch l-a auzit pe farmacist strigând numele care era scris pe reţeta lui falsă.

– Trebuie să plec.

– Ce facem mâine?

– Cum adică?

– Mâine e duminică. Magazinele administrate de soți sunt de obicei închise.

– Înseamnă că o să am o zi liberă la Slab City. Spune-le să nu mă mai piardă și de data asta.

– Fii încredințat că o să le spun. Ai grijă de tine.

Bosch a îndreptat bastonul spre tavan și l-a învârtit ca un muschetar care își mânuiește sabia. Apoi a pornit șchiopătând spre tejghea ca să-și primească pastilele.

După douăzeci de minute, era în partea din spate a furgonetei, așteptând ca al doilea grup de „cumpărători" să revină cu pastilele. I-a văzut pe Edgar și Hovan intrând în farmacie, iar cincisprezece minute mai târziu, când șoferul a devenit neliniștit și a început să vorbească singur în rusă, în fața magazinului au oprit două mașini de poliție.

Rusul a înjurat.

– *Tvoyu mat!*

S-a întors și s-a uitat la cei trei bărbați care stăteau în spate. A arătat cu degetul spre Bosch.

– Tu. Du-te înăuntru și vezi ce e. Află ce se întâmplă acolo.

Bosch s-a ridicat de pe scaun și s-a mișcat spre ușa laterală. A coborât și a traversat parcarea, mergând spre farmacie. A bănuit că fusese ales pentru că, între cei din mașină, el avea hainele ceva mai curate. A intrat și i-a văzut pe cei patru „cumpărători" aliniați și încătușați în apropierea tejghelei. Polițiști în uniforme verificau ce aveau în buzunare.

Când a intrat în farmacie, clopoțelul de deasupra ușii a sunat. Femeia cu stele pe mână s-a uitat peste umăr și l-a văzut. A făcut ochii mari și, înclinând capul, și-a îndreptat bărbia spre ușă. Bosch s-a răsucit pe călcâie și a ieșit.

Purtându-se de parcă ar fi văzut o stafie, s-a grăbit să ajungă la furgonetă, fără a se mai osteni să șchiopăteze. A sărit înăuntru pe ușa laterală.

– I-au prins polițaii! Toți sunt încătușați.

– Închide ușa! Închide ușa!

Furgoneta a demarat înainte ca Bosch să apuce să închidă ușa glisantă. Șoferul a condus spre Van Nuys Boulevard și spre Aeroportul Whiteman. A apelat pe cineva și a început să răcnească în limba rusă.

Bosch a privit pe geamul din spate spre centrul comercial spre care se îndepărtau. În ciuda refuzului ei de a comunica, femeia cu stele pe mână îl avertizase în legătură cu Brody și cu raidul poliției. Asta l-a făcut să creadă că ea încă merita salvată.

27

Duminică dimineața nu a mai avut loc trezirea groaznică din ziua precedentă. Nimeni nu a trecut pe lângă autobuz ca să bată în el cu o mătură și urlând ca toți cei din tabără să se scoale. Duminica, oamenii dormeau până târziu. Cum nu putuse dormi în noaptea dinainte, Bosch s-a lăsat doborât de oboseală și a dormit profund, visând că trecea prin tuneluri întunecoase. Când a fost trezit de rusul cu părul blond, care i-a zdruncinat patul, era complet dezorientat, iar la început nici nu și-a dat seama unde se afla și cine era omul care se uita de sus la el.

– Vino, a spus rusul. Acum.

În cele din urmă, s-a dezmeticit și și-a dat seama că individul era cel care știa puțină engleză și care se retrăsese vineri noapte când partenerul lui lipise țeava pistolului de capul lui și apăsase pe trăgaci.

În sinea lui, Bosch îi botezase drept Ivan și Igor, iar blondul era Igor, cel care de obicei nu vorbea.

Și-a coborât picioarele din pat și s-a ridicat. S-a frecat la ochi, s-a orientat și a început să-și tragă ghetele în picioare, întrebându-se dacă nu cumva aveau să fie duși din nou pentru a face cumpărături, cu toate că majoritatea lanțurilor de farmacii erau probabil închise duminica, mai ales cele din cartierele sărace, populate preponderent de latino-americani, în care ziua de odihnă și de reflecție religioasă erau respectate cu sfințenie.

Ținându-și tricoul peste față ca să nu simtă mirosul stătut și puturos din autobuz, Igor îl aștepta. A făcut semn spre ușă.

– Hai. Grăbește.

Preț de câteva momente, Bosch a intrat în panică, pentru că i s-a părut că Igor îl strigase pe nume[1], și a crezut că acoperirea lui fusese spulberată. Apoi a înțeles că fusese vorba doar de accentul prost al rusului.

– Bine, bine, a spus el.

S-a uitat în jur și a constatat că era singurul pe care îl trezise Igor. Toți cei din autobuz dormeau buștean.

– Unde mergem? a întrebat Bosch.

Igor nu i-a răspuns. Înainte de a încălța gheata stângă, s-a plecat și a ridicat genunchiera. A tras-o pe piciorul stâng, pentru a o folosi mai târziu, apoi și-a tras și gheata cealaltă. Și-a legat șireturile, a luat bastonul și s-a ridicat, pregătit să meargă pentru a cumpăra medicamentele prescrise, deși avea o bănuială tot mai intensă că nu acela era planul pe acea zi.

Igor a arătat cu degetul spre podea.

– Sacul.

– Poftim?

– Adu sacul.

– De ce?

Igor s-a întors și a coborât din autobuz fără să mai spună ceva. Bosch a înșfăcat sacul de spate și l-a urmat, coborând din autobuz și ajungând în lumina orbitoare a soarelui. A întrebat din nou ce se întâmpla, sperând să capete un indiciu privind ceea ce îl aștepta.

– Hei, ce se întâmplă? a întrebat din nou.

Nu a primit răspuns.

---

[1] Joc de cuvinte, *hurry* însemnând grabă, pronunțându-se aproape la fel ca și numele personajului, Harry.

– Hei, unde-i amicul tău care vorbește engleză? a încercat Bosch din nou. Vreau să stau de vorbă cu cineva.

Rusul a continuat să-l ignore, limitându-se să se folosească de mâini pentru a-i face semn să-l urmeze. Au trecut prin tabără până în locul în care „cumpărătorii" fuseseră îmbarcați în dimineața precedentă. A văzut o furgonetă a cărei ușă laterală era deschisă. Igor i-a făcut semn spre ea.

– Mergi.

– Da, am înțeles. Unde mergem?

Niciun răspuns. Bosch s-a oprit și l-a privit pe rus.

– Mergi.

– Vreau întâi la budă.

Și-a dat seama că rusul nu avea idee ce însemna cuvântul budă. A făcut semn cu bastonul spre partea de sud a taberei și a dat să pornească în acea direcție. Igor l-a prins de umeri și l-a împins fără menajamente spre furgonetă.

– Nu. Mergi!

Igor l-a îmbrâncit spre furgonetă, iar Bosch a fost cât pe ce să scape bastonul din mână când s-a prins cu mâinile de cadrul ușii.

– Bine, gata. Merg.

S-a așezat pe scaunul din spatele șoferului. Rusul a urcat și a închis ușa după el și s-a așezat în spatele lui Bosch.

Furgoneta s-a pus în mișcare, iar curând Bosch și-a dat seama că se îndreptau spre aeroport. Știa că individul din spatele lui nu vorbea engleză suficient de bine ca să îi răspundă la întrebări, dar pe Bosch îl îngrijora din ce în ce mai mult ce se întâmpla, de aceea a continuat să pună întrebări. S-a aplecat în față ca să fie văzut măcar parțial de șofer.

– Hei, șoferule! Ce facem? De ce sunt singurul care o să urce în avion?

Șoferul lăsat impresia că nu l-a auzit și nici nu l-a văzut.

După mai puțin de zece minute, au ajuns pe pistă. Furgoneta a oprit lângă un avion care avea deja motorul pornit. Nu era

„minifurgoneta“ cu care mai zburase, dar se vedea clar că era tot un avion de salturi cu parașuta, care putea transporta câțiva pasageri. Ivan, celălalt rus, stătea alături de ușa pentru sărituri și se adăpostise sub aripă ca să se ferească de soare.

Igor s-a ridicat și a deschis ușa furgonetei. L-a prins violent de cămașă pe Bosch și l-a tras spre ușă.

– Mergi. Avion.

– Da, mi-am închipuit eu.

Aproape că s-a rostogolit din mașină, dar a folosit bastonul ca să rămână în picioare. A pornit imediat spre Ivan. Ținea bastonul de la mijloc, ca și cum ar fi putut merge și fără să se folosească de el. Voia să nu dea dovadă de vreo slăbiciune în fața omului pe care se pregătea să îl înfrunte.

– Ce se întâmplă? a întrebat el cu glas apăsat. De ce sunt singurul care pleacă?

– Pentru că te întorci acasă, a spus Ivan. Acum.

– Ce tot spui acolo? Care casă?

– Te ducem înapoi. Nu te vrem aici.

– Poftim? De ce?

– Urcă la avion.

– Șeful tău știe asta? Ieri v-am adus patru sute de pastile. Astea fac o mulțime de bani. N-o să-i placă dacă pierde bani.

– Care șef? Urcă la avion.

– Toți spuneți același lucru. De ce? De ce să urc în avion?

– Pentru că te ducem înapoi. Nu te vrem.

Ca și cum nu ar fi înțeles, Bosch a clătinat din cap.

– Am auzit oameni vorbind. Îl cheamă Santos. Lui Santos n-o să-i placă asta.

Ivan a rânjit.

– Santos dispărut de mult. Eu sunt șef. Urcă la avion.

Bosch s-a uitat lung la rus, încercând să descopere un indiciu privind adevărul.

– În fine. Atunci, vreau banii mei și pastile. Am avut o înțelegere.

Ivan a dat din cap și a scos dintr-un buzunar o pungă. În ea erau pastile și bani, și Bosch a văzut o bancnotă de o sută de dolari. Rusul a scuturat-o și i-a întins-o.

– Uite. Așa bine. Urcă la avion.

Bosch a urcat pe ușa pentru sărituri cu parașuta și s-a dus spre partea din spatele avionului, dorind să se afle cât mai departe de ușă. S-a așezat pe bancheta așezată de-a lungul peretelui despărțitor din spate și a privit înapoi. Ivan și Igor au urcat la bord și s-au așezat în partea din față a avionului, pe bănci față în față. Păreau să păzească ușa.

Bosch și-a dat seama că dăduse de necaz. Faptul că i se dăduseră bani era un indiciu. Rușii puteau la fel de bine să îi dea țeapă. Dar faptul că îi dăduseră partea cuvenită din câștig era o acțiune menită să îl liniștească, să îl facă să creadă că ei chiar îl duceau înapoi, acasă.

Ivan a lovit cu pumnul în mica ușă din aluminiu care despărțea carlinga de compartimentul pentru pasageri, iar avionul a început să ruleze spre capătul pistei. Bosch și-a adus aminte ce spusese Ivan despre Santos, și a înțeles că lucrurile se legau. Cei de la DEA nu dețineau nicio informație recentă despre omul care pusese la punct acea operațiune. Hovan spusese că ultima fotografie în care apărea Santos fusese făcută în urmă cu aproape un an. Probabil că Santos și oamenii lui credincioși fuseseră preluați de ruși, mai ales dacă prinseseră de veste de punerea sub acuzare și de mandatul de arestare pe numele lui, ceea ce îl făcea să devină o amenințare la adresa operațiunii. De asemenea, acest lucru explica de ce operațiunea părea să se confrunte cu lipsa de oameni și motivul pentru care cei doi șefi făceau și treburile murdare.

Și-a dat seama că dacă Ivan și Igor erau cei care îi uciseseră pe José junior și senior la San Fernando, însemna că, în felul acesta, cazul era rezolvat.

Avionul a virat și s-a poziționat pentru a rula pe pista de decolare. Bosch a simțit că știe cum se va încheia călătoria aceea pentru el. A așezat bastonul pe genunchi și a scos portofelul, trăgând de lanţ, lăsând impresia că a făcut-o accidental. A sperat că alerta va fi transmisă echipei DEA care se presupunea că îl urmărea.

Apoi, cu gesturi teatrale, a scos banii din punga de plastic şi i-a vârât în buzunar. După aceea, a pus portofelul şi punguța cu pastile în buzunare diferite.

Avionul a început să ruleze pe pistă, căpătând viteză. În compartimentul pasagerilor s-a făcut curent. Ruşii nu închiseseră uşa pentru salturile cu paraşuta. Bosch a arătat spre ea şi a strigat:

– N-aveți de gând să închideți uşa aceea?

Ivan a scuturat din cap şi a făcut semn spre uşă.

– Nu e uşă! a strigat el drept răspuns.

Bosch nu observase asta până atunci.

Avionul a decolat. S-a înălțat, iar Bosch s-a văzut aproape strivit de peretele din spatele compartimentului pentru pasageri. Aproape imediat, aparatul a început să se încline spre stânga, deşi încă era în ascensiune. Apoi s-a redresat în palier orizontal şi a zburat spre vest.

Bosch şi-a dat seama că se îndreptau spre mijlocul Mării Salton.

28

Pilotul, rămas nevăzut, a redus viteza de zbor imediat ce avionul s-a redresat pe orizontală. Zgomotul făcut de motor a scăzut în intensitate, iar acest lucru a reprezentat un semnal pentru Ivan. S-a ridicat și a pornit spre partea din spatele avionului, unde era Bosch. A trebuit să înainteze aplecat, ca să nu se lovească la cap de tavanul jos. În timp ce mergea, a băgat mâna într-un buzunar și a scos un telefon mobil. După ce a ajuns lângă Bosch, s-a lăsat pe vine ca un prinzător dintr-o echipă de baseball. S-a uitat la Bosch, apoi la ecranul telefonului, după care l-a privit din nou pe Bosch.

– Tu, polițai, a spus el.

Nu era o întrebare, ci o afirmație.

– Poftim? s-a mirat Bosch. Despre ce vorbești?

Ivan s-a uitat încă o dată la ecranul telefonului. Uitându-se peste umărul rusului, Bosch a văzut că Igor, rămas pe banchetă, urmărea totul cu atenție.

– Haarii Booș, a spus Ivan. Tu polițai.

– Nu știu ce tot spui acolo, a zis Bosch. Nu sunt…

– Poliția din San Fernando! Așa scrie aici.

– Cine scrie?

Ivan a întors telefonul pentru ca Bosch să vadă ecranul. Pe el era fotografia unei secțiuni împăturite dintr-un ziar. Acolo era o fotografie cu el, despre care a socotit că fusese făcută în săptămâna precedentă, când se afla în fața intrării de la Farmacia Familia, în ziua în care fuseseră comise crimele. Era pagina de continuare a unui articol, dar care nu se referea la crimele din farmacie. Titlul de deasupra continuării articolului și fotografia l-au ajutat pe Bosch să afle tot ce trebuia.

O PROBĂ ADN ÎL SALVEAZĂ PE UN CONDAMNAT LA MOARTE; PROCURORUL DISTRICTUAL INTERVINE PENTRU A ANULA SENTINȚA

Cineva vânduse pontul către *Times*. Kennedy. Cineva îl anunțase că Bosch și Haller plănuiau să depună o moțiune la audierea în cazul Borders și acționase pentru a-l determina pe Haller să bată în retragere și să îl denigreze pe Bosch. În articol se menționa și locul lui de muncă actual, iar fotografia în care apărea el, în fața farmaciei, reprezentase un avertisment cât se putea de serios pentru ruși.

Ivan a retras telefonul și l-a băgat în buzunarul din spate al pantalonilor. Pe buze i-a apărut un zâmbet strâmb, a prins într-o mână bastonul lui Bosch și cei doi s-au luptat pentru a pune stăpânire pe el. Ivan a dus cealaltă mână în spate și a scos un pistol de sub tricou. Apoi a împins bățul bastonului spre Bosch și s-a aplecat deasupra lui.

– Ridică-te, polițaiule, a spus el. Acum o să faci un salt. Poate îl găsești pe prietenul tău, pe Santos, bine?

Bosch a văzut pistolul. Era unul automat, placat cu crom, nu revolverul inutil pe care cei de la DEA îl plasaseră în rucsacul lui și pe care îl fluturase Ivan vineri noaptea.

A îngânat ultimele cuvinte rostite de rus, sperând să îi distragă atenția.

– Voi l-ați ucis pe Santos, nu-i așa? L-ați omorât și i-ați preluat afacerea. Și apoi tânărul acela de la farmacie. I-ați împușcat pe el și pe tatăl lui.

– Băiatul acela era un derbedeu. Nu l-a ascultat pe taică-su, și tatăl nu l-a putut ține sub control. Au căpătat ce meritau.

Ivan a întors capul spre Igor, ca și cum ar fi confirmat că aveau să scape curând de problema uciderii lui José Esquivel junior. Preț de o fracțiune de secundă, rusul nu s-a concentrat, iar acel răstimp a fost suficient pentru Bosch. Cu o mișcare din încheietura mâinii, a răsucit mânerul curbat al bastonului. A auzit un pocnet, ceea ce însemna că se desprinsese, și, cu un gest rapid, a eliberat mânerul în care era fixat stiletul, după care, cu o mișcare în sus, l-a înfipt, răsucindu-l, în partea dreaptă a pieptului lui Ivan. Lama subțire și bine ascuțită a străpuns pielea și a ajuns sub coaste, pătrunzând adânc în pieptul rusului.

Ivan a căscat ochii și buzele i s-au arcuit, formând un O mut. Cei doi s-au privit vreme de o secundă care a părut că ține o veșnicie. Apoi Ivan a scăpat arma din mână pentru a o duce spre mânerul stiletului. Însă sângele lui se scurgea deja peste armă și peste mâna lui Bosch. Suprafețele erau prea alunecoase pentru ca Ivan să aibă aderență sub picioare. A ridicat mâna stângă și l-a prins de gât pe Bosch. Însă nu mai avea putere și acela fusese gestul disperat al unui muribund.

Bosch s-a uitat spre Igor, care rămăsese așezat în partea din față a cabinei. Încă zâmbea, pentru că nu văzuse sângele și credea că partenerul lui îl strângea de gât pe Bosch înainte de a-l azvârli din avion.

Bosch mai ucisese oameni în lupta corp la corp – asta când era tânăr, în tunelurile din Vietnam. Avea idee ce trebuia să facă pentru a duce lucrurile până la capăt. A extras stiletul și l-a înjunghiat din nou pe rus, acționând cu rapiditate, în gât și aproape de subraț, unde știa că existau artere importante. Apoi l-a împins pe rus înapoi. În timp ce Ivan se prăbușea pe podea, murind, Bosch a pus mâna pe armă.

S-a ridicat, având în mâna stângă stiletul, de pe lama căruia picura sânge, și pistolul în mâna dreaptă. A pornit spre locul în care stătea Igor.

Acesta s-a ridicat de pe banchetă, pregătindu-se de luptă. Apoi ochii i-au căzut pe pistol. A făcut o mișcare de evitare, întâi în stânga, apoi în dreapta, ca și cum corpul lui ar fi acționat din instinct, și căutând o cale de scăpare. Apoi, în mod inexplicabil, a făcut un salt spre stânga și a căzut pe ușa deschisă.

Bosch a rămas înlemnit preț de un moment, pentru că era șocat de acea mișcare, apoi s-a apropiat rapid de ușă, a scăpat stiletul și s-a prins de mânerul de oțel de care se țineau parașutiștii înainte de a ieși pe platforma de sărituri. S-a aplecat în afară. Zburau pe deasupra Mării Salton la o altitudine de aproape șaizeci de metri. A dedus că zburaseră atât de jos pentru a reduce posibilitatea ca vreo persoană să vadă prăbușirea lui Bosch din avion.

S-a aplecat și mai mult, ca să se uite la suprafața mării din urma avionului. Razele de soare erau reflectate aproape orbitor de luciul apei, astfel că nu a văzut nici urmă de Igor. Dacă ar fi supraviețuit după un salt de la o asemenea înălțime, ar fi trebuit să înoate kilometri întregi până să ajungă la țărm.

Bosch s-a dus la ușa carlingii și a bătut puternic în ea cu tocul pistolului. A socotit că pilotul va interpreta asta drept semnal că operațiunea de debarasare de Bosch se încheiase. Motorul a fost ambalat, și avionul a început să ia înălțime.

Apoi a încercat să deschidă ușa, dar a descoperit că era încuiată. S-a prins cu mâinile de mânerele din tavan pentru a avea susținere și a lovit cu picioarele în ușă, îndoind-o în cadrul ei suficient de mult pentru a face încuietoarea să cedeze. Imediat după aceea a deschis ușa furtunos și a trecut de ea, având pistolul îndreptat în față.

– Ce mama dracului? a urlat pilotul.

A înmărmurit când l-a văzut pe Bosch, nu pe vreunul dintre ruși.

– Ei, hei, stai puțin, ce se-ntâmplă? a scâncit el.

Bosch s-a lăsat pe scaunul copilotului. S-a întors puțin și a lipit țeava pistolului de tâmpla pilotului.

– Uite ce se-ntâmplă: sunt ofițer de poliție, iar tu o să faci exact ce-ți cer eu, a spus Bosch. Înțelegi ce vorbesc?

Pilotul era trecut de șaizeci de ani și avea părul alb, având vinișoare roșiatice pe nas, ceea ce era un semn că bea prea mult gin. Un pilot pe care nimeni altcineva nu l-ar fi angajat.

– Am înțeles, domnule, nicio problemă, a spus el. Cum spui tu.

Vorbea fără niciun accent. Probabil că era american get-beget. Ținând seama de vârsta omului și de tatuajele decolorate de brațele lui, Bosch a riscat să îl întrebe.

– Mai ții minte avioanele A-6[1] din vremea războiului din Vietnam? l-a întrebat Bosch.

– Cum să nu? i-a răspuns pilotul. Intruder, grozav avion.

– Am zburat pe unul dintre ele când m-am întors acasă, dar de-atunci n-am mai urcat în vreunul. Dar dacă tu faci vreo mișcare greșită, îți trag un glonț în cap, și apoi va trebui să învăț din nou cum să pilotez.

Bosch nu pilotase un avion în viața lui, fără a mai vorbi de unul care se numea Intruder. Însă avea nevoie de o amenințare credibilă pentru a-l ține sub control pe pilot.

– Nicio problemă, domnule, a spus pilotul. Doar să-mi spui încotro să zburăm. Eu n-am avut nicio idee despre ce se petrecea în spatele meu. Eu doar pilotez. Ei îmi spun unde să zbor.

– Las-o baltă, a spus Bosch. Cât combustibil ai?

– Am făcut alimentarea azi-dimineață. Am rezervoarele pline.

– Și care e distanța pe care o poți face așa?

– Cel puțin patru sute optzeci de kilometri.

– În regulă, mă duci până la Los Angeles. La Aeroportul Whiteman.

– Nicio problemă.

---

[1] Se face referire la avionul de atac Grumman A-6 Intruder, având motoare cu reacție, folosit de marina SUA, între 1963 și 1997.

Pilotul a început să facă manevre pentru a schimba traseul de zbor. Bosch a observat microfonul aparatului de radiorecepție prins de panoul cu instrumente de zbor. L-a prins în mână.

– Ăsta funcționează?

– Da, apeși pe butonul din partea laterală pentru a transmite.

Bosch a găsit butonul, apoi a șovăit, pentru că încă nu știa ce să comunice.

– Alo, către orice aeroport care poate recepționa acest mesaj. Aștept răspuns.

S-a uitat la pilot, întrebându-se dacă nu cumva se dăduse de gol că nu pilotase niciodată un avion. Aparatul de emisie-recepție l-a salvat.

– Suntem aeroportul Comitatului Imperial, vă ascult.

– Mă numesc, Harry Bosch. Sunt detectiv la Departamentul de Poliție San Fernando. Mă aflu într-un avion după un eveniment petrecut în zbor, în care avem un pasager mort și altul căzut în Marea Salton. Solicit legătura cu agentul Hovan de la DEA. Vă pot da un număr când veți fi gata să-l notați.

A închis și a așteptat răspunsul. A simțit că încordarea care îl țintuise vreme de patruzeci și opt de ore începe să slăbească, în timp ce avionul se îndrepta spre nord, unde îi era căminul.

De la altitudinea de șase sute de metri, solul de sub avion i s-a părut frumos lui Bosch, fără să amintească nicidecum de terenurile sterpe pe care le știa el.

29

Când avionul a aterizat la Aeroportul Whiteman, escortat de avioane ale DEA, Bosch a beneficiat de o primire deosebită, pentru că acolo se adunaseră autorități federale, locale și statale. Acolo se aflau agenți de la DEA, Jerry Edgar, însoțit de o echipă a consiliului medical al statului și de șeriful Valdez, precum și de anchetatorii din San Fernando, care îl încadrau. Mai erau o furgonetă a serviciului de medicină legală și ambulanțieri, doi detectivi ai Departamentului de Poliție Los Angeles venind de la Divizia Foothill, cu propriul criminalist, și cu doi paramedici pentru cazul în care Bosch ar fi avut nevoie de ajutor medical.

Avionul a fost dus într-un hangar gol, pentru a fi examinat ca scenă a unei crime, departe de privirile curioase ale reporterilor sau publicului. Bosch s-a strecurat pe ușa carlingii și a ajuns în secțiunea destinată pasagerilor, iar pilotul l-a urmat. I-a spus pilotului să coboare pe ușa pentru sărituri ținându-și mâinile în aer. Cât a făcut asta, Bosch s-a retras spre partea din spate a compartimentului pentru pasageri. S-a uitat câteva momente la omul pe care îl ucisese, al cărui cadavru zăcea pe podeaua avionului. Sângele lui se scursese în diferite direcții, în funcție de felul în care avionul virase, se înclinase și căpătase altitudine în timpul zborului. Bosch s-a retras spre ușa pentru sărituri și a coborât din avion.

Doi bărbați purtând uniforme de culoare neagră din cap până în picioare, având armele ținute pe lângă corp, l-au ajutat să coboare de pe platforma de sărituri cu parașuta.

– Sunteți de la DEA? a întrebat Bosch.

– Da, domnule, a spus un agent. Acum vom urca în avion ca să facem verificări. Mai e cineva înăuntru?

– Nimeni în viață.

– Am înțeles, domnule. Există câteva persoane care vor să discute cu dumneavoastră.

– Și eu vreau să vorbesc cu ele.

Bosch s-a îndepărtat de sub aripa avionului și a descoperit că Lourdes îl aștepta.

– Harry, ești bine?

– Mai bine decât tipul din avion. Cum facem ședința de informare?

– Cei de la DEA au înființat un post de comandă mobil. Trebuie să vii acolo cu noi, cei de la poliția Los Angeles, Edgar și Hovan. Ești pregătit, ori vrei să...?

– Sunt pregătit. Să terminăm cazul ăsta. Dar mai întâi țin să vezi un exemplar din *Los Angeles Times*. Articolul publicat azi de ziar era cât pe ce să-mi aducă moartea.

– Îl avem și noi.

– Ca să vezi ce sincronizare...

Lourdes l-a condus spre un grup în care se aflau Valdez, Sisto, Luzon și Trevino. Șeriful l-a bătut cu palma pe braț și i-a spus că se descurcase bine. Ținând seama de cele prin care trecuse Bosch, a apărut un moment de stânjeneală legat de acea primire, iar acesta a reprezentat un prim indiciu că articolul din *Times* avea să fie greu de abordat.

Bosch a insistat asupra cazului la care participase.

– Cazul e închis, a spus el. Tipul mort din avion a fost unul dintre ucigași. Celălalt a sărit din avion. Nu cred că a supraviețuit.

– Cum adică, tipul acela a sărit, pur și simplu, din avion? a întrebat Sisto.

A vorbit pe un ton care sugera că el credea altceva, cu alte cuvinte, că rusul fusese ajutat să sară din avion.

Bosch a rămas cu ochii deschiși, privind fix drept în față.

– Ce nebuni sunt rușii ăștia..., a spus Sisto. Vorbeam și eu.

– Să așteptăm să vedem după ce ne așezăm la masă pentru a discuta, a spus Valdez. Bella, condu-l pe Harry la ședință, iar eu o să aduc ziarul. Harry, vrei să mănânci ceva?

– Sunt rupt de foame.

– Trimit pe cineva să-ți aducă ceva de mâncare.

Bella îl îndrumase pe Bosch până la jumătatea hangarului, când aproape s-au ciocnit de Edgar. Acesta a zâmbit spre Bosch.

– Partenere, ți-a ieșit și de data asta, a spus el. Abia aștept să aud povestea. Cred că a fost ceva care putea să-ți aducă sfârșitul.

Bosch a dat din cap, confirmând spusele lui.

– Știi ceva? a spus el. Dacă nu mi-ai fi spus despre acel zvon, privind oameni care au urcat în avion și nu au mai apucat să coboare, probabil că acum nu m-aș afla aici, partenere. Asta mi-a oferit un avantaj față de indivizii ăștia.

– Bun, mă bucur că te-am ajutat într-un fel, a spus Edgar.

Postul de comandă mobil se găsea într-o rulotă motorizată fără însemnele poliției, probabil confiscată în vreun caz de trafic de droguri, fiind golită de ceea ce conținea în interior, iar apoi recondiționată. Bosch și Lourdes au urcat în ceea ce arăta ca o sală minusculă de ședințe. Înăuntru exista un perete despărțitor, având o ușă care dădea spre un post de comandă electronică. Agentul Hovan a ieșit din acel spațiu, i-a strâns mâna lui Bosch și l-a felicitat pentru că se întorsese.

– Avem ceva știri despre cel de-al doilea rus? a întrebat Bosch.

El menționase faptul că Igor sărise în gol, fără parașută, în timp ce avionul zbura spre Aeroportul Whiteman. Cei de la DEA trimiseseră un echipaj de salvare.

– N-am găsit nimic, a spus Hovan. Puțin probabil să-l găsim.

Hovan l-a sfătuit pe Bosch să rămână așezat la un capăt al mesei, ca să fie văzut de toți cei care urmau să participe la ședință. Lourdes s-a așezat în dreapta lui, iar ceilalți oameni de la Departamentul de Poliție San Fernando au ocupat scaunele de pe acea parte a mesei. Apoi a apărut Valdez, care a lăsat pe masă o pagină de ziar, în fața lui Bosch, după care s-a așezat.

Articolul fusese publicat pe prima pagină, iar titlul lui îl lovea pe Bosch exact unde îl durea mai tare. A încercat să-l citească, în timp ce agenții și ofițerii de poliție au început să intre în postul de comandă și să-și ocupe locurile.

Procurorul districtual aduce în discuție proba ADN care va anula pedeapsa cu moartea

de David Ramsey, corespondent permanent *Times*

Un bărbat condamnat la moarte pentru violarea și uciderea unei actrițe din Toluca Lake ar putea fi eliberat miercurea viitoare, după ce procurorii vor prezenta noi probe ADN și vor acuza poliția din Los Angeles de ilegalități și vor cere anularea condamnării.

Biroul Procurorului Districtual din comitatul Los Angeles a solicitat o audiență la Curtea Supremă în cazul lui Preston Borders, care este închis de la arestarea sa în urmă cu treizeci de ani. Borders a epuizat toate cererile de recurs la care avea dreptul și era trecut pe lista de așteptare a condamnaților la moarte de la San Quentin până când Serviciul de Cercetare a Integrității Condamnărilor, creat recent de procuratura districtuală, a decis să analizeze afirmația sa că a fost victima unei înscenări în cazul morții lui Danielle Skyler.

Skyler a fost violată și ucisă în apartamentul ei din Toluca Lake. Borders era o cunoștință a ei cu care ieșise anterior în oraș și legătura dintre el și crimă a fost făcută după ce în apartamentul lui au fost găsite într-o ascunzătoare bijuterii despre care s-a susținut că ar fi aparținut victimei. În acest caz, construit în întregime pe baza unor probe indirecte, după un proces care a durat o săptămână, Borders a fost găsit vinovat și ulterior condamnat la moarte.

Alex Kennedy, adjunctul procurorului districtual, a declarat că, în urma unei analize ADN a îmbrăcămintii victimei, s-a descoperit o cantitate mică de fluid corporal care aparținea unui violator în serie, pe nume Lucas John Olmer, despre care se știa că acționa la acea dată în Los Angeles. Olmer a fost ulterior condamnat pentru viol în alte cazuri care nu aveau legătură între ele și a decedat în închisoare în anul 2015.

Kennedy a declarat că în prezent anchetatorii consideră că Olmer a ucis-o pe Skyler și tot el ar putea fi răspunzător pentru uciderea a două tinere, în legătură cu care poliția l-a suspectat pe Borders, dar nu a formulat acuzări împotriva lui.

„Considerăm că Olmer, care a urmărit-o pe femeie și a ucis-o, a pătruns prin balconul apartamentului, pe o ușă care rămăsese neîncuiată“, a declarat Kennedy. „Era un infractor în serie, care urmărea victimele în acea zonă.“

Documentele emise de tribunal, obținute de *Times*, evidențiază că Borders și avocatul lui, Lance Cronyn, au susținut că bijuteriile găsite în apartamentul său au fost plasate de un detectiv care conducea investigația în acest caz.

„Este vorba despre o gravă eroare judiciară“, a afirmat Cronyn. „Domnul Borders și-a irosit mai bine de jumătate din viață din această cauză.“

Cronyn și documentele tribunalului îi identifică pe cei doi detectivi care au executat percheziția apartamentului și au raportat descoperirea unei bijuterii într-un compartiment secret drept Hieronymus „Harry“ Bosch și Francis Sheehan. Ziarul *Times* a aflat că Sheehan a decedat și că Bosch s-a pensionat de la Departamentul de Poliție Los Angeles în urmă cu trei ani.

La procesul desfășurat în 1988, Bosch a depus mărturie că a descoperit bijuteria – descrisă drept un pandantiv în forma unui căluț-de-mare – ascunsă în fundul fals al unui raft, în cursul percheziției apartamentului. Borders, actor care o cunoștea pe Skyler de la audiții și cursuri de actorie, a fost arestat la scurt timp după ce s-a descoperit această bijuterie.

Bosch nu a putut fi contactat pentru a da o declarație în legătură cu cazul. El a fost bine cunoscut ca detectiv la Departamentul de Poliție Los Angeles vreme de trei decenii și a participat la numeroase investigații importante. În prezent lucrează ca detectiv voluntar la Departamentul de Poliție San Fernando. Săptămâna trecută a participat la ancheta privind cei doi farmaciști uciși în timpul unui presupus jaf de la un magazin general din zona comercială din centrul unui orășel din San Fernando Valley.

Restul articolului era pe altă pagină a ziarului, dar Bosch citise îndeajuns de mult din el, astfel că nu s-a simțit îndemnat să răsfoiască secțiunea până să ajungă la pagina pe care se afla fotografia în care apărea el. Era conștient că toți cei strânși în sală îl urmăreau și știau bine ce scria despre el în acel articol. A lăsat ziarul pe podea, alături de scaunul pe care stătea. Nu încăpea nicio îndoială că articolul fusese o piesă ucigătoare, orchestrată de Cronyn sau de Kennedy. În porțiunea de articol pe care o citise nu se emitea nicio părere contrară privind nevinovăția lui Borders. Nu se făcea nicio mențiune la faptul că Mickey Haller depusese deja o moțiune prin care solicita stoparea acțiunii procuraturii districtuale.

Bosch s-a uitat la fețele celor care stăteau în jurul mesei. La capătul celălalt al acesteia, față în față cu el, stătea Hovan. Iar alături de el era Joe Smith, instructorul lui privind activitatea sub acoperire.

– În regulă, înainte de a începe, vreau să precizez două lucruri, a spus Bosch. Nu am făcut baie de miercurea trecută și-mi cer scuze pentru asta. Dacă din locul în care stați mirosul vi pare respingător, bucurați-vă că nu sunteți mai aproape de mine. Al doilea lucru este că articolul de azi din *Times* este o porcărie de neînchipuit. Nu am plasat nicio probă în acel caz și nici în altul, iar Preston Borders nu va fi eliberat. După audierea de miercuri, veți avea confirmarea spuselor mele, iar *Times* va publica un articol care să anunțe acest lucru.

S-a uitat la chipurile celor din sală. Câțiva au dat aprobator din cap, însă majoritatea anchetatorilor nu au dat de înțeles dacă îi dădeau sau nu crezare. Nu se așteptase la asta.

– În fine, a spus el. Cu cât mai repede ajungem la miezul chestiunii, cu atât mai curând o să pot face un duș. Cu ce doriți să încep?

S-a uitat spre Hovan. Era rulota motorizată a agenției lui. Bosch și-a dat seama că asta îl făcea să devină șef peste acea adunare.

– Vom avea de pus întrebări, dar consider că poți începe de unde dorești, a spus Hovan. Ce-ar fi să ne prezinți punctele esențiale, iar apoi să pornim de acolo?

Bosch a dat afirmativ din cap.

– Ei bine, prima chestiune esențială este că Santos nu mai există, a spus el. Rușii l-au aruncat din avion în Marea Salton. Unul dintre ei mi-a zis asta cu câteva clipe înainte de a încerca să procedeze la fel și cu mine.

– De ce ți-ar fi spus asta? a întrebat un agent pe care Bosch nu îl cunoștea. De obicei, rușii nu cedează atât de ușor.

– Nu a cedat, a spus Bosch. Tocmai se pregătea să mă ucidă. Se simțea superior, de aceea a vrut să jubileze, așa bănuiesc. Totodată, a precizat că el şi partenerul lui, cel care a sărit din avion, i-au ucis luni pe José Esquivel junior şi senior.

– A precizat? s-a mirat Lourdes.

– Da, a precizat, a spus Bosch. L-am întrebat direct dacă ei i-au ucis pe tată şi fiu. Nu a negat. A zis că cei doi au căpătat ceea ce meritau. Şi a rânjit când a rostit cuvintele astea. Însă, imediat după aceea, situaţia s-a schimbat radical în favoarea mea. Şi atunci l-am ucis.

30

L-au reținut în postul mobil de comandă vreme de trei ore și, în jumătate din acel timp, Bosch a fost silit să povestească în amănunt despre ceea ce se petrecuse în avion în acea dimineață. În afară de Edgar, toți cei prezenți aveau interese în privința anchetei morții rușilor, de aceea doreau să aibă răspunsuri la o serie de întrebări. Întrucât uciderea rusului se petrecuse în aer, deasupra Mării Salton, apărea o chestiune de jurisdicție. Se convenise că vor informa Comisia Națională de Siguranță a Transporturilor privind decesul în aer, însă Departamentul de Poliție Los Angeles avea să conducă ancheta, deoarece avionul la bordul căruia se afla cadavrul aterizase pe Aeroportul Whiteman din Los Angeles.

Ședința din postul de comandă a fost urmată de o percheziție a porțiunilor mai greu accesibile ale avionului, care a durat două ore, timp în care Bosch s-a străduit să le demonstreze anchetatorilor ceea ce le spusese deja în cele trei ore dinainte. În cele din urmă, s-a stabilit că, în cursul săptămânii, Bosch va rămâne la dispoziția tuturor agențiilor pentru continuarea anchetei. A fost lăsat să plece acasă cam în același moment în care cadavrul rusului despre care el spusese că îl botezase Ivan a fost ridicat din avion și transportat la morgă pentru ca medicii legiști să efectueze autopsia.

Între timp, i s-a spus, cei de la DEA pregăteau un raid la tabăra din apropiere de Slab City, pentru a-i aresta pe ceilalți participanți la operațiunile legate de droguri. De asemenea, s-a hotărât ca, până la încheierea raidului, în acel caz să se păstreze o tăcere absolută față de mijloacele de informare.

Lourdes a condus mașina în care Bosch a fost dus la secția de poliție San Fernando. El își lăsase acolo jeepul, precum și actele reale de identitate. Pe de altă parte, ea trebuia să îi preia hainele mânjite de sânge drept probe, pentru a fi folosite în cadrul anchetei privind folosirea forței. Bosch a coborât geamul din partea lui, deoarece nici măcar el nu-și putea suporta mirosul neplăcut.

– Te duci să discuți cu doamna Esquivel despre caz? a întrebat-o el.

– Cred că va trebui să așteptăm până primim aprobare de la DEA, i-a răspuns Lourdes. Vrei să mergi cu mine?

– Nu. Se va simți mai bine în prezența ta, și veți vorbi în spaniolă. Oricum, e cazul tu.

– Da, dar tu l-ai rezolvat.

– N-o să mă simt liniștit decât după ce-l vor găsi pe Igor.

– Ai dreptate, în fine, dacă apa e atât de sărată, e mai ușor să rămână la suprafață. Într-un fel sau altul, îl vor găsi.

În cursul ședinței, ea aflase cine erau Ivan și Igor. Atribuirea de nume infractorilor principali ușurase prezentarea poveștii, însă adevărul era că nimeni nu știa numele reale ale celor doi indivizi. Bosch s-a gândit la asta, și apoi și-a adus aminte de femeia cu stele pe mână, o altă persoană al cărui nume nu îl cunoștea.

– Ce s-a întâmplat cu femeia pe care Edgar și Hovan au arestat-o la farmacie în ziua de sâmbătă?

– I s-a întocmit dosar penal și a fost trimisă la Van Nuys.

Închisoarea secției de poliție din San Fernando nu era folosită pentru încarcerarea femeilor arestate. Acestea erau duse la închisoarea Van Nuys, administrată de Departamentul de Poliție Los Angeles, și avea un salon pentru femei, dar și un centru de dezintoxicare.

– Ai aflat din întâmplare cum o cheamă?

– A, da, sigur. Era... cum oare? Elizabeth, nu știu cum. Clayburg, ori Clayton, ceva de genul ăsta. O să-mi amintesc peste câteva clipe.

– A cooperat după arestare?

– Vrei să zici dacă ne-a mulțumit că o salvăm de acea sclavie virtuală pe care ai descris-o în timpul ședinței? Nu, Harry, n-a adus vorba de asta. În realitate, s-a înfuriat destul de mult pentru că a fost arestată și că nu avea să primească următoarea doză în închisoare.

– Din tonul tău, îmi dau seama că nu prea o compătimești.

– Într-o oarecare măsură, mi-e milă de ea. De când mă știu, am avut de-a face cu dependenți, inclusiv în familia mea, și îmi vine greu să pun în balanță compătimirea față de ei și răul pe care îl fac ei propriilor familii și nu numai.

Dând din cap, Bosch a aprobat-o. Avea dreptate. Însă și-a dat seama că ea era iritată și din altă cauză.

– Crezi că am plasat probe în cazul acela, de acum treizeci de ani?

– Poftim? De ce aduci asta în discuție?

– Fiindcă mi-am dat seama că cei din jurul meu sunt tulburați. Dacă așa stau lucrurile, să nu-ți faci griji. Articolul acela a făcut ca lucrurile să arate grav, sunt conștient de asta, dar ele n-o să reziste. E o înscenare.

– Ți s-a înscenat asta?

Scepticismul din glasul ei a început să îl facă pe Bosch să se simtă jignit, însă s-a străduit să-și țină în frâu sentimentele.

– Exact, și asta va rezulta fără echivoc la audiere, a spus el.

– Bine. Așa sper și eu.

Au ajuns la secția de poliție și Lourdes a parcat mașina aproape de clădire. Bosch a intrat în noua închisoare, unde și-a dezbrăcat hainele în fața ofițerului de serviciu și le-a lăsat să cadă într-o cutie din carton. În timp ce polițiștii au luat cutia pentru a i-o duce lui Lourdes ca să-i analizeze conținutul, Bosch s-a dus la dușul închisorii, unde a stat sub apa călduță aproape douăzeci și cinci de minute, folosind de mai multe ori săpunul antibacterian pentru a se curăța.

După ce s-a simțit curat și s-a șters, i s-au dat o pereche de pantaloni de închisoare și un tricou cu guler, rămas de la turneul anual de procurare de fonduri al departamentului. Până și pe bocanci existaseră urme de sânge, astfel că și ei fuseseră reținuți și înlocuiți cu o pereche de papuci de închisoare, confecționați din hârtie.

Nu-i păsa de felul în care arăta. Era curat și se simțea din nou ca un om. S-a dus spre biroul detectivilor pentru a-și lua cheia de la biroul lui din fosta închisoare – acolo își lăsase cheia mașinii, telefonul și adevăratele acte de identitate. Lourdes se afla în sala de analize a situațiilor. Întinsese hârtie de prosop pe masa care slujea pentru ședințe și luarea mesei, și tocmai fotografia obiectele de îmbrăcăminte ale lui Bosch, după care le băga pe fiecare într-o pungă pentru dovezi.

– Te-ai curățat destul de bine, a spus ea.

– Da, mă pregăteam să mă duc la o partidă de golf în numele cauzei, a spus el. Îmi pare rău că te-ai ales cu treaba asta neplăcută.

– E mult sânge.

– Da, l-am împuns în arterele principale.

Ea a ridicat privirea spre Bosch. El a citit pe chipul ei că înțelegea cât de aproape fusese el de moarte.

– Deci încă ai cheia de la fosta închisoare, pe care ți-am dat-o?

– Da, am păstrat-o în sertarul de sus. Pleci?

– Da. Vreau să-mi sun avocatul și fiica, după care să dorm aproape două zile.

– Mâine va trebui să avem o nouă ședință de analiză.

– Da, dar glumeam în legătură cu cele două zile de somn. Numai că simt nevoia de a dormi.

– Bine, Harry, atunci ne revedem mâine.

– Bine, pe curând.

– Mă bucur că ești bine.

– Îți mulțumesc, Bella.

Bosch a traversat strada, a trecut prin curtea celor de la Lucrări Publice și a intrat în fosta închisoare. Când a ajuns la biroul lui improvizat, a observat că cineva – probabil Lourdes – folosise cheia pentru a intra în celulă ca să lase o scrisoare ștampilată adresată lui la departamentul de poliție. A socotit că trebuia să se ocupe de ea mai târziu. A îndoit plicul și s-a pregătit să îl pună în buzunarul de la spate al pantalonilor, moment în care și-a dat seama că acei pantaloni nu aveau buzunare. De aceea a vârât plicul sub betelia pantalonilor, după care și-a strâns lucrurile și ieșit, încuind ușile în urma lui.

S-a uitat la ecranul activat al telefonului și a văzut că avea șaptesprezece mesaje la care nu răspunsese. A așteptat până când a ajuns pe autostradă, în timp ce se îndrepta spre sud, și apoi le-a derulat pe difuzor în timp ce conducea.

Vineri 1.38 d.a. Voiam să afli că suntem aproape blindați, gata de atac. Am prezentat solicitarea de audiere, așa că am lansat prima salvă. Și un sfat de la un prieten la altul, frate-miu? Fii pregătit, pentru că s-ar putea să apară unele frâne mari la cazul nostru. În fine, vorbim mai mult săptămâna viitoare. A, apropo, eu îți sunt avocat, și e vineri după-amiază. Știu că ești plecat undeva, cu treburile tale de polițist. Dă-mi un semnal dacă poți în weekend, dacă poți.

Vineri 3.18 d.a. Harry, sunt Lucy, telefonează-mi. E vorba de ceva important.

Vineri 4.22 d.a. Domnule detectiv Bosch, sunt Alex Kennedy. Vă rog să mă sunați cât mai curând posibil. Vă mulțumesc.

Vineri 4.38 d.a. Harry, sunt Lucy, ce naiba ai făcut? Am încercat să te protejez, iar tu faci așa ceva? Tocmai ai... Kennedy vrea să vadă sânge. Sună-mă.

Vineri 5.51 d.a. La dracu', Harry, vechiul meu partener, îți mai amintești de mine? Ți-am păzit spatele, și tu l-ai protejat pe al meu. Kennedy încearcă să te distrugă cu totul. Încerc să împiedic treaba asta, dar nu sunt sigură că o să mă asculți. Trebuie să mă suni și să-mi spui ce ai aflat. Vreau să aflu adevărul la fel de mult ca și tine.

Vineri 7.02 d.a. Bună ziua. Domnule detectiv Bosch, sunt David Ramsey de la ziarul *Los Angeles Times*. Îmi cer scuze că vă sun pe numărul personal de telefon, dar scriu un articol pentru numărul de sfârșit de săptămână în legătură cu cazul Preston Borders. Aș dori să primesc răspunsul dumneavoastră la unele dintre lucrurile care au apărut în documentele emise de tribunal. Mă puteți suna la acest număr la orice oră din această seară. Vă mulțumesc.

Sâmbătă 8.01 dim. Nu-ți scapă niciun truc, așa e? Credeam că dacă am telefonat de la un număr ciudat ai putea răspunde ca să vorbești cu vechiul tău partener. Nu te înțeleg, Harry. Acum sunt cu mâinile legate. Cei de la *Times* au publicat articolul ăsta. E de presupus că el va ajunge pe website-ul lor astăzi, și mâine în ziar. Nu am vrut asta, iar dacă tu ai fi vorbit cu mine, cred că situația asta putea fi evitată. Te rog să-ți amintești, eu am încercat.

Sâmbătă 10.04 dim. Domnule detectiv Bosch, sunt David Ramsey, de la *Times*. Doresc sincer să aflu părerea dumneavoastră despre acest caz. Din documentele tribunalului rezultă că ați plasat probe-cheie care au făcut legătura între Preston Borders și uciderea lui Danielle Skyler în anul 1987. Am nevoie de răspunsul dumneavoastră. Această dată figurează în documentele prezentate de Biroul Procurorului Districtual, așadar, poate fi citată fără probleme, dar doresc să știu și punctul dumneavoastră de vedere. Pot răspunde la acest număr de telefon la orice oră.

Sâmbătă 11.35 dim. Bună, tati. Voiam să te salut și să te întreb ce vei face în acest weekend. Mă gândeam să vin astăzi. În fine, te iubesc.

Sâmbătă 2.12 d.a. Tati, vai tati, bună, sunt fiica ta. Mă mai ții minte? Ești acolo? Perioada în care pot veni la tine se încheie. Sună-mă.

Sâmbătă 3.00 d.a. David Ramsey, am revenit. Domnule detectiv Bosch, nu mai putem să ținem articolul în stand-by. Am mers la domiciliul dumneavoastră și v-am sunat la numărul de telefon obișnuit. Nu am primit răspuns. Au trecut aproximativ douăzeci și patru de ore. Dacă nu am nicio reacție din partea dumneavoastră în decurs de două ore, editorii mei vor decide că putem publica articolul fără a avea acordul dumneavoastră. Cu toate acestea, ca să rămânem obiectivi, vă vom trimite documentele pe care le-am folosit pentru realizarea acestui articol. Vă mulțumesc. Sper să primesc răspuns.

Sâmbătă 7.49 d.a. Sunt Haller. Ai citi ziarul *Times* online? Știam că vor exista presiuni, dar acum e vorba de ceva care a întrecut măsura. Nici măcar nu m-au sunat. Nu se face nicio referire la moțiunea noastră sau la poziția pe care o avem. Asta-i ceea ce se cheamă atac la drumul mare. Nenorocitul ăsta de Kennedy încearcă să-și creeze un avantaj pe nedrept. Ei bine, treaba e că a zgândărit pe cine nu trebuia. Sună-mă, frățioare, ca să punem la cale un plan împreună.

Sâmbătă 9.58 d.a. Tată, chiar sunt îngrijorată. Nu răspunzi la telefon și sunt speriată. I-am sunat pe unchiul Mickey și pe Lucy, și amândoi mi-au spus că au încercat să dea de tine.

Mickey mi-a zis că ai plecat într-o misiune. Nu știu ce se petrece, dar sună-mă. Te rog, tati.

Duminică 9.16 dim. Tati, sunt speriată. Vin acolo.

Duminică 11.11 dim. Sună-mă imediat ce primești mesajul ăsta, frățicule. Trebuie să avem o întâlnire între avocat și client. Am câteva idei ca să susținem cazul nostru și să dăm de pământ cu nemernicii ăștia. Sună-mă.

Duminică 12.42 d.a. Tati, am văzut ziarul și am aflat ce se întâmplă. Nu poate fi chiar atât de rău. Asta nu înseamnă nimic. Trebuie să te întorci acasă. Imediat. Am ajuns. Vino acasă.

Duminică 2.13 d.a. Sună-ți avocatul. Te aștept.

Bosch s-a simțit copleșit de emoția pe care a auzit-o în glasul fiicei lui. Ea își reținea lacrimile, vrând să fie puternică în numele lui. Crezuse ceea ce era mai rău. Că umilirea profesională și suspiciunea aruncată de articolul din *Times* îl făcuseră să dispară ori și mai grav. În acel moment, a jurat să-i facă pe cei care puseseră la cale acel articol să plătească pentru acea fărădelege făptuită împotriva fiicei lui.

Primul telefon pe care l-a dat a fost către ea.

– Tati! Unde ești?

– Iartă-mă, scumpo. N-am luat telefonul cu mine. Am avut de lucru și...

– Cum se poate să nu fi primit toate acele mesaje? Of, Doamne, am crezut că ai... nu știu, am crezut că ai făcut ceva.

– Nu, ăia se înșală. Ziarul greșește și procurorul districtual se înșală, așa că eu și unchiul tău o să demonstrăm asta în instanță în cursul săptămânii. Te asigur că n-am făcut nimic rău și că, indiferent ce ar fi, nu-mi voi face singur vreun rău. Nu ți-aș face așa ceva ție.

– Știu, știu. Îmi pare rău. Mintea mea a luat-o razna când nu am dat de tine.

– Am fost într-o acțiune sub acoperire vreme de vreo două zile într-un caz și...

– Poftim? Sub acoperire? Asta-i o nebunie.

– N-am vrut să te anunț dinainte, ca să nu te îngrijorezi. Dar n-am avut telefonul la mine. Nu-l puteam lua. În orice caz, unde ești acum? Ești tot acasă?

– Da, sunt aici. Am găsit o carte de vizită a reporterului care a scris articolul acela.

– Da, a încercat să discute cu mine. S-au folosit de el. O să mă ocup și de asta. Acum sunt în drum spre casă. Mă aștepți?

– Sigur. Mă găsești aici.

– Bine. Hai, că trebuie să mai dau câteva telefoane. O să ajung acasă în mai puțin de jumătate de oră.

– Bine, tati. Te iubesc.

– Și eu te iubesc.

Bosch a închis. A respirat adânc, iar apoi a lovit cu podul palmei în volan. *Păcatele tatălui*[1], a gândit el. Viața și lumea în care se învârtea o loviseră din nou pe fiica lui. Dar jura să-i facă să plătească pe cei care îi făcuseră asta.

L-a sunat pe Haller.

– Bosch! Unde-ai dispărut, dom'le?

– M-am dat la fund, evident. Și fără telefon. Și bineînțeles că a izbucnit scandalul.

– Așa zic și eu. Cred că treaba e pasibilă de acțiune în justiție. Neglijență, nechibzuință, cum vrei s-o iei.

– Te referi la articolul acela?

– Da, la *Times*. Să-i atacăm. Asta-i defăimare.

– Las-o baltă. Tipul ăsta, Ramsey, a fost manipulat. Eu îi vreau pe Kennedy și pe Cronyn. Nici Maddie n-a dat de mine. A crezut că m-am făcut mic și m-am dus undeva ca să mă sinucid.

---

[1] Sugestie că păcatele părinților vor fi plătit de urmași, precept preluat din Biblie, Numerii 14:18 și Deuteronomul 24:16.

– Știu. M-a sunat. N-am știut ce să-i spun. Dacă nu m-ai anunțat…

– Cronyn și Kennedy o să plătească pentru asta. Într-un fel sau altul.

– Miercuri, dragule. Miercuri dăm cu ei de pământ.

– Nu știu sigur dacă putem avea încredere că judecătorul va proceda corect.

– În fine, trebuie să ne vedem. Ce faci acum?

– Acum mă duc acasă, și va trebui să stau puțin cu fiica mea.

– Bine, sună-mă. În seara asta sunt liber, dacă vrei să ne întâlnim. Altfel, ce program ai mâine?

– Ne putem vedea dimineață.

– Atunci, așa facem, bine? Ieși cu Maddie să mâncați de seară și ne vedem mâine. Îți convine restaurantul Du-par, la opt?

– Care dintre ele?

– Alege tu.

Haller locuia aproape de marginea cartierului Laurel Canyon, ceea ce însemna că era la mică distanță de lanțul de restaurante Du-par din Studio City și piața fermierilor din Hollywood.

– La Studio City, pentru cazul în care vor avea nevoie de mine la departamentul de poliție pentru a aduce completări la ceea ce le-am declarat.

– O să fiu acolo.

– Ascultă, înainte de a închide. Am fost sunat de tine, Maddie, Kennedy și reporter. Dar și de la Lucy Soto. Mi s-a părut că și-a dat seama de porcăria pe care a făcut-o Kennedy și nu e încântată de asta. Cred că ea ar putea fi de partea noastră. Dacă-i arătăm ce probe am obținut, am putea să avem pe cineva din interior care să ne ajute.

Haller nu a spus nimic.

– Mai ești acolo?

– Da. Mă gândeam. Să așteptăm până mâine. Găsim noi o soluție cât mâncăm clătite.

– Bun.

Bosch a închis. Se mai liniștise după ce vorbise cu fiica lui și cu avocatul. Avea deja un plan pe termen scurt. S-a gândit la Lucy Soto și dacă ar fi bine să ia legătura cu ea direct sau în secret. Fuseseră parteneri doar o scurtă perioadă, în ultimul an de activitate la Departamentul de Poliție Los Angeles, dar, spre deosebire de parteneriatului cu Edgar, între ei se crease o legătură bazată pe încredere deplină. Putea să se bazeze pe ea fără nicio ezitare. În orice zi.

Instinctul i-a spus că lucrurile nu se schimbaseră.

31

Maddie a venit ca o furtună din camera ei când auzit zgomotul făcut de închiderea ușii casei. L-a prins pe Bosch într-o îmbrățișare disperată, care l-a făcut să se simtă atât în culmea fericirii, cât și în pragul tristeții.

– Totul e bine, a spus el.

I-a ținut capul lipit de piept, în dreptul inimii, apoi i-a dat drumul. Ea s-a retras un pas și l-a măsurat din cap până în picioare, iar el a făcut același lucru. Bosch a văzut urmele de lacrimi de pe obrajii ei. I s-a părut că ea se mai maturizase față de ultima oară când o văzuse. Nu și-a dat seama dacă acea maturizare se petrecuse în ultimele douăzeci și patru de ore, ori acela era mersul firesc al lucrurilor. Trecuse o lună de când nu se văzuseră, iar ea părea mai înaltă și mai zveltă, și își tunsese scurt părul blond nisipiu. Fiica lui avea un aer profesional.

– Vai, Doamne, ce haine-s astea? a exclamat ea.

Bosch a coborât ochii spre îmbrăcămintea pe care o purta.

– A, da, în fine, e o poveste lungă, a spus el. Au trebuit să-mi ia hainele ca probe, și altceva n-au avut să-mi dea.

– De ce au devenit hainele tale probe? l-a întrebat ea.

– Păi, asta-i partea care e o poveste lungă. Cum faci cu cina? Rămâi aici sau trebuie să te întorci? Știu că trebuie să faci o plimbare până la IB, nu?

– Nu plecăm decât mâine, dar e duminica în care trebuie să gătesc eu.

Bosch știa că fiica lui și cele trei colege de apartament obișnuiau ca duminica seara să gătească prin rotație – singura seară din săptămână în care își promiseseră să mănânce împreună. Venise rândul lui Maddie să gătească și nu putea încălca tradiția.

– Tati, vreau mai întâi să aud povestea, a spus ea. Te-am așteptat toată ziua și merit să o aud.

Bosch a dat aprobator din cap. Fiica lui avea dreptate.

– Bine, dar lasă-mă cinci minute să îmbrac haine de-ale mele, a spus el. Nu-mi place să arăt ca un deținut.

A pornit pe coridor, către camera lui, și a rugat-o să ude florile. În timpul liceului, Maddie ținuse să cumpere ghivece cu flori pentru terasa din spate. Le îngrijise cu devotament udându-le regulat, dar după ce plecase la colegiu, sarcina îi revenise lui Bosch, și acest lucru se dovedise greu pentru un om cu programul încărcat.

– Am făcut asta deja, a strigat ea după el. Am fost atât de agitată încât le-am udat de două ori.

– Bravo! a strigat el. Înseamnă că nu trebuie să mă deranjez cam o săptămână.

A avut o senzație de ușurare după ce a lepădat pantalonii de închisoare și papucii. Făcând asta, plicul care îi fusese trimis prin poștă la secția de poliție a căzut pe podea. L-a pus pe noptieră pentru a-l deschide mai târziu. Înainte de a se îmbrăca, s-a dus în baie și s-a bărbierit, dând jos barba care îi crescuse vreme de cinci zile. A îmbrăcat blugi, o cămașă albă și a încălțat pantofi sport. În drum spre camera de zi, s-a oprit în bucătărie și a aruncat pantalonii de închisoare și papucii în coșul de gunoi de sub lavoar.

Apoi s-a dus la frigider ca să-și ia o bere, înăuntru însă nu se găsea nicio doză, iar privirea insistentă nu a schimbat situația.

S-a îndreptat de spate și s-a uitat la sticla cu whisky de pe frigider. A hotărât să o lase acolo, chiar dacă nu i-ar fi stricat un pahar ca să-l ajute să se destindă. Cu toate astea, văzând sticla, s-a gândit că ar trebui să îi dea ce mai rămăsese din băutura scumpă lui Edgar, drept mulțumire pentru avertismentul pe care i-l dăduse privind călătoria cu avionul pe deasupra Mării Salton.

– Tati?

– Da. Scuze.

S-a dus în camera de zi ca să-și spună povestea. În afară de fiica lui nu exista altă persoană pe lume în care să aibă încredere deplină. I-a povestit tot, mai amănunțit decât o făcuse față de cei aflați în postul mobil de comandă. A socotit că detaliile vor însemna mai mult pentru ea și, în același timp, știa că îi vorbea despre partea întunecată a lumii. Era un loc despre care ea trebuia să știe, a gândit el, indiferent încotro o va purta viața. A încheiat relatarea cu o scuză.

– Îmi pare rău, a spus el. Poate că nu trebuia să auzi toate astea.

– Ba nu, a protestat ea. Nu-mi vine să cred că te-ai oferit să-ți asumi misiunea asta. Ai avut mare noroc. Dacă tipii aceia te ucideau? Aș fi rămas singură pe lume.

– Iartă-mă. Cred că am gândit că te vei descurca. Ești puternică. Acum ești pe cont propriu. Știu că ai colege de apartament, dar ești independentă. M-am gândit că…

– Îți mulțumesc mult, tată.

– Iartă-mă. Dar voiam să-i prind pe indivizii aceia. Ce-a făcut puștiul, fiul, a fost nobil. Când se va afla totul, probabil că oamenii vor spune că a fost prost și naiv și că nu și-a dat seama ce face. Dar oamenii vor afla adevărul. A acționat cu noblețe. Și calitatea asta nu este prea răspândită. Oamenii mint, președintele minte, corporațiile mint și înșală… Lumea e urâtă, și nu mulți oameni sunt dispuși să o înfrunte. N-am vrut ca acel tânăr să dispară fără… N-am vrut ca ticăloșii aceia să scape nepedepsiți.

– Înțeleg. Dar altă dată să te gândești și la mine, bine? Doar pe tine te am.

– Ai dreptate. Așa o să fac. Și eu te am doar pe tine.

– Bun, și-acum spune-mi cealaltă poveste. Despre cea care a apărut în ziarul de azi.

Maddie i-a arătat cartea de vizită a lui David Ramsey, pe care o găsise la ușă. Asta i-a amintit lui Bosch că nu citise tot articolul din *Times*. I-a vorbit despre cazul lui Danielle Skyler și moțiunea depusă de Preston Borders pentru a fi scos de pe lista condamnaților la moarte, acuzându-l pe Bosch că plasase probe în cursul anchetei. A povestit până în momentul în care ea a simțit că o presează timpul, pentru că trebuia să conducă până în comitatul Orange. Hotărâse deja să cumpere mâncare de pe drum, în loc să gătească la o oră atât de târzie.

L-a îmbrățișat îndelung pe Bosch, care a condus-o la mașină.

– Tati, vreau să vin la audierea de miercuri, a spus ea.

În mod normal, lui Bosch nu-i plăcea să o vadă la audieri în cazurile pe care le avusese el. Însă de astă dată situația era diferită, pentru că se simțea ca și cum el ar fi fost judecat. Avea nevoie de cât mai mult sprijin moral.

– Dar ce se întâmplă cu Imperial Beach? a întrebat-o el.

– O să sosesc devreme. O să iau trenul.

Și-a scos telefonul din sacul de spate și a pornit o aplicație.

– Ce faci?

– E o aplicație numită Metrolink. Tot spui c-o să vii cu trenul ca să mă vezi. Ai nevoie de aplicația asta. E un tren la șase și jumătate pe care pot să-l iau și ajunge la Union Station la opt și douăzeci.

– Ești sigură?

– Da, așa scrie aici.

– Nu, sigură că vrei să vii.

– Bineînțeles. Vreau să fiu alături de tine.

Bosch a îmbrățișat-o din nou.

– Bine, o să-ți transmit amănuntele printr-un mesaj-text. Nu cred că audierea va începe înainte de ora zece. Poate că o să avem timp să și mâncăm undeva înainte – asta dacă nu va trebui să mă văd cu unchiul tău.

– În regulă. Vedem noi.

– Ce cumperi pentru cină?

– Vreau să iau niște Zankou Chicken ca să-l duc fetelor, numai că mașina mea va mirosi a usturoi aproape o lună.

– Poate că ar merita.

Zankou Chicken era un lanț de restaurante fast-food armene, care, de-a lungul anilor, devenise o sursă preferată de mâncare pentru acasă.

– Pa, tati.

A rămas pe trotuar și a urmărit mașina ei virând și dispărând în josul dealului. Revenit în casă, s-a uitat la cartea de vizită pe care Maddie o lăsase pe masă și s-a gândit să-l sune pe Ramsey ca să-l ia la întrebări. A socotit că nu era cazul. Ramsey nu-i era adversar și ar fi fost preferabil să se slujească de ziar pentru a le da de știre adevăraților lui dușmani despre ceea ce avea să urmeze. Era neîndoielnic că reporterul de la *Times* va fi prezent la tribunal miercuri pentru ca după aceea să poată continua articolul.

A scos telefonul din buzunar și, după ce a căutat online ca să obțină numărul, l-a format și a cerut să discute cu ofițerul de serviciu de la închisoarea Van Nuys. S-a prezentat și a spus că dorește să stabilească o discuție cu o femeie care era reținută acolo.

– Nu suportă o amânare? a întrebat ofițerul. E duminică seara, și nu avem oameni care să se ocupe de camera de interogatorii.

– E vorba de o dublă crimă, a spus Bosch. Trebuie să discut cu ea.

– Am înțeles, cum o cheamă?

– Elizabeth Clayburgh.

Bosch a auzit zgomotul specific produs de tastare.

– Nu avem așa ceva, a spus ofițerul. Nu e reținută la noi.

– Scuze, am vrut să spun Clayton, a revenit Bosch. Elizabeth Clayton.

Alte sunete de tastare.

– N-o avem nici pe ea, a spus ofițerul. A beneficiat de ROR[1] acum două ore.

Bosch știa ce însemna această procedură.

– Stai puțin, a spus el. I-ați dat drumul?

– N-am avut încotro, a spus ofițerul. Era vorba de capacitatea noastră de a găzdui arestați. Și infracțiunea de care e acuzată nu a presupus violență.

Sistemul penitenciar era supraaglomerat în întreaga țară, astfel că infractorii care nu comiteau fapte violente erau de obicei scutiți de executarea unor pedepse minore sau eliberați fără să aibă obligația de a plăti cauțiune. Era clar că Elizabeth Clayton se încadrase în această din urmă categorie și fusese eliberată după o zi și înainte de a putea fi plasată la o instituție de dezintoxicare a celor care se drogau.

– Încă ceva, nu era la dezintoxicare? a întrebat Bosch. Așa de curând eliberați pe cineva de la dezintoxicare?

– Nu a fost înregistrată ca trebuind să fie internată acolo, i-a răspuns ofițerul. Și, oricum, pentru asta există o listă de așteptare. Îmi pare rău, domnule detectiv.

Bosch s-a străduit să-și înfrâneze sentimentul de frustrare și tocmai se pregătea să-i mulțumească ofițerului și să închidă. Apoi și-a adus aminte de ceva.

– Mai poți căuta un alt nume, doar ca să aflu dacă mai e arestat?

– Vă ascult.

– Bărbat, alb, numele de familie, Brody. Nu-l știu pe cel de botez.

– Ei bine, s-ar putea să fie o – ba nu, l-am găsit. James Brody, arestat tot sâmbătă, sub aceeași acuzație – fraudă prin folosirea unei rețete false. Da, și el a fost eliberat.

– În același timp cu Clayton?

---

[1] ROR – Released on One's Own Recognizance (Eliberat pe baza unui angajament), procedură prin care o persoană arestată nu trebuie să plătească o cauțiune pentru a fi eliberată, însă se obligă să apară în instanță de fiecare dată când i se va solicita acest lucru.

– Nu, mai devreme cu vreo două ore. Infractorii cei mai violenți sunt bărbați, și de aceea trebuie să îi eliberăm pe rând. Apoi vin infractorii neviolenți care sunt eliberați înaintea femeilor.

I-a mulțumit ofițerului și a închis. Peste cinci minute era în jeepul lui, urmând drumul sinuos care ducea spre autostrada 101. A mers apoi spre nord, înapoi în Valley și după aceea spre Van Nuys. Pe drum, l-a sunat pe Cisco, încercând să facă niște aranjamente pentru Elizabeth Clayton, în cazul în care el reușea să o găsească.

Închisoarea din care fuseseră eliberați Clayon și Brody era situată la ultimul etaj al sediului din Valley al Departamentului de Poliție Los Angeles, unde, la marginea unei piețe publice, se găseau un mic centru civic, cu tribunale locale, o bibliotecă, o primărie-satelit și clădiri guvernamentale. Bosch a parcat pe Van Nuys Boulevard, spre capătul vestic al pieței, și a pornit spre biroul de pe Valley, care era la capătul îndepărtat al drumului din beton, mărginit de copaci. Era duminică seara, astfel că piața era în mare măsură pustie, prezenți fiind doar oamenii fără cămin care ocupau orice loc public din oraș. Nu și-a amintit când călcase ultima oară în acea piață, dar și-a dat seama că trecuseră cel puțin doi ani de atunci. Autoritățile tunseseră serios tufișurile și copacii umbroși din jurul clădirilor. Mulți copaci fuseseră înlocuiți cu palmieri, care nu ofereau niciun pic de umbră. Știa că acela reprezenta un efort deghizat de a reduce la minimum numărul oamenilor străzii care își făceau veacul în piață.

A verificat fiecare colțișor prin dreptul căruia a trecut și a cercetat fețele celor care s-au uitat la el. Nu i-a văzut nici pe Clayton și nici pe Brody. Biblioteca – de obicei un bastion al celor care nu aveau casă – era închisă. A parcurs o latură a pieții, până a ajuns la clădirea numită Valley Bureau, apoi s-a răsucit pe călcâie și a pornit pe cealaltă latură. Cercetarea lui s-a dovedit zadarnică, de aceea s-a întors la mașină.

Aflat la volan, s-a gândit la una și la alta, iar apoi i-a telefonat lui Jerry Edgar la numărul pe care i-l dăduse când el și Lourdes îl vizitaseră la birou. Edgar i-a răspuns, și lui Bosch i s-a părut că îl trezise din somn.

– Jerry, sunt Harry. Ești treaz?

– Trăgeam un pui de somn. Pariez că ți-ar trebui și ție.

– Da, cam așa ceva, dar am o întrebare.

– S-auzim.

– Femeia pe care tu și Hovan ați arestat-o ieri la farmacie împreună cu ceilalți, mai ții minte?

– Da, cea cu capul ras.

– Exact. Am vrut să discut cu ea. Bella mi-a spus că a fost dusă la Van Nuys. M-am dus acolo, și am aflat că i-au dat drumul în urmă cu două ore.

– Harry, așa cum ți-am spus, asta nu e o infracțiune gravă. Nu știu cât va dura situația asta. Poate că dacă vor muri un milion de oameni din cauza drogurilor, ceilalți se vor trezi la realitate și vor acorda atenție problemei.

– Așa e, știu. Am o întrebare. Unde ar putea să se ducă? Au aruncat-o, practic, în stradă de la Van Nuys, și deja are mare nevoie de o doză de drog, și mai e și pe jos.

– La naiba, dom'le, n-am idee unde-ar putea să...

– I-ați întocmit actele de arestare?

– Da, eu am făcut asta. Eu și Hovan le-am făcut acte de arestare tuturor.

– I-ai verificat actele? Ce avea asupra ei?

– Harry, avea acte false. N-am găsit nimic altceva.

– Așa e, corect, uitasem. Fir-ar să fie.

– Ce treabă ai cu ea? Omule, femeia aceea nu se lecuiește, mi-am dat seama de asta.

– Nu de asta e vorba. Unul dintre indivizii pe care i-ați reținut împreună cu ea, unul pe nume Brody – și el a fost reținut.

– Da, era tipul pe care îl voiai scos din peisaj.

– Da, pentru că el avea pică pe mine, dar și pe ea. Astăzi am aflat că individul a fost eliberat cu două ore mai devreme din aceeași închisoare. Dacă ea dă peste el pe stradă, el o să-i facă rău din cauza mea, ori va găsi o cale de a o folosi ca să obțină următoarea doză pentru sine. În orice caz, nu pot permite să se întâmple așa ceva.

Știa că nu era ceva neobișnuit ca în lumea subterană a dependenților de droguri un bărbat să se folosească de o femeie, într-o alianță în care unul putea asigura protecția, în vreme ce celălalt procura droguri în schimbul unor raporturi sexuale. Câteodată, o astfel de alianță nu era voluntară din partea femeii.

– La dracu', Harry, nu știu, a spus Edgar. Unde ești acum?

– La închisoarea Van Nuys, i-a răspuns Bosch. Am căutat în apropiere, dar nu am văzut-o.

A urmat o pauză ceva mai lungă, după care Edgar a rupt tăcerea.

– Harry, ce se întâmplă? Cum să zic, a trecut ceva vreme, dar mi-am adus aminte de Eleanor.

Eleanor era fosta lui soție și mama fiicei lui. Acum, decedată. Bosch uitase că el și Edgar fuseseră parteneri când el o cunoscuse și mai apoi se căsătorise cu ea. Edgar observase asemănarea dintre ea și Elizabeth Clayton.

– Ascultă-mă, nu așa stau lucrurile, a spus Bosch. Femeia aceea mi-a făcut un mare serviciu când eram sub acoperire. Îi sunt dator, iar acum ea este undeva pe stradă. Și la fel e și tipul acela, Brody.

Edgar a rămas tăcut, iar muțenia lui a evidențiat faptul că nu era convins.

– Trebuie să plec, a spus Bosch. Dacă-ți vine vreo idee, să mă suni, partenere.

Apoi a închis.

32

Aflat la volan, Bosch a pornit spre nord, pe Van Nuys Boulevard, uitându-se spre fiecare pieton și spre fiecare loc ce ar fi putut sluji drept adăpost în spatele fațadei fiecărui magazin. Știa că încercarea lui semăna cu căutarea acului în carul cu fân, dar nu avea altă idee mai bună. S-a gândit să sune la biroul de supraveghere al Diviziei Van Nuys pentru a-i cere ofițerului de serviciu să transmită o alertă către toate mașinile de patrulare, însă știa că într-o seară de duminică numărul acestor mașini de pe stradă ar fi fost redus, astfel că solicitarea venită din partea Departamentului de Poliție San Fernando nu va fi tratată cu prea mult entuziasm. Pe de altă parte, asta se putea reflecta anapoda asupra lui și a șerifului Valdez, pentru că acesta din urmă va pune cam aceleași întrebări ca și Edgar.

De aceea, a continuat căutarea de unul singur, întorcând la Roscoe Street și îndreptându-se apoi spre sud. După douăzeci de minute, a primit un apel de la Edgar.

– Harry, ai continuat să o cauți?

– Da, ai vreun indiciu?

– Ascultă, dom'le. Îmi cer scuze pentru bănuielile pe care le-am exprimat mai devreme, înțelegi? Sunt convins că ai motive serioase să...

– Jerry, chiar ai vreo veste, ori doar mi-ai telefonat ca să vorbim degeaba? Pentru că nu am...

– Am ceva, e bine? Am o informaţie.

– Atunci, dă-mi-o.

A tras pe dreapta ca să asculte şi, eventual, să noteze ceva.

– La birou avem ceva ce noi numim „lista celor o sută", a spus Edgar. Pe ea se află doctori care sunt în atenţia noastră ca fiind probabil implicaţi în relaţii cu păcălici şi cu persoane care eliberează reţete false. Doctori pentru care întocmim cazuri.

– Efram Herrera se află printre ei?

– Încă nu, pentru că nu preluasem acea reclamaţie, mai ţii minte?

– Ai dreptate.

– În orice caz, am sunat o colegă şi m-am interesat de Van Nuys. Mi-a spus că între cei de pe lista cu o sută de doctori corupţi există unul care are o clinică pe Sherman Way. Din câte se ştie, este deschisă şapte zile pe săptămână, iar unele informaţii despre el spun că dacă eşti femeie şi ai nevoie de o reţetă din asta, probabil că e dispus să ofere o reducere dacă i se fac anumite favoruri, dacă înţelegi ce înseamnă asta. Doctorul ăsta e trecut bine de şaizeci de ani, cu toate astea...

– Cum se numeşte clinica asta?

– Sherman Health and Medical, şi e pe Sherman Way, colţ cu Kester. Pe doctor îl cheamă Ali Rohat. Oamenii îi spun Chemical Ali, pentru că se înţelege bine cu doctorii – dar şi cu chimiştii – şi are un magazin de la care poţi cumpăra de toate dintr-o singură oprire. Se ştie că el întocmeşte reţetele, iar apoi le eliberează. Dacă femeia ta cunoaşte zona şi aşa mai departe, înseamnă că ştie despre el.

– Nu e femeia mea, dar apreciez ideea, Jerry.

– Glumeam, domnule. Isuse. Ai rămas acelaşi Harry Cur-tare după toţi anii care au trecut peste noi.

– Tipul ăsta, Chemical Ali, cum se face că nu s-a trezit cu magazinul închis după ceea ce-mi spui tu acum?

– Harry, așa cum ți-am mai spus, e greu în situații dintr-astea. Vorbim de birocrația din domeniul medical. De cea din Sacramento... Până la urmă, o să-i închidem magazinul.

– În regulă, îți mulțumesc pentru ajutor. Dacă-ți mai amintești ceva, te rog să mă suni.

Bosch a închis și a demarat de lângă trotuar. A executat o întoarcere de o sută optzeci de grade și a urmat drumul spre Van Nuys, pe Sherman Way, după care a virat spre stânga. A trecut prin intersecția de la Kester fără să vadă clinica. A mai mers cale de câteva intersecții, după care s-a întors.

În cel de-al doilea tur, a văzut clinica în colțul interior al unei mici piețe. Acolo erau deschise un magazin de băuturi și o pizzerie, iar parcarea era pe jumătate plină de mașini. A coborât parasolarul, ca să beneficieze de o oarecare protecție vizuală, și a parcat. Exista o trecere către o alee din spate sau către o altă parcare. Intrarea în clinică se afla în pasaj, ceea ce îi oferea un oarecare paravan. Aruncând o privire grăbită, Bosch a văzut oameni bulucindu-se la ușa clinicii, dar nu a putut identifica nicio persoană aflată acolo.

A ieșit din parcare și a condus cale de o intersecție, după care a găsit o alee care îl ducea spre partea din spate a pieții. A condus prin zonă și a văzut un șir de spații de parcare libere în spatele magazinelor din piață. Primul automobil din șir era un cupé, marca Mercedes Benz, având o plăcuță de înmatriculare personalizată, pe care scria DR ALI. În același timp, s-a uitat mai bine la oamenii strânși în fața ușii clinicii. Trei bărbați, dintre care Bosch nu a recunoscut niciunul, descoperind doar că aveau aspectul obișnuit de disperare și de paliditate al dependenților de droguri. A fost cât pe ce să zâmbească în momentul în care a văzut că unul dintre acei oameni purta o genunchieră asemănătoare cu aceea pe care o folosise el.

Ajuns pe Sherman Way, a virat dreapta și a intrat din nou în parcarea din piață. A condus pe prima bandă și a ales un loc care să îi permită să vadă pasajul. Clienții erau doar niște siluete, însă el a fost încredințat că va reuși să identifice o femeie dacă aceasta avea să iasă din clinică.

Și-a scos telefonul din buzunar, a căutat pe Google numele clinicii, și a găsit un număr de contact.

– Curând vom închide, i-a spus femeia care i-a răspuns. Doctorul trebuie să plece la ora opt.

Bosch i-a mulțumit și a închis. S-a uitat spre încheietura mâinii, moment în care și-a dat seama că, după ce participase la acțiunea sub acoperire, uitase să își mai pună ceasul la mână. S-a uitat la ceasul de la bordul mașinii și a constatat că mai erau douăzeci de minute până când clinica avea să se închidă. S-a așezat mai bine pe scaun și a rămas cu ochii ațintiți spre intrare.

După zece minute de supraveghere, atenția i-a fost atrasă spre dreapta, către pizzerie. Părea să fie un magazin care livra pentru acasă, însă pe trotuarul din fața lui existau două mese. Bosch a observat un bărbat care purta un șorț și se aplecase peste ușa din față, gesticulând și vorbind cu un bărbat care stătea singur la una dintre mese. Bărbatul de la masă era în parte ascuns de un șir de plante în ghivece. Bosch nici măcar nu l-ar fi luat în seamă pe acel bărbat dacă cel cu șorț nu s-ar fi apropiat de ușă.

Bosch a avut impresia că bărbatul cu șorț îi spunea celuilalt să plece. A făcut un semn spre parcare. Bosch a coborât geamul, ca să poată auzi discuția în contradictoriu dintre cei doi, însă ea s-a încheiat brusc, în momentul în care bărbatul care stătea înapoia plantelor s-a ridicat în picioare și l-a înjurat pe cel care trebuia să-i aducă pizza. Apoi a ieșit din restaurant și s-a îndreptat spre șirul de magazine dinspre Sherman Way.

Bosch l-a recunoscut imediat pe individ. Era Brody.

În același timp, Bosch a tresărit și a trăit un sentiment de spaimă. A înțeles ce se întâmpla. Brody avea cunoștință despre Chemical Ali, dar la eliberarea din închisoare nu avea niciun ban și nici nu avea ce să ofere. De aceea o urmărise pe Elizabeth Clayton, iar acum o aștepta să iasă cu pastilele și să i le ia pentru a se răzbuna în mod brutal.

Bosch s-a gândit că era posibil ca Brody și Clayton să fi mers împreună la clinică, iar el o aștepta să iasă, dar după cum descoperise el însuși în ceea ce privea personalitatea țepoasă a femeii, Brody nu o putea considera drept parteneră.

Bosch a coborât din mașină, s-a dus în spatele ei și a deschis portbagajul. Întrucât secția de poliție nu îi pusese la dispoziție un vehicul, își ținea trusa de lucru în propria mașină. Era vorba de o geantă din pânză, plină cu lucruri personale de care ar fi avut nevoie în orice situație ce ar fi putut să apară în cursul unei investigații. S-a uitat peste umăr și l-a văzut pe Brody îndreptându-se spre capătul pieții și dând colțul înspre vest. Bosch știa că va trebui să ajungă pe aleea din spatele clădirii și probabil în pasajul pe unde Clayton va ieși dacă în acele momente se afla în clinică.

A desfăcut fermoarul genții și a scotocit prin ea. A găsit o șapcă de baseball cu emblema echipei Dodgers și, după ce și-a pus-o pe cap, a tras cozorocul peste frunte. Apoi a găsit punga cu șoricei și a luat doi. I-a rulat ca să poată încăpea într-un buzunar de la spate al blugilor. Apoi a închis punga și a coborât ușa de la portbagaj. Era pregătit.

După ce s-a uitat spre colțul pieții în speranța că o va vedea pe Clayton, a pornit spre capătul pieții, unde îl văzuse ultima oară pe Brody. A parcurs repede distanța până acolo și a urcat pe trotuarul de pe Sherman Way. Nu l-a văzut pe Brody, iar asta i-a confirmat bănuiala că el se furișase pe aleea din spatele pieții. A grăbit pașii spre intrarea pe alee și a dat colțul.

Nu l-a văzut nici acum pe individ. Aleea era mai întunecoasă decât fusese când trecuse prin ea mai devreme. Lumina scăzută a amurgului era blocată de clădirile aflate de o parte și de alta a aleii. A înaintat cu precauție, străduindu-se să rămână în umbră.

– Unde ți-e bastonul, căcăciosule?

Bosch s-a răsucit spre locul de unde se auzise glasul și l-a văzut pe Brody apărând dintre două tomberoane, agitând o mătură pe care o avea în mână. Bosch a reușit să ridice brațul stâng, astfel că a primit lovitura peste antebraț.

Lovitura i-a trimis o durere sfâșietoare de-a lungul brațului. Însă ea l-a făcut să reacționeze mai precis. În loc să bată în retragere, s-a aruncat spre Brody, pe care inerția îl purta înainte. Bosch l-a lovit cu genunchiul în vintre și a auzit șuieratul aerului expulzat din plămânii lui. Mătura a căzut la pământ, și Brody s-a chircit de durere. Aflat în spatele lui Brody, Bosch l-a prins de poalele cămășii și l-a rotit la o sută optzeci de grade, după care l-a împins cu capul înainte într-un tomberon. Brody s-a izbit puternic și s-a prăbușit gemând.

Bosch s-a apropiat de el. Întrucât brațele îi erau imobilizate de cămașă, Bosch l-a prins de glezne.

– Frumoasă mișcare, a spus Bosch. Să mă avertizezi așa... Deșteaptă treabă.

A scos șoriceii din buzunarul blugilor și, folosindu-i pe amândoi, i-a legat gleznele strâns. Desigur, Brody putea să-și elibereze mâinile din cămașă, dar după aceea avea să se confrunte cu o dilemă: cum să-și elibereze picioarele. Acum trebuia să țopăie cu picioarele legate până la ieșirea de pe alee, iar apoi să găsească pe cineva care să fie dispus să îi taie legăturile. Asta avea să îl rețină îndeajuns de mult pentru ca Bosch să facă ce își propusese.

Calea cea mai scurtă spre clinică era pe alee. În timp ce înainta, a observat două siluete care se îndepărtau. Era prea întuneric pentru a reuși să își dea seama dacă erau bărbați sau femei, de aceea a iuțit pașii până a ajuns să alerge și curând s-a apropiat suficient de mult pentru a constata că erau bărbați.

A trecut pe lângă Mercedes, a pătruns în pasaj și s-a apropiat de ușa clinicii. Era încuiată. A bătut tare cu pumnul în geam. A observat carcasa interfonului montată pe cadrul ușii și a apăsat butonul de apel de trei ori.

Câteva momente mai târziu, a auzit vocea unei femei în difuzorul interfonului. A recunoscut vocea ca fiind a femeii care îi răspunsese la telefon ceva mai devreme.

– Am închis. Îmi pare rău.

Bosch a apăsat butonul pentru a răspunde:

– Poliția. Deschideți ușa.

Nu a primit răspuns. Apoi din difuzor s-a auzit vocea unui bărbat care, vorbind cu accentul cuiva din Orientul Mijlociu, i-a spus:

– Aveți mandat?

– Vreau doar să stăm de vorbă, doctore. Deschide.

– Nu fără mandat. Ai nevoie de mandat.

– Cum vrei, doctore. Atunci o să te aștept la mașina ta. Am toată noaptea la dispoziție.

Bosch a rămas în așteptare. Au trecut zece secunde, timp în care doctorul s-a gândit probabil ce să facă. Apoi ușa a fost deschisă de o femeie îmbrăcată uniformă de asistentă medicală. În spatele ei se afla un bărbat cu părul alb, despre care Bosch a bănuit că era doctorul Rohat.

Femeia a ieșit pe ușă și s-a strecurat pe lângă Bosch.

– Așteptați puțin, a spus Bosch.

– Mă duc acasă, a spus femeia, pornind spre alee.

– Am închis, a spus bărbatul. Ea și-a încheiat programul pe ziua de azi.

Bosch s-a uitat la el.

– Tu ești Chemical Ali?

– Poftim? a exclamat el, indignat. Sunt doctorul Rohat.

Apoi a făcut semn cu mâna spre peretele din spatele biroului recepției, pe care erau etalate câteva diplome înrămate, ale căror texte erau scrise cu litere prea mici pentru a fi citite din pragul ușii.

Bosch nu putea fi absolut sigur că Elizabeth Clayton se afla în clinică. Poate că Brody aștepta la pândă până când din clinică ieșea vreo persoană mai fragilă pe care să o jefuiască. Însă informațiile pe care i le dăduse Edgar în legătură cu înclinațiile lui Rohat l-au făcut să creadă că era pe drumul cel bun.

– Elizabeth Clayton, unde e? a întrebat Bosch.

Rohat a clătinat din cap.

– Nu cunosc acest nume, a spus el.

– Ba sigur îl știi. E înăuntru?

– Nu e nimeni înăuntru. Am închis.

– Asta-i o minciună. Ai fi plecat împreună cu asistenta dacă ai fi terminat ce aveai de făcut. Trebuie să verific toată clinica? Unde e?

– Am închis.

Dinapoia uşii închise din spatele biroului recepţiei s-a auzit un zgomot produs de ceva scăpat pe podea. Bosch l-a împins deoparte pe Rohat şi a pornit spre acea uşă, presupunând că ea ducea spre birouri şi săli de consultaţie.

– În regulă! a exclamat Rohat. Am o pacientă în camera trei. Se odihneşte şi nu trebuie deranjată. Se simte rău.

Bosch nu s-a oprit. A trecut de uşă, iar Rohat a strigat după el.

– Stai! Nu ai voie să intri acolo.

Niciuna dintre uşile aflate pe coridorul acela nu avea număr. Bosch s-a dus spre cea de-a treia uşă de pe stânga şi a deschis-o furios. Era o cameră de depozitare care arăta ca şi cum ar fi aparţinut unui colecţionar maniac. Erau gunoaie peste gunoaie. Biciclete, televizoare, calculatoare... Bosch a presupus că Rohat le primea în schimbul reţetelor pe care le elibera pentru cumpărarea de droguri. A lăsat uşa deschisă şi a traversat coridorul spre uşa de vizavi.

În acea cameră se afla Elizabeth Clayton. Stătea în şezut pe o masă de consultaţii, având umerii înfăşuraţi cu prosop de hârtie şi picioarele i se legănau la marginea mesei. Pe podea se afla obiectul care făcuse zgomotul auzit de Bosch mai devreme. O cană din inox răsturnată în mijlocul unei mici băltoace de apă.

Clayton era goală pe sub prosopul de hârtie şi avea un sân dezgolit, dar ea nu părea să fie conştientă de asta. Pielea sânului era de un alb şocant faţă de piept şi gât, care erau cafenii după numeroasele zile petrecute în deşert. Era confuză şi nici măcar nu a ridicat ochii când Bosch a intrat în cameră. Se uita fix la tatuajul cu stele de pe mână.

– Elizabeth!

Ea şi-a înălţat capul când Bosch s-a apropiat de ea. Şi-a lăsat mâna să cadă în poală şi s-a uitat drept în ochii lui. Bosch a observat o licărire de recunoaştere în ochii ei, dar se părea că încă nu îşi dăduse seama unde îl mai văzuse.

– O să mă ocup de tine. Ce doză ți-a dat?

A început să înfășoare prosopul de hârtie ca să îi acopere goliciunea. Avea corpul atrofiat, de aceea a încercat să-și mute privirea de la ea, dar nu a reușit. Ea și-a lăsat o mână între picioare, nu drept demonstrație de pudicitate, ci un gest firav de protecție, după părerea lui Bosch.

– N-am de gând să-ți fac vreun rău, a spus el. Mă mai ții minte? Am venit să te ajut.

Nu a primit răspuns.

– Te poți ridica? Poți să te îmbraci?

Rohat a apărut în cameră și a rămas în spatele lui.

– Nu ai voie aici! E pacientă și ceea ce...

– Ce i-ai administrat?

Bosch s-a întors spre doctor.

– Nu discut despre îngrijirea pacienților cu...

Bosch s-a repezit spre el și l-a îmbrâncit, făcându-l să se lipească de perete. Doctorul s-a lovit cu capul de o planșă care înfățișa organele vitale ale corpului uman. Bosch l-a prins de reverele jachetei albe și l-a împins, strivindu-l de perete.

– Nu ești doctor, ci un monstru. Și nu-mi pasă cât de bătrân ești, dar o să te bat până crăpi dacă nu-mi răspunzi la întrebări. Ce doză i-ai dat?

A văzut spaima în ochii lui Rohat.

– I-am administrat două pastile de optzeci de miligrame de oxicodonă ca să îi treacă durerile. Medicamentul e cu eliberare prelungită și trebuie luat separat, dar după ce am ieșit din cameră, ea le-a măcinat și le-a tras pe amândouă pe nas. Asta înseamnă supradoză. Nu e vina mea.

– Prostii, cum să nu fie vina ta? Cu cât timp în urmă s-a întâmplat asta?

– Acum două ore. O tratez cu naloxon[1] și își va reveni, pentru că o vezi că poate sta în șezut.

---

[1] Medicament folosit pentru a reduce sau anihila efectele substanțelor opiacee în cazul consumării unei supradoze.

– Și ce i-ai făcut cât a fost inconștientă? Ai violat-o, nenorocitule?

– Nu.

– Da, în fine, vom vedea cum stau lucrurile după ce o duc la spital să fie consultată.

– Da, am mai făcut sex cu ea înainte. A fost de acord. Cu consimțământul ei.

– Du-te dracului, ce consimțământ? O să înfunzi pușcăria.

Bosch s-a lăsat copleșit de furie, de aceea l-a smuls pe Rohat de lângă perete, astfel încât, în momentul când îi va trage un pumn, să aibă satisfacția de a-l vedea lovindu-se cu capul de perete, iar apoi prăbușindu-se la podea ca o cârpă moale. Și-a retras brațul stâng pentru a da lovitura de pumn. Însă înainte de a apuca să-l lovească, a auzit țiuitul interfonului.

A ezitat. Asta i-a oferit timp lui Rohat să-și ridice mâinile pentru a bloca lovitura sau măcar să o atenueze.

– Te rog, s-a milogit doctorul.

– Hei, te-am recunoscut, a spus Elizabeth.

Bosch a coborât mâna stângă și s-a slujit de dreapta ca să îl împingă pe Rohat spre interfon pentru a răspunde.

– Spune-le să o șteargă de acolo.

Rohat a apăsat pe un buton și a răspuns:

– Îmi pare rău, am închis.

S-a uitat apoi la Bosch ca să primească aprobarea lui. Apoi din difuzorul interfonului s-a auzit o voce pe care a recunoscut-o.

– Jerry Edgar, Comisia Medicală a Californiei. Deschideți.

Bosch i-a făcut semn doctorului să deschidă. Fostul lui partener îi venise în ajutor.

– Deschide-i ușa, a spus el.

33

Edgar a intrat în camera de consultații în timp ce Bosch o ajuta pe Elizabeth să se îmbrace.

– Harry, ți-am văzut mașina afară. M-am gândit că poate ai nevoie de ajutor.

– Așa e, partenere. Ajută-mă s-o îmbrac. Trebuie să o scoatem de aici.

– Ar trebui să chemăm o ambulanță. Ce nebunie...

– Sprijin-o să stea în picioare. O să-și revină din starea asta.

Bosch încerca să-i tragă blugii pe picioarele subțiri ca niște bețe. A susținut-o, iar apoi Edgar a ajutat-o să stea dreaptă cât Bosch i-a tras pantalonii peste oasele proeminente ale coapselor.

– Vreau să plec, a spus ea.

– Exact asta o să faci, Elizabeth, i-a spus Bosch.

– E un nenorocit fără pereche, a spus ea.

Bosch tocmai se pregătea să o aprobe și s-a uitat în jur.

– Hei, unde-i Rohat?

Edgar s-a uitat și el în jur. Rohat dispăruse.

– Eu nu...

– Mă ocup eu de ea. Du-te și verifică.

Edgar a ieşit din încăpere. Bosch a făcut-o pe Elizabeth să se întoarcă, astfel că ea a ajuns cu spatele la el. El s-a aplecat şi a ridicat jacheta de culoare galben deschis care zăcea pe mormanul de haine de pe podea. I-a pus-o în braţe.

– Poţi s-o îmbraci? O să luăm cu noi restul hainelor.

Ea a luat jacheta şi, încet, a vârât un braţ în mâneca potrivită. Cu mişcări domoale, Bosch a desfăşurat prosopul de hârtie din jurul umerilor ei şi l-a lăsat să cadă pe podea. În acel moment a văzut tatuajul de pe un umăr.

DAISY
1994-2009

Aşadar, o fată de cincisprezece ani, a gândit Bosch. Asta i-a oferit un indiciu şi l-a ajutat să înţeleagă ceva care l-a făcut să fie şi mai hotărât în ideea de a rămâne alături de Elizabeth.

Cu mişcări mecanice, ea a reuşit să îmbrace jacheta, însă se chinuia cu tragerea fermoarului. Bosch s-a întors spre ea şi i l-a ridicat. Apoi a împins-o cu delicateţe spre masa de consultaţii, pentru ca ea să-şi poată încălţa şosetele şi pantofii.

După ce plecase să îl caute pe Rohat, Edgar s-a întors.

– A şters-o. Cred că s-a furişat afară după ce mi-a deschis uşa.

A lăsat impresia că se simţea uşurat, iar Bosch şi-a dat seama că asta nu avea nicio legătură cu dispariţia lui Rohat, ci mai curând cu faptul că Elizabeth era îmbrăcată complet.

– A fugit, probabil pentru că i-am spus că o să ajungă la puşcărie. N-are importanţă. Îl săltăm mai târziu. Să o scoatem pe ea de aici.

– Şi unde o ducem? Niciun adăpost n-o să accepte să o primească în halul ăsta. Harry, trebuie să mergem cu ea la un spital.

– Nu, nu o ducem la spital, şi nici n-am adus vorba de vreun adăpost. Ajut-o să stea pe picioare.

– Nu vorbeşti serios, Harry. Doar n-o s-o duci acasă la tine.

– N-o duc acasă. Să o scoatem pe ușă și după aceea îmi aduc mașina aici.

Le-au trebuit aproape zece minute ca să o scoată pe Elizabeth din clinică și apoi spre pasajul care lega partea din față a pieții de partea din spate.

– Pe aici, a spus Bosch.

A condus-o pe Elizabeth spre parcare. Ajunși acolo, a lăsat-o sprijinită de Edgar și a traversat în fugă parcarea, spre mașina lui. A privit cu atenție în jur, dar nu a văzut nici urmă de Brody.

Bosch a ajuns cu mașina lângă Edgar și Elizabeth, apoi a coborât ca să o ajute să urce pe scaunul din dreapta, după care i-a fixat centura de siguranță.

– Harry, unde o duci?

– La un centru de tratament.

– Care?

– N-are nume.

– Harry, ce mama dracului se-ntâmplă?

– Jerry, trebuie să ai încredere în mine. Fac ceea ce e cel mai bine pentru ea și n-are nimic de a face cu regulile noastre. Am trecut de faza asta, înțelegi? Acum, după ce Chemical Ali a fugit de acolo, grija ta este să asiguri intangibilitatea clinicii. Probabil că veți găsi acolo suficiente pastile care să dea naștere unei armate de zombi ca ea.

Bosch s-a retras, a închis portiera și a ocolit mașina ca să urce la volan.

– Și armata aceea are să apară aici pe la răsăritul soarelui.

În timp ce a urcat în mașină, l-a văzut pe Edgar privind spre ușa deschisă a clinicii. După ce s-a instalat pe scaun, s-a uitat spre Elizabeth și a văzut că ea își rezemase capul de geam și deja moțăia.

Bosch a pornit motorul și a condus spre ieșirea din parcare. Folosindu-se de oglinda retrovizoare, s-a uitat spre Edgar. Fostul partener rămăsese pe loc și urmărea mașina lui îndepărtându-se.

Partea bună a lucrurilor era că nu trebuia să meargă prea departe. A ajuns pe Van Nuys Boulevard și a pornit spre nord, către un restaurant Roscoe. Ajuns în acel loc, a virat spre vest și a condus spre local pe sub autostrada 405 și a pătruns în cartierul industrial dominat de mărimea și mirosul uriașei fabrici de bere Anheuser-Busch, pe coșurile căreia ieșeau aburi de bere spre cerul nopții.

Bosch a virat de două ori greșit în acel cartier, dar până la urmă a găsit locul pe care îl căuta. Poarta de intrare din metal era deschisă, iar proprietatea era înconjurată de un gard din sârmă ghimpată.

A parcat mașina cât de aproape a putut de ușa vopsită în negru, aflată în mijlocul fațadei casei. A coborât și s-a dus la portiera din dreapta ca să o ajute pe Elizabeth să coboare. Și-a petrecut un braț pe după spatele ei și aproape că a dus-o pe sus până s-au apropiat de ușă.

– Hai, Elizabeth, dă-mi o mână de ajutor. Mergi. Trebuie să pășești.

Înainte de a ajunge la ușă, aceasta s-a deschis.

În pragul ei stătea Cisco.

– Cum se simte? a întrebat el.

– Înainte să o găsesc, a primit o doză dublă, a spus Bosch. După supradoză, i s-a administrat narcan, așa că își va reveni. Sunteți pregătiți să o primiți?

– Suntem. Lasă-mă să o duc eu.

Cisco s-a aplecat și a ridicat-o pe Elizabeth ca pe un fulg și a dus-o în casă. Bosch l-a urmat și, după ce a trecut pragul, a văzut ceea ce nu era trădat în niciun fel de exteriorul clădirii – un club. Înăuntru, într-o cameră spațioasă, erau două mese de biliard, precum și un bar cu autoservire, canapele, mese și scaune. Reclame din neon prezentând cranii și roți de motocicletă cu halouri – simbolurile folosite de Sfinții Șoselei. Doi bărbați masivi, cu bărbi lungi, i-au urmărit pe Cisco și pe cei care se aflau cu el trecând prin dreptul lor.

Bosch l-a urmat pe Cisco pe un coridor iluminat sărăcăcios, ajungând într-o cameră mică, la fel de prost iluminată, în care se afla doar un pat de armată, la fel ca acela pe care el dormise două nopți în autobuzul abandonat în deșert.

Cu mișcări blânde, Cisco a așezat-o pe Elizabeth pe pat, după care a făcut un pas înapoi și s-a uitat la ea cu o expresie sceptică pe față.

– Ești sigur că nu trebuia să o duci la spital? a întrebat el. Nu ne putem permite să dea în primire aici, la noi. Dacă se-ntâmplă asta, va trebui să dispară. Nu vreau să apară aici medicii legiști, sper că înțelegi ce spun.

– Înțeleg, a spus Bosch. Dar o să-și revină. Cred că se va simți bine. Așa a spus doctorul.

– Doctorul acela ticălos, la el te referi?

– Nici el n-ar fi vrut ca ea să-i moară acolo.

– Ce doză a luat?

– Două pastile de câte optzeci de miligrame.

Cisco a scos un șuierat.

– Am impresia că a vrut să pună capăt la toate, înțelegi?

– Poate da, poate nu. Deci… ăsta-i locul în care ai reușit să depășești problema? În camera asta?

– A fost altă cameră, în același loc. Am fost blocat înăuntru. Asta are încuietoare doar pe dinafară.

– Și va fi în siguranță?

– Garantez asta. Aștept suboxone până te întorci, și ea va putea hotărî. Nu uita, trebuie să supraviețuiască, altfel am încurcat-o.

– Știu asta. Doar să stai cu ea până mă întorc.

– S-a făcut.

– Și-ți mulțumesc.

– Dă-o mai departe[1], parcă așa se zice, nu-i așa?

– E bine așa.

Bosch s-a aplecat deasupra patului ca să se uite mai de aproape la Elizabeth. Ea adormise deja, dar părea să respire normal. Apoi s-a îndreptat de spate și s-a întors spre ușă.

[1] În original, *to pay it forward*, expresie intraductibilă, oarecum asemănătoare cu *Fă bine ca să găsești* bine, însemnând că o persoană se arată binevoitoare față de alta care i-a făcut un serviciu, devenind binevoitoare față de o a treia.

– Trebuie să aduc ceva când mă întorc? a întrebat el.

– Nu, i-a răspuns Cisco. Doar dacă ții să-mi înapoiezi bastonul și genunchiera, în caz că nu-ți mai trebuie.

– A, asta ar putea crea o problemă. Ambele au fost reținute ca probe în cazul la care am lucrat.

– Probe în ce caz?

– E o poveste lungă. Dar ți le-aș putea cumpăra.

– Las-o baltă. Într-un fel, reprezentau o tentație. Cred că mă bucur că am scăpat de ele.

– Am înțeles.

Bosch s-a întors la mașină și s-a gândit la călătoria spre casă – un drum de cel puțin patruzeci de minute la ora aceea în traficul de duminică seara – și s-a simțit atât de copleșit și de obosit încât și-a dat seama că nu va rezista atâta timp la volan. Și-a adus aminte cât de repede adormise Elizabeth cu capul rezemat de geamul portierei. A dus mâna spre mânerul scaunului și a făcut spătarul să se încline cât mai mult pe spate. A închis ochii și curând a uitat de toate, căzând într-un somn ca de moarte.

Opt ore mai târziu, lumina neclară a zorilor s-a strecurat pe sub pleoapele lui, trezindu-l. S-a uitat în jur și a văzut că alături de jeepul lui era parcată doar o motocicletă. Celelalte plecaseră în timpul nopții, fără ca zgomotele scoase de țevile lor de eșapament să îi tulbure somnul. Asta venea ca o confirmare că fusese la capătul puterilor.

Singura motocicletă rămasă în curte avea rezervorul de benzină vopsit în negru, cu flăcări roșiatice. Bosch a recunoscut același model de pe bastonul pe care Cisco i-l împrumutase. Asta îi sugera că el încă veghea.

După ce s-a dezmeticit, Bosch a deschis torpedoul ca să vadă dacă arma și insigna lui era încă acolo.

Nu lipsea nimic. A închis torpedoul, a coborât din mașină și a pornit pe coridor, spre partea din spate a casei. L-a găsit pe Cisco pe un pat care fusese așezat de-a curmezișul ușii camerei în care Bosch o lăsase pe Elizabeth în urmă cu opt ore.

Alături de pat era un scăunel care se folosea când se lucra la motorul unei motociclete.

– Văd că te-ai întors.

– Practic, nici n-am plecat. Cum se simte doamna?

– A avut parte de o noapte bună – fără semne de agitație. E trează de vreo oră și dă să aibă o criză. De aceea trebuie să intri în camera ei și să vorbești cu ea înainte de a se apuca să-și roadă unghiile până în carne.

– Am înțeles.

Cisco s-a ridicat pentru a trage patul din drum.

– Ia scăunelul. Trebuie să stai la același nivel dacă vrei să vorbești cu ea.

Bosch a luat scăunelul, a descuiat ușa și a intrat în cameră.

Elizabeth stătea în șezut pe pat, rezemată de perete, cu brațele strânse la piept, evidențiind primele faze ale sevrajului. Când l-a văzut pe Bosch intrând, s-a aplecat în față.

– Tu, a spus ea. Seara trecută mi s-a părut că tu erai.

– Da, eu am fost.

A pus scaunul pe podea, la mai bine de un metru de pat, și s-a așezat pe el.

– Elizabeth, mă cheamă Harry. Adică numele meu adevărat.

– Ce dracu' se-ntâmplă? Iar am ajuns în închisoare? Ești și tu dependent?

– Nu, nu ești la închisoare, iar eu nu sunt narcoman. Cu toate astea, n-o să pleci de aici.

– Ce spui tu acolo? Vreau să plec.

A dat să se ridice din pat, dar Bosch a țâșnit de pe scaun și a întins mâinile în față, pregătit să o împingă înapoi pe pat. Ea a renunțat la orice efort.

– Ce-mi faci?

– Încerc să te ajut. Ții minte ce mi-ai spus când am ajuns în avion alături de tine. Ai spus: „Bun-venit în iad". Ei bine, acum, totul a dispărut. Rușii, tabăra de acolo, avioanele, tot. Totul a dispărut, pentru că rușii sunt morți. Dar tu, Elizabeth, tot în iad te afli.

– Chiar vreau să plec.

– Unde vrei să te duci? Chemical Ali nu mai există. Clinica s-a închis seara trecută. Nu ai unde să te duci. Dar noi te putem ajuta.

– Ce aveți? Pentru că simt nevoia.

– Nu, nu e vorba de așa ceva. Vreau să-ți spun că vrem să te ajutăm cu adevărat. Ca să renunți la droguri și să începi o nouă viață.

Ea a izbucnit într-un hohot de râs ascuțit.

– Îți închipui că poți să mă salvezi? Crezi că ești sigurul care a încercat asta? Las-o naibii. Și du-te dracului, pentru că nu pot fi salvată. Ți-am mai spus asta. Nici nu vreau așa ceva.

– Cred că totuși vrei. În adâncul sufletului, oricine și-ar dori să fie salvat.

– Ba nu, te rog. Lasă-mă-n pace.

– Știu că-ți va fi greu de tot. O săptămână în camera asta probabil că ți se va părea cât un an. Nu țin să te mint în legătură cu asta.

Elizabeth a ridicat mâinile spre față și a început să plângă. Bosch nu și-a dat seama dacă acel plâns reprezenta un ultim efort de a-i stârni compasiunea și de a ieși din cameră sau dacă lacrimile erau cu adevărat la adresa ei și la ceea ce avea să îndure de atunci încolo. Bosch nu a vrut să iasă din cameră, însă trebuia să o facă pe Elizabeth să înțeleagă ce se întâmpla.

– Dincolo de ușa asta e un tip care o să te ajute. Îl cheamă Cisco. A trecut și el prin situația ta.

– Te rog, nu pot.

– Ba poți. Însă trebuie să și vrei. În străfundul sufletului tău. Trebuie să știi că te afli într-un abis și că vrei să ieși din el.

– Nu, a spus ea gemând.

Bosch și-a dat seama că lacrimile ei erau adevărate. Printre degetele desfăcute pe care le ținea în față, a văzut teama din ochii ei.

– Ți-a administrat vreun doctor subonex? E ceva care te ajută. Încă vei purta povara sevrajului, dar asta a te va ajuta.

Elizabeth a clătinat din cap, însă și-a strâns din nou brațele în jurul pieptului.

– Asta o să te ajute. Dar va trebui să o elimini și va trebui să vrei asta.

– Ți-am mai spus, nimic nu mă poate ajuta. Nu pot fi ajutată.

– Ascultă, știu că ai pierdut pe cineva important din viața ta. Și ai scris asta pe propria-ți piele. Știu că asta te poate conduce într-o groapă. Dar gândește-te la Daisy. Ăsta ar fi sfârșitul pe care ți l-ar dori?

Elizabeth nu i-a răspuns. În timp ce plângea, și-a dus o mână ca să își acopere din nou ochii.

– Sigur că nu ăsta e sfârșitul pe care ți-l dorești. Nu e și sfârșitul pe care ți l-ar fi dorit ea.

– Te rog, a spus ea. Vreau să plec de aici.

– Elizabeth, spune-mi măcar că vrei să pui capăt situației în care te afli. Spune da, și mergem mai departe.

– Nici măcar nu te cunosc, a strigat ea.

– Ai dreptate, a spus Bosch, păstrându-și calmul. Dar știu că există ceva mai bun decât asta pentru tine. Spune-mi că vrei asta. Pentru Daisy.

– Vreau să plec.

– Nu ai unde să te duci. Asta e treaba.

– La dracu'.

– Rămâi aici, Elizabeth. Spune că vrei să încerci.

Ea a coborât mâna cu care își ascundea fața și a lăsat-o să cadă fără nicio vlagă în poală. Apoi s-a uitat spre dreapta, ferindu-se să îl privească direct.

– Hai, fă-o, a spus Bosch. Pentru Daisy. A sosit vremea.

Clayton a închis ochii și a rămas cu ei închiși când a spus:

– Bine. O să încerc.

34

Bosch a întârziat un sfert de oră la întâlnirea pentru micul-dejun. Haller se instalase într-un separeu din partea din spate a restaurantului. Bosch s-a așezat în fața lui și apoi s-a întrebat dacă va fi în stare să mănânce ceva. A socotit că nu va reuși.

– Ai întârziat și arăți ca naiba, i-a spus Haller.

– Mulțumesc, a spus Bosch. Să spunem că ultimele trei zile n-au fost cele mai plăcute din viața mea.

– Atunci, am vești bine, frățioare. Suntem aici ca să punem la cale renașterea ta din cenușă.

– Sună frumos.

– Știi ceva? În ultimele trei zile s-au întâmplat multe. Îmi pare rău că Cisco nu-i aici ca să-ți povestească ce-a aflat, dar pare să fi dispărut.

– Și tu nu poți să-mi spui?

– Ba pot. Treaba principală e că avem multe lucruri tari de prezentat miercuri, atâta vreme cât avem o șansă. Asta e esențial. Procurorul districtual și Cronyn vor susține sus și tare că noi trebuie să fim excluși de la audiere, dar eu cred că avem argumente solide să fim admiși. De aceea, trebuie să te pregătești pentru a te arăta furios.

– N-am nevoie de nicio pregătire. Va fi și Borders prezent?

– Judecătorul a emis un ordin de transfer. Probabil că la ora asta e într-o furgonetă.

– Da, bine, dacă o să fie acolo, cât pe ce să fie eliberat, atunci o să fiu cât se poate de furios.

Haller a dat aprobator din cap. Asta voia el să audă.

– Uite, chiar dacă articolul din *Times* a fost supărător, el ne va fi de folos, a spus Haller. Pentru că asta înseamnă divulgare, și acuzarea nu va putea nega faptul că reputația ta profesională nu a fost afectată grav. E limpede ca lumina zilei.

– Bine, a spus Bosch. Mă bucur că asta îl va lovi pe nenorocitul de Kennedy.

– Corect. Încă ceva, trebuie să fim pregătiți pentru orice situație. După ce-mi exprim punctul de vedere, s-ar putea ca judecătorul să vrea să te audieze în biroul lui. Articolul de ieri reprezintă o garanție că vor fi prezenți reporteri, de aceea s-ar putea ca judecătorul să te tragă deoparte ca să afle versiunea ta înainte de a o exprima pe a lui în fața presei. Te deranjează asta cumva?

– Nu, deloc.

O chelneriță a venit la masa lor, și Bosch a comandat cafea. Haller a cerut câteva clătite, apoi femeia s-a îndepărtat.

– Nu vrei să mănânci? a întrebat Haller.

– Nu, nu acum, a spus Bosch. Așa, ce-i cu Spencer, tipul de la arhive? Ce-a mai făcut de când am dispărut eu din peisaj?

– Seara trecută i-am făcut o surpriză neplăcută.

– Ce-nseamnă asta?

– I-am trimis o citație ca martor. Asta l-a înspăimântat de moarte, pentru că nu știa că noi avem idee unde se ascunde.

– Bun, dar stai puțin. Eu am dispărut de joi, mai ții minte? La acea dată, știam că Cisco l-a urmărit și l-a văzut întâlnindu-se cu soția lui Cronyn în parcarea de la magazinul de carte. Ce s-a întâmplat după aceea?

– În dimineața următoare, l-am pus pe Cisco să se țină scai de el. Cei doi Cronyn au bănuit că pui ceva la cale și că n-o să te dai bătut chiar atât de ușor. De aceea, au încercat să-l ascundă pe Spencer până după audiere, ca să nu-l găsim noi. Numai că Cisco și amicii lui l-au urmărit până la ascunzătoarea pe care o au în Laguna. Era casa lor de vacanță. Merita să-i vezi mutra lui Spencer când a primit citația.

– Ai fost acolo?

– Nu, asta ar fi însemnat să încalc procedura, nu puteam să-i dau citația chiar eu. Dar am găsit cea mai bună soluție ca să nu merg acolo.

Haller a scos telefonul și a continuat să vorbească, timp în care a căutat o înregistrare video.

– Am redactat citația și i-am transmis-o prin fax unei femei, care e detectiv particular în comitatul Orange, pe care o cunosc. O cheamă Lauren Sachs, a fost șerif în comitatul acela, și arată grozav. Oamenii îi spun Sexy Sachsy. În prezent se ocupă de chestii matrimoniale – merge prin baruri ca să vadă dacă soților le umblă ochii unde nu trebuie, chestii dintr-astea. Are niște ochelari cu cameră de filmare, pe care-i poartă când face investigații, și i-am spus că vreau înregistrarea momentului când îi va înmâna citația. Asta am aici.

Haller a întors telefonul pentru ca Bosch să vadă filmul. El s-a aplecat peste masă ca să audă și înregistrarea audio. Pe ecran a apărut o ușă. O imagine captată de ochelarii femeii-detectiv. A văzut brațul ei întinzându-se în față și bătând la ușă. Era liniște, dar prin vitraliul din centrul ușii s-a văzut o umbră mișcându-se. Era cineva care stătea în tăcere.

– Domnule Spencer, a spus Sachs. Vă rog să deschideți ușa.

În ciuda tonului apăsat din vocea ei, cel din casă nu a răspuns.

– Domnule Spencer, v-am văzut, a spus Sachs. Vă rog să deschideți ușa.

– Cine sunteți? a întrebat cel din casă. Ce doriți?

– Am niște documente legale pe care trebuie să le semnați. Emise la Los Angeles.

– Nu știu despre ce vorbiți.

– Firma dumneavoastră de avocatură e Cronyn și Cronyn, adevărat? Înseamnă că aceste documente sunt pentru dumneavoastră.

Nicio reacție. Apoi s-a auzit sunetul produs de învârtirea cheii în broască și ușa s-a deschis câțiva centimetri. Un bărbat s-a uitat afară cu un ochi. Însă în imagine a apărut o parte din fața lui, îndeajuns pentru a confirma că bărbatul era Spencer. Sachs a împins imediat prin deschizătură un plic alb, îndoit. Spencer a încercat să închidă ușa, dar, lucru care nu a apărut în filmare, Sachs băgase un picior în prag. Plicul a pătruns în casă, și Spencer l-a lăsat să cadă pe podea.

– Aceea este o citație prin care sunteți obligat să vă prezentați la tribunal miercuri dimineața, a spus Sachs. Se specifică acest lucru cât se poate de clar în documentul pe care vi l-am predat. Dacă nu vă prezentați, veți fi arestat de departamentul șerifului din comitatul Los Angeles. Dacă aș fi în locul dumneavoastră, m-aș duce în instanță.

– Păi, eu… nu sunt Terry Spencer.

– Domnule, nici n-am folosit numele Terry, iar citația spune clar „Terrence“. În locul dumneavoastră, nu aș folosi un astfel de subterfugiu ca să nu mă prezint în instanță. Vi s-a predat documentul în mod legal, domnule. Am și documentat acest lucru printr-o înregistrare video. Dacă nu vă prezentați sau dacă veți susține că nu ați primit citația, îi veți irita pe judecătorul de la Curtea Supremă și probabil pe șefii dumneavoastră de la Departamentul de Poliție Los Angeles.

Sachs și-a retras piciorul, și Spencer a închis ușa. Umbra lui a rămas vizibilă dincolo de vitraliu. Sachs a rămas în fața ușii și a bătut din nou în ea, de această dată mai blând, aproape compătimitor.

– Vă dau un sfat, domnule Spencer. Veniți cu un avocat. Și ar trebui să știți că dacă apelați la Kathy Cronyn apare un conflict de interese. Firma ei îl reprezintă pe Preston Borders, nu pe dumneavoastră. Vă doresc o zi frumoasă, domnule.

Imaginile următoare au arătat că Sachs s-a întors cu spatele spre ușă și a mers pe o alee pietruită către mașina ei. Se vedea clar că filmarea fusese făcută în Laguna, pentru că Bosch a văzut apa de culoare albastru-cobalt a oceanului dincolo de acoperișul casei de peste drum.

Înregistrarea s-a terminat, de aceea, Haller și-a retras telefonul. Zâmbind, s-a uitat la Bosch.

– Frumos lucrat, nu? a spus el. Cred că l-am operat foarte bine pe domnul Spencer.

– Ce crezi că va face?

– Sper să apară. Eu am rugat-o să spună că s-ar putea ca judecătorul și șefii lui se vor supăra. Poate că asta îl va determina să vină.

– Tu i-ai spus detectivului să îi sugereze să-și angajeze un avocat? Un avocat i-ar putea spune să se folosească de amendamentul cinci[1].

– Probabil. Dar m-am gândit că merită riscul. Avem nevoie de el ca să se distanțeze de soții Cronyn. Și sper să nu le spună ce se petrece.

– Înțeleg asta, dar dacă invocă amendamentul cinci, nu vom afla cum a procedat ca să strecoare proba aceea în cutie.

– Există secrete cu care te poți împăca dacă ai câștig de cauză. Înțelegi ce vreau să zic?

– Cred că da. Ce altceva mai avem de discutat?

– Ei bine, frate, acum am nevoie de ajutorul tău. Cisco e cam liber – sper să nu se fi făcut nevăzut – și îmi trebuie un investigator. Vreau să localizez…

– Află că acum lucrează pentru mine. Începând de ieri după-amiază. Nu la ce știi. E o chestiune personală.

Socotind că Bosch glumea, Haller a pufnit în râs.

– Vorbesc serios, a spus Bosch.

– Chestiune personală, a zis Haller. Ce treabă personală?

– O ajută pe o prietenă de-a mea, și e vorba de ceva confidențial. N-are nicio legătură cu cazul nostru.

---

[1] Amendamentul cinci din Constituția SUA se referă la dreptul unei persoane de a refuza să răspundă la întrebări pentru a evita să se autoincrimineze.

– Ba are, dacă n-am investigatorul meu. Ce naiba se întâmplă?

– Ascultă, a fost o urgență și am avut nevoie de el. O să se elibereze curând, și atunci o să-ți povestesc despre ce a fost vorba. Dar mă ai pe mine. Ai spus că vrei să găsești ceva sau pe cineva. Ce? Pe cine?

Înainte de a-i răspunde, Haller s-a uitat lung la el.

– E vorba de o persoană, a spus el în cele din urmă. Am obținut dosarul de la procesul original și am citit transcrierile. Vreau s-o găsesc pe Dina Skyler.

Bosch nu a făcut niciun efort ca să-și aducă aminte de ea. Dina era sora lui Danielle Skyler. Trebuia să o viziteze pe Dana de sărbători.

Vizita nu a mai avut loc, însă Dina a venit de la Hollywood, Florida, ca să depună mărturie la proces, declarând că ambele hotărâseră să locuiască împreună la Hollywood, California, și să facă senzație. Dina era mai tânără, iar Danielle avea o atitudine protectoare față de ea. Când a depus mărturie, a afirmat că amândouă adorau filmul *White Christmas*[1], deoarece prezenta povestea a două surori din industria divertismentului. Ea le-a declarat juraților că la fiecare Crăciun ele interpretau cântecul *Surori* în fața părinților.

Dina s-a dovedit a fi un martor serios în cursul etapei în care s-a stabilit pedeapsa[2]. Bosch simțise mereu că mărturia ei, depusă în lacrimi, reușise să îi convingă pe jurați, dar și pe judecător să acorde pedeapsa cu moartea.

– Mă gândeam că am avea nevoie de ea pentru a crea mai multă emoție, a spus Haller. Vreau să-l fac pe judecător să afle că membrii familiei ei nu au uitat ce s-a întâmplat și că sora victimei este în sala de tribunal, așa că el va simți că trebuie să judece drept.

– Fata aceea a fost o prezență convingătoare la proces.

---

[1] *Crăciun Alb*, film muzical realizat în 1954, în care Bing Crosby a interpretat cântecul lansat de el în alt film, *Holiday Inn* (aproximativ, Hanul de vacanță), din 1942.

[2] În original, *penalty stage*, interpretare ce nu se regăsește în legislația română, care se referă la diferența dintre pedeapsa pe care procurorul este dispus să o ofere acuzatului în schimbul recunoașterii faptei și sentința care poate fi cerută de jurați.

– S-a mutat aici, așa cum plănuia împreună cu sora ei?

– Da, așa a făcut. La început, am păstrat legătura cu ea, dar, cu timpul, contactele dintre noi s-au rărit. Cred că eu îi aduceam mereu aminte de ce se întâmplase cu Dani. Am priceput mesajul și am încetat să o mai sun.

– Dani?

– Danielle, așa îi spuneau cunoscuții.

– Dacă ți se va permite să depui mărturie miercuri – și eu o să fac un scandal monstru dacă nu se întâmplă asta –, ai grijă să o aduci la tribunal.

Bosch a rămas tăcut. Acest gen de manipulări subtile făceau parte din viața de zi cu zi a lui Haller, însă ele îl iritau pe Bosch, chiar dacă erau folosite spre binele lui. A simțit că dacă nu le trecea cu vederea din partea avocaților cu care se confrunta, el nu trebuia să le accepte din partea cuiva care lucra pentru el.

Haller a continuat acea discuție.

– Bun, ea a reușit? a întrebat el. Am căutat numele ei pe IMBD[1] și n-am găsit nimic. Și-a schimbat cumva numele?

– Hm, asta nu m-a interesat. Nu știu dacă a reușit să pătrundă în industria divertismentului.

– Crezi c-o poți găsi?

– Dacă e în viață, o găsesc. Dar dacă nu mai locuiește în Los Angeles, nu cred că o pot aduce aici până miercuri dimineață.

– Bine. Vezi ce poți face. Poate avem noroc.

– Poate. Ce-ar mai fi?

– În ce te privește, asta-i tot. Eu o să lucrez toată dimineața asta ca să găsesc o cale de rezolvare a cazului.

– Și care ar fi calea asta?

– Singurul lucru pe care ne putem bizui este ca solicitarea noastră privind moțiunea de anulare a sentinței să atragă atacuri dure

[1] Internet Movie Database – Bază de date privind orice film, cuprinzând numele actorilor, dar și a realizatorilor, până la ultimul tehnician menționat la finalul filmului.

din partea Procuraturii Districtuale și a lui Borders. O să pun la cale o justificare și o să-i fac judecătorului o ofertă – ceva de genul, să analizeze neoficial ceea ce prezentăm noi, dacă ni se va admite cererea asta. O să-i prezint lista noastră de martori și voi susține că toți vor depune mărturie în favoarea noastră. Dacă-l convingem pe judecător, înseamnă că rămânem în joc și îi lovim unde-i doare mai rău.

– Am priceput. Te superi dacă plec acum? Trebuie să mă duc la niște audieri din dimineața asta și după aceea o să mă apuc să o caut pe Dina.

– Nicio problemă, Harry. Du-te și prinde-i pe toți ticăloșii. Dar până miercuri, pune-te puțin pe somn. Nu vreau să te văd în instanță arătând ca și cum te-ai simți vinovat de ceva.

Luând o ultimă înghițitură din ceașca de cafea, Bosch a îndreptat degetul arătător spre Haller, ca și cum ar fi avut în mână un pistol, după care s-a strecurat afară din separeu. Înainte ca Bosch să se îndepărteze, Haller i-a spus:

– Alo, Harry, încă ceva, bine? Ești un detectiv de toată isprava, fratele meu, dar îl vreau înapoi pe omul meu, pe Cisco.

– Am înțeles. O să-l anunț.

35

Când a ajuns la sediul secției de poliție din San Fernando, Bosch a văzut o furgonetă a unui post de televiziune oprită chiar în fața clădirii. A presupus că asta era din cauza crimelor de la farmacie, dar nu și-a putut închipui că lucrurile care se întâmplaseră în cursul weekendului puteau fi ținute în secret prea multă vreme, iar când era vorba de știrile din San Fernando, presa în limba spaniolă o lua înaintea celei în engleză.

Înainte de a se duce la biroul lui de peste drum, în fosta închisoare, Bosch a intrat în secție pe ușa laterală, ca să-și mai ia cafea și să afle cum stăteau lucrurile la secția detectivilor. De astă dată, toți cei trei detectivi erau la mesele lor de lucru și, pe ușa deschisă, l-a văzut până și pe căpitanul Trevino, care stătea la biroul lui.

Când a intrat, doar Bella Lourdes a ridicat ochii spre el, după care i-a făcut semn să se apropie de spațiul ei de lucru.

Bosch a ridicat un deget, făcându-i semn să păstreze tăcerea câteva momente. S-a întors spre cafetieră, apoi și-a turnat cea de-a doua ceașcă a zilei. După aceea, a ocolit celelalte două birouri ca să ajungă la cel la care se afla Bella.

– 'Neața, Harry.

– 'Neața, Bella. Care-i treaba?

Ea a arătat cu o mână spre monitorul computerului, pe care se derula o înregistrare. Se vedea că fusese făcută dintr-un elicopter și prezenta recuperarea unui cadavru din apă. Doi scafandri se zbăteau să ridice cadavrul unui bărbat care plutea pe apă cu fața în jos. Era îmbrăcat, însă tricoul pe care îl purta era sfâșiat și îi rămăsese prins doar de gât. Restul tricoului plutea alene pe apă ca un steag alb al capitulării. Scafandrii au făcut eforturi ca să așeze cadavrul pe o targă de salvare, coborâtă cu un cablu din partea de jos a elicopterului.

– Marea Salton, a spus Lourdes. Asta a fost acum două ore. Au descoperit cadavrul într-o survolare făcută în zori.

Bosch s-a aplecat și a avut grijă să nu verse cafea peste tastatură, pentru a se uita mai de aproape la cadran și la cadavru.

– Ăsta-i cel de-al doilea rus? l-a întrebat Lourdes.

Înainte de a apuca să răspundă, a observat că li se alăturase și Sisto, care se uita la ecranul monitorului peste umărul Bellei.

– Hainele arată la fel, a spus Bosch. Din câte-mi aduc aminte. El trebuie să fie.

– Le-am cerut să ne trimită o fotografie a feței după ce cadavrul va ajunge la medicul legist, a spus Lourdes.

– Asta ar încheia frumos treburile, a spus Sisto. Măcar în cazul de care ne ocupăm.

– Bineînțeles, a adăugat Lourdes. Haideți să mergem în sala de analize ca să stabilim cine și ce mai facem astăzi.

– Asta sună a plan, a spus Sisto.

Lourdes s-a ridicat în picioare și i-a chemat pe Trevino și pe Luzon.

Bosch a simțit plutind în aer mirosul mic-dejunului pe care îl ratase în acea dimineață. Cei patru detectivi s-au așezat în jurul mesei, după care li s-a alăturat și Trevino. Bosch a inițiat discuția.

– Hm, înainte de a ne pierde timpul cu hârțogăria și alte chestii, vreau să facem ce trebuie și să fim pregătiți pentru orice alte relații cu celelalte servicii. Dar, după cum știți, miercuri dimineață trebuie să merg în instanță ca să-mi apăr reputația și, probabil, viitorul, ceea ce va aduce în discuție și acest departament. De aceea, astăzi am nevoie de ceva timp ca să mă pregătesc pentru asta. Am de făcut câteva lucruri, care nu pot fi amânate.

– Am înțeles, Harry, a spus Trevino. Și dacă putem să te ajutăm cu ceva, să mă înștiințezi. Am vorbit cu șeful și, vorbind în numele lui și al tuturor celor de aici, te sprijinim întru totul. Știm ce fel de detectiv și ce persoană ești.

Jenat din cale-afară, Bosch a simțit că roșește. În toți anii cât lucrase ca polițist, nu auzise asemenea laude din partea unui șef.

– Îți mulțumesc, domnule căpitan, a reușit el să spună.

Apoi s-au așezat și s-au apucat să analizeze situația. Lourdes a început prin a prezenta un raport pe care îl primise în acea dimineață de la agentul Hovan privind activitatea DEA din după-amiaza precedentă. Ea a spus că se organizase un raid către tabăra din apropiere de Slab City, care fusese închisă. Persoanele dependente de droguri găsite acolo fuseseră evacuate și duse la baza navală din San Diego, unde erau evaluate din punct de vedere medical, după care aveau să fie plasate în cadrul unor programe de reabilitare.

Lourdes a mai spus că cei de la DEA închiseseră clinica din Pacoima și îi arestaseră pe cei care o gestionau împreună cu doctorul care lucra acolo, Efram Herrera. Între persoanele arestate se afla și șoferul furgonetei. Cu toate că era suspect că se aflase la volan în cazul dublei crime de la farmacie, el fusese acuzat, în baza legii federale, doar pentru participare la o acțiune infracțională.

Apoi au întocmit rapoarte și notificări, care le-au fost distribuite detectivilor, după care Bosch a fost eliberat de sarcini. Lourdes și Luzon au fost însărcinați să meargă la închisoarea federală din centrul orașului ca să îl fotografieze și să îl interogheze pe șofer despre crimele comise la farmacie, o misiune despre care toți cei din încăpere au convenit că era cu totul inutilă. Cincisprezece minute mai târziu, Bosch traversa strada spre fosta închisoare, având în mână a treia ceașcă de cafea din ziua aceea. A observat că duba dispăruse și a bănuit că reporterul și echipa de transmisie fuseseră alungați de șeriful Valdez. La ora trei după-amiază, la secția de poliție urma să aibă loc o conferință de presă cu participarea celor de la DEA și a câtorva oficialități de la Comisia Medicală a statului. Cu acest prilej se va anunța că dubla crimă de la Farmacia Familia fusese soluționată și că suspecții muriseră, cu condiția ca Bosch să identifice cadavrul recuperat în acea dimineață din Marea Salton ca fiind cel de-al doilea rus.

Întrucât Bosch acționase sub acoperire în acel caz, nu i se ceruse să participe la conferința de presă.

În afară de ceașca de cafea, mai avea cu el un dosar care cuprindea copii ale documentelor care fuseseră întocmite peste noapte în acel caz. Cel pe care dorea cel mai mult să îl studieze era raportul Interpolului privind bărbatul pe care îl ucisese în avion. Ajuns în celula lui din fosta închisoare, s-a așezat la biroul improvizat și a deschis dosarul.

Rezulta că bărbatul pe care îl ucisese nu era chiar rus, deși din informațiile deținute de Interpol vorbea rusa de mic copil. Amprentele îl identificau drept Dmitri Slucek, născut în 1980 la Minsk, în Bielorusia. Executase sentințe în două închisori din Rusia pentru furt și agresiune. Dosarul Interpolului deținea informații despre el până în 2008, când pătrunsese ilegal în Statele Unite și nu mai revenise în Europa. La acea dată era prezentat ca un „șase", făcând parte dintr-o bandă din Minsk înrudită cu o organizație din Rusia numită *Bratva* – care însemna „frăția", un cuvânt ce denumea crima organizată rusească. În raport se preciza că un „șase" era un membru de rang mic în bandă și era folosit în primele rânduri ale activităților infracționale. Referirea provenea de la cartea cu valoarea cea mai mică dintr-un pachet pentru un joc rusesc numit Cele Șase. Astfel de membri erau folosiți ca brute până dovedeau aptitudini de conducere, când erau promovați la rangul de *bratok*, sau soldat.

Bosch a tras concluzia că, după ce a ajuns în Statele Unite, Slucek a căpătat calități de lider, și îl eliminase pe Santos din operațiunea pe care o desfășura în California. A presupus că dacă individul pescuit în acea dimineață din Marea Salton era identificat, trecutul lui va semăna cu cel al lui Slucek.

În raport se exprima concluzia că era posibil ca Slucek să fi păstrat legătura cu *Bratva* și se subordona și cotiza din profiturile obținute în California către un *pakhan*, adică șef, de la Minsk. Acesta fusese identificat drept Oleg Novascenko.

Bosch a închis dosarul și s-a gândit la șirul evenimentelor care rezultau din faptul că cei doi Esquivel fuseseră executați în magazinul lor, iar persoane precum Elizabeth Clayton erau ținute, practic, pe post de sclavi în deșert. Inițiatorii acelor activități erau la mii de kilometri depărtare și rămâneau niște oameni violenți, fără chip, dar mânați de lăcomie. Bosch știa că oameni ca Novascenko și intermediarii între el și Slucek nu aveau să plătească niciodată pentru fărădelegile comise și că operațiunea lor, deși destructurată, va răsări din nou în altă parte, și alți „șase" vor prospera și vor da dovadă de calități de lideri. Oamenii care îi împușcaseră pe José Esquivel junior și pe tatăl lui erau morți, însă dreptatea înfăptuită astfel era minoră. Bosch nu voia să participe la conferința de presă la care vor fi aduse laude pentru soluționarea rapidă a acelui caz. Unele cazuri nu se încheiau niciodată.

A pus dosarul pe un raft din spatele scaunului său; acolo păstra cazurile pe care socotea că le rezolvase pe măsura capacității lui.

S-a întors spre birou și a început să lucreze pe computer, încercând să o găsească pe Dina Skyler. Folosirea computerului departamentului pentru investigații personale îi fusese interzisă când ajunsese să lucreze la San Fernando. Cu toate acestea, după ce reușise să soluționeze un număr-record de cazuri, regula fusese uitată, șefii prefăcându-se că nu văd și nu aud. Valdez și Trevino doreau ca el să se simtă bine și să rămână în birou cât mai mult posibil.

Căutarea nu i-a răpit mult timp. Dina trăia și locuia în Los Angeles. Se căsătorise, iar acum numele ei de familie era Rousseau. Adresa de pe permisul ei de conducere spunea că locuiește pe Queens Road, în apropiere de Sunset Strip.

Bosch a hotărât să îi facă o vizită.

Partea a treia

INTERVENȚIA

36

Miercuri dimineața, Bosch a ajuns la Union Station la 8.15. Și-a lăsat mașina în parcarea cu timp limitat și a intrat în gară ca să o aștepte pe fiica lui. Trenul a întârziat doar zece minute, iar când s-au întâlnit în uriașa sală de așteptare, Bosch a văzut că ea nu avea niciun bagaj, ci doar o carte. Ea i-a explicat că dorea să se întoarcă la San Diego după audierea de la tribunal – asta dacă Bosch nu insista ca ea să mai rămână. Au mâncat clătite – alegerea ei – în gară, după care au traversat Alameda și au trecut prin piața de lângă El Pueblo de Los Angeles în drum spre centrul civic. Acolo, în vârful dealului se înălța, ca un mormânt uriaș, clădirea care găzduia tribunalele penale.

S-au despărțit la intrarea principală, pentru ca Bosch să poată intra pe poarta polițiștilor, deoarece avea arma asupra lui. A prezentat insigna și a trecut imediat, în timp ce Maddie i s-a alăturat abia după zece minute, întrucât a trebuit să stea la rând pentru a trece pe la detectorul de metale de la intrarea destinată publicului. Au recuperat timpul pierdut folosind un lift destinat angajaților clădirii și au urcat până la etajul opt, ajungând la Departamentul 107, tribunalul de la capătul coridorului, unde prezida judecătorul John Houghton.

Cazul Preston Borders nu era programat pentru dezbatere decât la ora zece, dar Mickey Haller îi spusese lui Bosch să ajungă la tribunal mai devreme, ca să poată discuta detalii de ultim moment și să plănuiască manevrele. Bosch era primul sosit din echipa lui. S-a așezat împreună cu fiica lui pe ultimul rând al băncilor galeriei și a urmărit ce se întâmpla în sală. Houghton, un magistrat cu experiență, cu un smoc de păr argintiu pe cap, stătea pe scaun și răsfoia calendarul privind alte cazuri de pe ordinea de zi, actualizând unele lucruri și programând alte audieri. În sală era și o echipă de filmare, care instala o cameră în boxa juraților. Haller îi spusese lui Bosch că, în urma articolului publicat de *Times*, atât de multe posturi de televiziune solicitaseră să aibă acces la audiere încât Houghton specificase că va fi admisă doar o echipă aleasă la întâmplare, care putea filma, pentru ca apoi să pună înregistrarea la dispoziția celorlalte posturi de televiziune.

– O să fie și el aici? l-a întrebat Maddie în șoaptă.

– Cine? a întrebat Bosch.

– Preston Borders.

– Da, va fi și el prezent.

A arătat cu degetul spre ușa metalică din spatele pupitrului la care stătea supleantul.

– Probabil că e în celula de reținere de acolo.

După acea primă întrebare a ei, Bosch și-a dat seama că fiica lui ar putea să se simtă fascinată de Borders, ucigașul impenitent care era pe lista condamnaților la moarte. A început să regrete că îi îngăduise să asiste la audiere.

A privit în jur. Deși Houghton nu fusese judecător în cazul Borders, procesul se desfășurase în Departamentul 107, și Bosch a avut impresia că sala nu fusese modernizată în cei treizeci de ani care trecuseră de atunci. Ca mai toate tribunalele din Statele Unite, arăta ca în anii șaizeci. Pereții erau lambrisați, iar fotoliul judecătorului, boxa martorilor și spațiul destinat grefierului constituiau părți dintr-un modul de forme rigide și lemn fals. Marele sigiliu al statului California era prins pe peretele din fața sălii, la aproximativ un metru deasupra capului judecătorului.

În sala de tribunal era răcoare, dar lui Bosch îi era cald, pentru că purta costum. A încercat să se calmeze și să se pregătească pentru audiere. Adevărul era că se simțea neputincios. Cariera și reputația lui erau în mâinile lui Mickey Haller, și probabil că soarta lui avea să fie pecetluită în următoarele câteva ore. Indiferent cât de mult ar fi avut încredere în fratele lui vitreg, pasarea răspunderii către altcineva l-a făcut să transpire, deși în sală era răcoare.

În sală a intrat Cisco Wojciechowski. Bosch și fiica lui s-au mutat puțin pe bancă pentru a-i fac loc bărbatului masiv. Cisco era îmbrăcat ca întotdeauna, cu blugi negri și ghete de aceeași culoare, un tricou alb cu guler, lăsat peste pantaloni și o vestă brodată cu fir argintiu. Bosch i-a prezentat-o pe fiica lui, după care ea a revenit la lectura cărții, o culegere de eseuri scrise de un autor pe nume B.J. Novak.

– Cum te simți? l-a întrebat Cisco.

– Într-un fel sau altul, totul se va termina peste câteva ore, a spus Bosch. Ce face Elizabeth?

– A avut o noapte grea, dar face progrese. Am pus pe cineva să o urmărească. Dacă poți, treci pe acolo s-o vezi. S-o încurajezi. Ar fi de folos.

– Sigur. Dar când am fost ieri la ea, am avut senzația că voia să-mi transforme capul în berbec de spart ușa.

– În prima săptămână suferi schimbări mari. Azi va fi altfel. Cred că e pe punctul de a depăși hopul. E ca și cum ai urca un munte, iar după ce ajungi pe culme, cobori brusc pe cealaltă parte a versantului.

Bosch a dat aprobator din cap.

– Întrebarea este, ce se va întâmpla la sfârșitul săptămânii? a spus Cisco. O lăsăm să plece, ori o ducem undeva? Are nevoie de un plan pe termen lung, altfel nu va depăși situația.

– O să mă gândesc, a spus Bosch. Ajut-o să reziste săptămâna asta și după aceea mă ocup eu de ea.

– Sigur?

– Sunt convins.

– Ai aflat ceva despre fiica ei? Încă refuză să vorbească despre problema asta.

– Da, am aflat. Daisy. A început să se drogheze când era în gimnaziu și apoi a fugit de acasă. Trăia pe străzi, în Hollywood, iar într-o noapte a urcat într-o mașină.

– Drace.

– A fost...

Bosch s-a întors ca și cum ar fi vrut să-și ducă mâna stângă spre cracul drept al pantalonilor pentru a-și așeza manșeta. Rămas cu spatele spre fiica lui, a continuat.

– Torturată, ca să mă exprim decent, și aruncată într-un tomberon de pe o alee din Cahuenga.

Cisco a clătinat din cap.

– Cred că dacă cineva a avut motiv...

– Adevărat.

– Măcar l-au prins pe nenorocit?

– Nu. Încă nu.

Cisco a râs trist.

– Încă nu? s-a mirat el. Și se va rezolva de la sine după zece ani?

Bosch s-a uitat îndelung la el fără să răspundă, apoi a zis:

– Nu se știe niciodată.

Haller a intrat în sala de judecată, i-a văzut pe investigatorul lui și pe client și a făcut semn spre ieșire. Nu o observase pe Maddie din cauză că cei doi bărbați masivi făceau un paravan perfect. Bosch i-a șoptit lui Maddie să rămână pe loc și a dat să se ridice. Maddie și-a lăsat o mână pe brațul lui ca să-l oprească.

– Despre cine vorbeați?

– A, despre o femeie dintr-un alt caz. Avea nevoie de ajutor și l-am rugat pe Cisco să se implice.

– Ce fel de ajutor? Și cine-i Daisy?

– O să vorbim despre asta mai târziu. Trebuie să ies ca să discut cu... cu unchiul tău, despre audiere. Rămâi acolo până mă întorc.

S-a ridicat și l-a urmat pe Cisco pe coridor. Cei mai mulți oameni de pe coridor se strânseseră în apropierea barului cu gustări, a toaletelor și lifturilor. Echipa lui Bosch a găsit o bancă liberă lângă ușa Departamentului 107 și toți s-au așezat având-ul pe Haller între ei.

– În regulă, băieți, sunteți pregătiți de dans? i-a întrebat Haller. Cum se simt martorii mei? Și unde sunt ei?

– Sub cheie, cred, a spus Cisco.

– Povestește-mi despre Spencer, a spus Haller. L-ați urmărit, da?

– Toată noaptea, a spus Cisco. În urmă cu douăzeci de minute era încă la biroul noului avocat pe care l-a angajat. În Bradbury.

Bosch și-a dat seama că Spencer era la doar două intersecții distanță. Haller s-a răsucit spre el și s-a uitat în ochii lui.

– Te sfătuisem să dormi mai mult, a spus el. Dar tu arăți ca naiba și mai ai și costumul ăsta plin de praf pe umeri.

Haller a întins o mână și l-a lovit cu palma pe un umăr, scuturând praful strâns vreme de doi ani, cât rămăsese uitat pe un umeraș din dulapul cu haine al lui Bosch.

– Nu trebuie să-ți reamintesc că probabil o să fii atacat dur, i-a spus Haller. Fii clar. Să fii direct. Oamenii ăștia vor să atace tot ce e important pentru tine.

– Știu asta, a spus Bosch.

Ca la un semn, echipa celor de la Serviciul de Investigații Criminale a apărut la capătul coridorului, după ce fusese la Biroul Procurorului Districtual. Kennedy, Soto și Tapscott. Se îndreptau spre Departamentul 107. Erau urmați de o altă femeie care ducea o cutie din carton în mâini. Probabil că era asistenta lui Kennedy.

În urma lor, venind în același timp dinspre lift, au apărut și cei doi Cronyn. Lance Cronyn avea ochelari cu rame din oțel și părul negru ca pana corbului, evident, vopsit, pieptănat lins peste cap. Purta un costum negru cu dungi fine și arbora o cravată țipătoare de culoare turcoaz. Se vedea că făcea eforturi mari ca să pară tânăr, și motivul se afla alături de el, pășind în ritm cu el. Katherine Cronyn era cu cel puțin douăzeci de ani mai tânără decât el. Avea părul roșcat și lung și o siluetă voluptuoasă. Purta o fustă albastră, lungă până la genunchi, și o jachetă de aceeași culoare peste o bluză din șifon.

– Uite-i pe toți, a spus Bosch.

Haller a ridicat ochii de la un carnet de culoare galbenă pe care îl consulta și a văzut opoziția apropiindu-se.

– Ca mieii la abator, a spus el cu vocea debordând de bravadă și încredere.

Cei din echipa lui Bosch au rămas așezați, în vreme ce echipa cealaltă a cotit spre ușa sălii de judecată. Kennedy și-a ferit privirea, ca și când pe banca aflată la trei metri de el nu era nimeni. Totuși, Soto s-a uitat în ochii lui Bosch și, desprinzându-se de grup, s-a apropiat de el. Nu a ezitat să vorbească de față cu Haller și Cisco.

– Harry, de ce nu m-ai sunat? l-a întrebat ea. Ți-am trimis câteva mesaje.

– Pentru că nu aveam nimic de spus, Lucia, i-a răspuns Bosch. Oamenii tăi îl cred pe Borders în dauna mea, și nu e nimic de spus.

– Eu cred în proba criminalistică, Harry. Asta nu înseamnă că eu cred că ai plasat cealaltă probă. Iar materialul din ziar nu a pornit de la mine.

– Atunci cum de-a ajuns proba pe care am găsit-o, Lucia? Cum a ajuns pandantivul lui Dani Skyler în apartamentul suspectului?

– Nu știu, dar n-ai fost singur acolo.

– Deci încă ești dispusă să arunci vina pe un mort.

– N-am spus asta. Spun că nu am nevoie să aflu răspuns la întrebarea asta.

Bosch s-a ridicat ca să îi poată vorbi în față.

– Da, în fine, vezi tu, asta nu-mi slujește la nimic, Lucia. Nu poți crede în probele criminalistice fără să crezi că cealaltă probă a fost plasată în apartament. Și de aceea nu te-am sunat.

Ea dat din cap cu un aer trist și apoi a plecat. Tapscott ținea ușa sălii deschisă pentru ea. În timp ce ea a trecut pragul, el s-a uitat la Bosch cu ochi inexpresivi. Bosch a urmărit în tăcere cum se închide ușa.

– Ia uitați-vă, a spus Haller.

Bosch s-a uitat spre coridor și a văzut două femei apropiindu-se. Erau îmbrăcate ca pentru a merge la un club de noapte, cu rochii negre scurte și ciorapi negri cu model, unii cu cranii, ceilalți cu crucifixe.

– Admiratoare, a spus Cisco. Dacă Borders iese azi din închisoare, probabil că va avea câte o gagică în fiecare noapte vreme de un an.

Primele două femei au fost urmate de alte trei, îmbrăcate cam la fel și având tatuaje și piercinguri din abundență. Apoi din lift a coborât o femeie care purta o rochie de culoare galben pal, potrivită pentru o instanță de judecată. Avea părul blond legat la spate și pășea ezitant, ceea ce sugera că nu mai călcase într-un tribunal de la procesul judecat în urmă cu treizeci de ani.

– Aceea e Dina? l-a întrebat Haller.

– Da, a răspuns Bosch.

Luni seara, când o vizitase, Dina Rousseau i s-a părut frumoasă și arăta ca imaginea pe care ar fi avut-o în prezent sora ei. Renunțase la actorie și se căsătorise cu un regizor de studio și își întemeiaseră o familie. I-a spus lui Bosch că nu avea nicio îndoială că Preston Borders fusese asasinul surorii ei și că nu va ezita să declare acest lucru în fața judecătorului sau să rămână în sală, pur și simplu, pentru a-l sprijini moral pe Bosch.

Haller și Cisco au mers lângă Bosch pentru a fi prezentați, și el a făcut acest lucru.

– Apreciem dorința dumneavoastră de a veni astăzi aici și de a depune mărturie, dacă va fi necesar, a spus Haller.

– N-aș fi fost împăcată dacă nu făceam asta, a spus ea.

– Doamnă Rousseau, nu știu dacă detectivul Bosch v-a spus, dar Borders va apărea astăzi în instanță. A fost adus de la San Quentin pentru audiere. Sper ca asta să nu vă provoace suferințe emoționale nedorite.

– Sigur că nu. Harry mi-a spus că va fi adus și sunt pregătită. Doar să-mi arătați unde să mă așez.

– Cisco, te rog s-o conduci pe doamna Rousseau în sală și să stai alături de ea. Mai sunt câteva minute și noi așteptăm ultimul nostru martor.

Cisco a dat curs rugăminții și i-a lăsat pe Bosch și Haller pe coridor. Bosch și-a scos telefonul ca să vadă cât era ceasul. Mai erau zece minute până la începerea ședinței.

– Hai odată, Spencer, a spus Haller.

Au pornit amândoi pe coridorul lung. Întrucât se apropia ora, grupurile s-au dispersat și mulți oameni au intrat în diferite săli pentru a asista la audieri și procese.

Holul a rămas pustiu.

Au trecut cinci minute. Nici urmă de Spencer.

– Asta e, a spus Haller. N-avem nevoie de el. Vom folosi absența lui în avantajul nostru – sfidează o citație valabilă. Să intrăm și să ne facem treaba.

A pornit spre sală și, după ce a mai aruncat o ultimă privire spre lift, Bosch l-a urmat și a intrat. Bosch a observat că unii reporteri se strecuraseră în sală și se așezaseră pe rândul din față. A văzut, de asemenea, că Cisco și Dina stăteau pe ultimul rând, alături de fiica lui. Dina privea spre partea din față a sălii, iar pe fața ei se instala un sentiment de groază. Bosch a urmat linia privirii ei și a văzut că Preston Borders era condus în sala de judecată pe ușa din metal care dădea spre închisoarea tribunalului.

Adjuncții tribunalului îl încadrau din lateral și spate. Borders a mers încet spre masa apărării. Avea cătușe la mâini și picioare, iar un lanț greu trecea printre picioarele lui și era legat de cătușele de la mâini. Purta salopetă oranj de închisoare – culoarea acordată persoanelor încarcerate.

Bosch nu-l mai văzuse pe Borders de treizeci de ani. Pe vremea aceea era un tânăr bronzat, cu păr de actor, așa cum se purta atunci – lung, des și ondulat. Acum avea spatele încovoiat și părul cărunt îi era rărit, iar pielea îi era pergamentoasă ca a acelora care văd soarele doar o oră pe săptămână.

Însă încă avea privirea fixă, cu ochi morți, a unui psihopat. Când a intrat, a aruncat o privire spre galerie și le-a zâmbit admiratoarelor, care își doreau să vadă apreciere în acei ochi. Se așezaseră pe un rând din mijlocul sălii, proptindu-se în tocuri și făcând eforturi ca să nu scoată strigăte.

Apoi Borders s-a uitat dincolo de ele și l-a văzut pe Bosch stând alături de Haller în fundul sălii. Avea ochii negri, afundați în orbite, dar sclipeau ca focurile din pubelele incendiate pe o alee noaptea.

Radiau ură.

37

După ce Borders s-a așezat la masa apărării, între Lance și Katherine Cronyn, grefierul l-a anunțat pe judecătorul Houghton, care a ieșit din biroul lui și apoi și-a ocupat fotoliul. Și-a plimbat privirea prin sală, măsurându-i pe cei care stăteau la mese, dar și pe cei aflați la galerie. Ochii lui au zăbovit asupra lui Haller și a dat de înțeles că l-a recunoscut. Apoi a deschis ședința.

– Următorul pe ordinea de zi, California contra Borders, o chestiune de habeas corpus și o moțiune de anulare stabilită pentru audiere și noi probe, a spus Houghton. Înainte de a începe, vreau să fie limpede că instanța dorește ca regulile de decență să fie respectate tot timpul. Orice izbucnire din galerie va fi urmată de evacuarea imediată din sală a persoanei care se face vinovată.

În timp ce a spus acestea, Houghton s-a uitat direct la grupul de tinere care veniseră să-l vadă pe Borders. După aceea a continuat:

– Mai avem o moțiune care trebuie audiată, care a fost prezentată vineri de domnul Haller, pe care l-am văzut în partea din spate a sălii. Vă rog să vă apropiați, domnule Haller. Clientul dumneavoastră poate sta în galerie.

În timp ce Bosch s-a așezat pe rândul următor față de Cisco, avocatul lui a pornit pe intervalul central spre partea din față a sălii.

Înainte de a ajunge la poarta de acces, Kennedy a sărit în picioare și a ridicat obiecții față de moțiunea lui Haller pe motive de termeni tehnici. A susținut că ea fusese prezentată prea târziu și că nu făcea parte din fondul procesului. Lance Cronyn s-a ridicat și a pledat în sprijinul argumentelor prezentate de Kennedy, adăugând propria interpretare a moțiunii.

– Onorată instanță, aceasta este doar o manevră a domnului Haller pentru a se da bine pe lângă presă, a spus Cronyn. Așa cum bine s-a exprimat domnul Kennedy, această moțiune nu privește fondul problemei. Domnul Haller vrea să-și facă reclamă pe seama clientului meu, care a suferit și a așteptat această zi vreme de treizeci de ani.

– Domnule Haller, presupun că veți da un răspuns la aceste afirmații, a spus Houghton.

– Bineînțeles că da, onorată instanță, a spus Haller. Pentru toată lumea, sunt Michael Haller, și îl reprezint pe detectivul Hieronymus Bosch în această chestiune. Spre știința tribunalului, clientul meu a luat cunoștință de petiția pentru habeas corpus depusă de domnul Cronyn și sprijinită de Biroul Procurorului Districtual potrivit căreia domnul Bosch a falsificat probe materiale folosite pentru condamnarea domnului Borders în urmă cu douăzeci și nouă de ani. În mod inexplicabil, el nu a fost citat pentru audierea de azi și nici nu a fost invitat să participe pentru a depune mărturie ca răspuns la aceste acuzații. Și vreau să se rețină că aceste acuzații nefondate au ajuns la cunoștința ziarului *Los Angeles Times* și au fost date publicității ca reale și, prin urmare, ele au afectat în mod irevocabil reputația sa profesională și personală, dar și viața.

– Domnule Haller, nu avem la dispoziție toată ziua, a spus Houghton. Prezentați-vă argumentul.

– Desigur, onorată instanță. Clientul meu respinge cu fermitate acuzațiile care pun sub semnul întrebării integritatea sa, bunul renume și reputația. Dorește să depună mărturie și deține probe pe care le va prezenta și ele sunt relevante pentru soluționarea acestor chestiuni. Pe scurt, această acțiune este o fraudă, onorată instanță, și noi putem dovedi asta dacă ni se oferă prilejul. De aceea, am prezentat în numele clientului meu o moțiune pentru permisiunea de a se interveni, precum și o plângere prin care se răspunde la acuzațiile ce i se aduc. Am prezentat înștiințări către toate părțile, și probabil că acest lucru a dat naștere articolului de ziar menționat anterior, care i-a mânjit buna reputație și poziția în comunitatea polițienească.

– Onorată instanță! a exclamat Kennedy. Statul obiectează față de acuzațiile malițioase lansate de domnul Haller. Sursa articolului nu a fost biroul procurorului și nici a echipei de investigații, deoarece noi am încercat să tratăm cu mult tact această chestiune, într-o manieră care să îi provoace domnului Bosch cât mai puține probleme. Articolul provine din altă sursă, iar statul solicită sancțiuni împotriva domnului Haller.

– Onorată instanță, a spus Haller pe un ton calm. Sunt dispus să arăt evidențele grefierului Curții, iar clientul meu vă poate prezenta lista convorbirilor avute, care demonstrează cât se poate de clar că vineri, la două ore după ce am prezentat moțiunile, reporterul de la *Los Angeles Times* l-a sunat pe domnul Bosch și i-a solicitat un comentariu. Moțiunile mele au fost prezentate sub sigiliu și, prin urmare, copiate doar pentru părțile care se opun acum și aici domnului Bosch. Domnule judecător, puteți trage concluziile. Eu le-am tras pe ale mele.

Houghton s-a rotit cu fotoliul din piele, cu spătar înalt, după care a răspuns:

– Cred că am dezbătut asta îndeajuns de mult. Nu vor exista sancțiuni. Să mergem mai departe. Domnule Haller, atât domnul Kennedy, cât și domnul Cronyn obiectează față de poziția clientului dumneavoastră în această chestiune. Cu răspundeți la asta?

Haller a lovit ușor cu pumnul în pupitru, pentru mai multă convingere, după care s-a lansat din nou în luptă.

– Cum răspund? a întrebat el. Nu-mi vine să cred, onorată instanță. Ziarul de duminică mi-a târât clientul în noroi. A afirmat cu claritate că el a plasat probe care au trimis un om la moarte. Și iată unde ne aflăm, și el nici măcar nu e invitat la acest spectacol? Având în vedere că prezentarea din ziar și acuzațiile conținute în petiția înaintată de procuratură implică drepturile de proprietate la reputația și bunul renume ale clientului meu, cred că el trebuie să ia poziție și să-și apere acele drepturi. Dacă nu aceasta este calea corectă de urmat, atunci sugerez alternativa, iar el să fie considerat prieten al Curții și să i se permită să depună mărturie și să aducă probe relevante pe care instanța trebuie să le cântărească.

Houghton le-a cerut lui Kennedy și lui Cronyn să răspundă, dar lui Bosch i-a fost clar că judecătorului îi era greu să nu îi ofere dreptul de a se apăra în instanță după ce numele și reputația lui fuseseră puse la îndoială de ziarul *Times* și prin amănuntele din petițiile originale, pe care Biroul Procurorului Districtual nu încercase să le ferească de ochii publicului. Kennedy s-a arătat frustrat când a interpretat cuvintele și atitudinea judecătorului, la fel ca și Bosch.

– Onorată instanță, statul nu poate fi făcut răspunzător pentru un articol de ziar, a spus el. Eu – noi – n-am fost sursa articolului. Dacă am făcut o greșeală nesolicitând ca moțiunea noastră să fie sigilată, atunci, da, e vina noastră, dar asta nu e o infracțiune atât de gravă ca să îi dea domnului Bosch dreptul să intervină. Avem un om aici care a fost pe lista de așteptare a celor condamnați la moarte mai mult de zece mii de zile – da, am făcut calculul – și avem datoria, ca slujitori ai tribunalului, să facem din acest lucru prioritatea noastră chiar azi.

– Asta dacă există o nedreptate, s-a grăbit Haller să spună. Probele pe care dorim să le prezentăm spun o altă poveste, onorată instanță. E istoria unei fraude puse la cale de niște minți șirete și comise împotriva cetățenilor, dar și a domnului Kennedy și a procuraturii.

– Voi lipsi zece minute pentru a consulta codul de procedură, și după aceea continuăm ședința, a spus Houghton. Să nu plece nimeni prea departe. Zece minute.

Judecătorul s-a ridicat de pe fotoliu și a ieșit repede pe holul din spatele spațiului în care stătea grefierul și s-a dus în biroul lui. Lui Bosch i-a plăcut asta din partea lui Houghton. Avusese procese în trecut în care el prezidase, și știa că ținea să fie corect în ceea ce se întâmpla în sala de judecată. Cu toate acestea, nu era chiar atât de încrezut ca să presupună că știa fiecare nuanță a legii scrise. Era dispus să solicite o mică pauză ca să verifice codurile de procedură, astfel că, atunci când lua o hotărâre, să fie susținut de litera legii.

Haller s-a întors și s-a uitat la Bosch. A arătat spre partea din spate a sălii, iar Bosch a înțeles că încă se întreba dacă va apărea Spencer. Părea un semn că Haller era încredințat că judecătorul va lua o hotărâre în favoarea lui.

Bosch s-a ridicat și a trecut prin sală ca să iasă pe coridor pentru a vedea dacă Spencer sosise. Coridorul era, practic, pustiu și nici urmă de Spencer.

S-a întors în sală. Zgomotul făcut de închiderea ușii i-a atras atenția lui Haller, și Bosch a clătinat din cap.

Judecătorul a revenit pe fotoliul lui cu un minut mai devreme și imediat a respins solicitarea lui Kennedy de a aduce noi argumente. Apoi a pronunțat hotărârea:

– Deși statutul și reglementările privind procedura habeas corpus sunt în limitele codului penal, este axiomatic că o asemenea petiție este în natura unei acțiuni civile. Deci o terță persoană, în baza reglementărilor civile, ar părea potrivită. Dreptul la proprietatea bunului renume și la reputație este un interes la care este îndreptățit și i se permite să le protejeze și, după verificarea de către instanță, acest lucru nu este protejat de părțile la această acțiune. De aceea aprob moțiunea pentru intervenție. Domnule Haller, puteți chema primul martor.

Kennedy, care rămăsese în picioare după ce ultima obiecție fusese respinsă, s-a grăbit să obiecteze din nou.

– Onorată instanță, e nedrept, a spus el. Nu suntem pregătiți să audiem martori. Statul solicită să facem asta peste treizeci de zile, pentru a vedea declarațiile și a ne pregăti pentru audieri.

Cronyn s-a ridicat și el în picioare. Bosch se aștepta ca el să protesteze față de oricare tărăgănare, însă a sprijinit solicitarea. Bosch a avut impresia că Kennedy s-a crispat. Probabil că el își dăduse seama, în acel moment, că este manipulat de Cronyn sau de Borders, sau de amândoi.

– Ce s-a întâmplat cu cele zece mii de zile pe care le-a menționat domnul Kennedy mai devreme, a întrebat Houghton. Ne jucăm de-a justiția? Acum vreți să-l trimiteți pe acest om înapoi pe lista de așteptare pentru încă treizeci de zile? Știm cu toții că, având în vedere calendarele instanțelor, nu există o amânare cu treizeci de zile. Amânarea pe termen de treizeci de zile ar putea să ajungă la nouăzeci de zile, deoarece programul meu este încărcat. Domnilor, nu văd motivul pentru care să amânăm ședința.

Houghton s-a rotit din nou cu fotoliul și s-a uitat de la înălțimea podiumului în jos spre Borders.

– Domnule Borders, ești dispus să te întorci la San Quentin pe o perioadă de încă trei luni, cât avocații instrumentează cazul?

A durat mult până când Borders a răspuns, iar Bosch a savurat fiecare secundă de tăcere. Nu exista un răspuns bun pentru deținut. Acceptând amânarea, însemna că dezvăluia, așa cum spusese avocatul lui, că era ceva în neregulă. Dacă spunea că nu acceptă dorința propriului său avocat de a se amâna procedura, însemna să-l invite pe Haller să aducă martori la bară și să riște să dea în vileag frauda.

– Vreau să se procedeze corect, a spus el în cele din urmă. Am stat închis multă vreme. Nu cred că alte câteva luni contează prea mult dacă lucrurile se rezolvă corect.

– Exact asta încearcă instanța să facă, a spus Houghton. Să se procedeze corect.

Bosch a surprins o mișcare la periferia câmpului său vizual și, întorcându-se, a văzut ușa sălii deschizându-se. Un bărbat în costum, despre care a presupus că era avocat, a intrat, urmat de Terry Spencer.

Au făcut câțiva pași și s-au uitat în jur, iar pocnetul slab al ușii care s-a închis în urma lor a atras privirile celor din sală. Bosch s-a întors ca să verifice dacă Haller văzuse că martorul lor sosise. Apoi s-a uitat la masa apărării. Borders a manifestat un interes minim față de acei doi ultimi sosiți, pentru că nu îl văzuse niciodată pe Spencer. Însă reacția echipei lui Cronyn era revelatoare. Lance Cronyn a strâns din buze și a clipit. Arăta ca un jucător de șah care știa că peste trei mutări avea să fie învins. Katherine Cronyn a rămas peste măsură de surprinsă. Arăta de parcă ar fi văzut o fantomă. A rămas cu gura întredeschisă, apoi și-a întors ochii de la bărbatul aflat în capătul celălalt al sălii spre soțul ei, care se afla alături de clientul lui. Bosch a perceput teama pe care o simțeau cei doi.

Apoi Bosch a cercetat din ochi șirurile de bănci din galerie, căutând-o pe Soto. A descoperit-o în primul rând alături de pupitrul secretarului de ședință. Era limpede că ea îl recunoscuse pe Spencer, dar pe fața ei a apărut o expresie de nedumerire. Cu toată sinceritatea, nu putea înțelege de ce venise la tribunal omul de la Controlul Proprietății.

– Îmi permiteți să fac o sugestie instanței?

Cuvintele rostite de Haller au atras atenția celor prezenți, care și-au dezlipit ochii de la Spencer.

– Vă rog, domnule Haller, a spus Houghton.

– Propun ca avocații și principalii participanți să continue audierea în biroul dumneavoastră, a spus Haller. Le voi comunica verbal domnului Kennedy și domnului Cronyn care sunt martorii pe care intenționez să-i interoghez și voi prezenta documentele și înregistrările video pe care doresc să le prezint. Astfel vor fi mai bine informați dacă este cazul să solicite sau nu o amânare. Motivul pentru care solicit să continuăm în biroul dumneavoastră este că aș dori să fiu ferit de presă dacă nu voi fi sută la sută precis în prezentarea mea.

– Cât timp va dura acest lucru, domnule Haller? a întrebat judecătorul.

– Voi fi scurt. Cred că pot face asta în cincisprezece minute sau chiar mai puțin.

– Îmi place ideea dumneavoastră, domnule Haller, dar avem o problemă. Nu știu sigur dacă biroul meu poate găzdui toți avocații și clienții lor, precum și pe domnul Kennedy și investigatorii săi. În plus, apare o problemă de securitate din cauza domnului Borders, și nu cred că adjuncții de ședință vor să-l plimbe prin clădire. De aceea, voi proceda la folosirea sălii pentru o discuție cu participare restrânsă, și, prin urmare, voi cere martorilor, jurnaliștilor și tuturor celorlalți observatori să părăsească sala vreme de cincisprezece minute ca să putem asculta prezentarea dumneavoastră, domnule Haller.

– Vă mulțumesc, onorată instanță.

– Camera de filmare poate rămâne la locul ei, însă trebuie să fie oprită. Adjunct Garza, te rog să chemi un adjunct suplimentar care să stea la ușă, pe coridor, până când vom fi pregătiți să invităm publicul înapoi în sală.

S-a produs agitație când mai multe persoane s-au ridicat brusc, în același timp, pentru a ieși din sală. Admirând mișcarea genială a lui Haller, Bosch a rămas câteva secunde pe bancă. Întrucât avea să-i expună judecătorului un rezumat a ceea ce urma să fie prezentat și declarat de martori, nu va fi nevoie de depuneri de jurământ și, prin urmare, nu vor exista nici consecințe pentru orice exagerări ori neadevăruri care ar putea fi divulgate ulterior.

Haller se pregătea să dea o lovitură directă acelor acuzații împotriva lui Bosch, iar Kennedy și Cronyn nu puteau face nimic în acea privință.

38

Haller i-a făcut semn lui Bosch să vină spre el. Acesta a trecut de poartă și s-a așezat pe o bancă de lângă balustradă. S-a uitat în jur și a văzut că era la mai puțin de doi metri de locul în care Borders stătea încătușat, între Cronyn și Cronyn. Exact în spatele lui, stăteau pe scaune doi adjuncți.

Bosch s-a uitat spre partea din spate a sălii și a văzut publicul îngrămădit în dreptul ușii și ieșind. Fiica lui era ultima din șir și se uita la el. Ea a dat din cap spre el, în semn de încredere, iar el i-a răspuns prin același gest. După ce ea a ieșit, și-a îndreptat atenția spre Borders. A scos un șuierat gros care a ajuns la urechile lui Borders. Omul în salopetă oranj s-a întors și l-a privit direct pe Bosch.

Acesta a clipit.

Borders și-a mutat privirea în altă parte. Haller s-a mișcat, blocând câmpul vizual al lui Bosch.

– Nu-ți face griji din cauza lui, a spus el. Concentrează-te asupra a ceea ce e important.

S-a așezat pe scaunul liber aflat alături de Bosch și s-a aplecat spre el pentru a-i vorbi în șoaptă.

– O să încerc să te introduc în schemă, a spus el. Nu voi face declarații. Tu le faci. De aceea, nu uita, fii direct și arată-te scandalizat.

– Ți-am mai spus că nu vor fi probleme, a zis Bosch.

Haller s-a întors ca să privească spre spatele sălii.

– Ai vorbit cu Spencer sau Daly înainte de plecarea lor?

– Nu. Daly e avocatul lui?

– Da, Dany Daly. De obicei se ocupă de cazuri federale. Probabil că duce lipsă de cazuri în prezent. Ori l-a cunoscut anterior pe Spencer. O să-l pun pe Cisco să se intereseze.

Haller și-a scos telefonul și a scris un text pe care l-a trimis investigatorului său, care fusese unul dintre cei pe care judecătorul îi rugase să părăsească sala. Bosch s-a ridicat ca să poată arunca o privire la ecranul telefonului. Haller îi spunea lui Cisco să afle dacă Daly va dezvălui ce era dispus Spencer să declare. Imediat ce a transmis mesajul, judecătorul a cerut ca toți cei prezenți să păstreze ordinea și tăcerea.

– Bine, vom reține ce se petrece aici, dar e vorba de o discuție privind gestionarea cazului, la care participă ambele părți. Nu va face parte din evidența oficială a audierii. Ce se va discuta aici nu trebuie să răzbată în afara acestei săli. Domnule Haller, explicați-ne ce plănuiți să faceți cu martorii dumneavoastră și cu documentele dacă moțiunea este aprobată. Și să fiți scurt.

Haller s-a apropiat de pupitru și a așezat pe el un blocnotes. Bosch a observat că prima pagină era încărcată de notițe, dintre care câteva erau încercuite și de la ele plecau săgeți spre alte notițe încercuite. Era o schemă a înscenării care i se pregătise lui Bosch. Sub blocnotes avea un dosar care conținea documentele pe care voia să i le prezinte judecătorului.

– Onorată instanță, vă mulțumesc pentru oportunitatea pe care mi-ați oferit-o, a început el. Nu veți regreta. Deoarece domnii Cronyn și Kennedy sunt de bună-credință în acest caz, s-a petrecut o eroare judiciară. Dar nu este cea despre care credeți.

– Onorată instanță, ce înseamnă asta? a întrebat Kennedy, ridicând mâinile cu palmele în față, într-un gest care voia să spună: „Ce se întâmplă?“

– Domnule Haller, a spus Houghton. Dacă v-aş ruga să vă uitaţi în stânga, spre boxa juraţilor, veţi vedea că e goală. Nu v-am cerut să faceţi o declaraţie în faţa unui juriu inexistent.

– Am înţeles, onorată instanţă, a spus Haller. Vă mulţumesc. Trecem mai departe. Serviciul de Investigaţii Criminale, care aparţine Biroului Procurorului Districtual, a preluat acest caz, iar în urma analizei criminalistice a descoperit ADN pe îmbrăcămintea lui Danielle Skyler care nu a provenit de la ucigaşul condamnat, Preston Borders. Provenea de la Lucas John Olmer, un violator în serie, care a murit.

– Domnule Haller, l-a întrerupt din nou Houghton. Ne povestiţi elementele cunoscute ale cazului. V-am acordat permisiunea de a participa la caz ca mediator. O intervenţie impune prezentarea de elemente noi, o schimbare de direcţie. Puteţi face asta?

– Sigur, a spus Haller.

– Atunci treceţi la subiect. Nu îi spuneţi instanţei ceea ce se ştie deja.

– Iată ce am nou în chestiune: detectivul Bosch poate demonstra prin documente şi mărturie depusă sub jurământ că ADN-ul lui Lucas John Olmer a fost plasat în cutia cu probe din arhiva Departamentului de Poliţie Los Angeles ca parte a unui plan complicat, menit să ducă la eliberarea lui Preston Borders şi să se obţină milioane de dolari ca daune pe motiv că acesta a fost condamnat pe nedrept.

Houghton a ridicat o mână ca să îl oprească pe Kennedy, care dorea să obiecteze.

– Un plan al cui, domnule Haller? a întrebat Houghton. Vreţi să spuneţi că Preston Borders, aflat pe lista condamnaţilor la moarte la San Quentin, a orchestrat totul?

– Nu, onorată instanţă, a spus Haller. Afirm că Preston Borders a acceptat să devină parte a planului pentru că nu mai avea altă şansă de a fi eliberat. Însă planul a fost orchestrat chiar aici, în Los Angeles, de firma de avocatură Cronyn şi Cronyn.

Lance Cronyn a sărit imediat în picioare.

– Obiectez energic față de această șaradă! a exclamat el. Domnul Haller îmi pătează reputația prin această acuzație insidioasă, când, de fapt, clientul său este cel care a...

– Am auzit, domnule Cronyn, a spus Houghton, tăind avântul aproape paroxistic al lui Cronyn. Însă țin să vă reamintesc faptul că ne aflăm într-o sesiune cu ușile închise și nimic din ce afirmă avocatul nu va ajunge la cunoștința opiniei publice.

Apoi judecătorul și-a îndreptat atenția asupra lui Haller.

– Domnule Haller, faceți o acuzație foarte gravă, a spus el. Trebuie să dovediți acest lucru sau să tăceți.

– Voi dovedi, a spus Haller. Imediat.

Haller a prezentat pe scurt contradicția esențială a cazului, așa cum Bosch îi spusese Luciei Soto pe coridor. Dacă ADN-ul descoperit ca probă era justificat, atunci căluțul-de-mare găsit la percheziția apartamentului lui Preston Borders nu era justificat. Era o afirmație ori, ori.

– Poziția noastră în privința pandantivului sub formă de căluț-de-mare a fost clar proba evidentă în caz, a spus Haller. ADN-ul lui Lucas John Olmer a fost plasat. Și, înainte de a preciza cum s-a întâmplat acest lucru, voi cere instanței să mă tolereze puțin și să-i îngădui clientului meu să vorbească despre această chestiune în ce privește plasarea de probe. A lucrat peste patruzeci de ani în poliție, iar în situația de față sunt în joc bunul renume și reputația sa.

Atât Kennedy, cât și Cronyn s-au ridicat și au obiectat că lui Bosch i se îngăduise să dea o declarație fără să fie interogat de ambele părți. Houghton a luat imediat hotărârea.

– Nu vom alege această cale la discuția de față, a spus el. Dacă revenim la sesiune în prezența publicului și totul se consemnează, instanța va fi de acord. Cu toate acestea, voi spune următoarele: detectivul Bosch a apărut în fața acestei instanțe de multe ori în anii de când am onoarea să ocup fotoliul de judecător, iar, până acum, integritatea sa nu a fost niciodată pusă la îndoială.

Bosch a dat din cap în semn de mulțumire pentru fărâma de sprijin care venea din partea judecătorului.

– Continuați, domnule Haller, a spus Houghton.

– Așadar, mergem mai departe, a spus Haller și a deschis dosarul pe care îl pusese pe pupitru. Este cunoscut instanței și tuturor părților prezente aici că domnul Cronyn l-a reprezentat pe Lucas John Olmer în cazul care a dus la condamnarea la închisoare, unde acesta a stat până la moartea sa, în urmă cu șaisprezece luni. În acel caz, proba-cheie care l-a incriminat pe Olmer, legându-l de o serie de violuri, a fost ADN-ul său, ceea ce a dus la acuzarea sa. Prezint instanței o copie a unui ordin al instanței, preluat din dosarul cazului, prin care se cerea procurorilor să împartă probele ADN cu apărarea, în vederea unei testări în privat.

Kennedy s-a ridicat în picioare pentru a obiecta.

– Onorată instanță, dacă domnul avocat încearcă să insinueze că mostra de ADN i-a fost dată lui Cronyn, pentru ca el să poată păstra o parte din ea pentru a o folosi după mulți ani în cadrul unui plan pentru a elibera un om care se afla pe lista de așteptare a condamnaților la moarte, acest lucru este ridicol de jignitor. După cum domnul Haller sigur știe, domnul Cronyn nu ar fi ajuns nici măcar aproape de acel material. Protocolul privind lanțul probelor ar impune un transfer sigur de la un laborator la altul. Domnul Haller a lansat o perdea de fum și nu face decât să irosească timpul instanței.

Haller a clătinat din cap și a zâmbit, după care s-a apărat:

– Perdea de fum, onorată instanță? Vom vedea cine face asta. Nu sugerez că a fost ceva necorespunzător în transferul mostrei de la un laborator la altul înainte de procesul lui Olmer. Dar, la proces, ADN-ul nu a fost pus la îndoială, deoarece apărarea a preferat să susțină că relațiile sexuale au fost cu consimțământul victimelor. Compatibilitatea ADN a fost chiar stipulată de avocatul apărării. Cu toate acestea, lista probelor nu a fost completă după proces. Potrivit protocolului mult lăudat de domnul Kennedy, după proces, toate materialele genetice care nu s-au folosit în cadrul analizelor la laboratorul privat trebuiau înapoiate spre păstrare de către Departamentul de Poliție Los Angeles. Nu există niciun document care să ateste că materialele au fost înapoiate. Onorată instanță, ele lipsesc, și ultima oară ele au fost deținute de un laborator care a lucrat pentru domnul Cronyn.

De această dată, a fost rândul lui Cronyn să se ridice în picioare ca să protesteze:

– Domnule judecător, e ridicol. Nu am deținut acel material și nu am cum să știu dacă laboratorul l-a înapoiat sau nu. Faptul că mă aflu aici și sunt acuzat în acest mod este…

– Repet, avem o discuție cu ușile închise, l-a întrerupt Houghton. Să rămânem la subiect. Domnule Haller, mai aveți ceva?

– Mai am două documente pe care aș dori să le prezint instanței, a spus Haller. Primul este o scrisoare scrisă de Cecil French, procurorul-adjunct al orașului, prin care se confirmă că municipalitatea a primit o cerere de reparații pentru daunele suferite de Preston Borders, deoarece, conform afirmațiilor sale, a fost închis pentru crimă în urma unei investigații corupte efectuate de Departamentul de Poliție Los Angeles. Plângerea a fost prezentată de Lance Cronyn, avocat. Suma pretinsă ca daună nu este menționată, deoarece acest lucru nu poate fi estimat atât de devreme în cadrul demersului, dar bunul-simț ne spune că un om căruia este posibil să i se fi înscenat acuzația de către un angajat al municipalității și a executat o sentință de aproape treizeci de ani, fiind pe lista de așteptare a condamnaților la moarte, va cere despăgubiri de milioane de dolari.

Cronyn a dat să se ridice din nou în picioare, dar Houghton a ridicat mâna dreaptă ca un polițist de la brigada rutieră, astfel că avocatul s-a lăsat încet pe scaun. Haller a continuat:

– În plus, avem o copie a registrului de vizite de la San Quentin, care demonstrează că Lance Cronyn l-a vizitat cu regularitate pe Preston Borders începând cu luna ianuarie anul trecut.

– Este avocat, a spus Houghton. E ceva suspect dacă un avocat își vizitează clientul în închisoare, domnule Haller?

– Nicidecum, onorată instanță. Dar pentru a vizita un deținut aflat pe lista de așteptare a condamnaților la moarte trebuie să fii avocatul lui dintru început. Domnul Cronyn a devenit apărătorul lui din luna ianuarie, anul trecut, cu câteva luni înainte de a fi trimis scrisoarea către Serviciul de Integritate a Sentințelor, chipurile descărcându-și conștiința în legătură cu mărturisirea pe care i-a făcut-o Olmer.

Bosch și-a reținut un zâmbet. Momentul în care Cronyn începuse să îl viziteze pe Borders nu dovedea nimic, dar sigur mirosea a complicitate, iar modul în care Haller îl condusese pe judecător spre acea concluzie fusese perfect. Și-a lăsat un braț pe scaunul liber de lângă el, ca să se poată uita ca din întâmplare spre dreapta, unde aflau Soto și Tapscott. Judecând după expresia de pe fețele lor, urmăreau cu seriozitate ceea ce spunea Haller.

– Pe de altă parte, a spus Haller, dacă se aprobă moțiunea de intervenție, detectivul Bosch este pregătit să prezinte martori care contrazic elementele-cheie împotriva moțiunii de habeas corpus depuse de petiționar. Mai precis, petiționarul calcă în picioare reputația avocatului pe care l-a avut la proces, domnul David Siegel, afirmând că acesta l-a îndemnat să comită sperjur în timpul procesului, spunându-i să declare că dovada esențială descoperită în apartamentul lui – pandantivul sub formă de căluț-de-mare – nu aparținuse victimei, ci era o copie, pe care o cumpărase de pe cheiul Santa Monica.

– Și aveți un martor care să contrazică acea declarație? a întrebat Houghton.

– Da, onorată instanță, a spus Haller. Chiar pe domnul David Siegel, care este dispus să contrazică anunțul privind propria sa moarte, precum și afirmația că el l-a îndemnat pe clientul său să comită sperjur la procesul din 1988. El este dispus să declare că mărturia făcută de domnul Borders a fost inventată chiar de el, în încercarea de a explica dovada incriminatorie că era în posesia bijuteriei care aparținuse victimei.

Kennedy și Cronyn au sărit imediat în picioare, dar Cronyn a vorbit primul.

– Onorată instanță, este absurd, a spus el. Chiar dacă se dovedește că David Siegel este în viață, mărturia lui ar reprezenta o încălcare flagrantă a secretului dintre avocat și client, și ar fi complet inadmisibilă.

– Domnule judecător, îmi permit să am altă părere decât domnul Cronyn, a spus Haller. Privilegiul secretului dintre avocat și client a fost încălcat de domnul Borders când, în petiția sa, a dezvăluit mecanismele intime ale strategiei adoptate la procesul lui și a dorit să pună sub semnul întrebării bunul renume și reputația avocatului său – tot astfel cum l-a denigrat pe detectivul Bosch, clientul meu. Dețin un interviu cu domnul Siegel, pe care l-am obținut în urmă cu o săptămână, ceea ce demonstrează că este în viață și cu mintea limpede și se apără împotriva calomniilor formulate de domnul Borders și avocatul lui.

Haller a băgat mâna într-un buzunar și a scos un stick de memorie pe care stocase filmarea în chestiune. A ridicat stick-ul deasupra capului, lucru care a atras ochii tuturor asupra lui.

Judecătorul a ezitat, apoi a tras microfonul articulat mai aproape de gură. Cronyn și Kennedy s-au așezat.

– Domnule Haller, a spus Houghton. Deocamdată nu vom viziona înregistrarea. Instanța consideră că acest lucru este deosebit de interesant, dar cele cincisprezece minute pe care vi le-am acordat sunt pe sfârșite, și această chestiune se reduce la un singur lucru. ADN-ul lui Olmer a fost descoperit pe îmbrăcămintea victimei și se pare că nu există niciun dubiu în această privință. Acel articol de îmbrăcăminte fusese păstrat sub sigiliu în arhivele de probe vreme de ani și ani – cu mult timp înainte ca domnul Olmer să fie judecat, și domnul Cronyn putea sau nu putea să intre în posesia materialului genetic cu ani înainte de a-l fi cunoscut pe domnul Borders, și cu mulți ani înainte ca domnul Olmer să fi murit în închisoare. Aveți o explicație pentru asta? Pentru că dacă nu aveți, a sosit momentul de a lua o hotărâre în această chestiune.

Haller a dat din cap și a coborât ochii spre blocnotes. Bosch l-a văzut din profil pe Kennedy, și i s-a părut că el surâde, asta deoarece era convins că Haller nu putea explica prezența ADN-ului în cutia cu probe păstrată la arhive.

– Instanța are dreptate, a început Haller. Nu contestăm descoperirea ADN-ului pe îmbrăcămintea victimei. Eu și detectivul Bosch avem încredere deplină în ceea ce privește integritatea laboratorului Departamentului de Poliție Los Angeles. Nu sugerăm că rezultatele analizei trebuie puse la îndoială. Noi considerăm că ADN-ul lui Olmer a fost plasat pe acel articol de îmbrăcăminte înainte ca el să fie predat laboratorului.

Kennedy a sărit din nou în picioare și a obiectat vehement față de sugestia că se produsese o intervenție în secția de control a probelor de la Departamentul de Poliție Los Angeles, ori că de acest lucru se făceau vinovați cei doi detectivi care refăcuseră cazul pentru Serviciul de Investigații Criminale.

– Demersurile detectivilor Soto și Tapscott au fost bine documentate și ireproșabile, a spus Kennedy. Știind că oamenii disperați formulează uneori pretenții disperate, ei au mers până acolo încât au înregistrat procedura de desigilare a cutiei cu probe pentru a demonstra că nu se produsese nicio modificare a conținutului ei.

Haller a intervenit înainte ca judecătorul să poată răspunde.

– Exact, a spus el. Au filmat totul și, dacă onorata instanță îmi permite, aș dori să vizionăm acea filmare ca parte a demonstrației mele. O am pregătită pe laptop. Totodată, solicit indulgența instanței pentru timpul suplimentar pe care îl presupune acest lucru. Pot conecta imediat laptopul la ecranul existent aici.

A făcut semn spre ecranul plasat pe peretele din fața boxei juraților. S-a lăsat liniștea cât Houghton a analizat acea solicitare, timp în care alți oameni din sală se întrebau de unde procurase Haller acea filmare. Bosch a văzut-o pe Lucia Soto aruncându-i o privire. Știa că încălcase regula nerostită de confidențialitate între ei. Ea nu îi trimisese filmul pentru ca el să îl folosească în instanță.

– Conectați laptopul, domnule Haller, a spus Houghton. Voi considera filmul drept parte a demonstrației.

Haller s-a întors de lângă pupitru și a ridicat geanta diplomat, care era pe podea, în fața scaunului aflat alături de cel pe care stătea Bosch.

– Asta este, a spus el.

– Ca mieii la abator, corect? i-a șoptit Bosch.

Cinci minute mai târziu, Haller a făcut filmul să ruleze pe ecranul fixat pe perete. Toți cei din sală, inclusiv cei care îl văzuseră deja de mai multe ori, l-au urmărit cu o atenție deosebită. La sfârșitul înregistrării, nici judecătorul, nici altcineva nu a avut vreo reacție.

Haller a distribuit apoi tuturor părților interesate, inclusiv judecătorului, câte o fotografie de douăzeci pe treizeci de centimetri, preluată din filmare, după care a revenit la pupitru.

– Voi rula filmul încă o dată, dar ceea ce aveți în față este un cadru din minutul unu și unsprezece secunde, a spus el.

A repornit înregistrarea și a oprit-o în momentul în care pe ecran a apărut Terrence Spencer, care îi urmărea pe detectivi din camera alăturată.

Haller a scos din buzunarul interior al hainei un indicator cu rază laser de culoare roșie și a încercuit imaginea lui Spencer.

– Acest bărbat, ce face el acolo? Doar se uită? Ori are vreun interes care trece dincolo de simpla curiozitate?

Kennedy s-a ridicat din nou în picioare.

– Onorată instanță, accesele de imaginație ale domnului avocat devin ridicole. Înregistrarea arată clar că nimeni nu a violat acea cutie. Și atunci, ce face domnia sa? Încearcă să ne distragă atenția de la ceea ce este evident, către o persoană care lucrează în acea unitate de păstrare a probelor și are un interes firesc să monitorizeze desigilarea cutiei. V-aş ruga să lăsăm deoparte această şaradă şi să revenim la trista sarcină de a corecta o gravă eroare judiciară.

– Domnule Haller, a spus Houghton. Și răbdarea mea are o limită.

– Onorată instanță, dacă mi se permite să continui, voi încheia pledoaria mea în următoarele cinci minute.

– Prea bine, a spus Houghton. Continuați. Dar grăbiți-vă.

– Vă mulțumesc. După cum spuneam înainte de a fi întrerupt, ce face acest bărbat? Ei bine, noi am devenit curioşi, de aceea am încercat să aflăm. Din întâmplare, detectivul Bosch l-a recunoscut pe acest bărbat ca fiind angajat de multă vreme al Unității de Control al Probelor. Numele său este Terrence Spencer. Am hotărât să facem o investigație în ceea ce îl priveşte pe domnul Spencer, iar ceea ce am descoperit ar putea să uimească onorata instanță.

Haller a extras un alt document din dosarul lui şi, în timp ce l-a înmânat adjunctului de şedință care, la rândul său, l-a predat judecătorului, a aruncat o privire spre Lance Cronyn. Cât timp judecătorul a citit documentul, Bosch l-a văzut pe Haller trecând înapoia pupitrului, folosindu-l ca paravan, şi a scos telefonul mobil din buzunar, l-a ținut pe lângă coapsă şi a citit mesajul care apăruse pe ecran.

Bosch ştia că, cel mai probabil, era un mesaj de la Cisco în legătură cu Spencer, iar Haller îl aşteptase.

Haller a vârât telefonul înapoi în buzunar şi a continuat să se adreseze judecătorului.

– Noi am aflat că în urmă cu şapte ani Terrence Spencer a fost cât pe ce să-şi piardă casa în urma unei executări silite. A fost o perioadă proastă în această țară, şi o sumedenie de oameni s-au trezit în aceeaşi situație. Spencer s-a văzut dat peste cap, nu a reuşit să plătească ipoteca dublată, iar băncile îşi pierduseră răbdarea. Și ar fi pierdut casa dacă un avocat specializat în executări silite nu ar fi depus eforturi pentru a-l salva. Mă refer la Kathy Zelden, pe care mulți dintre cei prezenți în această sală de judecată o cunoaștem sub numele de Kathy Cronyn.

Bosch a trăit senzația clară că aerul din sală încremenise. Dacă până în acel moment stătuse moleșit pe fotoliul lui luxos din piele, Houghton s-a înălțat și s-a aplecat în față, peste masă. A ridicat în aer documentul pe care îl primise și îl cerceta cu seriozitate, timp în care Haller a continuat:

– La acea dată, doamna Zelden, iar acum Cronyn, a salvat casa lui Spencer. Însă ea nu a reușit decât să amâne inevitabilul. L-a îndemnat pe Spencer să accepte o refinanțare cu bani-tari, ceea ce presupunea o sumă de jumătate de milion de dolari care trebuia achitată în decurs de șapte ani. Iar acei bani erau datorați către un fond privat de investiții care controla intenția lui Spencer de a vinde sau nu casa, pentru a scăpa de plata acelei sume uriașe. Cei de la fondul respectiv au preferat să împiedice vânzarea casei, deoarece știau că în această vară ea le va reveni în urma executării silite. În fine, sărmanul Terrence Spencer nu avea de ales. Nu deținea jumătate de milion de dolari și nici nu întrevedea vreo cale de a face rost de atâția bani. Nu putea nici măcar să vândă casa, întrucât deținătorul ipotecii nu ar fi permis asta. Și atunci, ce a făcut el? O sună pe avocata lui de altădată, care acum e partener cu drepturi depline la firma de avocatură Cronyn și Cronyn, și întreabă: „Ce mă fac?“ Și, onorată instanță, din acel moment a început conspirația. Una care voia să escrocheze Biroul Procurorului Districtual și să îi însceneze clientului meu acuzația că ar fi plasat probe. Totul, în efortul de a obține eliberarea lui Preston Borders și de a primi multe milioane de dolari în urma unei soluționări în afara tribunalului cu autoritățile orașului Los Angeles.

Pregătit să protesteze, Lance Cronyn s-a ridicat în picioare. Kennedy s-a ridicat șovăitor. Însă judecătorul a ridicat o mână ca să îi reducă pe toți la tăcere și s-a uitat țintă la Haller.

– Domnule Haller, a spus el cu glas cântat. Acestea sunt acuzații deosebit de grave. Aveți intenția de a ne oferi dovezi care să întărească cele spuse, dacă vă voi permite să le prezentați în cadrul unei ședințe deschise?

– Da, onorată instanță, a spus Haller. Ultimul martor pe care doresc să îl prezint este chiar Terrence Spencer. Noi am reușit să îl găsim în cursul weekendului, ascunzându-se într-o casă din Laguna Beach care, din întâmplare, este proprietatea familiei Cronyn. I-am înmânat citația, iar în acest moment el se află pe coridor împreună cu investigatorul meu și este pregătit să depună mărturie.

39

Preț de câteva momente, amenințarea cu mărturia lui Terrence Spencer a părut să înghețe totul în sala de tribunal. Apoi Preston Borders a fost cel care a spart tăcerea printr-un hohot de râs. Și-a lăsat capul pe spate. La început, hohotul a fost slab, dar curând a devenit o explozie de ironie lipsită de umor pornită din adâncul gâtlejului. Apoi s-a oprit, de parcă râsul ar fi fost retezat cu o lamă ascuțită, și s-a adresat avocatului său cu un mârâit amenințător în voce.

– Dobitoc nenorocit. Ai spus că treaba va merge. Ai zis că e ceva imbatabil.

A încercat să se ridice, dar uitase că lanțul principal dintre picioarele lui fusese legat de scaun. S-a ridicat totuși, greoi și stângaci, cu scaun cu tot, după care s-a lăsat la loc.

– Scoateți-mă de aici. Duceți-mă înapoi.

Cronyn a încercat să se apropie de Borders ca să îl îndemne să tacă.

– Du-te dracului de-aici, nemernicule. O să le spun totul. Despre planul tău nenorocit.

Kennedy s-a ridicat, dându-și seama că era singura cale pe care putea să o urmeze.

– Onorată instanță, în acest moment, statul dorește să își retragă moțiunile în această chestiune, a spus el. Statul se opune petiției habeas corpus.

– Sunt convins, a spus judecătorul. Dar deocamdată vă puteți așeza, domnule Kennedy.

Houghton și-a îndreptat atenția spre cealaltă masă, mai precis spre Borders, nu spre cei doi avocați care îl încadrau.

– Domnule Borders, a spus el. După cum ați văzut, petiția dumneavoastră pentru habeas corpus nu mai este necontestată. Acum este respinsă de procurorul districtual și de detectivul principal din acest caz. Pe de altă parte, tocmai ați exprimat ceea ce interpretez drept dorința de a vă concedia avocatul și de a abandona orice procedură. De fapt, doriți să vă retrageți petiția?

– Aș putea face și asta, a spus Borders. Oricum, nu duce nicăieri.

– Foarte bine, a spus judecătorul. Chestiunea supusă instanței este retrasă. Adjunct Garza, poți să îl scoți din sală pe domnul Borders. Dar să rămână în camera de reținere. Cred că domnii detectivi vor să discute cu el.

A făcut semn către Soto și Tapscott.

Garza a dat din cap și cei doi adjuncți așezați în spatele lui Borders s-a apropiat de deținut ca să desfacă lanțul principal și să îl conducă afară din sală. După ce s-a ridicat în picioare, Borders a aruncat o ultimă privire spre Lance Cronyn.

– Mulțumesc pentru plimbarea asta, a spus el. A fost mai bine decât trei zile în colivie.

– Scoateți-l de aici, a ordonat Houghton cu voce tare.

– Să vă ia mama dracului, a strigat Borders în timp ce era mai mult dus pe sus decât pe propriile picioare spre camera de reținere. Și spuneți-le fetelor mele să țină legătura cu mine.

Ușa s-a închis cu un zăngănit de metal, iar sunetul s-a rostogolit prin sală ca vuietul unui cutremur.

Cronyn s-a ridicat încet ca să se adreseze instanței, dar Houghton i-a făcut semn să tacă.

– Domnule avocat, vă sfătuiesc să păstrați tăcerea. Orice spuneți în fața instanței poate fi folosit împotriva dumneavoastră în altă instanță de judecată.

– Dar dați-mi voie, onorată instanță, a insistat Cronyn, trebuie să se rețină modul în care clientul meu m-a amenințat pe mine și familia mea și...

– De ajuns, domnule Cronyn. Ajunge. Am auzit mai mult decât simt nevoia ca să știu că dumneavoastră împreună cu asociata și cu clientul ați venit astăzi în această sală cu intenția vădită de a manipula instanța în vederea obținerii de foloase materiale, fără a mai vorbi de eliberarea în societate a unui om care pare să fi fost condamnat pe bună dreptate pentru crimă, și de pătarea reputației unui detectiv veteran.

– Ono...

– Domnule Cronyn, nu vorbesc pentru a mă auzi vorbind. V-am spus să păstrați liniștea. Încă o întrerupere, și vă voi reduce la tăcere.

Houghton s-a uitat în jur, după care a coborât ochii spre Cronyn și a continuat:

– Presupun că Departamentul de Poliție Los Angeles va dori să discute cu dumneavoastră, dar și cu Terrence Spencer. Vor rezulta acuzații. Nu știu. Nu am control asupra unei asemenea situații. Însă pot controla ce se petrece în această sală, și trebuie să spun că în cei douăzeci și unu de ani de când sunt judecător nu am avut niciodată ocazia să văd un efort atât de concertat al unor avocați pentru a submina domnia legii. Prin urmare, socotesc că Lance Cronyn și Katherine Cronyn au sfidat grav instanța și ordon ca ei să fie reținuți neîntârziat. Adjunct Garza, te rog să chemi cât mai curând un adjunct femeie pentru a o reține pe doamna Cronyn.

Înlăcrimată, Katherine Cronyn s-a prăbușit pe umărul soțului ei. Bosch a văzut că sentimentele ei s-au schimbat, deoarece imediat după aceea a început să îl lovească cu pumnul în piept. El a cuprins-o în brațe ca să o împiedice să-l mai lovească, astfel că ea a rămas doar cu lacrimile. Adjunctul Garza s-a apropiat din spate, având cătușele într-o mână și pregătit să îl conducă în închisoare.

– Domnule Kennedy, nu știu ce veți face cu aceste informații pe care le-a scos la lumină domnul Haller, dar eu știu ce am de făcut. Voi chema oamenii de presă și publicul în sală și le voi spune exact ce s-a petrecut aici. N-o să vă facă plăcere, întrucât dumneavoastră și instituția pe care o reprezentați veți ieși destul de șifonați, mai ales dacă ținem seama că un avocat al apărării și investigatorii săi au obținut aceste informații sub nasul Departamentului de Poliție Los Angeles și al altor instituții de profil. Mai vreau să spun ceva. Procuratura îi datorează detectivului Bosch sincere scuze, iar eu mă voi asigura că veți face asta în mod public, cât mai curând și fără să vă căutați circumstanțe atenuante. Se admite doar o exonerare deplină privind suspiciunile și acuzațiile publicate în articolul din ziarul de duminică. M-am exprimat clar în privința aceasta, domnule Kennedy?

– Da, onorată instanță, a spus Kennedy. Chiar dacă nu ne-ați ordona dumneavoastră, așa am proceda.

Houghton s-a încruntat.

– Știind ce știu despre politică și sistemul de justiție, mi se pare foarte puțin probabil că ați fi procedat astfel.

Judecătorul s-a uitat spre cei prezenți în sală, l-a găsit din ochi pe Bosch și i-a cerut să se ridice în picioare.

– Domnule detectiv, îmi imaginez că ați trăit momente cumplite în ultimele zile, a spus el. Țin să vă prezint scuze în numele instanței pentru aceste chinuri nemeritate. Vă doresc tot norocul din lume, și veți fi oricând binevenit în sala de judecată pe care o prezidez.

– Vă mulțumesc, onorată instanță, a spus Bosch.

Doi adjuncți, unul dintre ei femeie, au intrat pe ușa camerei de reținere și s-au alăturat lui Garza pentru a-i lua pe soții Cronyn în custodie. Judecătorul l-a rugat pe grefier să iasă pe coridor și să le spună celor de acolo că se pot întoarce în sala de judecată.

O oră mai târziu, Houghton a încheiat ședința, iar Kennedy s-a văzut silit să se strecoare printre reporterii care îi cereau să comenteze și să-și exprime reacția față de cele anunțate de judecător.

Ajuns pe coridor, Bosch i-a văzut pe Soto și pe Tapscott apropiindu-se de Terrence Spencer pentru a-l aresta. Cisco a ajuns alături de Bosch și i-au urmărit pe detectivi escortându-l pe Spencer.

– Sper să le spună cum a reușit să violeze cutia, a spus Bosch. Chiar aș vrea să știu asta.

– Nicio speranță, a spus Cisco. Va apela la amendamentul cinci.

– Dar tu spuneai că va depune mărturie.

– Ce vorbești, domnule?

– Păi, i-ai trimis un mesaj lui Haller. Ai scris că omul e pregătit să depună mărturie.

– Nu, am zis că poate să-l cheme în boxa martorilor, dar că omul își va ține gura. De ce, ce-a spus Mick?

Bosch s-a uitat spre Haller, aflat de cealaltă parte a coridorului, și a văzut că acesta vorbea față în față cu un reporter, care scria de zor într-un blocnotes. Nu avea aparat de filmat, de aceea Bosch a presupus că era de la un ziar – cel mai probabil de la *Times*.

– Mare șmecher, a spus el.

– Poftim? a întrebat Cisco.

– L-am văzut citind mesajul, iar apoi i-a spus judecătorului că Spencer era pregătit să apară în boxa martorilor. N-a spus chiar că va depune mărturie, ci doar că va apărea în boxă. Cu acest bluf, a dat totul peste cap. Borders a înghițit nada și s-a dat de gol. Asta a fost.

– Inteligentă manevră.

– Dar periculoasă.

Bosch a continuat să-l urmărească pe Haller și a început să pună lucrurile cap la cap.

40

După ce au încheiat interviurile, membrii echipei lui Bosch au hotărât să părăsească tribunalul și să meargă la restaurantul Traxx de la Union Station pentru a sărbători victoria obținută. În timp ce Haller și Cisco au intrat în restaurant ca să ocupe o masă, Bosch și-a condus fiica spre trenul Metrolink în care urma să urce. Își cumpărase bilet de întoarcere folosind aplicația de pe telefon.

– Mă bucur tare mult că am venit, tati, a spus Maddie.

– Și eu m-am bucurat că ai venit, a spus Bosch.

– Și să mă ierți dacă am lăsat impresia că mă îndoiesc de tine.

– Nu trebuie să-ți ceri iertare, Mads. N-ai lăsat impresia asta.

A îmbrățișat-o îndelung și s-a uitat de-a lungul tunelului, spre lumină, și a așteptat pe peron. A sărutat-o pe creștet și a lăsat-o să plece.

– Încă vreau să vin pentru a lua cina când ajungi acasă. O să încarc aplicația și iau trenul.

– Sigur. Pa, tati.

– Pa, scumpo.

A urmărit-o îndepărtându-se și pătrunzând în zona luminată. Ea era convinsă că Bosch o va urmări, și de aceea s-a întors și i-a făcut semn cu mâna. Silueta ei a dispărut curând.

Bosch i-a găsit pe Haller și pe investigatorul lui într-un separeu aflat în apropiere de o fereastră de la care se vedea zona de așteptare a gării, construită într-un stil amestecat: Art Deco cu motive maure. Haller comandase deja martini pentru toți. Au ciocnit paharele și au toastat. Cei trei muschetari, toți pentru unul și unul pentru toți. Bosch i-a surprins ochii lui Haller și a dat aprobator din cap. Avocatul lui nu a interpretat gestul drept un semn de mulțumire pe care simțea că îl merită.

– Ce e? a întrebat Haller.

– Nimic, a spus Bosch.

– Ba nu, ce e? De ce te-ai uitat așa la mine?

– Cum adică?

– Lasă prostiile.

Știind că era mai bine să nu se amestece, Cisco i-a urmărit în tăcere.

– Bine, a spus Bosch. Te-am văzut vorbind cu reporterul acela pe coridor. După ședință. Era de la *Times*, da?

– Da, ai ghicit, a spus Haller. Au de scris un articol plin de pertractări. Așa a numit el acțiunea când a precizat că trebuie să îndrepte lucrurile. Nu e vorba de o corectură, întrucât ceea ce au publicat duminică provenea din documente ale tribunalului. Dar ele erau unilaterale. Mâine vor publica toată povestea.

– Cum îl cheamă?

– Uite ce e, nu i-am reținut numele. Tipii ăștia sunt toți o apă și-um pământ.

– Era David Ramsey?

– Doar ți-am spus că nu i-am reținut numele.

Bosch s-a mulțumit să dea din cap, iar Haller a simțit că era judecat.

– Dacă ai ceva de zis, fă-o, a spus el. Și încetează cu privirile astea de om care le știe pe toate.

– Nu am nimic de spus, a zis Bosch. Și nu știu totul, dar știu ce-ai făcut.

– Pentru numele lui Dumnezeu, despre ce tot vorbești?

– Știu ce-ai făcut.

– Of, iar începem. Bosch, ce-am făcut? Vrei să-mi spui odată despre ce naiba vorbești?

– Tu ești sursa scurgerii de informații. Tu i-ai servit vineri povestea reporterului de la *Times*. Tu ești cel care i-a oferit-o lui Ramsey.

Cisco tocmai lua a doua gură din paharul cu martini, ținând paharul fragil între degetele lui groase. A fost cât pe ce să verse băutura pe vesta lui elegantă.

– Nu se poate, ce dracu'? a spus el. Mick nu ar face așa ceva...

– Ba da, a făcut-o, a spus Bosch. M-a vândut celor de la *Times* pentru un titlu.

– Ha, ha, stai așa, a spus Haller. Nu crezi că ai uitat ceva? Am câștigat cazul, domnule, și un judecător de la Curtea Supremă ți-a cerut scuze și a cerut ca Biroul Procurorului Districtual și Departamentul de Poliție Los Angeles să facă același lucru. Și tu te-ai găsit să te plângi de strategia adoptată de mine?

– Deci, prin urmare, recunoști că tu ai fost acela, a spus Bosch. Recunoști. Și tu, și Ramsey.

– Am afirmat că, pentru a câștiga cazul, trebuia să ridicăm miza, a spus Haller. Trebuia să aruncăm pe piață treaba asta, ca să devină publică și să se vorbească de ea, iar apoi să atragă astăzi toate televiziunile de știri din oraș în sala de tribunal. Știam că, dacă procedăm așa, judecătorul nu va avea de ales decât să ne ofere o șansă și să ne permită să intervenim.

– Iar tu te vei alege cu o reclamă gratis, valorând un milion de dolari?

– Isuse Hristoase, Bosch. Ești ca o pisică turbată. Nu mai ai încredere în nimeni. Am făcut-o pentru tine, nu pentru mine, și uite ce s-a întâmplat.

Haller a arătat cu degetul spre direcția în care se afla tribunalul.

– Judecătorul ne-a permis să ne exprimăm punctul de vedere în ciuda tuturor obiecțiilor celor din sala de judecată, a spus el. Și, la naiba, am câștigat. Borders se întoarce pe lista de așteptare a celor condamnați la moarte și va rămâne pe ea tot restul existenței lui de toată jalea, și toți ticăloșii ăia care au încercat să-ți însceneze asta vor sfârși eliminați din barou, concediați și închiși. De fapt, cei doi Cronyn au ajuns deja în închisoare, în vreme ce tu stai aici și bei martini. Crezi că judecătorul ne-ar fi permis să vorbim dacă presa nu era prezentă?

– Nu știu ce să zic, a spus Bosch. Dar fiica mea a citit mizeria aia publicată duminică și, vreme de trei zile, a trebuit să-și pună întrebarea dacă tatăl ei e genul de individ care plantează probe ca să trimită la moarte un om nevinovat. Pe lângă asta, articolul acela aproape că m-a ucis. Dacă s-ar fi întâmplat asta, eu aș fi mort, iar Borders ar fi ieșit în libertate ca să ucidă din nou.

– Ascultă, îmi pare sincer rău. N-am vrut să se întâmple asta, și n-am știut că tu ai acționat sub acoperire, pentru că nu mi-ai spus, la naiba. Însă asta este una dintre acele ocazii rare când scopul justifică mijloacele. De acord? Am obținut rezultatul pe care ni l-am dorit, reputația ta a ieșit nepătată, și fiica ta călătorește acum cu trenul spre casă, știind că tatăl ei este un erou, nu un infractor.

Bosch a dat din cap ca și cum ar fi fost de acord. De fapt, nu era.

– Ar fi trebuit să mă anunți, a spus el. Eu sunt clientul. Trebuia să fiu informat și să mi se acorde o șansă.

– Și care ar fi fost alegerea ta? l-a întrebat Haller.

– Nu vom ști niciodată, pentru că nu mi-ai oferit șansa asta.

– Știam care va fi ea și de aceea nu ți-am spus. Și cu asta punem capăt întregii povești, la naiba.

S-au privit îndelung, cu încordare. Ezitant, Cisco a ridicat paharul deasupra mesei.

– Haideți, domnilor, toate astea-s de domeniul trecutului, a spus el. Am câștigat. Să toastăm din nou. Abia aștept să citesc ziarul de mâine.

Ca și cum fiecare ar fi așteptat ca celălalt să facă prima mișcare, Haller și Bosch au continuat să se privească fix, ochi în ochi.

Haller a cedat primul. A luat paharul de picior și l-a ridicat, făcând ca vodca să se prelingă peste buza lui, ajungându-i peste degete. Într-un târziu, Bosch a procedat la fel.

Cei trei muschetari au ciocnit din nou paharele ca și cum ar fi fost săbii, dar de astă dată atmosfera nu mai era aceea de toți pentru unul și unul pentru toți.

41

Când a efectuat ultima curbă de pe Woodrow Wilson Drive, Bosch a văzut o mașină de patrulă parcată în fața casei lui. Îl aștepta cineva. A dat sonorul mai încet de la piesa *Change of Guard*, cântată de Kamasi Washington[1]. Era aproape cinci, iar el plănuia să se debaraseze de costum și să îmbrace haine de stradă, după care să plece spre Valley, ca să o viziteze pe Elizabeth Clayton în temnița în care își săvârșea cura de dezintoxicare.

În timp ce a pătruns în parcarea din partea laterală a casei, a văzut cine îl aștepta. Lucia Soto stătea așezată pe o treaptă a scării din fața casei și butona pe telefonul mobil. Bosch a parcat și a mers spre ea, preferând să nu o evite intrând pe ușa din lateral. Ea s-a ridicat, a băgat telefonul într-un buzunar, apoi și-a scuturat turul pantalonilor de praf. Încă purta costumul bleumarin pe care îl avusese la tribunal în acea dimineață.

– Mă aștepți de mult? a întrebat Bosch, în loc să o salute.

– Nu, a răspuns ea. A trebuit să trimit niște e-mailuri. Harry, ar trebui să mai mături treptele astea. Sunt pline de praf.

---

[1] Saxofonist de culoare, născut în 1981, absolvent unei academii de muzică din Los Angeles. Piesa se numește *Schimbarea gărzii*.

– Uit mereu. Cum au mers azi lucrurile cu cei de la RHD?[1]

– A, doar știi și tu, în mare grabă. Întotdeauna pornesc în pripă, indiferent dacă lucrurile sunt bune sau rele.

– Și asta-i bine, ori rău?

– Cred că e de bine. Ori de câte ori un fost detectiv e declarat curat de vreo infracțiune, e vorba de ceva bun. Chiar dacă ar fi vorba de Harry Bosch.

Lucia a zâmbit. Bosch s-a încruntat și a descuiat ușa. A deschis-o și a făcut un semn.

– Intră, a spus el. Am rămas fără bere, dar am niște whisky foarte bun.

– Asta sună bine, a spus ea.

Bosch a intrat după ea, după care s-a deplasat pe lângă ea, ca să ajungă primul în camera de zi și să o facă mai primitoare pentru o vizitatoare. În ultimele două nopți, după ce se uitase la televizor și încercase să își limpezească gândurile de toate amănuntele legate de cazuri, adormise pe canapeaua de acolo.

A aranjat pernele decorative și a ridicat cămașa lăsată peste brațul canapelei. Apoi a pornit spre bucătărie cu ea.

– Așază-te și vin imediat cu paharele.

– Nu vrei să mergem pe terasă? Îmi place mai mult și n-am mai stat acolo de ceva vreme.

– Da, sigur. Vezi că e o coadă de mătură în glisiera ușii.

– Asta-i ceva nou.

Bosch a pus cămașa în mașina de spălat, care era plasată lângă ușa laterală a bucătăriei, care dădea spre parcare. A luat sticla de pe frigider și două pahare de pe un raft, după care s-a alăturat Luciei Soto pe terasă.

– Da, în ultima vreme, au avut loc două spargeri în cartier, a spus el. În fiecare caz, individul s-a cățărat într-un copac pentru a ajunge pe acoperiș, iar de acolo a coborât pe terasa din spate, unde unii oameni nu-și încuie ușile.

---

[1] RHD – Robbery-Homicide Division, Divizia furturi și omucideri.

A făcut un semn spre casa alăturată, care avea o înclinație asemănătoare a acoperișului cu cel al casei lui Bosch. Terasa din spate se întindea deasupra canionului și părea imposibil de ajuns în alt mod decât din interior. Însă era limpede că acoperișul era singura cale de acces.

Soto a dat aprobator din cap. Bosch și-a dat seama că, practic, pe ea nu o interesa acea chestiune. Nu venise în vizită din partea comitetului de supraveghere a cartierului.

A desfăcut dopul sticlei și a turnat câte o porție sănătoasă în ambele pahare. I-a întins unul Luciei Soto, dar nu au toastat. Având în vedere ceea ce se întâmplase între ei, în acele momente nu era cazul pentru așa ceva.

– V-a destăinuit cum a reușit? a întrebat Bosch.

– Cine? a întrebat Soto. Cum a făcut cine, ce?

– Hai să fim serioși. Cum a violat cutia cu probe?

– Spencer nu ne-a declarat absolut nimic, Harry. Avocatul lui nu i-a permis să scoată nicio vorbă și a zis că nici nu va depune mărturie. Avocatul tău l-a mințit pe judecător în timpul prezentării probelor.

– Ba nu, n-a mințit pe nimeni. Cel puțin nu pe judecător. Verifică înregistrările. A spus că Spencer se afla pe coridor și că era pregătit să apară în boxa martorilor. Asta nu a fost o minciună. Era altă problemă dacă avea de gând să depună mărturie sau să solicite dreptul de a beneficia de prevederile amendamentului cinci.

– Aici e vorba de vorbe, Harry. Nu știam că te ascunzi înapoia lor.

– A fost vorba de un bluf, și a dat roade. Dacă asta te face să te simți mai bine, eu nu am avut cunoștință de așa ceva. Însă așa s-a reușit aflarea adevărului, corect?

– Așa e, și asta ne-a permis să obținem un mandat de percheziție. Nu a mai fost nevoie ca Spencer să dea vreo declarație.

Bosch a ridicat ochii spre ea. Soto rezolvase misterul.

– Povestește-mi.

– I-am deschis dulapul. Avea un teanc de rulouri de bandă adezivă care le lipeau pe vremea aceea pe cutiile cu probe. Acestea trebuiau să fie distruse când am început să folosim banda roșie, crăpată. Cu toate astea, el a avut un teanc rămas și l-a păstrat.

– Prin urmare, a deschis cutia, a plantat proba ADN a lui Olmer, după care a aplicat noi sigilii.

– A deschis partea de jos, deoarece semnătura ta era pe partea de sus a etichetelor. Și cum etichetele lui erau vechi și îngălbenite, cutia a părut perfect în regulă. Treaba este că noi nu credem că a făcut-o doar o dată. Am obținut un mandat de percheziție privind casa lui și am descoperit câteva chitanțe de la un magazin de amanet din Glendale. Am verificat acolo și am aflat că este un client obișnuit, care vinde de cele mai multe ori bijuterii. Se poate să fi rupt sigiliile de la cutii din alte cazuri încheiate, căutând obiecte de valoare pe care să le vândă la case de amanet. Pesemne că, dacă își închipuia că acele cazuri erau vechi și închise, nimeni nu va face vreo verificare.

– De aceea, când Cronyn l-a întrebat pe Spencer dacă putea introduce ceva într-o cutie, el a spus că nu va fi nicio problemă.

– Exact.

Bosch a dat din cap. Misterul se rezolvase.

– Ce se va întâmpla cu soții Cronyn? a întrebat el. Presupun că vor solicita o înțelegere de unu la unu, am dreptate?

– Probabil, a spus ea. Ea scapă, iar el își asumă toată vina. El va fi dat afară din barou și apoi doar o va ajuta pe ea. Toată lumea va ști că dacă o angajează pe ea, de fapt, îl angajează pe el.

– Și asta-i tot? Nu va face pușcărie? Individul s-a slujit de lege ca să încerce eliberarea unui ucigaș. Și încă unul condamnat la moarte. Deci va primi doar o palmă peste mână?

– Ultima noutate este că ei sunt tot în închisoare, pentru că Houghton nu vrea să aprobe cauțiunea decât mâine. În orice caz, negocierile abia au început, Harry. Însă Spencer nu vrea să vorbească, și singurul care vorbește este Borders. Când singurul martor este un criminal aflat pe lista de așteptare a condamnaților la moarte, nu ai un caz cu care să te prezinți în fața juraților. Totul se va reduce la un acord de colaborare cu justiția, și s-ar putea ca Lance Cronyn să ajungă la pușcărie, dar s-ar putea să scape. Adevărul e că ei sunt mai interesați să-l înfunde pe Spencer, deoarece el a făcut parte din sistemul polițienesc. A trădat departamentul.

Bosch a dat aprobator din cap. Înțelegea care era părerea celor din departament în ce îl privea pe Spencer.

– Echipa de conducere a departamentului a acționat deja, a spus Soto. Modifică întregul proces de depozitare și recuperare astfel ca așa ceva să nu se mai întâmple vreodată.

Bosch s-a apropiat de balustrada din lemn a terasei și s-a rezemat cu coatele de ea. Mai era cel puțin o oră până la apusul soarelui. În zona canionului, autostrada 101 era extrem de aglomerată în ambele sensuri. Cu toate astea, prea puțini șoferi claxonau. Se părea că șoferii din Los Angeles se resemnaseră cu soarta de a răbda în trafic fără să claxoneze neputincioși, creând larma pe care Bosch o descoperise în alte orașe pe care le vizitase. Socotea că terasa îi oferea o imagine unică a acelei trăsături distinctive a orașului Los Angeles.

Soto a venit alături de el și s-a rezemat de balustradă.

– N-am venit până aici ca să discut despre caz, a spus ea.

– Știu, a spus Bosch.

Ea a dat din cap. Sosise momentul să ajungă la miezul problemei.

– Un detectiv foarte bun, care mi-a fost dascăl, m-a învățat să caut întotdeauna probe. Asta am crezut că fac în cazul de față. Dar, la un moment dat, m-am lăsat manipulată ori am făcut o alegere anapoda și am ajuns la o dovadă care mi-a spus ceva despre care inima trebuia să fi știut că era o greșeală gravă. Din cauza asta îmi pare foarte rău, Harry. Și mereu voi regreta asta.

– Îți mulțumesc, Lucia.

Apoi a dat din cap. Și-a dat seama că ea putea arunca toată vină în spinarea lui Tapscott. El era detectivul principal în parteneriatul lor, și el lua hotărârile în ceea ce privea cazurile. Cu toate acestea, ea își asuma întreaga vină. Suporta toată povara. Pentru asta era nevoie de curaj și doar un detectiv adevărat putea face așa ceva. Bosch trebuia să o admire pentru asta.

Pe de altă parte, cum putea el să-i poarte pică Luciei Soto după ce percepuse și în vocea fiicei lui îngrijorarea că totul putea fi adevărat, că el alterase un caz pentru pedepsirea unui om nevinovat?

– Așadar...? a întrebat Lucia. Ne-am împăcat, Harry?

– Da, a spus Bosch. Dar sper ca oamenii să citească ziarul de mâine.

– Să-i ia dracu' pe cei care mai au vreo îndoială după ce s-a întâmplat azi.

– Sunt de acord.

Soto s-a îndreptat de spate. Spusese ceea ce avusese de spus, iar acum era pregătită să plece acasă. Curând, va ajunge în panglica de metal a traficului pe care îl contempla el acum.

Soto a turnat restul de whisky în paharul lui Bosch.

– Trebuie să plec.

– Bine. Îți mulțumesc că ai venit să stăm de vorbă. Asta a însemnat mult pentru mine, Lucia.

– Harry, dacă ai nevoie de ceva sau dacă pot face ceva pentru tine, îți rămân datoare. Și mulțumesc pentru băutură.

Ea a dat să pornească spre ușa glisantă. Bosch s-a întors cu spatele spre balustradă.

– De fapt, există ceva, a spus el. Ceva ce ai putea face pentru mine.

Ea s-a oprit și s-a răsucit spre el.

– Daisy Clayton, a spus el.

Nedumerită, ea a clătinat din cap.

– Ar trebui să știu numele ăsta?

Bosch a scuturat din cap și s-a îndreptat de spate.

– Nu. A fost victima unei crime comise înainte ca tu să ajungi la secția omucideri. Dar te ocupi de cazuri nerezolvate. Aș dori să cauți dosarul și să încerci să rezolvi cazul.

– Cine a fost femeia asta?

– Un nimeni și nimeni nu s-a sinchisit de ea. De aceea a rămas nesoluționat cazul ei.

– Bine, dar ce înseamnă ea pentru tine?

– N-am cunoscut-o. Avea doar cincisprezece ani. Dar e vorba de cineva care a răpit-o și a folosit-o, după care a azvârlit-o ca pe un gunoi. Cineva rău. Eu nu pot lucra la caz, deoarece e din Hollywood. Dar e al tău.

– Știi din ce an e cazul?

– 2009.

Soto a dat aprobator din cap. Avea ceea ce trebuia, cel puțin pentru a găsi dosarul ca să îl analizeze.

– În regulă, Harry. O să mă ocup.

– Mulțumesc.

– O să te anunț ce știu, asta când voi afla ceva.

– Bine.

– Pe curând, Harry.

– Pe curând, Lucia.

42

După ce a făcut duș și a îmbrăcat haine de stradă, Bosch s-a dus la dulapul aflat alături de ușa de la intrare în casă și a luat de pe un raft cutia rezistentă la incendii. A folosit o cheie pentru a o deschide. Conținea documente vechi, inclusiv certificate de naștere și actele de lăsare la vatră. Tot în caseta aceea păstra verigheta, precum și două medalii Purple Heart[1] și două asigurări de viață care o prevedeau pe fiica lui ca beneficiar.

Mai era și o fotografie color, cam ștearsă, în care apăreau Bosch și mama lui. Era singura fotografie a ei pe care o avea, de aceea ținea să o păstreze în siguranță. S-a uitat la ea câteva momente, de astă dată ochii lui fiind atrași de propria imagine la vârsta de opt ani și mai puțin de mama lui. A studiat expresia de speranță de pe fața băiatului și s-a întrebat unde dispăruse ea.

A pus fotografia deoparte și a continuat să scotocească prin casetă până când a găsit ce căuta.

Era o șosetă veche în care erau îndesate bancnote rulate și prinse cu un elastic. Fără să scoată banii și fără să îi numere, a îndesat șoseta într-un buzunar al sacoului. Ruloul reprezenta fondul de

[1] Medalie militară americană, ce se acordă soldaților răniți sau decedați în acțiune.

rezervă pentru cazuri excepționale, precum un cutremur, și era alcătuit, în principal, din bancnote de valoare mare, pe care le strânsese cu timpul – câte una de douăzeci și de cincizeci – începând cu data ultimului cutremur puternic, cel din 1994. La Los Angeles, nimeni nu voia să fie prins fără bani cash când va lovi cutremurul cel mare. Bancomatele vor fi inutilizabile în cazul în care rețeaua de internet ar pica, iar băncile ar rămâne închise într-o perioadă de catastrofă civică. Banii lichizi vor fi la putere, iar Bosch plănuise totul în acest sens vreme de douăzeci de ani. După aprecierea lui, în acea șosetă erau aproape zece mii de dolari.

După ce a mai aruncat o ultimă privire la fotografia cu mama și fiul, a pus celelalte lucruri înapoi în casetă. Nu își amintea când pozase pentru acea fotografie și nici unde fusese făcută. Era executată profesional, având un fundal alb – acum îngălbenit. Probabil că el mersese cu ea când își făcuse fotografii pentru a fi distribuită ca figurantă într-un film. Probabil că îi plătise ceva în plus fotografului pentru un instantaneu cu fiul ei.

A condus în susul dealului, către Mulholland, iar apoi a mers pe șoseaua șerpuitoare până spre Laurel Canyon Boulevard, care l-a dus pe partea de nord a Valley. Imediat ce a avut semnal la telefon, a sunat-o pe Bella Lourdes. Se aștepta ca ea să fi terminat serviciul și să se afle deja acasă. Cu toate astea, ea i-a răspuns imediat.

– Harry, tocmai voiam să te sun, dar m-am gândit că ești la vreun restaurant ca să sărbătorești.

– A, te referi la caz? Nu, nu sărbătoresc. Dar mă bucur că s-a terminat.

– Da, așa e. Ei bine, voiam să te sun și ca să te anunț că a fost identificat celălalt rus, după amprente. Mai ții minte că l-ai botezat Igor ca să identifici în felul tău rușii când ai povestit ce-ai făcut?

– Da.

– Ei, află că numele real al rusului era Igor. Cum să zic, ce șanse erau să o nimerești atât de bine?

– Probabil că sunt șanse dacă ești rus.

– În orice caz, Igor Golz – G-O-L-Z –, în vârstă de treizeci și unu de ani. Interpolul a precizat că și el era membru al *Bratva* și asociat de multă vreme al lui Slucek. S-au cunoscut într-o închisoare din Rusia și probabil că au venit aici împreună.

– Mda, cred că acum cazul de la farmacie s-a rezolvat, așa e?

– Da, azi am mai pus ordine în documentele legate de cazul ăsta. Acum, după ce ai terminat-o cu tribunalul, te întorci mâine la treabă?

– Da, am terminat și o să vin mâine.

– Scuze, știi la ce mă refer. Va fi plăcut să te revedem.

– Ascultă, te-am sunat ca să te rog ceva. Zilele trecute ai spus că ai mai avut de-a face cu dependenți de droguri, inclusiv cu cineva din familie. Te superi dacă te întreb de cine a fost vorba?

– Da, de sora mea. De ce vrei să știi?

– Acum e bine? Adică, nu mai e dependentă?

– Nu, din câte știm noi. Nu am văzut-o prea des. După ce s-a lăsat, n-a mai vrut să fie în preajma oamenilor care i-au văzut slăbiciunile, sper că înțelegi ce vreau să zic, da?

– Cred că da.

– Fura ca o nebună de la părinții mei. Și de la mine.

– Așa se-ntâmplă.

– Deci, noi am salvat-o, dar, drept urmare, am pierdut-o. Cel puțin într-un mod fericit. Locuiește în Bay Area și, cum spuneam, de patru ani e curată.

– Partea asta sună grozav. Cum s-a lăsat?

– Păi, de fapt, n-am făcut-o noi. Am internat-o la dezintoxicare.

– Și unde e spitalul ăsta? De aceea te-am sunat. Vreau să internez pe cineva și nu știu de unde să încep.

– Păi, sunt unele de lux, unde costă o avere, și unele care nu-s atât de scumpe. Primești după cât plătești în ce privește confortul, dar sora mea trăia, practic, pe stradă. De aceea, locul pe care i l-am găsit a fost raiul pentru ea. O cameră și un pat, înțelegi? A fost un amestec între alți dependenți care s-au încurajat unul pe altul și ședințe private cu psihiatri. Și câte un test de urină în fiecare zi.

– Unde e locul ăsta? Și cum se chema?

– Se numea Start. Tocmai în Canoga Park. Acum patru ani costa o mie două sute pe săptămână. Nu avea asigurare de sănătate, așa că am plătit toți membrii familiei. Acum sigur costă mai mult. Consumul de droguri e atât de extins încât e greu de găsit un loc în astfel de locuri.

– Mulțumesc, Bella. O să verific.

– Ne vedem mâine la secție?

– O să fiu acolo.

Ajunsese pe autostrada 101 și se îndrepta spre nord, către autostrada 405. A văzut dâra de fum scoasă de coșul fabricii de bere.

A apelat la lista de telefoane și i s-a făcut legătura cu clinica Start. După ce a fost pus în așteptare de două ori, în cele din urmă, a reușit să discute cu cineva care s-a prezentat drept directoarea de plasament. Aceasta i-a explicat că instituția era specializată în tratarea dependenței de substanțe opiacee și că nu se rezervau paturi, ci se prefera să se lucreze pe baza principiului „Primul venit, primul servit“. Pe moment, existau trei paturi libere în instituția care avea patruzeci și două de paturi.

Bosch a întrebat-o de preț, și a aflat că plata săptămânală pentru servicii complete crescuse cu peste cincizeci la sută în patru ani, adică o mie opt sute optzeci de dolari, care trebuiau plătiți în avans, perioada de tratament recomandată fiind de minimum patru săptămâni. Bosch și-a amintit de predica lui Jerry Edgar despre criza care era prea mare ca să se închidă astfel de instituții, deoarece toată lumea câștiga bani din ea.

I-a mulțumit directoarei de plasament și a închis. Cinci minute mai târziu a ajuns la complexul Road Saints. De data asta, în curtea din față erau parcate câteva motociclete și s-a întrebat dacă nu cumva nimerise la întrunirea lunară a membrilor clubului. Înainte de a coborî din mașină, l-a sunat pe Cisco pentru a afla dacă a venit într-un moment nepotrivit.

– Nu, domnule, vin să te conduc înăuntru. Din anumite motive, miercurea e întotdeauna mai aglomerat aici. Nici eu nu știu de ce.

Când Cisco a ieșit, Bosch stătea rezemat de mașină.

– Ce mai face? a întrebat el.

– A, nemulțumită ca întotdeauna, i-a răspuns Cisco. Dar cred că ăsta-i un semn bun. Țin minte că Mick Haller a venit în vizită când eu eram în ziua a patra sau a cincea de abstinență. Prin ușă i-am spus că poate să-și ia slujba și să și-o vâre în fund. Sigur, o săptămână mai târziu, a trebuit să-l rog să și-o scoată din fund și să mi-o dea înapoi.

Bosch a pufnit în râs.

– Așa, ai auzit de un loc din Conga Park numit Start? a întrebat el.

– Da, o clinică de dezintoxicare, a spus Cisco. Am auzit de ea. Dar, serios, nu știu nimic despre ea.

– Am auzit pe cineva spunând că e bună. A dat rezultate în cazul cuiva din familie. Costă aproape două miare pe săptămână, așa că ar trebui să fie bună.

– Asta înseamnă ceva bănuți.

– Când Elizabeth termină aici, aș dori să o duci acolo și să încerci să o internezi. E pe bază de primul venit, primul servit, dar acum există câteva paturi libere.

– Cred că mai trebuie să rămână aici încă o zi, poate două, până se domolește și poate face următorul pas.

– Bine și așa. Când va fi pregătită.

Bosch a băgat mâna în buzunarul sacoului și a scos șoseta cu ruloul de bani. I-a întins-o lui Cisco.

– Folosește banii ăștia. Cred că acoperă costurile pe o lună în instituția aceea. Poate chiar mai mult dacă va fi nevoie.

Cu un aer rezervat, Cisco a luat șoseta.

Cisco s-a uitat în jur și prin gard, către stradă. Bosch și-a închipuit cum putea fi interpretată scena de cineva care ar fi urmărit-o.

– La naiba, iartă-mă. Nu m-am gândit la asta.

A fost rândul lui să privească cercetător în jur. Nu a văzut pe nimeni urmărindu-i, dar probabil că nici nu era nevoie să se uite.

– Nicio grijă, a spus Cisco. Pentru o cauză nobilă.

– Deci, te ocupi de asta? l-a întrebat Bosch. Plătești tot ce trebuie cu banii ăștia.

– Nu mă deranjează. Facem o faptă bună. Vrei să intri?

– Știi ceva? Mă gândeam că poate ar fi mai bine să nu intru. Dacă are să fie agitată, e preferabil să nu mă vadă. Nu vreau să-i declanșez o criză de furie.

– Ești sigur?

– Da, dacă se descurcă, ajut-o mai departe. Eu sunt mulțumit și așa.

Cisco a aruncat șoseta în sus și apoi a prins-o.

– Dă-mi voie să ghicesc, a spus el. Bani de cutremur.

– Da, a recunoscut Bosch. M-am gândit, ce naiba, să-i folosesc în mod util.

– Da, dar să știi că s-ar putea să cobești pentru tot orașul. Imediat ce cheltuiești banii de cutremur, vine și cutremurul cel mare. Toată lumea știe asta.

– Mda, în fine, om trăi și-om vedea. Te las să te întorci la ale tale. Și-ți mulțumesc, Cisco.

– Nu, eu îți mulțumesc. Iar într-o bună zi cred că și ea o să ne mulțumească.

– Nu-i nevoie nici acum, nici mai târziu. Anunță-mă cum se descurcă în locul acela, dacă reușești să o internezi.

– S-a făcut.

După ce a plecat, Bosch s-a îndreptat spre vest și, după ce a căutat poziția pe Google, a trecut prin dreptul clădirii care găzduia clinica Start. Și-a dat seama că făcuse cândva parte din lanțul de hoteluri Holiday Inn sau fusese un hotel modest, de mărime medie. Clădirea arăta curat și bine întreținută – cel puțin pe dinafară. S-a bucurat văzând asta.

A continuat să conducă și s-a îndreptat spre casă. Aproape tot drumul s-a gândit la hotărârea lui de a nu o vedea pe Elizabeth

Clayton. Nu știa sigur ce însemna asta și nici ce făcea. Se potrivise unei nevoi a lui de a face o faptă bună, de a ajuta pe cineva, fie că acea persoană aprecia sau nu acel ajutor. Era sigur că dacă ar fi avut o ședință de o oră cu un psihiatru – poate chiar cu Carmen Hinocos, consiliera lui de pe vremea când lucra la Departamentul de Poliție Los Angeles –, probabil că acțiunile lui ar umple un raft întreg de cărți de studii psihiatrice. Fără a mai vorbi de bani. Angajase cât se putea de evident fonduri care nu aveau să îi deranjeze niciun aspect financiar al vieții. Deci era acela un sacrificiu?

Fusese o vreme când Bosch, mic copil fiind și voind să scape de viața pe care o ducea în centre comunitare[1] și orfelinate, devenise fascinat de marii exploratori care descoperiseră tărâmuri noi și noi culturi. Oameni care își părăsiseră căminele și poziția socială ca să afle ceva nou ori să se ridice împotriva unor practici vechi, precum sclavia. În vreme ce trecea de la un pat la altul, singurul lucru pe care îl ducea cu el era o carte despre un misionar și explorator scoțian pe nume David Livingstone, care făcuse și una, și alta. Nu-și mai amintea titlul cărții, însă ținea minte multe dintre ideile pe care le exprimase acel om. În timp, le cimentase ca un zidar în propriul sistem de credințe, iar ele alcătuiseră temelia a ceea ce devenise ca detectiv și om.

Livingstone spusese că sentimentul de compasiune nu era un înlocuitor al acțiunii. Aceea era o cărămidă esențială în zidul ridicat de Bosch. Se constituise ca un om de acțiune și, în momentul în care integritatea întregii lui activități de o viață fusese pusă la îndoială de un om aflat pe lista de așteptare a condamnaților la moarte, el preferase să își îndrepte, printr-o acțiune, compasiunea către Elizabeth Clayton. A înțeles asta, dar nu era convins că altcineva ar fi fost în stare să priceapă. Alții ar fi văzut alte motive. La fel și Elizabeth, și tocmai de aceea hotărâse să nu o vadă.

---

[1] În original *youth halls*, centre unde tinerii se adună pentru diverse acțiuni de grup și sprijin social. În unele cazuri, expresia poate fi asociată cu casa de corecție pentru minori care au comis infracțiuni mărunte.

Știa că făcuse ceea ce trebuia, și că probabil nu o va revedea niciodată.

Era doar ora nouă seara când a ajuns acasă, dar se simțea extenuat și abia aștepta să se prăbușească în pat pentru prima oară în decurs de aproape o săptămână. A intrat, a verificat încuietorile și a așezat la loc coada de mătură pe șina ușii glisante. Apoi a pornit pe coridor, lepădându-și din mers sacoul și cămașa pe podea.

S-a dezbrăcat de restul hainelor și s-a vârât în pat, pregătit să se abandoneze cu totul somnului restaurator și vindecător. Când a întins mâna spre ceasul deșteptător, pentru a stabili ora la care să se trezească a doua zi, a văzut un plic îndoit pe noptieră. L-a desfăcut și a văzut că îi fusese adresat la secția de poliție din San Fernando.

Brusc, s-a gândit că cineva îi pătrunsese în casă și îi plasase plicul acolo, pentru ca el să îl găsească. Apoi mintea lui obosită s-a concentrat, amintindu-și astfel că el așezase plicul acela în urmă cu trei nopți. Uitase cu desăvârșire de el, și de atunci încoace nu mai dormise în patul lui.

A considerat că scrisoarea putea aștepta până a doua zi dimineață. A potrivit alarma, a stins lumina, apoi și-a așezat capul între două perne.

Nu a rămas așa decât cel mult treizeci de secunde. A dat deoparte perna de peste cap, a întins o mână și a aprins lumina. După aceea a desfăcut plicul.

În el era un fragment de ziar. În el era articolul din *San Fernando Valley*, vechi de aproape un an, în care se anunța că departamentul făcea eforturi reînnoite pentru a afla ce se întâmplase cu Esmeralda Tavares. Bosch dăduse un interviu unui reporter, sperând ca asta să dea naștere unei reacții și unor informații venite din partea cititorilor. Primise câteva sugestii, dar nicio pistă demnă de urmărit, nimic care să dezvăluie adevărul. Iar acum, la un an distanță, apăruse această scrisoare.

Tăietura din ziar era însoțită de o bucată de hârtie albă, împăturită de trei ori. A citit textul, scris de o mână tremurătoare:

> Știu ce s-a întâmplat cu Esme Tavares.

Biletul era semnat Angela și conținea și un număr de telefon având prefixul 818.

Adică în Valley.

S-a ridicat în șezut și a întins mâna după telefon.

43

S-a dovedit că Angela Martinez, autoarea biletului primit de Bosch, știa exact ce se întâmplase cu Esmeralda Tavares, deoarece chiar ea era Esmeralda Tavares.

Miercuri seara, Bosch telefonase la numărul menționat în bilet, iar femeia care s-a prezentat drept Angela a spus că îl va primi a doua zi dimineața la locuința ei din Woodland Hills.

Femeia care i-a deschis ușa apartamentului de pe Topanga Canyon Boulevard era blondă, trecută puțin de treizeci și cinci de ani. Bosch își petrecuse mult timp în cei doi ani dinainte uitându-se la fotografii înfățișând-o pe Esme Tavares, așa cum arăta în urmă cu cincisprezece ani, cu părul negru și ochii negri. Avea o fotografie a ei în care apărea cu buzele țuguiate într-o strâmbătură, pe care o lipise pe un perete al celulei lui, ca să-și amintească mereu de acel caz. Dintre toate, alesese tocmai acea fotografie cu strâmbătura pentru că știa că aspectul gurii unei persoane se schimbă puțin de-a lungul vremii. Femeia care își spunea Angela nu i-a zâmbit când a deschis ușa, iar el și-a dat imediat seama că ea era Esme.

Iar ea a recunoscut că el își dăduse seama.

– Trebuie să încetezi a mă căuta, a spus ea.

S-au așezat în camera de zi, și ea i-a spus povestea. După ce a început, Bosch ar fi putut completa amănuntele înainte de a le rosti ea, însă a lăsat-o să continue. Tânăra femeie, prinsă într-o căsnicie cu un bărbat mai vârstnic și dominant; abuzată cu regularitate și țintuită de un copil pe care nu și-l dorise – și pe care soțul ei îl dorea doar ca un mijloc de a o ține sub control. Ea a s-a hotărât să lase totul în urmă, inclusiv copilul, și să dispară.

Beneficiase de ajutor, iar după ce Bosch a sondat mai adânc prin întrebări, a aflat că acel ajutor venise din partea unui amant pe care îl avusese în acea perioadă și cu care trăia de cincisprezece ani. Întâi se stabiliseră la Salt Lake City. Se întorseseră după zece ani, deoarece ambii duceau dorul metropolei în care crescuseră.

Povestea ei avea mai multe găuri decât un năvod ferfenițit, iar nepotrivirile aveau rostul de a o pune pe ea în cea mai bună lumină, iar asta într-un loc plin de umbre. Ea părea să nu aibă niciun regret pentru că își abandonase copilul în pătuț sau pentru că se făcuseră multe eforturi din partea comunității ca să fie găsită. Se prefăcea că nu era conștientă de nimic din toate acestea, deoarece locuise la Salt Lake City.

Pe de altă parte, a susținut că dispariția ei nu reprezenta o intenție de a arunca bănuiala asupra soțului ei, pe care îl abandonase. A afirmat că nu avea altă soluție în afara fugii.

– Dacă aș fi încercat să-l părăsesc, pur și simplu, m-ar fi ucis, a spus ea. Te rog să recunoști, ai crezut că asta s-a întâmplat.

– S-ar putea să fie adevărat, a spus Bosch. Însă acest lucru a fost dictat în parte de circumstanțele dispariției tale, lăsând copilul în pătuț.

În cele din urmă, Angela Martinez, născută Esmeralda Tavares, s-a dovedit a nu se arăta deloc spășită pentru ceea ce făcuse. Nu față de Bosch, poliție sau comunitate. Iar cel mai grav, nu față de fetița ei, pe care soțul ei o dăduse spre adopție la mai puțin de un an după ce ea dispăruse.

– Știi măcar unde se află fata? a întrebat-o Bosch, deși atitudinea de detectiv lipsit de sentimente nu funcționa în acele momente.

– Indiferent unde-ar fi, sunt convinsă că se află într-un loc mai bun decât dacă aş fi rămas în acea casă a ororilor, a spus Martinez. Probabil că nu ar fi supravieţuit. Ştiu sigur că *eu* nu aş fi supravieţuit.

– Dar cum de-ai ştiut că el o va da spre adopţie după ce l-ai părăsit? S-ar putea ca ea să se afle încă în acea casă a ororilor, asta din ce ştiai atunci.

– Nu, ştiam că va renunţa la ea. A vrut-o doar ca eu să rămân legată de el. I-am dovedit că se înşela întru totul.

Bosch s-a gândit la toţi ani scurşi şi la toate eforturile făcute pentru a o găsi pe Esme. S-a gândit la detectivul Valdez, ajuns acum şef de secţie de poliţie, bântuit de acest caz atât de multă vreme. Şi-a dat seama că, într-un fel sau altul, acesta era un sfârşit fericit. Misterul se rezolvase, iar Esme era în viaţă. Însă Bosch nu se simţea bine în legătură cu asta.

– De ce tocmai acum? a întrebat el. De ce vrei să ieşi acum la lumină?

– Eu şi Albert vrem să ne căsătorim, a spus ea. E vremea. Soţul meu nu a divorţat de mine – atât de autoritar era. Nu m-a declarat moartă. Dar eu am angajat un avocat, şi el se va ocupa de problema asta. Primul pas era să rezolv misterul pentru elucidarea căruia au lucrat îndelung mulţi oameni.

Încurajată de faptul că ştia că păstrase acel secret atât de multă vreme, a zâmbit, de parcă s-ar fi mândrit cu acţiunile ei.

– Nu te mai temi de soţul tău? a întrebat-o Bosch.

– Acum, nu, i-a răspuns ea. Pe vremea ceea eram o fată nevinovată. Acum nu mă mai tem de el.

Zâmbetul i s-a transformat în strâmbătura din fotografia pe care Bosch o ţinuse atârnată pe perete cât lucra.

S-a ridicat în picioare.

– Cred că am toate elementele pentru a închide cazul, a spus el.

– Asta e tot ce trebuie să ştiu? a întrebat ea, cu o expresie de surprindere pe faţă.

– Deocamdată, a spus Bosch. O să revin dacă apar și alte probleme.

– Bine, știi unde să mă găsești, a spus ea. În cele din urmă.

După aceea, Bosch s-a îndreptat spre gară. Devenise morocănos. Avea încă un caz rezolvat, însă nu se simțea bine în legătură cu asta. O mulțime de oameni își pierduseră timpul, consumaseră bani și emoții ca să o găsească pe Esme Tavares. Se bănuise tot timpul că ea fusese ucisă. Însă Angela Martinez era în viață.

După ce a parcat la sediul secției de poliție San Fernando, Bosch a trecut prin biroul detectivilor în drum spre coridorul principal al secției. Scaunele acestora erau goale, dar Bosch a auzit voci venind dinspre camera de analize. A bănuit că detectivii luau prânzul împreună.

Biroul șefului secției de poliție era situat în mijlocul clădirii și vizavi de cel al locotenentului de serviciu. Bosch a vârât capul pe ușă și a întrebat-o pe secretara lui Valdez dacă șeful ei îi putea acorda cinci minute. Știa că, imediat ce ar fi ajuns în aceeași încăpere cu el, discuția ar fi durat cu siguranță mai mult de atât. Secretara a luat legătura cu șeful ei și s-a primit aprobarea. Bosch a pășit în biroul șefului secției.

Ca de obicei, Valdez purta uniformă și stătea la birou citind ziarului *Times.*

– Tocmai citeam despre tine, Harry, a spus el. Te-au exonerat de orice acuzație. Felicitări.

Bosch s-a așezat față în față cu Valdez.

– Mulțumesc, a spus el.

Citise articolul în acea dimineață, înainte de a pleca spre secția de poliție și se declarase mulțumit de conținutul lui. Cu toate acestea, știa că ediția de duminică a ziarului *Times* era citită de mai mulți oameni decât aceea de joi. Întotdeauna avea să existe o prăpastie între cei care citiseră că el era un polițist corupt și cei care citeau articolul în care erau sfătuiți să nu ia în seamă primul articol despre el și să îl socotească drept un om corect.

Asta nu îl deranja prea mult. Singura persoană despre care voia cel mai mult să citească articolul îl văzuse online și îi transmisese un mesaj-text, repetând că ea era mândră de el și se bucura de rezultatul în urma cazului Borders.

– Bine, a spus el. Nu știu cum să vă dau vestea asta, așa că o voi prezenta ca atare. Am întâlnit-o pe Esme Tavares. Trăiește bine mersi și locuiește în Woodland Hills.

Valdez a fost cât pe ce să se ridice de pe fotoliul lui. S-a aplecat brusc în față, peste birou, iar pe față i-a apărut o expresie de surprindere.

– Poftim?

Bosch i-a prezentat povestea, începând cu deschiderea scrisorii în noaptea precedentă.

– Dumnezeule mare, a spus Valdez. Am socotit-o moartă vreme de cincisprezece ani. Dă-mi voie să spun că au existat multe nopți în care am vrut să mă duc la casa aceea și să-l târăsc pe nenorocitul acela de soț al ei în urma mașinii mele, asta până când mi-ar fi spus unde a îngropat-o.

– Știu asta. Și eu voiam să fac același lucru.

– Cum să spun? Isuse, mă îndrăgostisem de ea. Știi cum se întâmplă cu victimele uneori, da?

– Da, am suferit și eu puțin de boala asta. Până astăzi.

– Și ți-a spus motivele?

Bosch a prezentat conținutul discuției pe care o purtase în acea dimineață cu Angela Martinez. În timp ce povestea, fața lui Valdez s-a întunecat treptat din cauza furiei. A scuturat din cap de câteva ori și a notat câte ceva pe un blocnotes aflat pe biroul lui.

După ce Bosch a încheiat prezentarea, șeful și-a verificat notițele, după care a întrebat:

– Tu ai sfătuit-o?

Bosch și-a dat seama că el voia să știe dacă o informase cu privire la drepturile ei constituționale la un avocat și de a evita să se autoincrimineze.

– Nu, a spus Bosch. N-am considerat că trebuia s-o fac. Ea m-a chemat acolo, și am stat în camera de zi. M-am prezentat, și ea știa cine sunt. Dar n-are importanță, șefu'. Știu la ce te gândești, dar lucrurile astea nu funcționează niciodată.

– Asta e o fraudă, a spus Valdez. De-a lungul anilor, s-au cheltuit probabil aproape jumătate de milion de dolari căutând-o. Țin minte că atunci când a fost dată dispărută lucram peste program de mi se urâse. Toată lumea fusese mobilizată. Și, după aceea, nu ne-am lăsat decât după ce tu ai preluat cazul și te-ai ocupat de el.

– Ascultă, îmi displace faptul că o apăr, dar ea a comis o infracțiune morală, nu una pe care procurorul districtual să o considere penală. Fugea de ceea ce socotea că era o situație periculoasă. Dispăruse cu mult înainte ca polițiștii să lucreze peste program și să se cheltuiască bani degeaba. Poate că a crezut că era prea periculos să ne anunțe că nu pățise nimic. Are o sumedenie de scuze. Procuratura nu se va atinge de cazul ăsta.

Valdez nu i-a răspuns. S-a rezemat de spătarul scaunului și a contemplat un elicopter de poliție de jucărie, care era atârnat cu un fir de tavan. Îi plăcea să spună că aceea era escadrila minusculă a secției.

– La dracu', a spus el într-un târziu. Îmi pare rău că nu putem face nimic în privința asta.

– Trebuie să ne împăcăm cu situația, a spus Bosch. La acea dată, se simțea amenințată. A făcut alegerea greșită, dar oamenii au multe defecte. Sunt egoiști. În perioada aceea, când toți credeam că e moartă, ea era pură și nevinovată ca și noi. Acum descoperim că era genul de femeie care își abandonează copilul ca să se salveze pe sine.

Bosch și-a amintit de José Esquivel junior, care murise cu obrazul pe linoleumul din coridorul aflat în spatele magazinului tatălui său. S-a întrebat dacă toți oamenii sunt puri și nevinovați.

Valdez s-a ridicat de la birou și s-a dus la avizierul aflat deasupra dulapurilor din partea dreaptă a încăperii. A frunzărit câteva desfășurătoare, apoi a căutat prin teancul de fluturași pe care erau trecute numele unor persoane urmărite, după care a găsit fila pe care scria DISPĂRUTĂ, având pe ea fotografia lui Esme Tavares din anul 2002. A smuls-o de pe avizier și a făcut-o ghem între mâini, încercând să-l micșoreze cât mai mult. Apoi a aruncat ghemotocul spre coșul de gunoi aflat la capătul dulapurilor cu dosare.

A ratat.

– Încotro se-ndreaptă lumea asta, Harry? a întrebat Valdez.

– Nu știu, a răspuns Bosch. Săptămâna asta am rezolvat cazul de crimă dublă și cel de dispariție a unei persoane timp de cincisprezece ani. Și niciunul dintre cazurile astea nu mă face fericit.

Valdez s-a lăsat să cadă pe scaunul lui.

– Trebuie să te simți bine în legătură cu aventura legată de farmacie, a spus el. Ai scos din joc doi nemernici.

Bosch a dat din cap. Adevărul era că se simțea de parcă ar fi mers în cerc la nesfârșit. Adevărata justiție era ceva de neatins.

S-a ridicat.

– Vrei să-l suni pe Carlos ca să-i spui că nu mai e suspect de crimă? a întrebat Bosch.

Carlos Tavares era soțul Esmeraldei, care fusese suspect vreme de cincisprezece ani.

– Dă-l dracului, a spus Valdez. Tot un nenorocit e. Va putea afla citind ziarul.

Bosch s-a dus spre ușă, apoi s-a uitat peste umăr la șeful lui.

– O să redactez raportul chiar azi, a spus el.

– Bine, a spus Valdez. După aceea mergem la o băută.

– Mi se pare corect.

44

Bosch voia să evite biroul detectivilor. Nu avea chef să discute cu nimeni. Bella Lourdes și ceilalți aveau să afle curând că Esme Tavares era în viață și o ducea bine, și despre ea se va vorbi în cadrul secției și apoi în întregul oraș. Însă el vorbise despre asta îndeajuns.

A ieșit pe ușa secției de poliție și a traversat strada. A trecut prin curtea celor de la Lucrări Publice și a intrat în închisoare. După ce a descuiat celula lui, a împins ușa glisantă, făcând-o să se lovească de cadrul metalic de la capătul cursei, scoțând un zăngănit. Imitându-l pe șeful secției, s-a apropiat de fotografia Esmeraldei Tavares ca să o smulgă de pe perete. Dar s-a oprit. A hotărât să o lase unde era, ca să o vadă mereu și să își aducă aminte cât de mult se înșelase în acel caz.

Copilul abandonat în pătuț îl indusese în eroare. Acum își dăduse seama. Părea împotriva tuturor legilor naturii, și de aceea asta îl condusese pe el și pe mulți alții pe un drum greșit.

Uitându-se la fotografie, a rămas nemișcat și s-a gândit la ironia acelei săptămâni. Elizabeth Clayton nu-și putea reveni după pierderea unui copil și rătăcea pe pământ ca o dementă, fără să-i pese de suferințele pe care i le pricinuiau alții și de starea de degradare în care se complăcea. Iar Esme Tavares părăsise un copil și probabil nu se mai gândise niciodată la el.

Lumea reală era întunecată și îngrozitoare. S-a așezat la biroul improvizat ca să scrie raportul despre realitatea sumbră a lumii. A descoperit însă că nu putea nici să înceapă redactarea.

A rămas îndelung pe gânduri, apoi s-a ridicat. În mijlocul celulei exista o banchetă care era așezată perpendicular față de masa lui de lucru. O folosea, în principal, pentru a așeza pe ea fotografii și dosare, ca să le vadă dintr-un unghi diferit, privind deseori fotografiile făcute la locul faptei, una lângă alta, de-a lungul șezutului din lemn, plin de zgârieturi. I se spusese că acea banchetă fusese poreclită „trambulina de scufundare", deoarece slujise pentru saltul în uitare la care recurseseră câțiva deținuți. Aceștia urcau pe banchetă, înfășurau un crac al pantalonilor de închisoare printre barele care protejau gura de ventilație din tavan, apoi își petreceau în jurul gâtului celălalt crac.

Apoi săreau jos de pe bancă și ajungeau în pustietatea întunecată și astfel puneau capăt suferințelor.

Bosch s-a urcat de banchetă. A întins o mână deasupra capului pentru a-și păstra echilibrul.

A băgat cealaltă mână în buzunar și a scos telefonul. S-a uitat la ecran, a ridicat telefonul și, întorcându-se pe bancă, și-a mișcat mâna până când a văzut barele de semnal apărând într-un colț al ecranului. Folosind degetul mare, a rulat lista de contacte până a ajuns la persoana pe care voia să o sune.

Lucia Soto i-a răspuns imediat.

– Harry, ce s-a întâmplat?

– Te-ai uitat la dosarul despre care ți-am vorbit?

– Daisy Clayton? Da, a fost primul lucru pe care l-am făcut în dimineața asta.

– Și?

– Ai avut dreptate. A strâns mult praf pe el. Nimeni nu a mai lucrat la el de trei sau patru ani, în afară de rapoartele anuale de rigoare, care sunt copiate cuvânt cu cuvânt după cel din anul precedent. Știu cum merg lucrurile: „Deocamdată nu există piste viabile", pentru că, de fapt, nimeni nu le-a căutat.

– Și?

– Și eu cred că s-au înșelat. Am văzut ceva. Există piste ce pot fi urmate. Cazul a fost trecut la crime în serie. Cineva care a trecut prin Hollywood, și-a făcut treaba și a plecat mai departe. Dar eu nu sunt convinsă de asta. M-am uitat cu atenție la fotografii. Am impresia că fata îi era familiară, și la fel de familiar îi era și locul în care a fost lăsată. Omul cunoștea zona. O să...

– Lucia.

– Ce e, Harry?

– Ia-mă și pe mine.

– Cum adică?

– Știi ce vreau să zic. Vreau să particip la rezolvarea cazului. Să-l prindem pe nenorocit.

MULŢUMIRI

La documentarea şi redactarea acestui roman au contribuit mulţi oameni, care şi-au dedicat timpul şi au împărtăşit din experienţa şi cunoştinţele lor. În ceea ce priveşte documentarea, trebuie să îi menţionez pe Rick Jackson, Tim Marcia, Mitzi Roberts, Davin Lambkin, Denniss Wojciechowski, Irwin Rosenberg, Anthony Vairo, Lynn Smmith, Adam Frisch, Henrik Bastin şi Daniel Daly. În ceea ce priveşte redactarea, au fost următorii: Asya Muchnick, Bill Massey, Harriet Bourton,Emad Aktar, Pamela Marshall, Terrill Lee Lankford, Jane Davis, Heather Rizzo, John Houghton şi Linda Connelly. Mulţi dintre cei menţionaţi au participat la ambele activităţi.

Autorul le rămâne profund recunoscător celor enumeraţi şi celor nemenţionaţi neintenţionat sau care au preferat să rămână anonimi.

Ofertă completă
BIBLIOTECA RAO

Ficțiune pentru adulți

COLECȚIA MAESTRO

Gabriel García Márquez	*Un veac de singurătate*

CLASICI CONTEMPORANI

Miguel Delibes	*Ereticul*
William Faulkner	*Hoțomanii • Iscoadă în țărână • O parabolă • Recviem pentru o călugăriță*
Gabriel García Márquez	*N-am venit să țin un discurs*
Witold Gombrowicz	*Jurnal – vol. I • Jurnal – vol. II*
Hermann Hesse	*Cele mai frumoase povestiri vol. 1 – Colecția Nobel • Cele mai frumoase povestiri vol. 2 – Colecția Nobel*
James Joyce	*Stephen eroul*
André Malraux	*Carnet din URSS 1934*
Thomas Mann	*Casa Buddenbrook vol. 1 – Colecția Nobel • Casa Buddenbrook vol. 2 – Colecția Nobel*
William Saroyan	*Aventurile lui Wesley Jackson • Nebunie în familie*
John Steinbeck	*Călătorii cu Charley*
Stefan Zweig	*Amoc. Obsedatul*

AUTORI CLASICI

Johann Wolfgang Goethe	*Poezii. Vol. 1*

LITERATURĂ CONTEMPORANĂ

Angela Becerra	*Ella*
Adrienne Celt	*Chemarea focului*
Carlos Franz	*Deșertul • Locul în care a fost paradisul*
Jack Fernley	*America uber alles*
DeSales Harrison	*Adâncuri sălbatice*
Nathan Hill	*Nix*
Howard Jacobson	*Chestiunea Finkler • J • Trăiește puțin*
Sarah Lark	*O speranță la capătul lumii • În țara norului alb • Cântecul maorilor • Aurul maorilor • În umbra arborelui Kauri*
Siegfried Lenz	*Un moment de reculegere*
Colum McCann	*Goana nebună a lumii*
Patrick Modiano	*Dora Bruder • Un pedigri*
Rosa Montero	*Nebuni din iubire • Cei iubiți nu mor niciodată • Noroc chior • Instrucțiuni pentru salvarea lumii*
Tea Obreht	*Soția tigrului*
Jasmin Schreiber	*Groapa Marianelor*
Sara Stridsberg	*Forța iubirii • Facultatea de vise*

AUTORI ROMÂNI CONTEMPORANI

Anghel Andreescu	*Acțiunile separatiste*
Anghel Andreescu, Dan Andreescu, Dan Bardaș	*Efectul migrației asupra securității României și a Europei*
Vartan Arachelian	*Numele și umbra*
Bogdan Boeru	*Benedictiana*
Augustin Buzura	*Absenții • Drumul cenușii • Nici vii, nici morți • Recviem pentru nebuni și bestii • Refugii*
Eugen Ovidiu Chirovici	*Cine a ucis-o pe Nora Jones? • Hoodoo Creek • O amintire de la Paris • Pulbere neagră • Cartea secretelor*
Eliza Ene Corbeanu	*Viața la curte vol. I • Viața la curte vol. II*
Adrian Eugen Cristea, Marius Marinescu, Mihai Mitran	*Cartierul interzis*
Corneliu Filip	*Ion Ghițulescu, omul de la microfonul radio*
Mircea Malița	*Istoria văzută prin ochii diplomatului*
Eugen Mihăescu	*Rebel • Între linii • Strigăte în pustiu*
Ștefan Mitroi	*Atunci când era mereu duminică • Biblia pentru furnici • Dulce ca pelinul • Jocuri de nenoroc • Adu-ți aminte să nu uiți • Pisica surdomută și alte unsprezece povestiri*
Doru Munteanu	*Viață de împrumut*
Adrian Năstase	*Sub zodia momentului: Blog'n Roll vol. 7 • Războiul lui Onoda: Blog'n Roll vol. 8 • Răzbunarea cuvintelor: Blog'n Roll vol. 10*
Ionel Nițu	*Analiza de intelligence*
Adrian Onciu	*Templul negru*
Dan Ioan Panțoiu	*Mercenarul întunericului*
Eveline Păuna	*Muzeul vârstelor*
Dumitru Popescu	*Artemis sau Uzurparea sentimentului • Singurătatea mărilor*
Vlad T. Popescu	*Taina. O nouă incursiune în irealitatea imediată*
Flaviu George Predescu	*Softul Ge • Paraclis 1980*
Mirela Puiu	*Șarpele cetății*
Aurelian Silvestru	*Cel rătăcit*
Dinu Săraru	*Corrida • Jurnalul unui personaj controversat • Marele premiu la Monte Carlo • Ura din ochii vulpii*
Mirel Taloș	*Colecționarul de nuduri • Undeva în Transilvania • Strania poveste a unui pian • Clepsidra lui Ovidiu*
Stelian Țurlea	*Trei femei*
Olimpian Ungherea	*Sayonara. Confesiunile unui criminalist*

COLECȚIA ICEBERG FICTION

Jussi Adler-Olsen	*Camera groazei • Culpa • Vânătorii de oameni • Somnul rațiunii • Decretul Washington*
Dan T. Sehlberg	*Mona. Virus mortal*
Roy Jacobsen	*O minune de copil*
Henning Mankell	*Câinii din Riga • Creierul lui Kennedy • Omul din Beijing • Pantofi italienești • Ucigași fără chip – seria Inspectorul Wallander*
Anders de la Motte	*Jocul • Buzz (cartea a doua din trilogia Jocul) • Bubble (cartea a treia din trilogia Jocul)*

Erik Axl Sund	*Persona. Slăbiciunea Victoriei Bergman partea I • Trauma. Slăbiciunea Victoriei Bergman partea a II-a • Catharsis. Slăbiciunea Victoriei Bergman partea a III-a*
Erik Valeur	*Al șaptelea copil*
Jakob Vedelsby	*Legea umanității*

THRILLER, AVENTURI, ACȚIUNE, MISTERY

Lina Areklew	*Dincolo de aparențe*
Francisco Asensi	*Sângele*
Asa Avdic	*Insula morții*
Jessica Barry	*Nu privi în urmă*
David Baldacci	*Rece ca piatra*
Steve Berry	*Protocolul Varșovia • Taina președintelui • Ultima colonie • Rețeaua împăratului*
Samuel Bjørk	*Bufnița vânează întotdeauna noaptea*
Dan Brown	*Codul lui da Vinci • Simbolul pierdut*
Mireille Calmel	*Cântul vrăjitoarelor – vol. 1 • Cântul vrăjitoarelor – vol. 2 • Cântul vrăjitoarelor – vol. 3*
John le Carré	*Genul nostru de trădător • Moștenirea spionilor • Un adevăr delicat*
Karen Cleveland	*Acces interzis*
Emma Cline	*Fetele*
John Connolly	*Răzbunătorii*
Michael Connelly	*Al cincilea martor • Până la capăt. • Chipul dur al despărțirii • Tura de noapte • Avertizarea • Legea inocenței • Zeii vinovăției*
Glenn Cooper	*Semnul crucii*
Michael Cox	*Sensul nopții*
Blake Crouch	*Revenire • Materia întunecată*
Clive Cussler	*Imperiul Celtic • Marea diavolului • Sahara*
Clive Cussler & Paul Kemprecos	*Orașul pierdut*
Arwen Elys Dayton	*Mai puternic, mai iute, mai frumos*
Leona Deakin	*Dispăruți*
Nelson DeMille	*Coasta de Aur*
Karen Dionne	*Evadarea din mlaștină*
Brendan Duffy	*Regele furtunii*
Bella Ellis	*Soția dispărută*
Joseph Finder	*Omul companiei*
Adam Foulds	*În gura lupului • Labirintul însuflețit*
Ulla Frohling	*Ființa din oglindă*
Mario Giordano	*Tușica Poldi și misterul leilor sicilieni*
Javier Gonzales	*Insula sfârșitului timpului*
John Grisham	*Barul Rooster • Calico Joe • Campionul din Arkansas • Îngerii dreptății • Șirul de platani • Theodore Boone – Puștiul avocat • Theodore Boone – Răpirea • Uragan pe insula Camino • Lista judecătorului • ...Și vine vremea îndurării*
Katryn Harkup	*A de la arsenic. Otrăvurile Agathei Christie*
Thomas Harris	*Cari Mora*
Lance Hawvermale	*Criminalul fără chip*
Jay Hosking	*Trei ani în labirint*
Petrika Ionesco	*Cântecul lebedei mecanice*

Christian Jacq	*Fugarul (vol. 1 seria Răzbunarea zeilor) • Divina Adoratoare (vol. 2 seria Răzbunarea zeilor)*
Susanne Jansson	*Mlaștina*
Jens Henrik Jensen	*Oxen – Prima victimă*
Dean Koontz	*Noaptea lui Odd • Ochii întunericului*
Danya Kukafka	*Misterul fetei din zăpadă*
Vera Kurian	*Te voi ucide zâmbind*
Will Landay	*În apărarea lui Jacob*
Maggie Lehrman	*Orice lucru are prețul lui*
Charlie Lovett	*Povestea anticarului*
Kathleen McGowan	*Prințul poet*
Brad Meltzer	*Cercul asasinilor • Cercul cavalerilor • Jocul zero*
Maggie Mitchell	*A doua fată*
Alejandro Palomas	*Un fiu*
David Park	*Comisarul adevărului*
Adele Parks	*Invitația*
Tony Parsons	*Soția dorită*
Chris Pavone	*Expatriații*
Malin Persson Giolito	*Nisipuri mișcătoare*
Anthony Quinn	*Prietenii noștrii din Berlin*
T.R. Richmond	*Ce-a lăsat în urmă*
James Reese	*Dosarul Dracula*
Allie Reynolds	*Fior*
Imogen Robertson	*Iarna la Paris*
Brian Ruckley	*Nașterea iernii – seria Lumea fără zei*
Daniel Sanchez Pardos	*G. Un oraș misterios: Barcelona. Un tânăr vizionar: Gaudí*
John Burnham Schwartz	*O singură clipă*
Javier Sierra	*Focul invizibil • Maestrul de la Prado*
Lorenzo Silva	*Linia meridianului*
Dan Smith	*Ținta: Președintele*
Dominic Smith	*Ultima pictură a Sarei de Vos*
Jose Carlos Somoza	*Cheia adâncului*
Olen Steinhauer	*Turistul*
Carole Stivers	*Codul vieții*
Anne Sward	*Cu sufletul la gură*
Brad Thor	*Lista neagră*
S.K. Tremayne	*Dubla identitate*
Paul Tremblay	*Cabana de la sfârșitul lumii*
Simon Urban	*Planul D*
Timur Vermes	*Ia uite cine s-a întors*
David Wroblewski	*Povestea lui Edgar Sawtelle*
Matt Weselowski	*Misterul din pădure*
Hideo Yokoyama	*Misterul cazului „Șase patru"*
Joakim Zander	*Înotătorul • Fratele • Prietenul*

DRAMA, ROMANCE

Helly Acton	*Dragostea e un reality show*
Pierre Assouline	*Portretul*
Tabea Bach	*Insula cameliilor*
Angela Becerra	*Penultimul vis*
Anna Bell	*Lista de dorințe • Soțul meu e un străin*
Jenn Bennett	*Cu ochii în stele*

Chris Bohjalian	*Închideți ochii, luați-vă de mână • Vremea vrăjitoarei*
John Boyne	*Furiile inimii • Un călător printre secole*
Isabelle Broom	*Escapada*
Serena Burdick	*O fată în amurg. Un roman despre Paris*
Brooke Burroughs	*Codul pentru perechea perfectă*
Antony Capella	*Ofițerul stării civile*
Andrea de Carlo	*Minunea imperfectă*
Carol Cassella	*Oxigen*
Jessie Chaffee	*Florența la apus*
Sarah Cohen-Scali	*Max*
Manuel DeLope	*Perlele călătoare*
Val Emmich	*Nu uita să-ți amintești*
Gyle Forman	*Fără mine*
Rachel Givney	*Jane și magia iubirii*
Heddi Goodrich	*Americanca*
Lauren Groff	*Destin și furie*
Ruth Hogan	*Colecționarul de obiecte pierdute • Paradisul lui Queenie Malone*
Catherine Isaac	*Aici, acum, mereu • Povestea iubirii noastre – ed. softcover*
Natalie Jenner	*Clubul Jane Austen*
Susana Lopez Rubio	*Intrați în El Encanto*
Charlotte Lucas	*Anul tău perfect – vol. I și vol. II*
Benjamin Ludwig	*Ginny Moon: din secretele unei fetițe autiste*
Laura McVeigh	*Sub stelele tăcute*
Benjamin Mee	*Avem un zoo!*
Claire Messud	*Prietenie dispărută • Când lumea stătea în loc • Femeia de la etaj*
Jean E. Pendziwol	*Fiicele paznicului*
Francine Prose	*Prima iubire*
Karen Raney	*Două vieți*
Sue Roberts	*Idilă pe Riviera*
Clara Sanchez	*Misterul numelui tău*
Lisa See	*Dragostea Florii-de-bujor • Frumoasele chinezoaice*
Indra Sinha	*Oamenii lui Animal*
Kathryn Tay	*Moștenirea partea 1 (Saga Daringham Hall) • Hotărârea partea 2 (Saga Daringham Hall)*
Julia Whelan	*Un an la Oxford*
Natalie Winter	*Clipe de viață*
Javier Yanez	*Stăpânul savanelor*
Markus Zusak	*Mesagerul*

FANTASY, SCIENCE FICTION

Mitch Albom	*Măsura timpului*
Christina Sweeney-Baird	*O lume fără bărbați*
Forrest Leo	*Un gentleman*
Scott Lynch	*Minciunile lui Locke Lamora • Pirații mărilor roșii*
Walter Moers	*Cele 13 1/2 vieți ale căpitanului Urs Albastru*
Sylvain Neuvel	*O poveste care va urma • Până la ultima dintre noi*
Michael Poore	*Dansul reîncarnării*
Patrick Rothfuss	*Teama înțeleptului • Numele vântului • Tainica iscodire a celor tăcute*

J.R.R. Tolkien	*Hobbitul • Frația inelului (vol. 1 trilogia Stăpânul inelelor) • Cele două turnuri (vol. 2 trilogia Stăpânul inelelor) • Întoarcerea Regelui (vol. 3 trilogia Stăpânul inelelor) • Povestea lui Kullervo • Silmarillion • Copiii lui Hurin*
Leslye Walton	*Straniile și minunatele amărăciuni ale Avei Lavender*

ROMAN ISTORIC / DRAMĂ ISTORICĂ

Stephan Abarbanell	*Orient*
Malka Adler	*Frații de la Auschwitz*
Federico Baccomo	*Spectacolul tristeții*
John Boyne	*Ruinele timpului*
Edward Carey	*Extraordinara poveste a micuței. Frumoasa madame Tussaud*
Jennifer Chiaverini	*Fetele din rezistență*
Paula Cifuentes	*Vremea bastarzilor*
Javier Cercas	*Impostorul • Monarhul umbrelor • Terra Alta*
Giuseppe Conte	*Dante in love*
Catherine Delors	*Iubire și sânge*
Marc Dugain	*Îl vor ucide pe Robert Kennedy*
Barbara Ewing	*Rosetta*
Mario Escobar	*Cântec de leagăn de la Auschwitz*
Ildefonso Falcones	*Moștenitorii pământului • Pictorul de suflete*
Ken Follett	*Stâlpii pământului – ed. softcover • O lume fără sfârșit – ed. softcover • Coloana de foc – ed. softcover • Căderea uriașilor – ed. softcover • Capătul veșniciei – ed. softcover*
Franco Forte & Scilla Bonfiglioli	*Fetița și nazistul*
Luca di Fulvio	*Copilul care a găsit soarele noaptea*
Max Gallo	*Titus*
Antonio Garrido	*Cititorul de cadavre*
Rachel Halliburton	*Iluzia optică*
Oscar Hujuelos	*Twain și Stanley*
Georgia Hunter	*Supraviețuitorii*
Antonio G. Iturbe	*Bibliotecara de la Auschwitz • În plin văzduh*
Özlem Kumrular	*Sultana Kösem*
Alison MacLeod	*Tandrețe*
Colum McCann	*Transatlantic*
Pauline Peters	*Camera rubinie*
Carly Schabowski	*Ceasornicarul din Dachau*
Lutz Seiler	*Kruso*
Sarah Stricker	*Cinci copeici*
John Sweeney	*Idiotul de serviciu*
Lucy Ribchester	*Clubul Clepsidrelor: Vremea sufragetelor*
Yasuko Thanh	*Mireasma misterioasă a munților Galbeni*
Markus Zusak	*Hoțul de cărți*